U0659632

人文漫步

张 璐 等著

众声喧哗

近年中国文艺评论热点透视

Recent Achievements in
Chinese Literary Criticism

北京师范大学出版集团
BEIJING NORMAL UNIVERSITY PUBLISHING GROUP
北京师范大学出版社

引 言

　　当代中国艺术评论领域异常活跃，无论是时间轴线上，还是不同艺术门类的内容上，都得到了前所未有的关注。2016年11月30日，习近平总书记在文联十大、作协九大开幕式上发表重要讲话："文学艺术必须具有一种精神导向性，文艺创作的目的是引导人们找到思想的源泉、力量的源泉、快乐的源泉""文艺工作者要对生活素材进行判断，弘扬正能量，用文艺的力量温暖人、鼓舞人、启迪人，引导人们提升思想认识、文化修养、审美水准、道德水平，激励人们永葆积极向上的乐观心态和进取精神"，高度概括了文艺评论的内容性及导向性。

　　结合习总书记的讲话，纵观近期我国艺术评论的动态事项，我们写了《众声喧哗——近年中国文艺评论热点透视》这样一本书。它是对近一年来（2015年12月—2016年11月）中国艺术界热点评论的整体梳理、回顾与思考。我们沿用了艺术门类的传统分类方法，以每两个月为一个时间观察点，从音乐热点评论、电视热点评论、电影热点评论、美术热点评论以及舞蹈热点评论五大艺术门类入手，从热点现象评论、热点作品评论、热点问题评论、热点文献与理论研究、建议与思考等多个视角，力求站在"评论"的视角关注不同艺术门类各自的评论观点，注重课题的广度性与深度性，旨在对我国近一年来"艺术评论"做较为全面的、系统性的梳理与反思。

毫不避讳地说，这是一次全新视角的尝试。一方面，我们希望从动态的视角关注我国不同艺术门类内容性的评论热点，如热点作品与活动、热点展演与现象等；另一方面，我们也希望有的放矢，能够集百家所言、融会贯通、提炼成纲，从评论中发现问题、研究问题、解决问题。这项工作的工作量非常大，在海量收集、查找、翻阅资料的基础上，还要具备极其敏捷的艺术洞察力与判断力，能够快速、准确、及时地捕捉到两个月内的艺术评论焦点。虽然有一定的困难，但回顾过去一年，同仁们的辛苦工作却让人喜出望外，取得了一定的成果。我们一致认为，这是十分必要且有意义的学术研究，能够以艺术评论者的视角重新观察自己平日所从事的领域，并对此有了新的感受与体验。我们坚信，这虽然只是一个开始，但日积月累必会产生不可估量之影响，会让更多的人从评论的角度关注中国艺术当下的发展。

最后，此著作是北京师范大学"中国文艺评论基地"之"中国文艺评论热点双月报告"项目的结项成果，深深感谢各位同仁、老师、同学的倾情付出。

主要章节编排如下：

张璐、周轶凡　　　　　　艺术热点评论双月报告之音乐篇

郭必恒、高晟晗、纪元　　艺术热点评论双月报告之电视篇

张燕、王赟姝　　　　　　艺术热点评论双月报告之电影篇

唐宏峰、张旭　　　　　　艺术热点评论双月报告之美术篇

王杰、张馨　　　　　　　艺术热点评论双月报告之舞蹈篇

| 目 录 |

引言

第一章

艺术热点评论双月报告
（2015年12月—2016年1月）

辞旧迎新，我们展开了对我国艺术热点评论诸多事项的调查与研究，以两个月为一周期，从艺术门类入手，就"艺术评论而评论"，分为音乐篇、电视篇、电影篇、美术篇、舞蹈篇五节，开启了新的洞察视角。

第一节　音乐篇
——电视选秀、新媒体与音乐的跨界发展

　　音乐评论一直是音乐理论界常用的视角之一，也是为社会大众提供一个了解音乐界事件的快速平台。在岁末年初之际，纵观两个月以来音乐评论界中的诸多话题，我们大致可从热点作品、热点评论现象、热点评论活动、热点问题等几方面进行梳理。

一、热点作品

　　我国音乐作品的更迭速度是惊人的！两个月以来，在音乐作品方面，既有引起"朋友圈"热议的新作品，也有对经典作品进行改编的老曲目，还有许多经典与创新并肩的音乐会、音乐节等。

　　2015 年岁末，上海东方卫视一档音乐现象级节目"中国之星"问世。其中，当代摇滚乐新生力量代表人谭维维的歌曲《给你一点颜色》迅速在微信、微博等网络平台传播，一时之间，成为焦点作品。从音乐本体而言，此曲巧妙地将国家级艺术瑰

宝——华阴老腔融入摇滚乐，使二者跨界融合。这种全新的尝试被"中国摇滚乐之父"崔健称赞不绝。从文化方面而言，此曲成功登上了2016年中央电视台春晚，这是在文化方面给予的充分肯定。国家级非物质文化遗产的保护与传承工作，一直是备受社会各界关注的问题。华阴老腔作为陕西地区典型的"非遗音乐"代表，音乐形态高亢、嘹亮、自由，"华阴一声喊"背后蕴含的陕北地区的历史与文化内涵让人赞叹。

2016年1月9日，著名作曲家、指挥家谭盾携手中国国家交响乐团与新音乐代表反光镜乐队、杭盖乐队、宋冬野一同在人民大会堂奏响了中国古典乐与新音乐、民谣跨界的"巅峰之夜"。整场音乐会以新音乐与古典的碰撞为主题，超强阵容联袂出演、出奇制胜的音乐形式、不同音乐类型的跨界混搭，都使得这场演出成为2015农历年末的一场巅峰音乐巨作。众所周知，2015年中，民谣产生了复苏的迹象。宋冬野作为民谣新生代歌手，一度成为民谣热点人物；杭盖乐队本身就是一个跨界融合的典范，传统的蒙古族乐器马头琴、口弦和三弦与电吉他、电贝司和架子鼓等西方现代乐器的融合，使他们身上带有跨界先锋的标签，此次与谭盾的合作，更是让人出乎意料、耳目一新。

诚然，传承与创新，跨界与融合一直是音乐评论界的常议话题。一方面，如何在传承中求发展、求创新？如何能在发展中保护经典、尊重原生态？许多音乐作品都在进行尝试，试图让二者达到平衡。另一方面，随着文化产业市场的快速发展，跨界融合成为被青睐的表达形式之一。古典音乐、民族音乐以及流行音乐似乎再也不像从前那样泾渭分明，而是大胆地进行了融合，碰撞出新的火花，带给观众视觉、听觉的双重新鲜刺激。

二、热点评论现象

传统媒介与新兴媒介的互搏持续升温，在音乐界中，这两大阵营也不断推陈出新，各有妙招。无论是电视音乐选秀节目的再创新，还是手机音乐用户模式的更新换代，抑或是音乐类非物质文化遗产的保护与传承工作，都成为两个月来的热点评论现象。

（一）电视音乐选秀节目

从2005年湖南卫视的"超级女声"开始，经过了长达十余年的积淀之后，电视音乐选秀节目近年来再次涌入人们的视野。其借助电视荧屏、网络营销等双重宣传攻势，成为大众茶余饭后热议的话题，也是评论界不可回避的主题之一。

2015年11月21日，一档被誉为2015年最后一档"现象级"大型中国音乐竞技真人秀节目的"中国之星"登陆东方卫视，成为业内、业外热议的话题。"中国之星"是东方卫视携手"格莱美"打造的世界级音乐交流盛会，具备了明星阵容强大（刘欢、林忆莲、崔健三位导师）、国际平台以及赞助商大力支持的三大显著特点，迅速吸引观众的眼球，创下了收视率新高。

这一音乐现象值得我们思考：一方面，从节目本身看，竞技选手形成了老、中、青三代的强大阵容，都具备了超强的音乐创作、改编和演绎才能。另一方面，从运营市场看，乐坛泰斗、实力唱将都成为节目的亮点，优质的制作团队灿星和"格莱美"的金字招牌成为节目的强大后盾，赞助商"立白"的幕后推手成为巨大的经济支持。因此，高品质的节目质量、高效率的市场运营机制与模式以及健康向上的口碑营销策略，都将会引导电视音乐选秀节目未来的发展。

（二）手机音乐用户模式

在线音乐在中国的发展已有十余年的时间，特别是手机音乐用户的迅速增长，让人瞠目结舌。根据艾媒咨询发布的《2015Q3（第三季度）中国手机音乐客户端季度监测报告》，截至2015第三季度，中国手机音乐客户端用户规模已达4.32亿，环比增长2.1%。2016年1月5日，见证和记录着网络时代风云变幻的互联网周刊公布了《2015年度APP分类排行榜》，其中在音乐APP排名中，酷狗音乐摘得桂冠，QQ音乐、酷我音乐分别排第二、第三名。

事实上，中国手机音乐APP一直未能探索出十分成功的商业模式，不管是广告、用户增值服务还是其他应用推广，算上音乐内容版权费和产品的运营成本，虽然拥有巨大的用户流量，但是却无法独立实现很好的盈利。这也使手机音乐APP开发者近来有向线下进行探索的尝试，包括推出耳机、音响等衍生产品、布局线下KTV、尝试演唱会的线上线下互动等。这是一个趋势，预计今后手机音乐APP将在线上线下融合方面催生许多全新的盈利模式。

（三）音乐"非遗"的探讨

　　两个月以来，有不少文献研究针对"非遗"进高校、"非遗"与旅游业的结合等主题展开。《试析少数民族戏剧文化生态保护区媒介建构》①运用文化媒介理论对少数民族传统戏剧文化生态保护区的媒介建构进行探讨，从物态层、社会文化活动层及心理意识等层面着手，通过建立、完善传统戏剧历史文化信息数据库、戏剧文化呈现场所建设、民众学习参与、大众媒介倡导、文化自觉意识的提升等途径，推进少数民族传统戏剧文化生态保护区的建设工作，营造良好的文化遗产传承环境，提升少数民族传统戏剧文化的传播力。《地方高校参与保护非物质文化遗产项目"叮叮腔"的途经研究——以徐州工程学院为个案》②以徐州市本地的"非遗"项目——"叮叮腔"为例，从教育的四个要素——教师、教材、学生、环境入手，针对"叮叮腔"传承和保护的实践和研究，探索在高校音乐专业中保护和传承戏曲类"非遗"项目的重要性和可能路径。除此之外，还有《文化资源的转移与发展"非遗"产业之启示——以竹枝歌和五句子的流变为例》③《"非遗"巡礼——国家级"非遗"项

---

　　①　钟世华、潘怿晗. 试析少数民族戏剧文化生态保护区媒介建构[J]. 当代文坛，2016（1）.

　　②　郭芳. 地方高校参与保护非物质文化遗产项目"叮叮腔"的途经研究——以徐州工程学院为个案[J]. 音乐时空，2016（1）.

　　③　柳倩月. 文化资源的转移与发展"非遗"产业之启示——以竹枝歌和五句子的流变为例[J]. 重庆文理学院学报（社会科学版），2016（1）.

目中的汉族曲艺（中）》^①、《民歌整理与研究》^②等研究，也都结合本地区的"非遗"特色，进行了学术探讨。

这些研究大多从实际操作层面开始关注"非遗"音乐的现象及作品，主要探讨"非遗"保护与传承的"自救"与"他救"理念。"'非遗'进高校"已经成为一项积极主动、意义深远的工作，让具有中国特色的非物质文化音乐遗产走进学校，特别是新疆、云南、四川等少数民族聚集地。"非遗"音乐与本地区高校的结合，将有利于大学生的公共艺术教育，同时也是对当地的"非遗"音乐最好的传承。

三、热点评论活动

这两个月以来的音乐评论活动进行得如火如荼，文化部召开了相关会议，中国音乐评论家协会发布了音乐评论比赛通知，无论是国家层面，还是学术界，都对音乐评论活动给予了重视。

- 2016年1月19日，文化部艺术司组织召开了 2015 年度音乐发展形势分析会，来自全国各地的十几位音乐理论家和评论家结合新时期以来音乐界的一些主要问题和现象，对当前音乐领域的创作和实践交流讨论，提出一系列意见和建议。会议从加强音乐评论和评论人才培养、

---

① 郭昕."非遗"巡礼——国家级"非遗"项目中的汉族曲艺（中）[J]. 音乐时空，2016（1）.

② 周玉波. 民歌整理与研究[J]. 淮阴师范学院学报（哲学社会科学版），2016（1）.

坚持以人民为中心的创作导向、中西合璧与融会贯通三个方面展开了有效的讨论。

- 当代音乐评论比赛。为推动中国当代音乐评论的发展，2016年第五届中国—东盟音乐周将举办当代音乐评论比赛。投稿类型以评论类为主，具体而言，主要涵盖了两种形式：第一类是以1979年以来创作和出版的作曲家作品、中国—东盟音乐周2012—2015年展演的作品的创作与演奏以及当前各种音乐思潮和音乐现象为评论对象（单纯作品分析类文章，不在参赛范围之内）。第二类是书评，以2000年以来出版的音乐学术论著为评论对象（不含编著、教材、译著及知识普及类图书）。

- 2016年1月，中国音乐评论学会发出通知：为了繁荣音乐生活、促进音乐艺术事业的健康发展，中国音乐评论学会将于2016年11月召开中国音乐评论学会第六届年会。期间，将会举办第六届音乐评论"学会奖"评选活动，参评范围是2013年以来在各类媒体发表（或尚未发表）的关于音乐创作、表演、研究、教育、社会音乐生活等领域的各类评论。这是我国音乐评论类论文的全面展示平台，也是最具权威性、专业性的音乐评论比赛活动。

四、热点问题

第一，对传统音乐形式的评论与探讨。一方面，"向经典致敬"。无论是对原生态的民族音乐类型，还是对西方古典音乐大师的作品，都应当秉持"向经典致敬"的理念。不断向观众展示经典的魅力，营造艺术氛围，也是提高国民素养的直接途径；另一方面，我们也应该树立"让传统与现代对话"的创新理念。在"互联网+"时代、碎片化时代、快餐时代中，音乐消费群体也在逐渐发生改变，紧跟市场脉搏，顺势而为，运用现代的演绎方式、营销策略，让经典的音乐作品、形式、类型在不同的环境下，运用当下策划、营销、宣传理念，展示其不同的魅力，让传承与创新成为如今音乐发展的趋动力。

第二，为应对文化产业新生代的出现与发展，在音乐评论界也掀起一股热潮。2015年3月，李克强总理在政府报告中提出了"互联网+"时代的要求，这对音乐产业是一个巨大的福音。顺势而为，运用互联网思维进行线上线下的全面结合，将我国音乐文化产业的各个渠道打通。运用O2O模式（Online to Offline）将线下的商务机会与互联网结合，让互联网成为线下交易的前台，这个概念最早来源于美国。O2O通过促销、打折、提供信息、服务预订等方式，把线下商店的消息推送给互联网用户，从而将他们转换为自己的线下客户，因此特别适合必须到店消费的商品和服务，如餐饮、健身、电影、演出、美容美发、摄影等。这样的理念显然已经扩展到艺术的各个领域，无论是流行音乐、民族音乐，还是古典音乐，都在运用O2O思维，推动音乐的传播与发展。同时，还要充分利用粉丝经济。所谓粉丝经济，即粉丝就是生产力，它是互联网思维的新兴产物，是当代音乐界中的主力军，更是推动艺术产业发展的重要动力之一。

　　音乐评论，既是一门理论学科，也是一个研究视角。通过两个月以来的音乐评论，我们似乎可以看到学界的传承与创新，既有秉承传统的严肃音乐评论与文献研究，也有不断推陈出新的研究视角与态度。

第二节　电视篇
——《琅琊榜》、网络剧与跨屏叙事

　　2015年中国电视领域进一步深入发展，出现了新的热点和现象，无论是电视作品、创作方法，还是电视批评、理论都产生新的变化，在2015年年底到2016年年初的两个月时间中，这种新变化也有多种体现。2015年1月1日，"一剧两星"政策正式实施，意味着每晚黄金时段联播同一部电视剧的综合频道不得超过两家，同一部电视剧在卫视综合频道每晚黄金时段播出不得超过两集，这一政策对电视剧的生产、制作和销售产生了至关重要的影响。为寻求突破，电视剧创作者们不得不"求新求变"。一部分人将目光投向了当前火热的"互联网+"概念，将互联网的因子与影视剧的因子相互融合制作了如《琅琊榜》《芈月传》等一系列电视剧，以及随之而来的"IP（文化标的物）争夺""网络文学改编""网络剧""电网融合""全媒体融合""新生代观众"等一系列问题，引发了大量从业人员、评论专家、相关学者的密切关注和讨论。

一、热点作品

我们精选最受社会关注的热点电视作品进行引述和评析。在特定的时段里，总是会出现几部大热的电视节目或剧作，引起社会的广泛关注和讨论，形成万众围观的社会现象，值得我们首先去做时效性的追踪和探讨。

（一）《琅琊榜》

2015 年 10 月到 12 月，由孔笙、李雪执导，根据海宴同名网络小说改编的电视剧《琅琊榜》，登上电视荧幕。这部电视剧尽管播出时反响平平，但它最终却凭借优质的故事情节、鲜活的人物塑造以及罕见的影视剧高水平制作，获得了各界的广泛赞誉，同时也收获了卓绝的人气和收视率。据相关调查数据显示，仅 2015 年 10 月 14 日一天，《琅琊榜》就创下了高达 3.3 亿次的网上点击和 1.085% 的收视率，在中国 50 个主要城市收视率排行榜中排名第一。

1. 新类型——"古代传奇剧"或"古装传奇剧"

随着中国影视行业的发展，每个季度都不乏"火爆"的电视剧。但是像《琅琊榜》这样，既得到观众的广泛好评，又获得了评论界、学术界高度重视的作品却很罕见。杨洪涛认为，它并不是一部真正意义上的"正史剧"，而是一个架空历史的"古代传奇剧"。他进而解释了"古装传奇剧的概念"，即"以封建社会某个朝代或者某段历史为故事背景，以真实的历史人物、历史环境和历史事件为参照，以虚构人物、虚构环境和虚构事件为主要叙事要件，借鉴所要表现时代的历史逻辑、价值观念、生活状态和行为方式，以传奇化和娱乐化为主要审美诉求的电视剧类型①"。沈子元也认为电视剧《琅琊榜》是对传统历史类型电视剧的一个新的尝试。他总结了《琅琊榜》获得的成功的原因：制作精良、情感克制、大牌演员、画面的电影感。

2. "互联网+"模式的探讨

电视剧《琅琊榜》似乎实现了对历史剧的突破，而李群山的研究进一步揭示了这种"突破"的原动力究竟是什么。他认为，这种突破一方面得益于它借助了当代互联网的有利优势，利用互联网制作者能及时接收到观众的观点的优势。另一方面，《琅琊榜》的成功也得益于演员的出色发挥。张成则从另一个角度解释了这个"动力"的来源。他认为《琅琊榜》是一部由"网络小说"改编的电视剧，"网络小说"包含的"二次元审美"元素使得这部作品别具生机。

3. 音乐角度的分析

龙姝帆（2016）从音乐的角度分析这部影视作品。她指出该电视剧片头和片尾曲的风格与创新，"片首曲（《破茧成蝶》）和片尾曲（《风起时》）遥相呼应、一脉相承。从单纯的叙述跳出，侧重于表达人性的情感和人世的道义，逐步成为片头片尾曲需要

---

① 杨洪涛. 古装传奇剧的新标杆——兼谈电视剧《琅琊榜》[J]. 当代电视，2016（1）.

承载的功能①"。而剧中的插曲起到了过渡和推动剧情的作用，引领剧情的转折。无独有偶，周芳也提及了《琅琊榜》在背景音乐上的匠心独运，"纯音乐的插入，剧情轻松时的欢快节奏，剧情紧张时的急促配乐，均是为了更好地烘托电视剧的氛围，便于电视剧的情感表达②"。

（二）《芈月传》

《琅琊榜》之后，另一部电视剧《芈月传》在 11 月 30 日走进了观众的视野。这部电视剧与《琅琊榜》有诸多相似之处：同样是历史传奇剧，同样是古装剧，同样是网络作品改编，还同样获得了观众和评论界的大量好评。相关资料显示，《芈月传》在北京卫视和上海东方卫视的收视率分别包揽了同时段各频道电视剧收视冠亚军之位。

1. 超高人气的成因

评论专家们尝试从各个角度分析《芈月传》获得如此高人气的原因。何方竹认为，《芈月传》的成功与其制作班底密切相关。由《甄嬛传》的原班人马打造，配合郑晓龙导演的金字招牌，让《芈月传》还未播放就获得了极高的关注。徐文龙认为《芈月传》的成功主要依靠互联网和"IP"改编。《芈月传》

---

① 龙姝帆. 电视剧《琅琊榜》的音乐风格及其创新[J]. 当代电视，2016（1）.

② 周芳. 电视剧《琅琊榜》中背景音乐的应用与效果分析[J]. 当代电视，2016（1）.

利用电网同播，传播力度、广知性、观众与剧集的互动，绝对非传统电视剧所能比拟的。

2. 针对《芈月传》的热门话题

《琅琊榜》的评论更多集中在分析该剧的艺术价值，而对《芈月传》的评论，与其说集中在"影视作品"的评论上，不如说更多集中在"超出电视剧以外"的范畴，例如商业模式、历史背景，甚至是理财和法律纠纷。何兆泉指出，《芈月传》作为一个架空的历史传奇剧，希望能通过做好服装、礼仪、布景等细节，以营造出"正史的感觉"。然而这引发了许多观众"热议剧中人物关系、发型服装、日常饮食器具等种种'穿帮'错位[①]"。期刊《中国总会计师》里的一篇论文尝试从经济学、理财方法的角度解释芈月一生的成功与辉煌，"把芈月看成理财计划的配资人，简单分析她是如何把控各类资产，最终获得史无前例的收益率（第一位太后）"。该文提出了一系列很有新意的观点。何方竹则聚焦于电视剧《芈月传》创作中产生的法律纠纷。这个法律纠纷的焦点在于网络小说的原作者蒋胜男与电视剧制作团队对《芈月传》这个"IP"的争夺，无疑揭示出表面上光鲜亮丽、日益火热的网络小说改编背后暗藏的利益纠纷。

3. 口碑的日渐下滑

或许正是上述诸多原因，伴随着《芈月传》的收视率不断

---

① 何兆泉. 战国时代"强秦大楚"的度量衡——从芈月抓药说起[J]. 中国计量，2016（1）.

升高，其口碑却一直在下滑，导演、编剧的解读和分析也难以阻止观众们的失望情绪。资料显示，目前，该剧在豆瓣的评分从开播前的8分跌至5.8分，如今更是滑落到5.1分，远远低于4年前《甄嬛传》的8.9分。更有网友笑谈说，"《芈月传》与《甄嬛传》之间至少差了一部《琅琊榜》。"如此看来，对新的电视剧模式的探索，并不总能一帆风顺，做到"既叫好又卖座"并非易事，需要制作团队更多的创新和尝试。

（三）《北上广不相信眼泪》

　　该剧是一部与《虎妈猫爸》风格相似的都市电视剧，《北上广不相信眼泪》将关注点从"家庭教育"引向了"职场商斗"。该剧讲述了隐婚夫妇赵小亮、潘芸在外企共事发生的一系列啼笑皆非的故事。围绕着这一条主要情节，淋漓尽致地展现了各色人物的职场状态，使观众能够轻易地在这些人物上寻找到自己的影子。季雪冰细致的剖析了这部电视剧的主题。她认为，该剧展现了当代都市中高度竞争的职场环境，描绘了这种环境下男女艰辛的爱情，试图唤醒人们对人性中"真善美"的追求。孙路杰则认为，电视剧《北上广不相信眼泪》剧情荒诞，缺少对职场中奋斗经历的描绘，把职场描绘成一个各怀鬼胎、不择手段的可怕之处，缺少人与人之间的交流和情感。

（四）抗日剧专题

　　2015年正值中国人民抗日战争暨世界反法西斯战争胜利七十

周年，因此涌现出了一批抗日题材电视剧，也得到了专家、学者的广泛关注。孟繁树指出，由于2015年是中国人民抗日战争暨世界反法西斯战争胜利七十周年，因此这一年涌现出大量的抗日剧。他总结了2015年上映的抗战题材电视剧取得的成就：其一，这些电视剧"全面展示各条战线的全民族的浴血奋战"；其二，电视剧《东北抗日联军》是抗战剧的一个重要收获，它填补了抗日类型电视剧在东北战场的空白；其三，《太行山上》《黄河在咆哮》《我的故乡晋察冀》等电视剧全面再现了中国共产党领导的抗日游击战；其四，《壮士出川》《长沙保卫战》和《二十四道拐》等电视剧反映了国民党军队抗战的历史；其五，推出了以《王大花的革命生涯》《大河儿女》为代表的诸多丰富多彩的抗战故事剧。与此同时，此文作者也批评了当前抗战题材电视剧的不足之处。他认为，一方面抗战题材的电视剧有泛化倾向，"有些抗战剧其实不过是借抗战为由头在讲与抗战并没有多大关系的故事……伤害了抗战的严肃性"。另一方面饱受诟病的抗日"神剧""雷剧"频出，抗战剧的文化内涵有待今后进一步深入挖掘。①

余秀才则把焦点从今年繁多的抗日剧转移到了抗日剧的评论本身。该学者通过检索数据，发现随着抗战剧在2015年的热播，相关评论也大量涌现，"抗战剧的批评同抗战剧的制播热正

---

① 孟繁树. 抗战题材电视剧述评[J]. 中国电视，2016（1）.

相关，抗战剧的荧屏热播直接催生了抗战剧的评论热①"。同时，该文将抗战剧的评论主体分为四大类，分别是学院派的专家学者、部分抗战剧创作人员、媒体工作者以及广大网民；批评的平台主要为学术期刊、大众媒介与网络新媒体。该文还总结了目前的抗战剧评论的种类：占据最大比例的是对抗战剧的批评与质疑研究，较少关注"抗战剧的历史意义、故事情节、叙事、人物形象、视听艺术研究"等。其调查结果显示，目前关于抗战剧批评的最主要症结有二。一是价值观混乱。普遍将个人趣味等同于价值，将个人爱好等同于标准。二是缺乏客观与建设性的批评。

二、热点评论活动

2015年12月至2016年1月的评论活动主要包括五个方面：创作研讨会，旨在解决剧本、影视作品创作时所遇到的问题；作品研讨会，主要目的是研讨影视作品的主题内容、艺术特色及思想内涵；评选会，为客观、公正地评选出作品而进行研讨和分析；主题研讨会，一般是围绕某个话题和热点问题举办的主题沙龙或者讨论会；政策宣讲会，政府机构、官员对未来的艺术作品提出国家的要求和期望。

（一）创作研讨会

- 2015年12月17日，重大历史题材电视连续剧《胡景翼》

---

① 余秀才. 关于抗战剧批评的批评[J]. 中国电视，2015（12）.

剧本研讨会在西安举行。

- 2015年12月18日，电视剧《悬崖边》在北京举行了项目研讨会。这部电视剧改编自网络小说，需要对其情节、人物进行比较大的调整。

- 2015年12月30日，电视剧《长征大会师》剧本研讨会在西安举行。

- 2015年1月9日，电视剧《股份农民》剧本改编研讨会在贺州举行。

（二）作品研讨会

- 2015年12月18日，电视剧《温州两家人》专家研讨会在北京举行。电视剧《温州两家人》由孔笙、孙墨龙执导，郭涛等演员出演，讲述了面对国际金融危机和国内经济转型的双重压力，中国温州小企业家们的转型故事。

- 2015年12月31日，中国电视艺术家协会、浙江省委宣传部在京召开大型英雄史诗电视剧《抗倭英雄戚继光》作品研讨会。与会专家认为，该剧讲述了民族英雄戚继光的个人事迹，是一部优秀的"主旋律"影视剧。另外与会专家高度称赞了该作品的历史厚重感，做到了思想性、艺术性和观赏性统一，是浙江贯彻文艺工作座谈会精神，围绕着重要时间节点创作的难得一见的精品力作。

（三）评选会

- 2015年12月28日，中国广播影视大奖第30届电视剧"飞
  天奖"颁奖典礼在西子湖畔成功举办。本届"飞天奖"
  的评选会取得了空前的成功。最终各个奖项在当日揭
  晓。《毛泽东》《历史转折中的邓小平》《平凡的世界》《北
  平无战事》《琅琊榜》等17部作品获得"优秀电视剧奖"。
  刘和平凭借电视剧《北平无战事》获得"优秀编剧奖"；
  执导了《北平无战事》《琅琊榜》《父母爱情》的孔笙获
  得"优秀导演奖"；陈宝国和梅婷分别获得"优秀男演员
  奖"和"优秀女演员奖"。

（四）主题研讨会

1.《文化讲坛》：拍好电视剧，别只看颜值

2015年12月8日，导演郑晓龙做客《人民日报》、人民网《文
化讲坛》，探讨他眼中的国产电视剧精品标准和创作现状。他表
示优秀的作品应该包含正确的、历史的价值观，并能够观照现
实。他指出影视应当是一门创新的艺术，真正的精品不会因为
时间的流逝而被埋没。在论坛的最后，他提到了关于中国电视
剧海外销售的情况。他以自己执导的《甄嬛传》为例进行说明。
如今《甄嬛传》的播映版权已经销售至美国、日本等国家，而
销售过程中也遇到了一定的问题和阻碍。但他对此表示乐观，
他认为"这是作品走出去的必经阶段……想进入西方主流社会，

首先要让对方了解你，之后才谈得上是否喜欢"。总之，中国电视剧想要成功"走出去"，作品的品质才是最关键的，一味地炒作"IP"只会把路子越走越窄。

2.《文化讲坛》：品牌做成精品

12月9日，电视剧《琅琊榜》《伪装者》制片人侯鸿亮做客人民网《文化讲坛》。他表示，他成功的关键就在于，一直把尊重观众放在自己创作的首位。他一直秉承着"只有让那些已经不看电视剧的人回到电视机前，才能证明他们的价值"的理念。此外，他强调了在影视创作过程中，一个专业团队的重要性。"孔笙是我们团队的精神核心"，他以《琅琊榜》的创作团队举例说，"我们作品中的价值观、细致风格很多是受他影响。孔笙和我都是摄影师出身，对画面有近乎偏执的高要求。"他也表达了自己对当前电视剧行业的担忧，许多公司只图赚快钱、心态浮躁，不利于整个行业的生态。他还指出"一剧两星"的新政策推出，虽然确实消化了一部分电视剧，但同时导致成本上升，也使综艺节目越来越多，电视剧的空间则被挤得越发狭窄。由于缺乏一个客观的评价标准，当今频频出现收视率造假的问题，对此他表示应对这个问题给予更多的关注。

3. 上海影视：四季沙龙孵化"互联网+"新作品

2016年1月12日，中国电视剧编剧工作委员会常务副会长、国家一级编剧王丽萍等专家、编剧、相关人员出席了上海影视四季沙龙。该沙龙运用"头脑风暴"的方式进行作品的创作。进入2016年后，"互联网+"的概念在各行各业发挥着重要影响，影视四季沙龙也跟着这个大潮，孵化出一批"互联网+"的新作品，其中大部分是现实主义题材的原创影视剧。在沙龙中，有"金牌编剧"美誉之称的王丽萍表示将在2016年推出她的首部网络剧作品，目的是"更贴近'80后''90后'等'网生代'观众"。

4. 企鹅影业：2016年网络剧应该这样燃起来

2016年1月11日骨朵传媒、企鹅影业联合举办"2016年网络剧应该这样燃起来"主题沙龙。在沙龙上，与会人员讨论了当前网络剧、"IP"概念的现状和发展，以及未来网络剧的盈利模式应该如何架构等问题。骨朵传媒CEO王蓓蓓表示，随着2014年开始网络剧数量大幅增加，他们根据播放量将剧集分为了A级、B级和C级剧。所谓A级，是指点播一亿次以上的网络剧；B级则是一千万到一亿之间；C级是一千万以下的。目前平台的运营和盈利模式，主要是在采买剧集之后，通过植入广告、售卖发行权、会员收费、开发衍生品等方法实现资金回流。更多的盈利模式目前还在思考和开发中。由于目前各大网文的网站，基本已经将自己的IP销售一空，利于开发的项目也已经开发殆尽，该模式恐怕未来并不乐观，平台有两种策略，一种是培养自己的团队进行作品创作，另一种是找小题材、小成本的IP进行改编。

（五）政策宣讲会

2015年12月8日，在"2015中国（深圳）国际电视剧节目交易会"上，广电总局田进副局长发表了重要讲话，提及未来电视剧创作的十大风向标。他指出应当在维持正确导向"扎根人民"，在弘扬社会主义先进文化的基础上，建立、完善各方面的政策机制，注重影视作品的质量，实现市场公平交易和竞争，拓展新媒体的发展，加强国际传播和合作，加快电视剧走出去，提升中国文化的软实力。

三、最热焦点

随着国家政策的变化，拍摄运营成本的上升和观众的要求越来越高，电视剧行业似乎处境不如前些年那么理想。一来为谋求出路，二来也是"英雄遇时势"。电视剧行业通过与互联网联合，迎来了自身新的"黄金时代"。网络剧、"IP"、弹幕……这些原本似乎属于互联网新新人类的词汇，如今却成了各大商家、各大艺术创作团队必须面对、厘清、思考的关键问题。

（一）网络剧的"黄金时代"？

1. 网络剧的崛起

2015年是网络剧最为火爆的一年。例如，一部乐视网推出的名为《太子妃升职记》的网剧，截至2016年1月6日，点击量已达到7.5亿次。这部网剧的火热并非个例。有数据显示，2015年，国内有355部网剧上线，并有多部点击量突破10亿。网剧的火爆至少有以下几个原因，首先它短小精悍、充满笑料、追求新奇和个性，能够满足当今"网生代"的需要。其次，对互联网的运用，该剧与观众进行了即时的互动，甚至能根据观众的反馈及时改写角色命运。年轻化的创作团队、精确的数据资料分析——通过互联网，他们牢牢地抓住了观众的需求。网剧未来的发展，可能就是跨屏进军电视、电影行业等。面对一些专家"只有笑料没营养"的指责，高投入成本的网剧对其做出回应，如《蜀山战纪》成功从网络平台登上电视荧幕，由网络剧改编成电影的《煎饼侠》和《万万没想到西游篇》也都取得了不错的票房。

2. 网络剧的特征

周清平①分析了网络剧的特征。他认为当前的网络剧的出现正是电视基因进入互联网的一种体现，而这仅仅只是"互联网+影视艺术"的模式之一。另一种模式是互联网基因进入电视方向。第一种模式，即网络剧，可以解读为"传统互联网+电视剧"。另一方面是电视类型剧基因移植而成的类型如悬念惊悚剧、犯罪剧、科幻剧、奇幻灵异剧等。尽管传统电视面对的多是社会主流的观众群体，但是随着网络的普及，其创作风格逐渐也受到了网络的影响，或者完全为某一网络小说的改编，带有深刻的互联网基因。例如"穿越主题"、唯美奇幻的风格等，皆带有网络文学的影子。

3. 网络剧：关键在内容

2015 年，《心理罪》《盗墓笔记》《无心法师》《暗黑者 2》等"网络剧"改变了人们过去对网络剧的刻板认识，当年以搞笑戏谑为主要吸引力的网络剧集，在制作水平上表现出了突破的迹象。该

---

① 周清平．"互联网+"模式中现代影像艺术文化基因的融合与裂变[J]．电影艺术，2016（1）．

评论认为，网络剧在这一年之所以收获颇丰，吸引了诸多观众的关注，"网"只是一部分因素，而重要的是"剧"在发挥作用，是剧本、内容具有强烈的吸引力。

4. 网络剧的评论

正如前文所说，网络剧的一大特征表现为观众与创作者之间即时的、高速的交互性。周玉基在第一时间把关注点放在了当下交互性最强的"弹幕"上。"弹幕"是一种新态的互联网产品，它可以使观众在观看网络影片的同时，将自己的观点发布在屏幕上面，并让所有人都能看到。该学者总结了弹幕的几大特点：互动性、即时性、碎片化、参与感。并对"弹幕"现象提出了自己的观点，认为弹幕的出现使得观众的观赏过程变得破碎，并"使一个普普通通的年轻人可以在主流媒体上轻易拥有话语权……参与内容的生成与再造[①]"。赖黎捷和牛凌云则细致分析了网络剧下方的观众评论。该论文以网络播放的电视剧《何以笙箫默》为例，抽样、统计、分析剧后评论，得到了如下结论："从网络受众群集特征及文本解读的探讨中可见，网众通过观看行为，实现从网络小说到电视剧的跨媒介互文，及网络文学、网络视频和现实生活三重空间的跨域交往，并借助偶像崇拜、青春记忆、自我实现，逐步进行自我认同的建构[②]"。这个结论对"如何将平台思维、用户思维以及互联网思维运用到影视剧的策划、创作及推广中，譬

---

① 周玉基. 弹幕视频的伦理反思[J]. 当代电视，2016（1）.

② 赖黎捷，牛凌云. 热播剧网众的跨媒介互文与自我认同——以《何以笙箫默》为例[J]. 东南传播，2015（12）.

如可在将网络小说改编为影视剧的过程中，充分利用已有粉丝进行参与式创作与编播"有着重要的借鉴意义。

（二）中国电视剧"出海"时代来临？

中国的电视剧若想发展、突破，就必须学着"走出去"，走向海外。这一方面是经济发展的必然趋势，也是向全世界展现我国文化软实力的必要途径。《人民日报》的一篇报道盘点、总结了至今为止成功走向海外的几部中国电视剧。第一，《木府风云》。"全景式展现中国云南纳西族古老文化和风土人情的电视剧、《木府风云》经过译制，在缅甸国家电视台播出，同时销售至包括日本、韩国、新加坡、马来西亚和泰国等多个国家和地区……"。第二，《媳妇的美好时代》。"斯瓦希里语版成功登陆坦桑尼亚等非洲国家，在当地荧屏上活跃着的当代中国青年形象如今已漂洋过海走进了非洲观众的心中"。第三，《北京青年》。"越南国家电视台青年频道开始播出来自中国的译制电视剧《北京青年》。有当地观众在网上留言，说这部中国电视剧非常好看，让自己感同身受"。一个优秀的中国故事，不但能够在海外展现当代中国的精神风貌，更能向全世界传递中国的精神。

张冠宇、蔡华伟等人则补充了更多在海外发行成功的电视剧，如《步步惊心》《何以笙箫默》《琅琊榜》《芈月传》等。《甄嬛传》更于2015年成功落户美国，这些成绩无疑彰显出国内电视剧无论从内容还是运营上都有着明显的进步。作者认为，"借助这些反映中国历史文化的热门影视作品，会让世界对中国有更新、更全面的认识，并以此打通文化上的沟通渠道，创建与开启和世界交流的窗口"。周根红则从建构理论的角度，解读了中国电视剧在海外传播时推广的形象。该学者指出，中国传统文化在其中确实扮演着至关重要的作用。孙冰和袁巍则从经济运作、企业运营的角度解释了为何近年来"出海"的国剧在数量和质量都有大幅提高，"……甚至在海外都成了话题性事件"。这位作者分析认为这个现象的出现源于"出海"的主体由"肩负国家使命的国家队"变为了大批"民营资本企业"。张子扬、李语然则探讨了在当下全媒体的环境中，中国影视剧实现"迎头赶上，弯道超车"的可能性。首先该文作者指出目前世界上影视作品和电视剧的审美趋势和制作潮流有相似之处，即模式化运作，模式化运作的背后则是高新技术、高强度剧情、新情感表述角度的相互融合，并指出目前全世界影视技术几乎趋于统一标准。因此当标准趋向一致，技术趋向一致时，"当前中国学生作业表现出来的技术气质与世界先进水平的差距在缩小"。

四、主要问题

（一）关于"IP"的争夺

"IP"的英文是 intellectual property，一般可以理解为"知识产权"，现在则有更多的意义，可以理解为一种"娱乐内容的标的物"。如今，随着网络小说、网络剧的发展，"IP"在整个影视行业的地位越发的重要。

　　姜中介、邱月烨揭示了热门网络小说的IP在最近两年内升值迅速，"2013 年，原本普遍在 100 万元左右的热门小说 IP，在 2014 年年初就普遍涨到 300 万～ 500 万元，到了2015 年则攀升至千万元级别[①]"。同时，他认为对IP的追捧使人们忽略了作品内容的重要性，"IP 概念的热炒也在一定程度上促成了资本的盲目追捧，让外界认为只要是受欢迎、有热度的内容，改编成影视作品就一定能够获得成功"。王文章、王亚娜（2015）[②]一文则讲述了IP模式的运作方式。当今各大视频网站都在制订其"2016计划"，要"抢热剧、拼自制、玩硬件"。"无IP，不内容""观众变身用户，观看就是狂欢"，各大视频网站围绕着IP的概念，正在"下一盘大棋"。黄斌[③]提及了当前企业为了应对变化，纷纷开始重新布局规划，希望在新一轮围绕 IP 等核心资源的竞争中，占据一个有利位置。他指出目前IP正在加快产业融合，一方面它使各个文化娱乐融为一体，另一方面使各个相关产业围绕IP这个节点形成一个"泛娱乐"产业。

（二）电视剧转型和创新问题

　　随着"80后""90后"成为电视剧观众队伍中的新生消费力量，维持旧有的创作思路难以抓住这些有着众多名号的年青一

---

①　姜中介，邱月烨. IP不差钱[J]. 二十一世纪商业评论，2016（1）.

②　王文章，王亚娜. 超级IP生态玩"+"[J]. 成功营销，2015（12）.

③　黄斌. 基于IP的产业融合、企业布局与创新[J]. 视听界，2015（6）.

代。因此，电视剧的题材、风格、创作模式、运营思路随时随地都在发生着日新月异的变化。《人民日报》文教周刊的评论《2016文化热点看什么》指出，"随着与互联网相伴成长的一代观众的文化消费能力越来越强"，电视剧中将增加一些年轻演员的身影，将更加倾向娱乐化而不是严肃的思考。2015年的热剧《琅琊榜》《花千骨》和《伪装者》则是这一点最好的佐证。该文认为电视剧正在从"中老年人专属娱乐"转向吸引更多年轻观众的回归，这就需要考虑到年青一代观众的喜好后"因地制宜"，并表示在互联网时代下，每一个领域都必须经历的转型，从平台、渠道到内容，谁失去了最具消费活力的观众，谁就失去了生存和发展的机遇。

五、热点理论研讨

（一）剧本的原创和改编

影视作品中，剧本的地位无疑很重要，而剧本的原创性与改编成功与否一直是一个比较值得关注的学术话题。李准以电视剧《大秧歌》为例，探讨传奇叙事方式的创新，即内容出奇出新、注重个体生命体验、重点布局情节悬念、大胆想象与精雕细节相结合，这"四个要素的有机融合就应当是古代传统的传奇叙事方式的基本美学品格和特征①"。孙宗广赞赏了电视剧《平凡的世

---

① 李准.《大秧歌》和传奇叙事方式的创新[J]. 当代电视，2015（12）.

界》对文学作品的改编，认为它已实现"在内容上对小说进行了升华和超越[①]"。比起原作，电视剧站在一个更高的历史方位、时代方位、民族方位上，对原小说的细节进行改编，使该作品更能贴近观众、更能展现那个时代国家和民族的精神面貌、使作品的历史内涵更加厚重，并值得观众反思，产生对故事中人物的同情和理解。

荆桂英[②]则以电视剧《何以笙箫默》为例，讨论了网络小说改编剧本中的问题，对比了网络小说的文本与电视剧剧本在叙事表达、叙事时空、叙事语言等方面的异同。同时，该论文提到了"视域融合"与"陌生化"两个理论。王中栋提及了另外两部由网络文学改编的电视剧《花千骨》和《琅琊榜》。通过比较、分析后，该学者肯定了这种改编的优势，也观察到其中的不足。

（二）"跨屏叙事"概念

卞芸璐结合当前时代背景下"多屏共存""网台互动""跨媒介的电视剧内容平移"等现象，提出在媒介移动的过程中不能"把相同内容原样'搬运'到不同平台上"，适应媒介融合的趋势应当与跨媒介叙事结合起来，构建一个"故事世界"以吸引观众。该文进而提出，单一路径组成的故事即使跨越不同的平台，

---

① 孙宗广.电视剧《平凡的世界》对小说的升华与超越[J].当代电视，2015（12）.

② 荆桂英.《何以笙箫默》从小说到电视剧的文本转移[J].当代电视，2016（1）.

也不能再吸引受众。当今"受众的思维已经具备了跨屏能力……不同的媒介并不构成勾连与理解叙事的障碍……渴望在不同媒介平台上享受新鲜的故事，但同时又希望在熟悉的故事设定下轻松进入情境，希望在不同媒介文本中都能找到可辨识的勾连线索"。正是在这个背景下，该学者提出了"跨屏叙事"的概念，即通过多个媒介协作叙事，这种叙事方式既能满足受众的需要，又是未来影视行业的发展方向。他认为"以剧为核构筑'故事世界'"是未来电视剧的跨媒介转型的必经之路。这就要求在进行文本创作时，"构筑'故事世界'的叙事理念，需要电视剧创作打破惯用的横向线性叙事结构，以开放性的时空设定、主辅搭配的叙事线索与网状铺开的人物关系，为跨屏叙事奠定实践基础①"。

---

① 卞芸璐. 构筑"故事世界"：电视剧跨屏叙事的转型关键［J］. 中国电视，2015（12）.

第三节　电影篇
——从贺岁档到全年产业总结

　　2015年12月—2016年1月，中国电影市场进入了每年度最重要的、也是最受电影公司和观众期待的黄金档期——贺岁档，共有《寻龙诀》《老炮儿》《恶棍天使》《一切都好》等近50部国产影片上映，真是大片小片云集、明星名导齐上阵、影人观众集体狂欢的电影盛宴。随着数十部国产片有序上映、贺岁强片屡掀票房高潮，电影引发的话题评论热度也随之提升。

一、热点作品汇总

（一）多部国产影片引发市场热点

　　双月期间，随着上映档期的前后轮替，《寻龙诀》《万万没想到》《老炮儿》《唐人街探案》等多部影片引发了电影市场热点，随之带动业界、媒体及观众的关注和讨论，掀起了2016年贺岁档一轮又一轮的讨论热潮。

2015年12月18日，由热门IP改编的奇幻大片《寻龙诀》上映，正式拉开了贺岁档的大幕。这部影片一经上映便掀起一轮"摸金热"，上映22天之后票房超越此前热映的《港囧》。截至2016年1月31日，《寻龙诀》已累积票房16.74亿元，仅次于《捉妖记》创造的24.38亿元票房，成为华语电影史上最卖座影片的票房亚军。同一天上映的影片《万万没想到》，改编自网络热播短剧，虽然票房、口碑高开低走，最终也取得了3.16亿元票房。

2015年12月24日上映的影片《老炮儿》《恶棍天使》，以现实题材、恶搞喜剧这两种截然不同的题材类型同台竞技，吸引了多元观影人群的关注，分别取得了8.86亿元、6.47亿元的票房成绩。此外，2016年12月31日上映的悬疑推理喜剧电影《唐人街探案》凭借良好的口碑营销，最终也取得了8.096亿元的票房佳绩。

（二）"微电影"成为热门话题

同期，网络微电影也成为热门话题。由百事可乐投资出品的微电影《把乐带回家之猴王世家》成为最大赢家。该短片于2016年1月初上线，并未引起较大反响，然而借助2016年1月28日针对央视猴年春晚吉祥物、六小龄童演出等事件的讨论热潮，该短片瞬间席卷整个网络平台，百度指数瞬间飙升。众多网友用情怀打败了理智，加入春晚声讨大军，间接使百事可乐广告得到了二次传播，成功吸引眼球。微电影也因抓住了热门话题，顺利成为成功的营销事件。

二、热点评论现象点评

（一）2015年中国电影产业与创作总结

　　根据国家新闻出版广电总局电影局的新闻通报，2015年的中国电影产业与创作取得了诸多可喜的成绩。

　　1. 各项产业指标高速发展。2015年全国电影总票房为440.69亿元，比2014年增长48.7%，创下"十二五"以来最高年度增幅。其中，国产影片票房271.36亿元，占总票房的61.58%，以较大优势保持了国产电影在中国电影市场的主导地位。进口片占比为38.42%，创下了7年来最低。2015年我国故事影片产量686部，全年票房过亿影片共计81部，其中国产影片47部；国产影片海外销售收入27.7亿元，比2014年增长48.13%；全年城市影院观众人次达到12.6亿，比2014年增长51.08%。此外，2015年影院建设继续保持快速增长，全年新增银幕8035块，平均每天增长22块，全国银幕总数已达31627块。全国影院已全部实现数字化，县级城市影院全覆盖已基本实现。

　　2. 国产影片不断提高创作水平。2015年国产影片创作类型品种丰富，受到了市场和观众欢迎。涌现出《西游记之大圣归来》《捉妖记》《滚蛋吧！肿瘤君》《狼图腾》《烈日灼心》《战狼》《解救吾先生》《寻龙诀》《老炮儿》等一批优秀影片，巩固了国产影片在中国电影市场中的主导地位。根据电影局相关负责人介绍，2015年中国电影坚持以人民为中心的创作导向，走上质量提升、产能优化的新阶段，社会效益和经济效益取得双丰收，而且大批优秀青年电影人才脱颖而出。另外根据对2015年重要档期开展的综合性电影观众满意度调查显示，电影评价不再"唯票房论"，国产影片的口碑处于持续上升态势。

在2015年中国电影产业、创作跨越式发展的今天，也存在一定的问题。

1. 票房偷漏瞒报现象依然存在，电影产业有待进一步规范。据业内人士统计，过去几年，全国电影全票的10%以上都被"偷"走了，而2015年被"偷"的票房竟高达45亿元，其中，很多所谓的"热门国产片"，最终都"名不副实"。为此，电影局方面已经针对偷漏瞒报票房现象做出行动，国家新闻出版广电总局电影局局长张宏森表示，官方出台了法律法规，有望规范市场，给予影院处罚，严重至吊销营业许可证，院线方也将承担连带责任，此外，票务软件产品也得到技术监管。

2. IP改编陷入狂热，原创能力缺失。中国传媒大学赵晖认为，"分析影视业IP热的深层原因，是行业对原创的开发不够重视，导致原创能力下降""对影视创作而言，无论是IP改编还是原创，都需要源源不断的艺术创造力。希望对IP热的冷思考能匡正影视产业的不良之风，激发编剧的原创动力，创作出更多优质的中国故事"。

3. 电影产业结构有待加强。有数据显示，中国电影市场收入八成以上依靠票房，好莱坞市场电影衍生产业的收入却占比高达七成。北京电影学院副院长尼跃红认为，电影衍生产业范围广阔，包括票房、电子音像制品、游戏、生活用品、主题公园等一系列产业内容。《老炮儿》导演管虎认为"中国电影工业化还没有真正起步。中国电影工业化只是学了个套子，实际上好莱坞工业化是个大体制、大机器，里面每个螺丝都是最最重要的工业化元素，这个螺丝就是人"。

2015 年的电影市场瑕不掩瑜。一方面，高速增长、急功近利、人才不足、管理落后、诚信缺失等相互作用，造成了偷票房、票房作假等种种劣迹，严重损害了电影市场的健康发展。另一方面，高质量、低价格的电影正越来越多地走进人们的生活，电影正在回归其大众消费品的本质。同时，新导演、新类型片不断崛起，电影作品和观众的口味越来越多元化，电影行业正在健康发展的道路上稳步向前。乐观估计，中国电影还有五年的黄金时代。

（二）贺岁档国产影片整体评价较高

根据中国电影艺术研究中心联手艺恩共同开展的中国电影观众满意度调查显示，2016 年贺岁档以 82.9 分的高分成为年度观众满意度最高的档期。贺岁档期满意度位居全年五大档期之首，得益于所调查影片整体性良好表现。7 部影片中有 5 部的满意度得分超过 80 分，这反映了贺岁档的成熟和产品投放的适当。管虎导演的《老炮儿》以满意度 86.4 分位居档期第一，成为年度最受欢迎国产片，超高满意度也助力影片票房在上映 3 日后实现逆袭。乌尔善执导的《寻龙诀》也以 84.5 分的高满意度，档期满意度和年度满意度都位居全年第二，真正实现了口碑与票房的双丰收。

与同档期其他影片相比，青年导演陈思诚执导的《唐人街探案》虽然映前宣传较弱，却在上映后获得82.0分的高满意度，位列档期满意度第三，市场表现良好。王微十年磨一剑的动画电影《小门神》以81.2分位列档期第四，画面和工业制作精致，创意和故事还有提升空间。翻拍自意大利电影《天伦之旅》的《一切都好》情义暖怀，满意度得分80.8分，观众的认可度较高。

而中国电影史上贺岁档的喜剧电影，却未能延续传统档期以及2015年暑期档、国庆档的大丰收景象，《万万没想到》和《恶棍天使》均未冲破80分。同时，统计结果也表明，虽然电影的题材类型和功能不同，但能够获得观众高满意度的好电影一定在观赏性、思想性上都能获得较高得分，进而形成高传播度。当我国电影市场在阶段性满足中国观众对电影的视觉奇观和感官娱乐需求之后，构建电影观赏性、思想性和传播度的"铁三角"关系将是保证一部影片获得高满意度的关键。

此外，2016年1月9日上映的进口片《星球大战：原力觉醒》反响平淡，进口影片整体遇冷。由于《星球大战：原力觉醒》中的"回忆""神话"等存在文化背景差异，不符合中国观众对科幻大片的预期，不符合贺岁档小镇青年观影人群的期望，因此在1月已经透支的贺岁档，票房遇冷。导演许诚毅认为："《星球大战》就像美国的《西游记》一样，中国观众没那么热情也正常"，同时他也强调"有很多很美好的东西，你了解后就会懂得怎么去欣赏"。随着中国电影市场的成熟，中国观众（包括"小镇青年"）

对外国文化的接受度会越来越高；随着中国电影衍生品市场的成熟，中国电影粉丝的黏合度也会越来越高，贺岁档进口片市场也许会迎来不一样的情形。

（三）现实题材影片《老炮儿》引发热议

现实题材影片《老炮儿》自公映以来，话题一直不断。先是冯小刚凭借这部电影斩获了第52届台湾电影金马奖的影帝桂冠，随即电影的票房和口碑一路飙升。《老炮儿》午夜点映场取得票房171万元，首日票房5119万元，上映6天票房累计突破3亿元。截至2016年1月28日，《老炮儿》总票房已达8.93亿元。根据中国电影观众满意度的调查结果，《老炮儿》以满意度86.4分获评2015年度最受欢迎国产片。

《老炮儿》在今年贺岁档引发了热议，在票房口碑高升的同时，也存在诸多话题层面的非议。特别典型的是，《老炮儿》中台词频现粗口的问题引起比较大的争议。有人认为，该片语言暴力尺度大，粗口累积出现高达上百次，片中从冯小刚、张涵予到吴亦凡和李易峰无不"出口成脏"。当然在诸多人声讨该片的同时，更多的人对该片持宽容和理解态度。影评人史航认为"电影作品中过多的粗口十分不可取，不利于文化的提升，但从艺术的角度讲，《老炮儿》中的粗口又都是服务于人物性格和特定情境的，是这部影片塑造角色、彰显人性必不可少的元素"。导演管虎这样说："我觉得我们片子里的粗口不是脏话而是语气助词，换其他的话都会让影片变味儿！"《北京青年报》等媒体这样评

价, "'糙老爷们儿'中, '爷们儿'的形象通过故事塑造, '糙'
就全靠这粗话, 一句'你丫'可以表达爱恨情仇, 根本不需要语
言动作, 一个词就能准确传达情绪, 正是汉语的魅力。"

由此片也引发了对国产电影分级制度的热议。正如冯小刚承
认的那样, 电影中过多的粗口可能会对未成年人造成负面影响, 但
我们完全可以借鉴国外的成熟经验, 对相关影片进行分类放映。否
则, 只是简单要求电影在艺术上做出妥协, 那便是得不偿失了。

《老炮儿》还存在其他争议。北京控烟协会发出公开信, 称
该影片滥用吸烟镜头, 要求广电总局和片方道歉并加播禁烟字
幕。有人说, 该片过度美化老一辈的价值观, 宣扬"青年即祸
害"; 有人说, 片尾六爷将对账单举报给中央纪委是本片最大败
笔, 江湖里的事应该留在江湖解决; 有人说冯小刚和许晴的激情
戏"少儿不宜", 有人说以冯小刚的颜值不太可能会有李易峰这
样的儿子等。

(四) 喜剧电影评价遇冷, 大众文艺需要高尚引导

贺岁档两部喜剧影片《万万没想到》《恶棍天使》票房高开
低走。《恶棍天使》圣诞档以惊人的44.61%排量起片, 首日拿下
1.52亿元票房, 不仅将势头正劲的《寻龙诀》拉下马, 还把同档
的《老炮儿》压得死死的, 然而三天后就遭遇了《老炮儿》和《寻
龙诀》的逆袭。《万万没想到》也同样如此, 口碑争议较大, 在
后期受挤压严重, 排片跌幅较为明显, 票房颓势毕露。

究其原因, 影评人史航认为: "以往, 电影口碑的发酵传递

比较慢。一些'烂片'利用口碑传递的时间差，通过宣传炒作，总能够把一部分观众忽悠进影院，从而获得高票房。这样一来，就会挤压不少好片子的市场空间。现在，随着传播手段的进步，观众已经能够实时掌握不同影片的口碑和评价，所以好片子已经能够凭借口碑传播迅速扩大市场。《老炮儿》一直到上映后第4天，才实现单日票房对其他同档电影的反超，上映第9天，才以8500万元的成绩达到了单日票房的峰值。口碑能够左右电影票房，一方面说明观众审美水平的提高，另一方面也能够倒逼电影人把更多心思花在提高电影质量上。"

贺岁档电影的主要观众年龄集中在21～30岁，这也是目前国产电影的主力观影群体。"90后"观众看电影的热情相当高，《万万没想到》和《恶棍天使》的"90后"观众占比达到60%以上。可见年轻观众对主打"无厘头"的喜剧片有刚性需求，也更加需要理性的引导。

三、热点问题讨论

近年来，IP改编电影在国内愈演愈烈。据统计，从2014年开始，关注度颇高的电影中有三分之一是IP电影，到2015年就已经上涨到35%，而IP电影的"价值"也在不断变现。大量的改编也引发了诸多思考。

（一）单纯套用常规模式不一定会得到认可

影片《寻龙诀》与《鬼吹灯》。都是根据热门IP《鬼吹灯》

改编，然而前者首周票房爆收6亿元左右，最后票房达到17亿，成为华语电影票房亚军，后者则票房遇冷。分析原因，陆川的《鬼吹灯之九层妖塔》对原作改编过多，让年轻消费者颇感失望，结果没有取得较好票房。可见单纯套用"高颜值+大制作+高投资"的模式，并不能让所有的IP都火起来。《寻龙诀》承袭原著精髓，影片制作过程技术含量高，都助推其快速吸金，最终的票房验证了影片的品质。

（二）IP热引发了原创与资本的大论战

2015年11月，阿里影业副总裁徐远翔有关"IP为王，不再请专业编剧"的言论，引发了一场关于原创与资本的大论战，也让社会民众看到了跨界电影人对电影原创力的漠视和对网络IP的盲目迷信。IP热的出现，一定程度上改变了影视圈原有的创作模式，原本被视为非主流的网络作家，逐渐成为拥有话语权的主导者。当资本过于偏向有互联网大数据撑腰、以商业炒作见长的网络小说IP，真正有文学价值的作品反而成为时代的另类，编剧的原创也必然受到非理性排挤。资本因势利导，信奉丛林法则。在创作中将艺术探索和商业逐利本末倒置，艺术将黯然失色，电影也可能就沦为网络粉丝经济的附庸品和娱乐时代的挣钱工具。如何正确对待IP，善于利用IP，成为电影行业亟待解决的问题。

四、热点理论新进展

2015年，中国电影获得非凡的成绩，这样的成绩体现在票房上更是明显。但是，中国电影不能在"唯票房论"的怪圈上继续发展。票房只是其中一个衡量标准，而不能够演绎成唯一的指标体系，否则就会陷入困境中不能够自拔。

在"消费主义"盛行的今天，评论家呼吁从关注电影产业研究重返电影艺术、美学研究和内容分析，切实推动中国电影艺术的进步，提升电影质量和美学品质。专家们呼吁完善各种机制，建立多元电影评价制度。即不仅需要考虑电影的票房多寡，更是需要考虑电影的艺术性、故事性以及对中国文化的渗透与传递。在这样的基础上，一部电影才能够有多个维度的评价指标，而非单纯的"唯票房论"。

第四节　美术篇
——从85新潮回顾到当代性问题

　　本文分析2015年12月至2016年1月中国美术界的热点现象，较为全面地整理了这两个月内引起比较广泛讨论的热点美术展览、研讨会议，以及一些涉及艺术创作、艺术理论与批评等相关问题的理论研究成果等。通过本双月报告，读者可以概览此时期发生在美术界的各种新现象、新变化，了解美术领域新的艺术创作理念和学术动向，把握美术评论界新的理论问题和研究方向。

一、热议展览

（一）艺术家个展

- 2015年12月3日，"东方葵Ⅱ——来自葵园大地的报告"许江艺术大展在上海中华艺术宫开展。该展览展出了许江六十余幅以"葵园"为主题的大型油画作品、百余幅水彩作品，以及一系列大型雕塑作品，展示了艺术家近十二年的创作生涯。展览包含"俯仰—共生""重屏—东方葵""层览—葵平线""综观—百塑百葵"四个板块。除此之外，还特别展出了"梳理艺术家十二年来所经历的葵园发生现场和展示现场"，一个题为"此在即诗"的文献展，以图文结合的方式对许江创作中的关键词进行深入解读。以"东方葵"为名的系列作品体现出许江艺术的"双重东方性"：一为充满现代意识的东方意境，二为对一代人独特集体命运、历史经验和精神气质的表现。

- 2015年12月4日，"自在途程——靳尚谊油画语言研究展"在中国油画院美术馆开幕，该展览展出了画家靳尚谊从1950年至今的77件油画作品，全面回顾了他在油画语言方面的研究历程，呈现出他自1950年进入中央美院求学，到"文化大革命"期间，再到改革开放，然后到90年代以后各个阶段在油画创作方面的探索和思考。展览分为五个篇章，分别为"线条与色彩的乐章：踏上现代主义之路""造型与格调的变奏：借鉴前辈大师之法""中西绘画交响：研习传移摹写之道""语言与技巧的合声：拓展油画创作之径""现实与意象的回旋：写生敲开艺术之门"，以倒叙的方式呈现靳尚谊的油画艺术创作和理念。

- 12月5日，展览"镀金时代——叶永青的游走"在北京亚洲艺术中心开幕。该展览展出了叶永青2015年最新架上绘画，包括孔雀系列、花鸟系列、一幅玉兰、两幅纸本手绘册页作品等。艺术家曾说："我们正处在一个镀金的时代——而整个夏天我都在描绘和写着一个自闭的游戏：用几只孔雀慢慢篡改窗外的世界。"他以独特的艺术语言，优美而舒缓地描绘着隐藏在这个镀满"土豪金"时代下的某些东西，含蓄地对当下浮华的社会现实做出回应。策展人杭春晓认为，叶永青的作品带有某种针对现实的介入性，这也是叶永青这一代艺术家天然具备的创作倾向。

- 2015年12月5日，欧阳春个展"一粒尘埃"在香格纳画廊北京空间开展。该展览展出了一件单独的装置作品，作品由画家自1997年至今在不同材质上创作的1300余件作品所组成。这1300余件作品贯穿了画家的创作生涯。作为"70后"画家中的代表人物之一，欧阳春兼具"70后"的成熟思想和"80后"的活泼开放，其作品简单却又能敏锐地表现当下社会人们的内心世界和时代变迁对人们的影响。策展人郭晓彦评价欧阳春"像一个聪慧且鲁莽的孩童，凭着对世界的好奇和探究的热情与果断，在一个没有明确指向的世界里探险"。

- 2015年12月18日，宋冬年度收官展——"剩余价值"展在北京开幕。该展览展出了艺术家宋冬以日常"废弃物"为对象创作出来的当代艺术作品，延续了艺术家以生活为本位的创作理念和将现成品进行转换的创作方式。"剩余价值"一词取自马克思主义政治经济学，但是，宋冬的艺术创作无意触及那些冰冷的理论，而是意在通过艺术的手段处理他与物品、与家人、与生活之间的关系。宋冬曾说："'剩余价值'是人们在已有价值之外再认识的价值，是人们忽略的价值。不涉及剥削，而关乎发现和创造，是'无用之用'。"佩斯画廊负责人冷林这样评价宋冬："艺术家宋冬等于艺术，或者说艺术等于艺术家宋冬。虽然，我们看到艺术家的作品里出现了很强的传统文化的信息，但艺术家的目的并不在发扬和普及传统文化，而是想利用它们来塑造'我'的形象。宋冬艺术的创造活动已经经历了十年。"

- 2015年12月20日，"大同大张"个展在上海当代艺术博物馆展出，该展览展出了艺术家张盛泉一生中最重要的作品，还包括艺术家的手稿、大量艺术笔记和诗稿等，是首次对其生平创作的综合展示，较为全面地为观者呈现了艺术家的生平、艺术思想和精神世界。作为中国重要的行为艺术家之一，"大同大张"曾认为"真正的行为艺术就是'无条件地摧毁自己'，任何做给别人看的东西都是可笑的"。2000年1月1日，他以自缢的方式来实践人生的最后一件行为艺术作品——《我看见了死亡》，而他的自绝让他在身后引起了激烈的讨论。岛子认为他"超越了艺术有限性，在精神维度上确立了一个高度"；而邱志杰则不认为他和"后感性"有任何关系，更不认同他的死；尹吉男认为，"大同大张"最后结束的不是艺术，而是人，"他的确是有很多疑问，我也不认为他一定都把这些疑问解决了，可能是'终结'本身的结果"。王彦也对此类极端的艺术创作持否定的态度，并提倡当代艺术家应该从"病态的戏仿与复刻"中走出来，尊重更多人的审美理想，杜绝刻意的离经叛道。

- 2016年1月12日，"图像修正"王广义个展在新加坡当代美术馆开幕。该展览展出了艺术家2007年创作的《冷战美学》、2011年创作的《伟大的幻觉》《新宗教》以及2015年创作的《物种的局部》等系列作品。策展人吕澎认为，王广义"通过创造性的视觉语言表明，政治不因平等而发生，政治意味着艺术图式的建构与争夺，意味着在空间与时间、可见与不可见、言语与噪声之间的重新划界，政治挑战并反对意识形态的凝固秩序，通过制造混乱、盲点和悖论从而实现真正意义上的人之解放"。

- 1月22日，薛松个展"开门见山"在新加坡香格纳画廊开幕。该展览不仅展出了薛松近两年的系列新作，如《致敬罗斯科》系列、《意象书法》系列、装置《可乐·山水》以及雕塑《交租》等，还展出了薛松自20世纪90年代至今的代表性作品，如《可口可乐—全景》《符号系列》和《龟裂纹》等。展览依据创作题材被分成对话、山水、符号、书法等部分，全面梳理了薛松在艺术创作上的实践。艺评家高岭曾这样评论薛松的艺术："薛松从来都没有抛弃中国的历史与文化传统，他从来都认真吸收西方优秀的艺术语言。他从来都没有刻意迎合商业和时尚，但他却以自己的方式创造了新的时尚。他令人信服地突破了中国传统，并成功地超越了西方波普。"

（二）群展

- 2015年12月11日，"首届亚洲双年展暨第五届广州三年展"在广东美术馆开幕。该双年展邀请了世界范围内17个国家的47位/组艺术家参展，作品涵盖装置、影像、绘画、摄影等多个艺术领域。展览以东西方国家所在的不同时区为切入点，将西方文化、全球视角定义为"世界时间"，而将与之相对应的亚洲视角定义为"亚洲时间"，它以"亚洲时间"为主题，并且将"亚洲"作为一个内涵丰富的时空概念，放在亚洲经济崛起、文化开放，世界文化多元发展的大背景中考量，探讨全球视野下亚洲艺术的发展，亚洲的历史、文化、经济，亚洲文化体系与西方世界文化体系的辩证关系等多个论题。随后，作为该展览系列活动之一的学术论坛于12月12日在广东美术馆举行，与会的专家学者们围绕"亚洲视野中的普遍性问题""文化相对主义与亚洲""亚洲时间：并行时间""时间和它的载体：聚焦亚洲"四个专题进行讨论。

- 2015年12月12日，第三届中国国际雕塑双年展——"新态·2015太原国际雕塑双年展"在太原市美术馆开幕。

该双年展以"新态"为主题,共分为"新境域""新做物""新界面""新视场""新陶式""新晋风"六大板块,多方面、多领域地展示了中国雕塑家近年来在雕塑艺术创作领域的新面貌、新探索和新动态。中央美术学院的吕品昌教授评价该展览为"雅俗共赏",并且表示参展的雕塑家涵盖多个年龄层,跨度之大,十分难得。

- 2016年1月7日,"后学院:八大美院油画研究展——广州站"在广州美术学院美术馆开幕,展出了八大美院里老中青三个年龄层的29位艺术家的油画作品。该展览的策展人杨小彦提出"后学院"这一概念,认为当下的八大美院已脱离于保守的桎梏。他们通过推进自身内部的革新,以当代性作为艺术教育与创作的主要理念,使学院艺术呈现出超越"学院"原有含义的观念追求,使学院成为当代艺术的领军力量。随后,相应的研讨会在广州美术学院美术馆召开,参展艺术家、学术委员会委员及相关学者就当下美术院校的教育趋势、学院老师在教课及个人创作等方面的问题展开讨论。

- 2016年1月9日,"水墨的解构与解放"展览在凤凰艺都美术馆开幕。该展览由王天德、邵岩、易鹤达、戴光郁等35位艺术家联合呈现,分为"图与式""意与象""装置与影像"三个章节,展出了多种不同形式的当代水墨作品,意在从解构当下水墨形式语言出发,通过研究当代水墨的发展现状,试图解放水墨创作的边界。策展人彭峰在展览介绍中提到，"解构水墨，不是解构自然水墨"，而"是解构习惯水墨，破除遮蔽在水墨之上的各种僵化的程式，破解遮蔽在水墨之上的各种难解的密码。让水墨回到水墨本身，回到水墨的自然状态"。"解构水墨的最终目的，是在自然水墨的基础上，建构艺术水墨。解构水墨的目的，是绕道自然水墨，达到艺术水墨的目标"。

- 2016 年 1 月 9 日，"语言亭"群展在上海民生现代美术馆开幕。该展览展出了包括陈晓云、何岸、林天苗、邱志杰、王郁洋、吴山专和徐冰在内的 13 位/组艺术家的绘画、影像和装置等多种媒介形式的作品。展览以这些作品为案例，讨论了艺术领域中艺术与语言之间的关系问题。在这些作品中，艺术家的"语言工作"呈现为三个层面：第一，把语言系统本身作为工作界面，在语言学的层面上面对语言与意识形态、符号与概念、语言与图像、语言与物、语言与技术，以及不同语言系统之间关系等一系列议题，生发一种系统的批判与创造；第二，从具体语用现象入手，把语言作为有历史、社会、文化、政治意义负载的"现成品"研究及使用；第三，在图像"语境"下的写作，使语言参与在作品的形式及意义的结构中，实验一种文图互衍的诗学。

- 2016 年 1 月 24 日，"中国抽象艺术研究展"在今日美术馆开展。该展览邀请了中国抽象艺术领域具有代表性的 16

位艺术家参展，每位艺术家均从事抽象艺术创作达二十年以上。其目的旨在反观抽象艺术在中国的发展样貌，并对其进行深入地梳理、分析、研究与推广，以促进中国当代艺术的进一步发展。策展人朱青生在该展览中提出了"第三抽象"的理论，即将人的修养与气质，凝结起来体现在画面上，它与以康定斯基为开端的第一抽象，以美国抽象表现主义为代表的第二抽象相对应。

- 2016年1月26日，由法国路易威登基金会主办、北京尤伦斯当代艺术中心联合策划的"本土：变革中的中国艺术家"展览在巴黎路易威登基金会开幕。该展览展出了刘韡、徐震、刘小东、邱志杰、胡向前、刘诗园、徐渠等12位来自中国大陆、不同代际的艺术家的作品，以及路易威登基金会的原有藏品，是近十年来首次在法国举办的大型中国当代艺术展。参展艺术家将本地传统与文化和高尖端技术与工具结合或形成对照，揭示了变革下复杂纷呈的社会现象，在展示多领域新现象的同时，还探讨了身份问题。展览意在凸显日新月异的艺术生产的多重形态特征。

二、主题研讨会

2015年12月至2016年1月间，有两场较为重要的学术研讨会："85美术史实考据"论坛和"艺术理论与批评在当代"学术研讨会。

（一）"85美术史实考据"论坛

　　2015年恰逢"85美术运动"30周年，艺术界围绕该话题进行了一系列的展览与研讨。例如2015年9月26日在南京更斯艺术馆举办的"我思·我在——纪念85美术思潮30周年展"。该展览展出了85时期江苏及周边地区的艺术家作品，在回顾85美术思潮的同时，提出如何在当代的艺术创作中连接和延续30年前的原创性和革新性的问题。2015年11月7日，山东青岛的如是美术馆举办了"'85新潮三十年'尤良诚80年代作品展"，精选了"85新潮"的全程亲历者尤良诚18岁至25岁（1984—1991）的艺术作品共30余幅进行展出。2015年11月27日，"'85美术三十年'当代艺术邀请展"在上海新华中心开展，该展览展出了杨国辛、杨起、黄锐等21位当代艺术家的作品，旨在回顾和梳理85新潮以后30多年来中国当代美术的发展状况，验证"85新潮"对中国美术发展的重要意义。

　　这股回顾的热潮在2015年年底依然持续着。2016年12月19日，"85美术史实考据"论坛在湖北美术馆召开。该论坛邀请了陶咏白、王林、杨小彦、殷双喜、贾方舟、顾承峰、高岭、鲁虹等一些"85美术运动"的亲历者，以"考据"的方式对"85新潮"期间的一些基本史实进行梳理和研究，强调以严谨的学风，采用第一手资料，将这一段历史的真实面貌准确地保留下来，为研究者们确立可信的历史资料。此外，整理"85新潮"的历史资料的主要目的，是探讨这一场运动对当下艺术的发展具备怎样的现实指导意义。以下是编者根据相关的资讯及文章，对本次论坛中的主要观点和理论成果进行的整理。

首先，北京大学视觉与图像研究中心的"中国现代艺术档案"项目人员做了题为《回顾"85美术运动"系列档案》的开场报告。该报告分享了中国现代艺术档案对"85美术运动"近三十年来的历史资料和相关文献的整理和工作成果。其中包括：对中国现代艺术档案三十年来保存的出版物文献资料进行整理，并将所有信息统合为《中国当代艺术大事记初稿（1976—2006）》，且在之后的每一年都出版该年份的《中国当代艺术年鉴》；对现有的关于85美术运动的研究进行整理，并将相关内容补入年表；将一些珍贵的一手资料以电子化录入编号的方式存档；建立艺术家个案研究，并关注地域、群体问题，包括相关的艺术团体和地方团体等；与雅昌艺术网合作启动"众筹"项目，依靠互联网公开呈现中国现代艺术档案的工作进程，并向社会征集相关史料。

四川美术学院王林教授的报告题目为《个人性、反传统与重建文化民间——纪念"85新潮美术"三十年》。该报告从"个人性""反传统"和"重建文化民间"三个方面论述"85美术运动"的重要意义。首先，个人性。王认为"85美术运动""是中国有史以来规模最大、影响最广的现代艺术运动"，它"以其强烈的个体意识冲击中国传统文化和现实生活中的集体主义和集权意识，不仅把个人性问题放进美学讨论之中，而且置入社会政治和历史文化范畴"。"85新潮"对人权的尊重，连接着启蒙主义和新启蒙主义、自由主义和后自由主义。其次，反传统。王认为"85

新潮"美术的反传统方式乃是分解传统，即"以打破传统集体系统为前提，整体改变，局部汲取，造成文化传统与艺术传统的突变"。他以谷文达和徐冰的艺术创作为例，认为艺术家可以借用传统艺术语言的形式，探索新的创作可能，体现现代人的个人自由。

中国美术批评家年会学术委员杨卫做了题为《作为思想解放运动的"85美术新潮"》的报告。该报告深入探讨了"85美术运动"的前因后果，着重分析了其产生的社会背景与政治环境，认为这场思想解放的现代艺术运动既是民间自发的，也是上层建筑默许的。首先，杨提出1983年的"清除精神污染"运动作为一场保守势力的反扑，增强了全社会对求新求变的诉求，刺激了1985年左右更大范围的思想解放。其次，杨认为，"中国的开放节奏，是在某种左右拉锯战中，步步为营的"，即社会宽松时，新思潮层出不穷，而当社会关系紧张时，新思潮便逐渐消退。他以"星星画会"的兴起与解体为例，认为85美术新潮的产生与结束同样是与社会背景息息相关的。

中央美术学院的殷双喜教授做了题目为《转型与裂变——"85美术新潮"回望》的报告。作为"85美术运动"的亲历者，从艺术社会学的角度回顾这场思想解放运动，探讨了一些可能被误解或遗忘的史实与问题：85美术是"新潮"还是"运动"，即85美术的概念表述问题；草根群体与英雄个性；主流体制与野生状态。在殷教授看来，85美术运动是"特定历史时期的特殊的美术现象，具有历史的合理性和必然性"。

（二）"艺术理论与批评在当代"学术研讨会

2015年12月14日，北京师范大学艺术与传媒学院和北京师范大学"中国文艺评论基地"在北师大共同举办了一场名为"艺术理论与批评在当代"的学术研讨会。该会议围绕艺术理论与批评的当代性问题进行探讨。以下是对本次会议中部分观点和理论成果的总结。

四川大学艺术学院院长黄宗贤教授做了题为《艺术的转换与失语的症候——中国艺术理论的时代境遇》的发言。他提出当代中国的艺术学理论和批评相对于当下火热的当代艺术创作存在发展滞后的问题，具体表现在既割裂传统，又被西方理论支配的无根状态；自主精神的薄弱；以及现实担当的缺乏等。随后，黄提供了四种构建中国艺术学理论体系和理论范式的路径：实现西方范式向中国体制构建的转换；用一种更开放的思维和视野研究艺术；回归超越，重视艺术的超越精神，构建一种与现实世界对应的精神世界；处理好艺术本体与跨界、传统文化事业和文化身份，传统与精神创作三个方面的关系。清华大学美术学院陈池瑜教授做了题为《中国现代艺术批评的基本特征》的报告，总结出中国现代艺术批评的四个基本特点：西方近现代理论和批评成为最重要的理论依据；以西方艺术为参照评判中国艺术；艺术批评存在对西方艺术社会学批评方法、马克思主义批评观及苏联社会主义现实主义批评原则的吸收和运用；借鉴西方现代主义艺术思潮进行艺术批评。

　　中央美术学院人文学院副院长李军教授做了题为《在理论的背后——用图像反驳丹托》的报告。他重新诠释了丹托艺术理论中的核心概念"变容"（transfiguration），指出所谓的作为艺术理论与观念的"艺术界"，本质仍是视觉性的。

　　华东师范大学哲学系姜宇辉教授发表了论文《档案，记忆与当代性的时间逻辑》，从哲学角度对"当代性"概念做了准确而深刻的辨析。他从时间性的角度思考，认为现代性最重要的一个内涵就是求新求变。然而现代性的求新逻辑又反对将单纯的求新求变作为唯一的标准和法则，因此"连续"和"断裂"是现代性时间两个非常重要的问题，具体表现为记忆与遗忘。

　　北京大学新闻传播学院副教授祝帅做了题为《暧昧的当代》的发言，提出了当代艺术研究在今天的三种变化与转向：转向理论；转向古代研究；转向当代的综合代理，即由单纯的批评学者，转向包含文学家、艺术家、经纪人和策展人等多重身份的角色。

　　浙江大学传媒与国际文化研究院林玮博士做了题为《文艺"微批评"的两个传统及其统合：以生活美学为视角》的报告。他结合教学经验，针对"微时代"下文艺批评的现状和方式，探讨了三个问题：片断式写作的历史传统；媒介的革新带来批评的大众化与审美的泛化，审美批评存在质量和水平的差异；提倡进行专业性强的微批评。

（三）其他研讨会

　　2015年12月5日至6日下午，"上世纪"主题研讨会在今日美术馆举办。该研讨会由芝加哥艺术大学教授巫鸿主持，围绕两个主题展开。第一，20世纪：人民性与现代经验。主要探讨"人民"这一具备现代性特征词汇的复杂内涵，以及如何理解20世纪社会主义革命中作为美术经验与社会政治经验交织而就的"人民"传统的问题。第二，20世纪：现代遗产的凝固与重构。主要探讨如何看待20世纪复杂的思想趋势——是复古还是重建的问题，以及如何在新的世纪处理好20世纪的历史遗留问题，推动时代的进程。

三、热点问题讨论

（一）传统美学在当代

邢蓬华在《新材料语境下的传统绘画再现》一文中，结合自身的艺术创作实践，认为在绘画发展多元化的当下，各种新材料、新媒介"均可以作为载体与传统绘画作品相融合"，这不仅能够"丰富传统绘画的表现方式"，还能够"影响大众对绘画的认知，并以更为多元化的角度对绘画作品进行审视与鉴赏"。[1]

林启泉在《简约入境　散淡抒怀》一文中，结合自身水墨画创作的经验，提出了"简约"和"散淡"两种在水墨画创作中应当遵循的传统美学思想。简约，意为对描绘对象的精约简省；散淡，意为超越法度、超越尘俗的审美之境。在林看来，当代的

---

① 邢蓬华. 新材料语境下的传统绘画再现[J]. 美术观察，2015（12）.

水墨画创作应建立在对传统的继承和改造之中。"简约"和"散淡"是画家在当代水墨画的创作过程中，对中国传统水墨思想的提炼。①

黄宗贤在《神与物游——中国传统绘画的写生观念与绘画创作刍议》一文中，结合宗白华、荆浩、郑板桥等人关于中国写生绘画的论述，细致地分析了中国传统绘画的写生观、写生方式和解读方式。认为中国传统绘画在其深厚的美学传统和审美观念影响下形成了一套独有的观照自然、写生创作和解读作品的模式。此外，黄还提出在中西文化碰撞的背景下，学画者应在传承文脉的同时，吐故纳新，于兼收并蓄中力求新境界。②

杨杰在《澄怀味象　超以象外——意象油画之"意象"生成体悟》一文中，提出创作"意象油画"的观点，即将东方民族观照世界的"意象"思维融入油画语言的审美结构中。他结合前辈艺术家们的艺术创作实践，对中国"意象油画"的发展历程和精神内涵做了较为具体的论述。③

（二）当代艺术的发展现状

裴刚在《中国当代艺术的进化论（上）：中国当代艺术在变

---

① 　林启泉. 简约入境　散淡抒怀[J]. 美术观察，2015（12）.

② 　黄宗贤. 神与物游——中国传统绘画的写生观念与绘画创作刍议[J]. 美术观察，2015（12）.

③ 　杨杰. 澄怀味象 超以象外——意象油画之"意象"生成体悟[J]. 美术观察，2015（12）.

乖还是进化》与《中国当代艺术的进化论（下）：中国当代艺术的国际化之路在何方?》两篇文章中，引述了很多学者对于中国当代艺术的观点和看法。具体包括：（1）艺术体制的进化。策展人崔灿灿认为，在今天，当代艺术所处的艺术体制环境与20世纪80年代、90年代大为不同。在商业化的背景下，艺术家得到了更多施展其才华以及更多获得丰富物质资源的机会。然而崔并不认为当下的艺术体制是一种绝佳的状态，因为在他看来，当代艺术家与上一代相比并没有本质性的变化，有的只是学会了"艺术圈的成功学"。（2）在变异的系统中反抗或变乖。崔还认为，在当下中国，作为艺术体制的画廊系统和美术馆系统等并没有完整地建立起来，然而当代艺术家们又不得不在资本与权利结为一体的商业环境下对变异的艺术体制进行反抗，或者是审时度势地变乖。（3）国际化与本体文化诉求。崔灿灿认为，中国当代艺术最重要的功能是致力于改变中国的现实处境、文化处境和艺术处境，而不是推动作品走向国际和完成商品兑换，这是对"国际化"这一概念的误读。在他看来，真正的国际化是艺术家在其创作中反映出自身对国际问题的关注，而不是到西方做展览。批评家兼策展人杜曦云认为，当代艺术家更关注身边的事情，缺乏对宏大观念的把握。艺术家李飒认为，中国缺乏一个能够代表中国文化形象，能够在世界上发挥影响力的现代艺术家。（4）独立的文化价值是必然要面对的问题。李飒以日本的"物派"画家为例，引用日本理论家千叶成夫在《日本美术尚未生成》一书中阐述的观点：物派画家之所以能够在国际上形成影响力，是由于其所具备的全球化视野，以及对自身文化的独特性理解。中国当代艺术的进化，也必然要通过创造独立的文化价值和具有原创性特征的艺术实现。（5）二元对立模式的终结。批评家何桂彦认为，从20世纪80年代的草根性和反体制，到20世纪90年代对地域色彩、中国身份，以及后社会主义立场的强调，再到2000年后对众多当代性的追求，包括政治性、中国经验、消费社会与流行文化、媒介科技等。中国当代艺术已从二元对立的模式中脱离出来了。（6）国际化背景下当代艺术呈现多元、微观、碎片、个人化趋势。策展人杜曦云认为青年艺术家的艺术语言更加国际化，其关注的问题也更加碎片化、多元化和个人化。何桂彦也提出了同样的看法。此外，他还认为，当代艺术家更多考虑的是艺术语言、语法、媒介的国际化，中国艺术家的中国身份和艺术语言的地域性这三个问题。（7）艺术策展方式的多元化。何桂彦认为，伴随着多元化发展的当代艺术，艺术策展的方式也呈现出多元化的趋势。此外，文中还具体地介绍了付晓东在"空间站"所进行的一系列实验性展览项目。（8）面对传统的当代转型。艺术家李飒结合其自身的艺术观念和创作经验，提出文化身份的问题是中国当代艺术发展的一个核心问题。自己也在将中国的传统水墨当作中国文化身份的代表，用国际化的艺术语言对其进行着当代转型方面的艺术创作。

段运冬《"价值的距离有多远"——"70后"艺术家的国际化》一文，具体论述了国外批评界对部分中国"70后"艺术家的接受情况，以及根据时代背景，讨论了一些关于艺术价值与国家社会、个人生活之间关系的问题，学术价值较高。该文章主要探讨了如下几点内容。第一，"70后"艺术家国际化的"曹斐现象"。段提出，继中国"50后"艺术家之后，"70后"的艺术家们逐渐受到国际批评界的重视，中国当代艺术在国际上呈现出有延续性的代际传承。此外，"70后"艺术家还呈现出不同于"50后"与"80后"艺术家的代际特性，作者称其为"复合的一代"。第二，价值的剪刀差何在。作者追问到"70后"的价值取向，引出了艺术价值的问题。就全球当代艺术而言，价值的衡量取决于艺术以什么样的主题、对象、方式来满足当代社会和观众的需求。而对中国的主流艺术和当代艺术，段认为两者都无法匹配中国当下的现实需要。第三，当代艺术价值的良性标尺抑或艺术价值的客观化。段提出，当代艺术的价值在于"以艺术的形式密切映现着这个处于全球化之中的世界"。第四，价值的距离有多远。段指出"70后"艺术家们在艺术创作时应当思考的问题：包括对人的价值的确认、艺术创作与国家文化身份和公民文化生活的关系、批判与重建的关系、艺术语言的探索以及如何对负面知觉进行正面转化等。[①]

（三）艺术理论与批评的当代境遇

2015年12月10日，雅昌艺术网发布了一篇对国际艺术评论家

---

① 段运冬."价值的距离有多远"——"70后"艺术家的国际化[J]. 美术观察，2016（1）.

协会现任主席马雷克·巴特里克、题目为《艺术评论就应是批判性写作》的采访记录。在该采访中，马雷克关于艺术批评的观点可概括为如下几点。第一，艺术评论应是批判性的写作，保持思想的独立性、观点的批判性和客观性。中国当下的艺评人在顶着压力写作。第二，艺术评论需要有足够多的艺术家和艺术实践创作。中国已然具备了艺术批评的前提条件。第三，多数艺评家来自不同的职业领域，不会完全依靠艺术评论维持生计。评判职业艺评家的标准在于其是否具有专业的思维模式和写作模式，而不是是否以艺评为事业。第四，艺术评论不能算是一个学科，它更多的是思维上的传递。学生在学校中学习艺术创作的同时，也在学习着艺术评论。第五，艺术家和艺评人需要建立一个平等的对话机制。两种身份还存在互换和流动的现象。第六，艺术批评应注重同代性，对同时代的文化艺术进行批评。

　　王廷信在其《艺术学理论：在争议中凝聚共识》一文中，梳理了艺术学理论自2011年成为一级学科以来的发展历程，以及在2015年这一年的发展状况。他对在2015年举办的相关学术会议和理论成果进行了有效的整理，并且提出："2015年是艺术学理论学科在争议中达成共识的一年，也是艺术学理论学科从不同角度频频发力的一年[①]"。

---

　　①　王廷信. 艺术学理论：在争议中凝聚共识[J]. 艺术评论，2016（1）.

第五节　舞蹈篇
——民族的、民间的与传统的

近两个月来，中国舞蹈界在舞蹈创作、批评、文化、教育、史学等方面得到了一些深入研究并取得了显著成效，为舞蹈实践提供了丰富的理论基础和继续发展的土壤。

一、热点活动与作品

两个月以来，在舞蹈界，既有大规模的全国性研讨会、活动等，也有受到人们喜爱的各种舞蹈演出。

（一）中国舞蹈家协会第十次全国代表大会胜利召开

2015年11月17日中国舞蹈家协会第十次全国代表大会在北京隆重拉开帷幕，来自全国各地的舞蹈工作者代表近200余人参加了会议。此次大会上，全国舞蹈界代表聆听了中共中央政治局委员、中央书记处书记、中宣部部长刘奇葆在开幕式上的重要讲话。他强调要深入学习贯彻习近平总书记在《中共中央关于繁荣发展社会主义文艺的意见》中的重要讲话精神，坚持以人民为中心，以社会主义核心价值观为引领，创作更多思想精深、艺术精湛、制作精良的舞蹈作品，跳出精彩的中国舞步、深情的人民舞步、昂扬的时代舞步，谱写我国舞蹈艺术新的华彩篇章。刘奇葆指出，中国舞蹈承载和传播着鲜明的民族精神和审美典范，在世界艺术宝库中独具特色。要坚定文化自信，坚守中华文化立场，汲取中华传统舞蹈艺术精华、适应当代审美要求，扬弃继承、转化创新，使中华舞蹈艺术血脉延续，体现鲜明的中国精神、中国风格、中国气派。大会审议通过了《中国舞蹈家协会第十次全国代表大会工作报告》，修改了《中国舞蹈家协会章程》，选举产生了由140人组成的中国舞协新一届理事会。在11月19日的闭幕式上正式宣布新一届理事会成员，冯双白当选中国舞协第十届主席，丁伟、山翀、王小燕、冯英、达娃拉姆、刘敏、杨丽萍、杨笑阳、陈维亚、迪丽娜尔·阿布拉、罗斌、赵明、赵林平、黄豆豆当选为副主席。

（二）全国性舞蹈研讨会

- 2015年11月25—27日，由上海戏剧学院主办，上海戏剧学院舞蹈学院承办的"中国舞蹈高等教育学术大会"在上海戏剧学院顺利召开，此次会议主题为"立足当代　面向未来"，出席大会的有来自北京舞蹈学院、上海师范大学、英国三一拉班音乐舞蹈学校、英国伦敦现代舞蹈学校、香港演艺学院、台北艺术大学等国内外35家音乐舞蹈学院的代表，各方专家近150人，以及100多名各地高校的本科和研究生。此次会议聚集了全国各地的一些著名的舞蹈教育专家和学者。大会议程共分四部分，分别是特邀专家主题学术报告、上戏教学成果观摩、专题教学研讨和学术大会论文主题发表。

- 2015年12月16日，由广西艺术学院、中国舞蹈家协会主办，"2015中国—东盟舞蹈教育论坛"在广西艺术学院召开，与会的东盟国家院校及单位共8所，中国院校及单位共20所，来自中国、越南、柬埔寨、泰国、缅甸、老挝等国家的舞蹈业内专家、学者嘉宾共95人。开幕式上，广西艺术学院舞蹈学院用广西壮族独具特色的民族舞蹈《打扁担》作为欢迎仪式，令国内外专家感到惊喜万分。通过论坛，积极推动和搭建了中国与东盟舞蹈艺术的交流与合作，传播和弘扬了中国博大精深的民族舞蹈文化，吸收并引进了东盟一些国家优秀的舞蹈资源。

- 2015年12月22—24日，北京师范大学艺术学院中国拉班中心主办了"拉班口述史研讨会暨动作分析大师班"，邀请了近20位我国知名理论专家一起回顾前辈们为拉班舞谱付出的辛勤工作，总结了拉班舞谱在中国发展的历史经验；研讨会中专家学者们深入探讨拉班理论在舞蹈教育中的发展及应用。并为来自40多位中小学一线舞蹈教师开设了为期两天的拉班大师课程，使中小学教师受益匪浅。

- 2015年12月6日、7日，由北京市哲学社会科学规划办和北京市教育委员会指导，北京舞蹈学院主办"民族舞蹈文化研究基地启动仪式暨首届中国社区舞蹈研讨会"在湖北大厦拉开帷幕。此次会议吸引了来自全国不同学术背景的专家、学者代表近100多位，会议共分为三个议题："首届全国广场舞蹈发展现状、问题与对策研讨""全球化语境下中国舞蹈文化与舞蹈审美的理论自觉与实践创新""云贵川不同彝族支系舞蹈现状调查、传承发展研究"。

- 2016年1月9—12日，由中央民族大学舞蹈学院主办的"民族舞蹈教育教学研讨会"在北京举行。为更好地促进民族舞蹈学科教育教学的发展，本次会议邀请了各民族地区院校领导、专家、学者、教师等近百位代表参与研讨。会议围绕民族舞蹈教育教学主题分别举办了"院长论坛"和"专家论坛"，还有课堂教学展示、三场主题作品晚会以及原创民族舞剧展演。此次研讨会是中央民族大学舞蹈学院近年来主办的规模最大的民族民间舞蹈专业发展研讨会。在研讨会期间，三场主题作品晚会淋漓尽致地展示了中央民族大学舞蹈学院的教学质量，同时也体现了各族学子的精湛技艺，可谓民族舞蹈艺术的精品盛宴，充分体现了中央民族大学舞蹈学院数十年来在民族舞蹈领域取得的辉煌成就。

（三）热门舞蹈演出

- 2015年12月4—6日，中国国家芭蕾舞团演出了经典芭蕾舞剧《吉赛尔》；2015年12月31日—2016年1月2日，爱尔兰国家舞蹈团的《舞之韵》登陆国家大剧院；2016年1月9日、10日，中国国家芭蕾舞团的《过年》（又称：中国版《胡桃夹子》）将观众带入新年的气氛中。
- 2015年12月31日—2016年1月2日，国家艺术基金支持项目、非物质文化遗产研创作品《傩·情》在北京舞蹈学院舞蹈剧场正式公演。该作品由北京舞蹈学院青年舞团与特邀来京的江西省南丰县石邮村傩班联袂演出，演出受到业界专家的一致好评。
- 2016年1月12、13日，中国国家芭蕾舞团的《经典芭蕾三合一》再次吸引了大量芭蕾爱好者。
- 2016年1月12—15日，由国家一级编导、中央民族大学舞蹈学院编导教研室主任徐小平担任舞剧、编剧和总导演的舞剧《永远的马头琴》在民族剧院首演，作品中传达出人与自然的和谐之美，运用最新技术手段，积极表现民族舞蹈的文化精髓，深受好评。

二、焦点问题评述

舞蹈教育经过几十年的不懈努力，在艺术学科的门槛里终于有了自己的一席之地，并在专业教育的道路上取得了一定成果。

但近几年国家对舞蹈普及问题提出了新的要求，这也对专业舞蹈教育的发展方向指出了新的方向。

（一）舞蹈教育思想碰撞的火花

在中国舞蹈高等教育学术大会上，吕艺生先生提出：舞蹈教育需要把舞蹈和国家的大发展紧密相连起来，提倡大舞蹈观，最终实现2018年美育的大突破和舞蹈自身的长足发展和进步。上海师范大学舞蹈系郑慧慧教授在"舞蹈学科建设与舞蹈高等教育的再生"的报告中指出，目前中国舞蹈教育仍存在"量变式、盲目性、脱节性"等相关问题，所谓"量变式"是通过大量招收舞蹈学生，不断增多舞蹈教材，以量取胜，变相提升舞蹈教育指标。盲目性是指对舞蹈高等教育的人才培养方向不够明确，教学目标不够准确。脱节性是指课程设置体系不够健全，课程内容不够严谨，在人才培养方向上与社会发展脱轨。当下，解决这些问题的关键是舞蹈教育的学科建设。只有加强学科建设，才能走出舞蹈教育的发展瓶颈。她强调，舞蹈高等教育是一种学术行为，学理建设应是舞蹈高等教育的基本要求和科学追求。这些建议不仅为舞蹈教育的发展再敲警钟，也是当前推进舞蹈教育发展的重要着眼点。

在中央民族大学舞蹈学院主办的"民族舞蹈教育教学研讨会"上，蒙小燕院长全面地回顾和展示了舞蹈学院的历史传承、现实挑战与对应策略。她指出高等舞蹈教育的学科建设、人才培养等方面应在继承和发扬优良民族传统文化上，大胆创新、勇于实践，尤其要在教学质量上严格要求、在教学内容上扎实严谨。文化部非物质文化遗产司副司长马盛德提出，中央民族大学舞蹈学院承担着传承民族舞蹈的精髓，继承、发展和弘扬少数民族舞蹈文化的使命与重任。有些专家认为，民族舞蹈教育事业要强调深入民间、植根于民间、运用新媒介、新技术为创作民族舞蹈教学内容以及民族舞蹈作品而服务，在教学中保持民族舞蹈风格。

（二）民族民间舞蹈文化传承问题的观点交锋

民族舞蹈传承的话题，是舞蹈界一直讨论的问题，从民族舞蹈教学到民族舞蹈作品再到民族舞蹈研究，都不断在启示"如何传承"和"如何保护"的问题。

在"民族舞蹈文化研究基地启动仪式暨首届中国社区舞蹈研讨会"上，中国舞蹈家协会主席冯双白强调"国家智库"为目标的顶层设计是十分必要，也是基地发扬传统、继承传统的重要标志。文化部民族民间文化研究中心李松主任，充分肯定了民族舞蹈文化研究基地成立的重要意义，他在发言中指出，民族舞蹈文化事业传承的途径要靠多学科、多领域通力协作，从民族舞蹈老前辈到新一代年轻人都应对传统中国民族舞蹈文化的认知，不断继承与创新，为中国民族舞蹈文化的传承贡献力量。基地首席专家、舞蹈教育家吕艺生教授在发言中强调，在大教育、大舞蹈视野下掌握话语权，舞蹈同其他文化一样形态多样，不同舞蹈文化形态有不同的功能。近年兴起的广场舞，就是当代老百姓自发的"俗舞"活动。而在民间也有相当一部分农民自娱自乐起舞，并非为表演给别人看，只是娱己或娱神。就舞蹈本意讲，应对这些舞蹈加倍爱护，他们是专业舞蹈的源泉。北京舞蹈学院潘志涛在发言中提出跨界民族舞蹈的概念，应大力发扬民族舞蹈的多样性，从不同层面提倡艺术的审美追求，尊重民族舞蹈原生态律动的产生与情感表达，实现民族舞蹈的传承与发展需要每一位舞蹈工作者的不懈奉献。中央民族大学艺术人类学王建民教授主张，民族舞蹈要从舞蹈本体出发，通过采风活动、专家授课、民间艺人学习、教材整理等方法提高对民族舞蹈的认识，以及对民族舞蹈文化的背景理解，应不断改善研究和实践分离现象，充分结合民间有效资源，获取真实可靠的第一手资料，这样才能有效地发展民族舞蹈事业，提高教学质量。江西傩文化专家余达喜研究员，也表述了自己的看法，他提出应建立具有国际视野的中华舞蹈数据库，这也是与国际接轨的必要前提。中国艺术研究院江东研究员，在会议中结合自身经历阐释了文化趋同即文化全球的产生原因，对全球化下中国舞蹈的现状进行镜头式解读。此次会议为中国民族舞蹈文化研究注入了新鲜血液，众多专家与学者都深刻地认识到民族舞蹈的地域性、传承性，也强调从不同角度大力发展民族舞蹈并大力推广其研究价值。

（三）舞蹈作品原创性的再提升

在近两个月来的舞蹈演出作品中，有两部作品具有重要的原创性，分别是国家艺术基金支持项目、北京"长城学者"支持项目。这两部作品是非物质文化遗产研创作品《傩·情》和2015年进入文化部"中华优秀传统艺术传承发展计划——中国音乐舞蹈扶持发展工程扶持项目"的中央民族大学舞蹈学院创作的蒙古族舞剧《永远的马头琴》。

《傩·情》2015年12月31日—2016年1月2日在北京舞蹈学院舞蹈剧场正式公演。此项目经历了近三年研究与创作，由郭磊教授担任总导演。本次出演"傩公""傩婆"的两位老艺人，以真实的民间形象直接参与"生生不息"段落，与青年艺术家们默契配合生动地演绎了古老与当下、传统与现代，舞蹈是一场与神灵共舞，天地人合一的"大情大爱"的升华！演员们精彩的舞台表演技术为观众们呈现了视觉盛宴。舞蹈开场由老艺人们在演出大厅开启了乡土习俗的傩祭仪式，这是民族文化中神圣的仪式，近半小时后在两位艺人的鼓声、锣声的伴随中，艺人们依次进入剧场走向舞台，开始激动人心的"冲傩"表演，他们很投入，并没有将舞台作为形式化的表演区域，而是将舞台想象成民间场地，接着他们聚集在舞台中央锣鼓齐鸣、喊声如雷，似乎是在与神灵呼唤，最后傩神"大伯"这位重要的角色，在台上唱起祈福词，随之虔诚祭拜各位傩神，场面十分震撼，为正式演出拉开序幕。《傩·情》的演出由序、开天辟地、生命造化、风调雨顺、生生不息、神鬼情缘、笃诚敦厚、和合昌盛以及尾声九个段落组成。

"傩"是悠久的原始文化，它的起源与原始狩猎、图腾崇拜、巫术结合紧密相关，是中国传统文化的重要组成部分之一，经过几千年的沿袭与发展，流传至今。傩面是傩文化的象征符号，此面具代表着神的载体，舞蹈中扮演不同角色的神就戴着不同的面具，他们戴上面具时是神，摘下面具时是人。傩舞，素有中国舞蹈"活化石"之称，舞者舞姿优雅、动作舒展、气氛神秘而威严。傩舞的伴奏乐器较为简单，一般由鼓、锣等打击乐组成，表演傩仪、傩舞的组织通常称为"傩班"。围绕傩文化的系列创作正是基于它在生命意识上满足了宗教信仰者的心理诉求，同时巫傩活动的传承已融入习俗之中，即便是现代，也仍以传统文化的形态及方式留存民间。

郭磊教授将这部作品称为"研创作品"，它为高等院校创作实践提供新的思考，他认为首要任务是发现探索、也是开创。在"研创"的过程中，更多的是激发学生的原创精神和培养创新意识。在这一作品演出结束后，期待引发更多学者对文化现象的关注和研究，并在此基础上开发更多创新的艺术作品。

舞剧《永远的马头琴》于 2016 年 1 月 12 日在民族剧院首演。此舞剧运用蒙古族具有文化代表的"琴弦"作为主线，讲述广阔无边的大草原上流传世代的凄美动人的故事。编导徐小平，以自己多年的创作经验带领创作组成员及学生，亲自到蒙古族地区民间等地进行采风，不断积累素材，经过两年的精心打造将这一传说搬上艺术舞台，呈现给广大观众。演员们以优美的舞姿和娴熟的技艺，赢得观众们热烈的掌声。剧情以琴示爱、以琴诉哀，最后一幕结束时数十位民间乐手拉着马头琴，从乐池中升上舞台，悦耳的琴声，在剧场的上空萦绕，牵动着全场观众的心，将大家带入蒙古草原的遐想中。该舞剧立意新颖、选材准确，音乐旋律与舞剧内容贴切，民族舞蹈的风格较为浓郁、时代气息强烈。

民族舞蹈作品的创作，往往让观众与传统文化紧密联系在一起，无论是题材、动作、元素、风格等都应具有传统文化的深深烙印。然而，在继承的基础之上加以创新，对编导来说非常艰难，这就要求突破以往作品的创作手法，独立再思考、立意再新颖、手段再创新，具有一定高度的民族舞蹈审美特点，这不仅是对一个编导成长的要求，同时也是对民族舞蹈事业发展的理解与认识。

第二章

艺术热点评论双月报告
（2016年2月—2016年3月）

　　艺术评论界此起彼伏，人们对艺术的评判与思考从来没有停止过。喜迎新春后，艺术评论又迎来了新一波的探讨和思考，无论是对传统、经典作品的文化回归，还是面对当下新兴媒介快速发展变化做出的种种创新，都让业内人士眼前一亮。

第一节　音乐篇
——民族音乐传承与电视音乐节目

　　这两个月以来的音乐热点评论，可从热点文献解读、热点现象述评以及热点评论活动等几方面展开。总体来看，无论是学术层面的文献解读，还是市场化程度较深的音乐热点现象，都体现出我国评论界对民族音乐、传统文化的高涨热情。"回归传统的文化认同"与"传承与创新"成为这两个月音乐评论界的关键词。

一、热点文献解读

　　纵观两个月以来的热点研究，通过中国知网（CNKI）等数据库的收集整理，特别是关注《艺术评论》《中央音乐学院学报》《人民音乐》等期刊发展动态，将文献解读归纳为以下三个方面。

（一）传统音乐文化研究的传承问题

《传统戏曲的当代发展》[①]介绍传统戏曲在国内发展欣欣向荣之势时，指出过去一年里出现了一个较为显眼的现象，戏曲界针对前辈艺术大师的纪念活动、研讨会和剧目展演等十分丰富，这是戏曲人尊师重道、重于传承的一种重要方式，并重点提出"体系"与"批评"是发展戏曲本体的必要举措。国家一级演员孙禹的文章《人就活一回》[②]，追忆了歌剧作曲家金湘的个人品格与作品风格以及音乐作品的影响力。作曲家金湘于2015年12月23日因病在京逝世，孙禹以金湘的著名歌剧《原野》中的一部咏叹调《人就活一回》为题，抒发了对金湘先生这位艺术家精益求精品格的无限怀念和追思。《试论曲艺艺术的继承发展与创新》一文中也指出，曲艺艺术之所以能够在历史的长河中，滚滚向前而又不丧失其本性，是因为它在历史的发展演变之中，不断革新创造的同时，始终保持使自身具有不可替代的独立价值的特性即其本质特征[③]。文章分析了我国曲艺艺术的发展现状，重点提出一些曲艺艺术继承发展与创新的建议。首先，面向人民群众。曲艺创新要在继承传统说唱表演艺术本质特色的基础上，根据全面建设小康社会这一时期群众新的审美需求，进行必要的改革和新的创造。其

---

① 王馗. 传统戏曲的当代发展[J]. 艺术评论，2016（2）.

② 孙禹. 人就活一回[J]. 艺术评论，2016（2）.

③ 王斌. 试论曲艺艺术的继承发展与创新[C]. 世纪之星创新教育论坛，2016（3）.

次，大胆借鉴和吸收其他艺术形式。为了增强曲艺的活力，就要勇于创造，不能思想保守、因循守旧、抱残守缺、不求革新。要大胆去除曲艺中过时的、陈旧的、没有活力的形式。曲艺的创新与发展，除了扬弃之外，还要善于嫁接。最后，引导群众的欣赏取向。群众在欣赏艺术时有一种对演员个人的审美期盼，不同演员有不同的"看点"，曲艺尤其是这样。从当下来看，传统曲艺艺术发展最好的是相声。曲艺的发展甚至是其他非遗艺术文化的发展均可借鉴或参考相声的创新和商业运作模式。①

（二）传统音乐文化研究的创新视角

2015 年的戏曲研究论文成果非常丰富，但是目前戏曲"批评"关注的对象还有很大的拓展空间。除了关注戏曲政策和生存现状外，还需进一步讨论如何能将戏曲发展成为活跃的民族文化，如何能将这种民族戏剧建立成独立的话语体系、如何进一步关注小剧种等重大问题。文中提出三个观点：传统作品的传承与演绎，新作品的经典化打造是戏剧界的两项重要课题；努力发展小剧场戏曲；戏曲的跨区域联动是戏曲形成更趋活力的重要举措②。

《雷州"姑娘"歌的历史记忆》介绍了雷州半岛的田园村以

---

① 王斌. 试论曲艺艺术的继承发展与创新[C]. 世纪之星创新教育论坛，2016（3）.

② 王馗. 传统戏曲的当代发展——2015 中国戏曲年度发展研究报告[J]. 艺术评论，2016（2）.

"姑娘歌"著称。文章以目前仅存的一位姑娘歌传承人谢莲兴生平展开，写出了中华人民共和国成立前到中华人民共和国成立后的"姑娘歌"歌者的成长环境，中华人民共和国成立前到中华人民共和国成立后"姑娘歌"的传承与发展。例如，演唱的题材内容、音乐伴奏形态、服装的发展变化。随着国营单位的成立，许多"姑娘歌"的歌者都走上了专业的雷剧表演之路。"姑娘歌"歌者本身的成长就是一部活的历史，而且他们的演唱内容也成为影响大众自我身份认同感的重要方式，"姑娘歌"所及之处，都影响了当地人民的文化归属感。

（三）文化中的音乐研究

北京市京源学校中教二级教师曹莹莹的文章《为救亡而歌唱——抗战救亡歌咏运动述评》，描写了在抗日救亡的社会背景下，抗日救亡音乐的创作状况。抗战歌咏整合了当时中国音乐界左翼与学院之间的分野。两种音乐各有优劣，原本判若鸿沟，壁垒森严。但在日本入侵，国事日蹙，民族危亡之下，学院派也开始出现了激越雄健的音符，左翼音乐人要将救亡歌咏更好地传承下去也开始注意音乐的技巧与技法。抗战时期的救亡歌咏是打击敌人的武器，是革命的号角，是团结民众的纽带，是民族解放的鼙鼓[①]。这种研究很有新意，也给人以很多启示。葛崇昌在《泰国古典音乐中"主旋律"模式特征研究》一

---

① 曹莹莹. 为救亡而歌唱——抗战救亡歌咏运动述评[J]. 艺术评论, 2016（2）.

文中，介绍了泰国古典音乐中，"主旋律"是师傅传承，弟子背诵于心的。"主旋律"在乐曲中负责奏出基本的旋律线条，多为普遍的四分音符或者二分音符；演奏"主旋律"的唯一乐器是大围锣。大围锣自然也就成为乐队的主奏乐器，其余乐器在大围锣奏出的旋律上进行变奏或加花处理；而这些乐器的变奏或加花要遵循支声原则。真正的泰国古典音乐模式双层结构中的内在层面不只在于大围锣，在没有大围锣的乐队中依然会由其他乐器奏出主旋律，代替大围锣。真正重要的不是大围锣，而是存在于乐手脑中的主旋律。

总体而言，回顾这两个月的热点评论研究，无论是国内外的音乐文化研究，还是我国传统音乐文化，抑或是世界民族音乐，都体现出了"回顾传统文化的态势"。由此可见，对民族文化的强烈认同和研究的热情，已经在不知不觉中与大的时代背景相交融。

二、热点现象——电视音乐节目

两个月以来，各大电视台的电视综艺节目开始有所动作，尤以湖南卫视的《我是歌手》及中央电视台的《中国好歌曲》影响力最大。

（一）我是歌手（第四季）

此档节目于2016年4月8日在湖南卫视落下帷幕。李玟以《Earth Song》完成歌手帮帮唱环节，最终以《月光爱人》赢得万众瞩目的"歌王"。

"我是歌手（第四季）"开播之时，虽然唱衰声不绝于耳，但在看完"歌王绝战夜"之后，不得不承认它依然是国内毫无争议的最具观赏性的音乐类综艺节目。第一，《我是歌手》引领大家去领略新的审美，杜绝了驾轻就熟取悦观众的旧模式。这档节目越来越具有多元性、开放性和持久的生命力，并且成为一个历久弥新的造星平台。越来越多的非传统流行歌手参与节目，像之前在"中国好歌曲"中出现的苏运莹和徐佳莹，这样的新人带来了对旧有情怀的冲击，建立新的消费情怀的标杆。即使是传统的流行歌手，也在"我是歌手"的舞台上大胆创新，求新求变。第二，强大的明星输入和输出能力：将前辈歌手输入，将新生代歌手输出。芒果台明星的高出现率一直是它被称为娱乐造星工厂的一个重要因素。节目输出的明星，无论是新人还是前辈，在各大节目中"刷脸"的频率越高，该档节目的生命力和吸引力就越持久。"中国好歌曲"在这一点上就有很大的提升空间，参加过节目的歌手很少能够出现在公众视野或者媒体平台。因此，"我是歌手"的成功的关键就源于这两点：一是理念，二是商业运作模式。

（二）中国好歌曲

2016年4月8日，"中国好歌曲"在中央电视台综艺频道落下帷幕。山人乐队和王兀角逐冠军，最终在媒体投票环节，山人乐队率先拿到51票，胜出比赛，获得冠军。业界总结了"中国好歌曲"节目的成功之道：第一，审美创造的突破。文章指出，相较于"我是歌手"的坚守经典，"中国好歌曲"大力扶持新作品、新风格、新唱作人。经典歌曲固然值得寻味，但在一定的时间段内进行多次重复，听者对审美对象不免产生审美疲劳。两档节目一档坚守新，一档坚守古，各有其重要的音乐存在价值。第二，主流审美与个体审美的高度重合。从20世纪80年代开始，音乐的个人情感化不断被彰显与放大，这种变化必然掀起一个音乐欣赏的重大转变和音乐市场的火爆；但是随着这种追随市场的音乐模式不断被复制的时候，音乐市场必将进入疲软期。此时，新出现的"中国好声音""我是歌手""中国好歌曲""中国之星"等节目，对墨守成规的音乐模式的突破，无疑是对大众的一种新鲜刺激，因其高质量的节目内容也成了无数人追捧的对象。第三，民族元素与外来文化的碰撞。"中国好歌曲"的舞台对民族元素与当代文化（无论是国外还是国内）的融合，一直是全力支持的态度。从第一季冠军霍尊到第二季冠军杭盖乐队，再到第三季的冠军山人乐队，他们的作品都具有明显的中外文化融合的倾向。从另一个角度看，在这些作品中，民族文化的元素也是越来越被放大。

这两档最具"领袖"气质、火爆荧屏的音乐真人秀节目纷纷于2016年4月完美收官，成为近两个月以来热议的音乐现象。无论是"中国好歌曲"中的原创作品，还是"我是歌手"中的经典作品翻唱，冠军的表现都体现出了浓郁的中国元素，以及"传承与创新"的音乐态度。

三、会议与举措

（一）会议

- 2016年1月召开了全国教育科学学术交流会。会议提出在音乐课程改革不断深入实施的形势下，如何提高教学的实效性。高中生是一个年龄接近成人且思维异常活跃的群体，对音乐有着自己独到的理解和追求。作为音乐教师，应该敢于摒弃传统的教学思维模式，大胆改革创新，引入新鲜的、容易让学生接受的教学方式，充分激发学生对音乐的积极性、主动性和创造性，提高教学的实效性。会议针对提高音乐课堂的效果提出了以下三点建议：营造自然和谐的学习氛围是提高音乐课堂教学活动实效性的必要条件；适时恰当地抒发情感，用音乐打动心灵，是提高音乐课堂教学活动实效性的有效手段；引导学生参与音乐的想象和创造、体验成功的喜悦。

- 2016年3月召开了第四届世纪之星创新教育论坛。随着新课程改革的深入，学科的教学过程整合逐渐凸显其优势，信息技术手段在音乐课堂中被广泛应用。针对信息技术学科的优势以及音乐学科本位教学的需求，两个学科整合必将使音乐课堂的内容更加丰富，教学过程更加生动。在初中音乐课堂运用电子信息技术可以收到很好的教学效果，可以培养学生的主动参与热情、团队合作、创造精神和实践能力等。针对如何有效利用电子信息技术于音乐课堂，会议初步提出了一些可称之为原则的意见：利用电子信息技术激发兴趣；追求课堂上音乐作品的丰富性，最好涉及丰富多彩的不同的文化内涵；引导学生进行情感体验；培养学生的模仿和表演能力。

（二）举措——以"非遗"音乐为例

从文件政策、学术研讨会到具体的实施方案，我们可以从几个方面梳理这两个月的"非遗"音乐活动。

1. 地方市的"非遗"活动

河南省许昌市在针对如何正确看待非物质遗产不断流失的现象这一问题方面，提出了传承弘扬中华民族传统文化，促进人类社会的可持续发展。许昌市在具体分析非物质文化遗产的保护时，指出了"非遗"保护面临的几个巨大障碍：缺乏系统规划；缺乏资金支持，保护意识淡薄；缺乏人才支持，挖掘深度不够。这三个障碍不只是许昌市所面临的问题，也是我国"非遗"保护的巨大障碍。三种障碍之首即保护意识淡薄。如果保护"非遗"的意识足够深刻，政府参与、社会参与、全民参与，就不会出现其他障碍了。从长远来看，要想从根本上保护"非遗"，还必须从思想上开始改变，从教育抓起。

2. 民俗"非遗"研讨会

地处湘西南的会同是古代蛮夷之地的中心地带，境内汉、侗、苗、瑶等民族世代杂居，共同创造了悠久而灿烂的多元民族文化，非物质文化遗产极为丰富，流传久远的苗族草龙舞便是其中的优秀代表之一。会同苗族草龙舞是以舞草龙为特点的民族图腾舞蹈，这里的草龙舞的特别之处在于，"龙"以草为材质编织而成，且只有龙头，没有龙身和龙尾，而当地其他龙灯都编扎成一个整体，既有龙头，又有龙身、龙尾。因而，草龙舞的表演与其他龙舞的表演存在很大的差别，其他龙舞的表演是若干人共同舞动一条龙，草龙舞则以若干表演者舞动的龙头组成一条龙。从这种舞蹈形态中，我们可以明显看出，精湛的编制稻草的工艺和其中蕴含的原始稻作社会的民俗文化。会同县政府已经清晰地认识到这一点，正在采取措施对苗族草龙舞进行保护。

3. 原生态音乐文化进课堂的再关注

课堂音乐教育需要文化内涵丰富的音乐作品，广西百色市那坡县那坡高中的曾菲菲发文《黑衣壮音乐融入中小学音乐课堂初探》，探讨了黑衣壮音乐在中小学音乐课堂中的教学实践。《新音乐课程标准》指出，"让学生了解我国各民族优秀的民族民间音乐，以激发热爱祖国音乐艺术的情感和民族自豪感，增强民族意识和爱国主义情操"。黑衣壮音乐，是我国原生态音乐的重要组成部分，具有深厚的文化内涵。让黑衣壮音乐走进课堂，向学生介绍黑衣壮音乐的文化价值，培养学生对民族音乐的熟知度，增强民族自豪感和对民族文化的认同感，对学生了解民族音乐大有益处。至于在课堂上如何教学黑衣壮音乐，文章也给予了一些很有参考价值的建议：营造黑衣壮音乐的教学氛围，激发学生的学习兴趣；到黑衣壮音乐的"原产地"体验，并实践教学。此外，黑衣壮音乐自身的创新特色——创造发展出一种新形态即黑衣壮民族歌舞剧——也给予我们很重要的对保护原生态的民族文化的启发。

　　综上所述，这两个月学界的关注点主要在中国民族民间音乐方面。无论是对"姑娘歌"的研究，还是曲艺、戏曲，抑或是黑衣壮音乐进课堂，都是对我们传统的民族民间音乐的关注。在当下全球化的大潮下，对自我文化的坚守，对民族文化的建设和民族自豪感的加强来说，都是一件可喜的事情。

第二节　电视篇
——两极分化与库存严重

2016年2月，适逢中国传统的重要节日春节，综艺节目数量大增，中央电视台2016年春节联欢晚会自然再度成为话题中心，在一片吐槽声中，央视猴年春晚获得了不错的收视率。春晚已经不再是单纯的电视节目，而是一种春节文化现象，成为春节"新习俗"的一部分。在电视剧方面，最热门的话题无疑是与韩国同步播出的韩剧《太阳的后裔》，它在"爱奇艺"视频开播后，为该网站增添了近千万的注册会员，不能不说是一个引人关注的热点。这也正折射出当下流行文化的全球化景观。2—3月的荧屏，古装剧依然抢眼，牢牢占据着主体地位。

一、热议作品与现象

（一）古装剧继续走热

盘点2016年2—3月电视荧屏和视频网站，古装剧数量仍然很多，相比其他题材电视剧无疑占有优势。2016年2月由《芈月传》引发的收视潮继续燃烧，接续播出的《女医·明妃传》《寂寞空庭春欲晚》《青丘狐传说》《太子妃升职记》等也取得了不错的收视率。古装剧的流行既有历史悠久、素材丰富的原因，也有借历史写现代人的情感的便利，此外古装华丽的服饰、造型和布景都能满足观众的猎奇心理。古装剧在中国荧屏上的盛行不衰，是一个特色和亮点，它不会随着批评的声浪轻易地消退。在全球化荧屏景观的时代，这也可能成为独特的优势。当然，事物的发展一定是有利有弊的，从不利的一面看，古装剧长期霸占电视荧屏，从某种程度上挤占了其他剧的制作和播出空间，造成电视剧类型上的雷同和单一化趋势，这也是一个值得深思的问题。

　　1. 在场景和服装造型上古装剧追求唯美风格成为主流

　　无论是魔幻题材的《青丘狐传说》，还是言情剧《寂寞空庭春欲晚》，以及传奇剧《女医·明妃传》，都在场景和服装上下足了功夫。《青丘狐传说》剧组在四川稻城4000米高海拔景区拍摄，开篇有一群狐狸奔腾在广袤的土地上，背景是群山巍峨、绿草如茵的高原，搭配云雾缭绕的视效，令玄幻仙境更加大气磅礴。狐狸幻化成人形，也是造型各异。剧中还加入了打斗光效、参天灵树及魔法效果等。《女医·明妃传》服装华美、人物装容精致，服饰细节如立领、宽衣大袖紧袖口、大褶裙装和金属领扣等都精益求精。剧中的龙袍、官服、素服等采用手工刺绣。服装设计师针对不同的年龄段为主角们设计的服装超过300套，男主角的服装有20多套，女主角有30余套。《寂寞空庭春欲晚》剧组也在服装造型、置景上进行精细打磨，追求浪漫唯美的造型风格，嫔妃的服装和饰物也是寻找专业服装团队精雕细琢。

然而，在置景和服饰上的不惜成本的大投入和大制作，所耗的费用极大，这也造成了电视剧的制作成本一路攀升。即便如此，古装剧在荧屏上播出时，服饰仍不断会遭到吐槽，主要集中在是否符合历史真实和造型的搭配是否美观两个方面。因为中国观众分布面很广，真正喜欢钻研历史细节的人数量庞大，这种现象会一直存在，但一般也不会对收视率造成太大的影响。

2. 剧情偏离真实的历史

古装剧以历史为背景，然而却反映了当代人的情感和追求，这是毋庸置疑的自然取向，也已经成为古装剧的基本共识，以往的尊重历史、重现历史已经沦落为营销的手段。《女医·明妃传》号称参考史书，取材自历史人物，力求还原明代生活之美。而且，编剧还煞费苦心地钻研了中医药学的著作，但此剧播出之后，仍然遭到了热议，主要是观众指出女医谭允贤生活的时代与历史不符。《女医·明妃传》的编剧张巍接受采访时表示，作品里大的历史事件基本按照历史来描写，但历史人物的故事搬上荧幕会增添不少艺术元素，会比史书上的寥寥几笔要丰富得多，但未必经得起喜欢考究的观众细细推敲。金庸的"大事不虚，小事不拘"是合理的选择。至于玄幻类的《青丘狐传说》、言情类的《寂寞空庭春欲晚》，背离历史真实更远，几乎无法追寻其历史脉络。

在这方面，一部网络热播古装剧《太子妃升职记》更饱受争议。《太子妃升职记》（下文简称《太子妃》）是一部"三无网剧"，

"它非大IP、没钱、没明星"，是名副其实的草根网剧。2015年年末刚刚进入观众的视野时，人们只是惊异于该剧制作的粗糙，笑谈其毫无逻辑的情节发展，将其称为"雷剧"。此时的《太子妃》的形象不过是一个哗众取宠的小丑。对剧情内容的选择也是正合乎其受众群体——年轻的"网络一代"。影片中充斥着无厘头的情节设计，剧情发展离奇，然而却始终很有市场。其中包含的例如"穿越""男穿女""宫斗""虐恋"等情节都是深受网络一代喜爱的故事类型，很大一部分年轻的观众号称"不看玛丽苏芈月，要看爽雷爽雷的太子妃"。

（二）近现代史人物题材的电视剧中人物形象的塑造引发争议

在历史传奇、历史改写，历史穿越泛滥的当下，似乎只有不把"历史"放在眼里，才能创作出吸引观众眼球的作品。然而，电视剧《少帅》却走出了"把玩历史"的死胡同，是一部近来少有的、出色的人物传记题材电视剧。在2016年1月27日举行的该作品的研讨会上，与会专家毫不吝啬地给出了赞许之言，表示"《少帅》是近年来难得一见的有质地、有分量、有文化、有启迪的历史正剧……为历史题材电视剧创作生产提供了范例"。该剧自播出以来凭借其精良的制作画面、细腻的人物刻画、彰显历史精神的真诚细节，不仅在播出期间不断刷新收视率和点击量纪录，更形成了争相评论的火热局面。

随着电视剧《少帅》的热播，张学良的生平逸事再次成为观众热议的焦点。《少帅》的导演张黎要把《少帅》拍成一个另类生命的生长史，然而究竟是"顽童"还是将军，人们却各有看法。《人民日报》的一则评论指出，"（张学良）跌宕起伏的传奇人生以及与中国近现代历史特别是抗战史的紧密联系……所牵连的历史人物之众、历史事件之复杂都是罕见的"。因此足以成为人们争论的焦点。

（三）现实题材的电视剧依然有一定的市场

中央电视台在春节之后播放的都市轻喜剧《还是夫妻》也获得了不错的收视率。与东方卫视、北京卫视、湖南卫视等豪掷千金，大购热剧不同，央视的特殊地位使它在播出平台上占据了优势，当然特殊的身份也恰恰决定了央视不可能跟风古装热剧。《还是夫妻》在传统的中国式夫妻模式中加入时尚元素，用轻松、真实的故事情节为各个年龄阶段的观众打造接地气的家庭育儿轻喜剧。

本山传媒推出了《乡村爱情故事8》，一如既往以农村题材为主，但这一次《乡村爱情故事8》选择在网络媒介首播，然后再在电视台播放，这也是一个不小的改变，说明网络平台的崛起速度正在加快。更不用说进口韩剧《太阳的后裔》在爱奇艺视频上与韩国同步播出。《太阳的后裔》持续播放到4月才结束，关于这个话题，我们将在后面的第三期报告中详细分析。《乡村爱情故事8》也一改以往一味唱赞歌的取向，适度表现了当下农村存在的很多问题，例如，香秀怀孕后就要和马忠搬到城里住，因为村里已经没有村医，村里人看病很不方便，都得去镇上，这也成了村里人面临的难题。剧中，赵本山饰演的老板王大拿也破产了，开了个理发馆，过上了平常人的生活。

二、热点评论活动

（一）创作研讨会

- 2016年2月25日至27日，电视剧《大清相国》座谈会在大清相国陈廷敬故居皇城相府举行。

- 2016年3月4日前后，由文学作品《张凤台传奇》改编的剧本《大国无疆》（暂用名），研讨座谈会在长白山脚下的吉林省白山市隆重举行。

（二）作品研讨会

- 2016年1月26日。重大历史题材电视剧《少帅》研讨会在北京召开。

- 2016年1月26日，电视剧《芈月传》作品研讨会在北京召开。

- 2016年1月30日，抗战剧《第一伞兵队》专家研讨会在北京召开。

- 2016年1月31日，电视剧《搭错车》《继父回家》专家研讨会在北京举行。两部传统电视剧歌颂和表现"真情"，依然有着自己独特的艺术魅力。

（三）其他影视业重要会议

- 2016年1月21日上午，中国电视艺术家协会第五届四次理事会会议在福建省晋江市召开。首先，夏潮代表中国文联发表讲话，他在肯定了中国视协2015年工作成绩的同时，也为其2016年的工作提出了目标和任务。之后，张显代表中国视协主席团做了工作报告。会议还通报了更迭、撤销中国视协第五届理事会理事的情况；通报全国内容（节目）交易平台的相关情况并邀请专家对影视节目内容交易平台进行介绍。最后，会议围绕《中共中央关于繁荣发展社会主义文艺的意见》，就视协当前的工作方向进行了分组讨论。

- 2016年2月4日，广电总局党组成员、副局长田进召集总局电视剧司相关人员和总局电视剧审查委员会全体专家一起座谈。田进在会议讲话中指出，2015年中国电视剧呈现数量稳定、质量明显提升的良好态势，得到中央领导的肯定和广大受众的好评。会议还分析归纳了2015年电视剧创作播出的总体态势和审查工作的完成情况。此外，总局电视剧审查委员会专家还畅谈了各自对当前电视剧发展的看法，提出了进一步加强和改进全国电视剧审查工作质量、进一步统一具体审查尺度等方面的建议。

- 2016年3月8日，一年一度的由SMG影视剧中心主办的上海电视剧制播年会在沪举行。今年的会议聚焦于互联网时代新格局之下影视剧行业的"剧变"和IP"疯潮"。

- 2016年3月28日至31日，春季北京电视节目交易会（简称"春推会"）在京举行。

三、评论焦点透析

2016年"春推会"成了焦点话题的集散地。正如上文所提及的，3月28日，2016春季北京电视节目交易会（简称"春推会"）在北京会议中心如期举行。原本应是主角的400余家国内外电视节目制作机构以及它们的700余部电视剧却成了陪衬——本该是商品交易、节目买卖平台的春推会成了影视行业内各路人士"华山论剑"的地方。或许是由于春推会开始于新年伊始，或许是2015年中国影视行业发生了太多事，有太多的话想说。总之，种种原因让此次春推会成为一个承载这些争议热点的重要平台。

纵观此次春推会的热点话题，总共有八个。这八个话题无不指向如今中国影视行业面临的种种弊病。同时，它们之间环环相扣，牵一发而动全身，其走向不但与业内人士未来的发展息息相关，甚至引起了很多身为观众的普通民众的关注。

（一）两极分化严重

电视台购剧成本提升，造成"强的更强，弱的更弱"的两极分化局面。著名导演郑晓龙在春推会上发言，他气愤地指出"去年一年拍16000集电视剧，播出8000多集，有一半完全浪费"的现象。然而，这个现象却不是什么新鲜的事，我国一直存在"电视剧产生过剩"的问题，已成为行业的沉疴宿疾。以今年为例，春推会首日推出的700多部电视剧中，"老面孔"超过一半——2012年拍摄、出品，2015年才能有机会登上荧幕已是见怪不怪，而这样的"隔年货"中甚至不乏大牌云集的佳作。整个2015年能在出品半年内就登上一线卫视荧屏的新鲜剧目也就只有《琅琊榜》《花千骨》等为数不多的几部。

（二）"一剧两星"效果未显，却引发IP争夺

库存积压严重，为解决这个问题，国家新闻出版广电总局从去年起将"一剧四星"的政策改为"一剧两星"，希望通过限制电视剧首播平台的数量来增加总播出量，却收效甚微，反而引发了"热门剧IP争夺大战"。结果与初衷背道而驰，中小制作公司、二三线电视台的生存情况越发岌岌可危。

（三）天价剧集、天价IP、天价演员暴露行业失去内在平衡

由于受到限制，电视剧可选择的播出平台数变少，使平台之间对好剧的争夺变得异常激烈。此次春推会上，甚至出现了热门剧《后宫·如懿传》单集售价1500万元的奇观，使人们对现在行业内的狂热感到惊讶不已。政策的限制似乎使一切都需要靠"抢"才能得到，过亿的明星片酬，如同战争般残酷的IP争夺，如今已成为常态。

（四）大IP霸屏，魔幻、古装泛滥

业内人士指出，"随着IP剧的火越烧越旺，问题也逐渐浮现：IP坐地起价、资源枯竭、赔本赚吆喝、观众审美疲劳、电视剧口碑一般等"。中国电视剧制作产业协会会长尤小刚在接受采访时

也表达了自己对大 IP 霸屏的担忧，"都是大 IP 不行……现在讲的 IP 是指网络走红的小说的改编剧，网络小说总体上看是脱离生活的，是为了满足青年观众的幻想……我们电视和网络播出的不能都是这些浮躁的快餐"。中国电视剧编剧工作委员会会长高满堂更是大声疾呼，认为"韩剧对中国电视剧影响非常大"，导致"唯脸蛋论"的出现，电视剧成了娱乐性大于思想内涵的商品。

（五）网络平台成为买方主要力量，电台卫视逐渐丧失话语权

一集千万的电视剧对有预算限制的卫视来说，已经是无法承受的天价，然而对网络平台来说似乎仅仅是九牛一毛。根据对卫视从业人员的采访可知，网络平台的出资额已经超过卫视，比例达到了 3∶2。伴随这个比例改变的则是对内容的话语权，柠萌影业 CEO 苏晓预计，"对顶级优质内容的定价权将加速从传统媒体转向新媒体"。

（六）网络平台的监管急剧收紧，行政介入审查过程

春推会期间，国家新闻出版广电总局网络剧网络视听节目管理司司长罗建辉发表了公开讲话，严厉地批评了网络平台为牟利而监管松散的问题，他指出，"电视剧不能拍的网络剧也不能拍，网络剧与电视剧采取同一审查标准"。这也并非一日而生的问题，《太子妃》等网剧被喝令强制下架时就曾经引发了广泛的争论。在全国两会上，网络剧内容审核标准的问题也是热议的话题之一。影视行业的重要人士，诸如中国电视剧导演委员会

会长郑晓龙等都纷纷表态"网剧和电视剧审查标准应一样"。

　　事实上，网络剧与电视剧的审核标准原本就是一致的，只是在具体操作上，网络剧的审核主要依靠各个平台的自律。由于缺乏行政监管，才导致总有"空子可钻"。管理收紧、行政介入的信号，预示着未来对网络播放平台的管控将要加强。但在慈文传媒董事长马中骏看来，"加强网络剧的管理本身是好事"，可"网络剧不应该和电视剧采取同样的审查标准，毕竟一个是私人观看，另一个则是客厅观看，观看方式的不同也会导致内容不同"。因此他建议对网络剧内容进行分级，既方便创作者自主选择，也能够方便政府部门加强监管。

（七）《通则》规范剧作，间接使买方继续保持观望态度

　　《通则》指的是2016年3月初在网络上被曝光的《电视剧内容制作通则》。该《通则》一经出现便引起轩然大波。该通则由中广联电视制片委员会和中国电视剧制作产业协会共同制定，详细规定了不能在电视剧中出现的具体内容，例如同性恋、婚外情、未成年人早恋等。因为其条例内容相对细致和严格，如果彻底按照该《通则》执行，电视剧通过审核的难度堪比登天，一时抱怨声不断。很快，中国电视剧制作产业协会会长尤小刚接受了记者的采访，为该《通则》辟谣。他指出该通则不具备法律效力，是一个自律性的守则，主要针对的是创作者而不是观众，而且对创作者是有百利而无一害的。"（《通则》）给大家一个创作的参考依据，省得大家制作出来，到了审查的时候，又要去改，给制作方增加负担造成损失，也有利

于大家在现行条件下创作出更好的内容"，他这样解释道。

然而，该《通则》的出现，对行业造成的影响在一定程度上超过想象，更跨越了"行业内自律"的程度，给原本已经举步维艰的中小制作公司带来更大冲击。春推会上，一位参展商表示，《通则》的出台令他所在的制作公司日子变得不好过了，"我们去年投拍的一部电视剧触碰了《通则》的红线，现在根本卖不出去了"。如此看来，尽管《通则》并没有人们所估计的效力那么巨大，但它无疑代表了一种"高压管控"的态度，极大影响了买方的购买意愿和风险预期，使大部分买家保持观望的态度。

（八）寻求破局，"一剧两星"政策有望下半年内调整

面对当下影视业存在的、一系列层层交叠，错综复杂的问题，政府官员尝试通过调整政策来寻求破局之策。在春推会上，中国电视剧制作产业协会会长尤小刚接受了采访，在谈到去年实施的"一剧两星"政策时，他坦言，"现在看来，这个政策使二、三线卫视的竞争力在减弱，没有钱买新剧，都在播旧剧或者二轮播出的剧，新剧播出的数量反而减少了……中宣部还在比较深入地了解电视剧和网络剧的情况，我想下半年可能会有更加明确的政策"。对"一剧两星"可能的调整方向这个问题，尤小刚认为很难预测，并提出了自己的建议，"可以给政府提倡的现实主义题材剧有力的政策支持，比如可以一剧三星，一剧四星，或者允许插播广告等，而其他题材剧还是按照'一剧两星'来管理"。

　　无论如何，净化当下不健康的行业环境，政策改革已经是势在必行。随着新的政策的推行，又将面临新一轮的洗牌，到那时又将是"哪家欢喜哪家忧"呢？IP争夺的狂潮会因此而退却吗？网络小说的改编会继续"霸屏"吗？中小制作公司未来将迎来新的机遇还是挑战呢？本报告将继续追踪此问题的发展，相信随着时间的推移，答案很快就会揭晓。

第三节　电影篇
——"史上最牛春节档"的国产电影景观

　　2016年2—3月，中国电影市场迎来了"史上最牛春节档"，短短6天时间，全国票房突破30亿，同比增长达67%。其中，周星驰导演的电影《美人鱼》更创下多个国产电影票房纪录，可谓强势引领，一骑绝尘。此外，有关春节档期的讨论纷纷展开，究竟在票房井喷背后是"小镇青年"的贡献，还是类型片助推了2016 年春节档中国电影巨大的产能释放，都成了值得讨论的话题。与此同时，主要杂志、研究机构纷纷对2015年的创作及产业形势进行梳理，开始了对中国电影市场、审美和艺术的全面分析。

一、热点对象评论

（一）《美人鱼》成为国产影片票房冠军，评论两极分化引发思考

　　奇幻与喜剧，向来是节日档最易讨巧观众的电影类型。《美

人鱼》正是这样一部电影，类型鲜明，再加上导演"周星驰"的名头，以及上映前20个城市的路演、全方位的广告投入等因素，大年初一一经上映就先声夺人，占据了市场制高点，单日票房2.69亿，远远超过同期上映的《西游记之三打白骨精》和《澳门风云3》这两部贺岁档新片，并以15亿票房拿下春节档冠军，情人节单日更以3.1亿票房问鼎，强劲阻截了"情人节档"新片流，最终以31.79亿摘得票房月度冠军，现累计票房已有33亿多。

在《美人鱼》取得高票房的同时，影片口碑呈现两极分化趋势。一方面，电影中小人物童话般的结局，以及环保的大主题都得到广泛的观影群体认可，三、四线城市的"小镇青年"更是对其大加追捧。大年初一的票房贡献榜上，前三位分别是佛山、台州和盐城。民间更有"欠周星驰一张电影票"的具有广泛群众基础的"情怀炒作"。另一方面，部分持有专业知识和批判视野的观众却对电影的故事结构表示不满，认为《美人鱼》中，周星驰对自己的无限引用是艺术原创力不足的症状。"这部糅合了纯爱和环保、却徘徊在电影艺术及格线的成人童话，之所以能在春节取得商业大捷，实际上是作为超级IP的周星驰与怀旧消费文化合力的结果。可谓在正确的档期遇上正确的观众。但我们也不免担忧，'周星驰'的IP是否会逐渐自我损耗、力有不逮，无法继续提供有力的商业和文化价值。"针对影片的两种评论声音，正是现如今精英文化与大众文化的对峙，当星爷可以脚踩大地同时又能仰望星空的时候，我们的评论才会终止。

（二）《西游记之孙悟空三打白骨精》为"IP"改编提供新思路

　　在2016年春节档期中，《西游记之孙悟空三打白骨精》（以下简称《三打》）的品质同样可圈可点，首周票房7.6亿元，次周1.64亿元，总票房截至3月初累计超过11.85亿元。在首映和第一轮的试映过后，得到了观众和业内人士的好评，影片的特效制作尤其让人称赞。它树立观众对国产奇幻大片的信心，被称为"国产特效的巅峰之作"。与此同时，更为难能可贵的是故事和人物上的合理而极具新意的呈现。电影局局长张宏森看片后表示《三打》的文戏设计，使原本通俗的故事点染上文学思考，实现了一种难能可贵的平衡"。导演曹保平也称之为"一部真正有故事的CG大片"。巩俐、郭富城、冯绍峰等主演演绎的经典角色也同样博得好评。对巩俐肃杀美艳的"白骨妖皇"造型，观众称赞为"巩俐之后，再无妖精"。

　　此外，在"IP"盛行的今天，以"西游记"为素材的影片虽然汗牛充栋，但是普遍缺乏对故事真正的投入和理解，以及合情合理的改编和深化。《西游记之孙悟空三打白骨精》火热之后，如何深度挖掘经典IP成为很多影视制作人关注的问题。

（三）《叶问3》票房造假事件引发各方关注，电影市场规范管理势在必行

　　由甄子丹主演的动作片《叶问3》自2016年3月4日公映以来，票房一路走高。首日报收1.5亿，是进入3月后首部实现单日票房

破亿的影片，根据中国票房网数据，影片以40%的平均排片率，公映3日即取得4.43亿票房。然而，《叶问3》上映后陆续有网友在社交平台上发出截图，质疑《叶问3》片方涉嫌买票房，如东莞恒大影城、成都太平洋影城（蜀西店）等全国数家影城，存在零点场满场、工作日非黄金时段影票售罄、票价203元等异常情况。更有媒体称，早在电影上映之前，《叶问3》就曾被曝出签署了一份目标保底为10亿的合同。一时间，全国舆论硝烟四起。由此引发的广电总局约谈、投资方快鹿集团洗钱、宣发团队火传媒数百名员工讨薪风波等危机持续发酵。当电影成为金融资本的赚钱工具，我们不得不开始思考如何在繁荣的同时展开电影市场规范管理。

二、重要的评论活动

（一）档期概念与类型创作——2016春节档电影作品讨论会

由中国文艺评论家协会、中国影协、中国文联文艺评论中心联合主办的"档期概念与类型创作——2016春节档电影作品讨论会"在北京举行。与会嘉宾讨论了春节档作品及春节档期爆棚原因。

1. 中小城市观众的"新民俗"成为春节档重要推手

随着我国一、二线城市的影院建设逐渐饱和、同质化竞争加剧，影院投资逐渐向三、四线城市流动。从2013年开始，中小城市观众开始进入产业的视野，随着影院的下沉趋势，三、四线城市已逐渐成为新焦点。"小镇"影院、银幕数量的高速增长以及相应的票房占比提高，再加上春节"返乡客流"的涌入，三、四线城市春节档的票房"崛起"近年来表现得尤为显著。数据统计，今年春节档四线城市及县城的票房增速超过100%，远高于全国平均票房增长，成为档期票房高速增长的主要动力。显而易见的是，渠道的不断下沉为中国电影带来了新的人口红利，基数庞大的中小城市观众逐渐成观影的中坚力量。

中国影协秘书长饶曙光认为，近几年中国电影票房的高速乃至超高速增长，得益于国家政策发挥的综合效应。尤其是三、四线城市多厅影院的建设，使中小城市观众不断扩大对中国电影票房的贡献，也从空间和容量两方面有效拓展了中国电影市场。随着市场容量扩增、产业结构优化、发展理念更新，中国电影在市场与创作层面显现出空前的活力，多样化、多类型、多品种的电影创作格局正在形成。因此，三、四线城市年轻观众的电影消费需求呈现爆发式增长，成为我国文化消费市场的最大亮点之一，也是未来文化消费继续保持高增速的动力和源泉。中国电影艺术研究中心副研究员左衡认为，受全国银幕总量的大幅增长、电影市场的供需两旺以及网络购票的便捷精准等综合因素的影响，春节期间去电影院看电影，成为过年这一文化仪式中的一部分，并作为一种新的现代中国民俗出现了，他认为这一"春影民俗"不只属于某一个知识阶层，也不仅仅是合家欢，而属于各个社会群体。

2. 春节档期类型片满足大众化观影需求

2016年春节档电影多为喜剧题材或为悲喜剧电影类型，满足了春节期间大众化的观影需求，在一定程度上满足了这个节点人们的消费行为需求。"在春节这个时段，与其说观众选择的是电影的质量，不如说选择的是电影的恰当性，即它是不是合适在那个时候被观看。"清华大学教授尹鸿认为，今年春节档的三部电影《美人鱼》《西游记之孙悟空三打白骨精》和《澳门风云3》都在档期"恰当性"上做得比较好。同时，他认为"档期概念在中国电影市场化过程当中，对整个中国电影适应产业发展、市场发展起到了非常重要的作用，档期推动了中国电影率先进行供给侧改革。供给侧改革的核心就是改善供给的质量，而改善供给的质量核心就是根据消费改善供给。虽然当下的电影创作中还存在着各种问题，但从产业发展的角度来看，电影的供给侧改革树立了改革标杆，有效地解决了供给的问题"。

3. 过度依赖档期，电影类型和档期的两极分化令人担忧

2016年春节档的三部影片中，《美人鱼》和《西游记之孙悟空三打白骨精》均属于幻想类电影，使春节档作品类型过于单一。回望近几年的春节档电影，喜剧片和大片的"垄断"对应的是剧情片的被冷落甚至是缺席。北京大学教授李道新认为，对创作者来说选择能满足最大观影群体、相对可靠的类型，本无可厚非，但我们也应看到，类型电影和春节档期的电影，离我们渴望的常规电影，或者说中国电影工业体系正常的状态还有相当大的距离。我们太过于依赖档期，好像除了档期以外其他时间的电影几乎就"没救了"。这种两极分化同时也体现在类型片上，尽管现在单一的类型或许已经慢慢地找到了感觉，但还有很多具有票

房潜质的类型片一直没有得到发展，比如恐怖片、科幻片、战争片、歌舞片，它们也是常规电影的重要组成部分。当前，电影类型和档期的两极分化让人深感担忧。

对此，饶曙光认为，中国电影应该前瞻性地推进供给侧改革，从创作层面提供更优质的产品，不仅满足人们的娱乐性需求，也满足人们的精神需求，同时创造更好的市场体系，让差异化、多类型、多品种、多样化的电影，特别是偏小众的文艺片，偏小众的少数民族电影、戏曲电影、儿童电影、农村题材电影，都能有良性的出口和渠道，都能实现良性循环。如此一来，中国电影的生态就会更加优化，中国电影发展的可持续能力就会增强。

（二）2015年度中国电影创作及产业报告纷纷推出

在2016年2—3月，电影专业领域的主要杂志《电影艺术》《当代电影》《现代传播》等均在焦点栏目刊发多篇2015年度中国电影创作及产业报告。此外，阿里影业旗下的淘宝电影与华谊兄弟研究院等机构也联合推出了《2015中国影市报告》，从票房、观众等方面对2015年中国电影市场进行了全面分析。

1.《当代电影》文章梳理

《当代电影》杂志的2016年第2期的系列文章从不同角度详细解读了2015年的中国电影。尹鸿教授认为，2016年中国电影呈现出小康社会电影多元文化的特点。草根电影表现了"苦逼一代"在现实与梦想的冲突中的精神现实；IP转换为国产电影带来了浓厚的互联网气质；新一代电影人改变了中国电影的美学观念；中国特色的电影类型格局逐渐形成；大市场为艺术电影开拓了新的生存空间。中国电影在探索建构小康社会的主流电影体系中逐渐成熟。

贾磊磊教授认为电影的主题分析一直是我们判断影片价值的重要维度。无论是关于影像文本叙事逻辑的分析，还是关于人物性格的心理分析，最终都会纳入影片的主题分析范畴。正像湍急的细流最终都将汇入波涛奔涌的江河一样，对电影的文本、叙事、人物、语境的分析，最终都将与一部影片的主题分析产生必然的联系。

王一川教授以"有喜而忧"姿态去反思2015年度国产片，可见出当前症结之一在于电影批评界的批评精神的失位，具体表现为电影品质尺度存在模糊问题。不能简单得出高票房必等于低品质的匆忙结论。国产片美学景观的特点表现为脱俗型片的艺术美学穷困、浅俗型片的商业美学丰盈及两者在中俗型片中的调和有度。这三类影片正代表当前中国电影产业健康发展所必需的基本构造。中国电影的当前征候在于艺术美学与商业美学的和谐共存及其调和之艰难。当前尤需反省的是，已然成为网民观众的观影行为指南乃至整个日常生活行为指南的崛起的商业美学原则及其背后的消费主义信仰，探寻现有的金字塔式结构转变为橄榄型结构的可能性，即将浅俗型片一家独大的片面格局调整为中俗型片份额最大而脱俗型片和浅俗型片之间大体均衡的新格局，公民也应懂得自觉接受艺术美学原则及理想主义信仰的引导。

刘汉文则以数据分析2015年电影产业发展，认为2015年是我国电影发展的重要节点，也是电影产业化改革十三年以来经验的集中体现。本文主要梳理 2015年中国电影产业发展的整体状况，分析2015年度电影发展的主要特色，并在此基础上预测未来的发展趋势。

2.《电影艺术》杂志内容梳理

《电影艺术》杂志则以国别为划分，对2016年世界主要电影大国产业、艺术状况进行梳理。其中，尹鸿教授认为国产电影产业格局在互联网的全面渗透下发生着深刻变化。越来越多的小镇青年观众为国产电影带来了刚性需求，在IP改编的推动下，幻想电影、动画电影的爆发使国产电影产品群更加丰富。电影产业的崛起对政府管理水平和能力、企业文化、市场经验、观众素养、产业环境和人才储备提出了新挑战。

彭侃基于对2015年及最近几年北美电影市场发展状况的数据分析，梳理了北美电影市场在融资、创作、发行、技术、营销等产业环节的发展特征，预测了其未来的发展趋势。以"回暖""转型"两个词语总结2015年北美电影产业发展。

支菲娜则认为2015年是日本电影产业发展走到变革的节点，这就是二次元（ACG）文化对电影产业从内容、实业到市场多方面的深度改造。2015年，日本电影产业发展到近年来的一个小高潮。生产数量与质量平稳；本土影片与进口影片票房比经过几年调整后趋于平衡，人均年观影频次排在世界第四；非电影数字内容已经成为日本影院主要收入来源；海外市场获得前所未有却充满动荡的机遇。

朴希晟分析认为，2015年韩国电影产业创下史上最多观影人数和最高销售额，保持了增长势头，但与上年相比，影院观众人数仅增长1%，影院票房仅增长3%，附加市场增幅为12.7%左右，增长率明显降低。另外，韩国电影完成作品出口额虽然增长了11.3%，但因为技术服务出口和在韩国拍摄外景的海外电影减少，所以海外销售额比上年降低12%。韩国电影投资收益率在增长3年之后再次转为负数，为-7.2%。

王方纵观2015年的法国电影，认为其在制作发行、影院上座率、国际合作、各大国际影展及奖项的覆盖、策略制定与调整，以及对文化多样性的坚持等方面，都呈现出积极的发展走势和日益完善的世界视野。在"文化例外"和"文化多样性"政策与理念的指引下，努力构筑世界范围内的合作和加深欧洲内部的固有电影联盟，致力于电影的多元创作、架构和政府扶持，法国电影产业在反思、研讨和调整的进程中，其认真、开放与积极的态度，是最值得学习和借鉴的。

谭慧从产业、艺术等角度分析了北欧电影市场，认为就电影业来说，北欧五国的电影产量远不及好莱坞，但它们的影响力和艺术辐射范围却不容小觑。北欧国家都非常重视电影文化的建设，各自都有政府主管的电影协会或基金会为本国电影业提供扶持。在各大国际电影节上，北欧影片也备受青睐，成绩斐然。

3.《现代传播》杂志梳理

面对中国电影产业异军突起，成为传媒与艺术领域引人注目的重要景观，《现代传播》杂志"年度对话"栏目首次专门聚焦电影，就电影立法、电影政策、电影产业、电影创作与传播、电影人才、电影文化建设等问题进行交流探究。

其中，《中国电影：从数字走向诗》由胡志峰教授对话国家新闻出版广电总局局长张宏森，文章认为，面对电影发展的盛局，我们也需要清醒地看到，电影产业发展才刚刚从起点出发，我们在电影工业基础、电影全产业链、电影人才储备与电影海外传播等诸多相关联的方面，还存在着显要的短板。并且分别从中国电影产业数字，对外传播遇冷，电影产业崛起在文化经济方面对国家社会的拉动，存在短板等几个角度分析了2015年中国电影产业景观。

4. 研究机构梳理

阿里影业旗下淘宝电影联合华谊兄弟研究院联合发布《2015中国影市报告》，通过互联网大数据对于2015年上映的影片、观影人群以及整个电影市场进行梳理分析。报告显示，去年中国电影市场创造了很多纪录，国产电影票房总额首次超过进口大片；《捉妖记》创造了20年来新的华语电影票房纪录；电影类型越来越多样，喜剧和动画电影受到市场更多的关注，中小成本制作影片同样创造了多个票房纪录。针对观影人群，报告指出低龄化，向三、四、五线城市下沉，区域喜好差异大等特征越来越显著。2015年大学生爆发了比往年更强的电影消费力，小镇青年托起票房半边天，发掘不同地区观众甚至是不同年龄的喜好，能够让电影发行工作更为专业和细致。

三、热点评论议题

（一）春节档票房再创新高

　　观众观影习惯的养成和新增银幕的增长是主要原因。从国家新闻出版广电总局电影资金办的数据显示，2015年春节档成"史上最强春节档"，大年初一至初六，全国电影总票房达30亿元，同比增长67%，其中《美人鱼》票房14.6亿元，《澳门风云3》票房达6.8亿元，《西游记之孙悟空三打白骨精》票房达6.5亿元。三部国产电影联手共吸纳春节档总票房93.5%。由于春节档期的强势，2016年2月成为国产电影市场票房首次超越北美市场的节点，2016年54天票房过百亿，近两个月时间已经超过2010年全国票房。

　　究其原因，一是消费习惯的改变。大年初一至初六，每个影城的观众结构具有明显特点，家庭式购票、同学联谊式购票比例不断增加。尤其是二、三、四线城市观众形成观影习惯成为贡献票房新主力。二是影院建设的加快。2015年新增影院1420家，新增银幕数8035块，日均增长22块，全国累计银幕数已达31627块，增长率达33.7%，并且绝大部分增长在二、三、四线城市，为"小镇青年"提供了观影条件。

　　然而，在春节档期的概念如火如荼被提出的时候，北京大学的李道新老师认为，中国电影的春节档还没有"成熟"到真正为更多不同的受众推出更多不同的产品，并在常规电影的体系中实施优胜劣汰的合理机制；春节档中的一些影片，是在票房主导的前提下，仍在以投机的心态和博彩的方式进行着无知无畏的档期试验。例如2016年春节档期中《澳门风云3》随心所欲粗制滥造，严重丧失基本水准，在一片"圈钱""坑人"和"烂片"的讨伐声中依然取得了10亿多的票房。《澳门风云3》的超高票房表明，春节档不仅没有为大量的观众和广泛的市场提供更多可供选择的影片，而且没有真正培养起一个多样而又成熟的档期观众群体。作为一种常规电影的集中展现，春节档更没有建立一套符合常规电影标准的、相对权威的普遍认同的评价机制，也没有形成一种为最大多数的电影从业者所敬畏并遵循的行业约束力。

（二）"国产新大片"概念提出

从2015年开始，中国电影市场中出现了几部气质迥异的高票房大片，如《捉妖记》《西游记之大圣归来》《九层妖塔》《寻龙诀》《美人鱼》《西游记之孙悟空三打白骨精》等。归纳总结这些影片，可以发现，大投入、多特效、高票房是他们共同的特征。由此，《当代电影》杂志定义这类电影为"国产新大片"。不同于2000年后，《英雄》《十面埋伏》《无极》《卧虎藏龙》等传统的"古装大片"的道路，国产新大片整合传统国产大片的基本要求，按照新的电影供给结构、新的电影要素组合方式展开运作，是基于互联网生态的跨行业融资、跨媒介叙事、参与式应考、奇观式特效以及文化群体分层消费的"新概念"大片。低成本、小制作影片诚然必不可缺，但对于一个国家电影工业来说，大片才是其长远发展的支柱。因此，有理由相信近段时间几部华语大片的集体回潮并不是偶然，而是中国电影市场扩容、互联网介入、观众高度参与等多方合力的结果。这些影片不论是投资结构、整体制作、人才配备以及与互联网连接的力度，都呈现出新面貌、新气质，让我们看到中国电影走向工业化的可能。其中，聂伟认为，在"互联网 +"语境下，以国产新大片为旗舰，以资本跨界运作、IP创意化、技术革新与青年亚文化叙事为配置要件，带动中国电影向产业链 3.0格局升级。

（三）互联网+企业对于电影市场的影响

近日，有关电影《喜乐长安》仅以165万元票房收场，导演公开指责影片原著作者韩寒，从未公开为电影进行任何宣传。韩寒的不作为是一大原因，由此引发了关于"IP"改编不是万能的讨论。除了《喜乐长安》之外，《睡在我上铺的兄弟》《万万没想到》《何以笙箫默》等IP改编电影的票房均未达到预期。因此，如何在"互联网+"环境下真正认清电影的本质根源成了亟待解决的问题。

从2015年开始，IP热潮爆发，大量影视公司高价收购网络小说。狂躁的产业氛围下，投资方与内容生产者陷入迷向。有很多"红人"或"网红"一夜成名，然后迅速进入娱乐行业。他们给这个行业带来很大活力的同时，也带来了跟他们的活跃度不相匹配的工业价值。他们没有好的表演，没有对行业充分的理解。财富的累积或许容易，但是也会让内容生产者心生忧虑，担忧作品水平快速下降。华谊兄弟传媒集团执行总裁王中磊在博鳌亚洲论坛上表示："我最焦虑的，就是每一个电影制作人都成为一个金融高手。中国电影的金融，就是应该用它的方式，融到懂得这部电影的钱，而并不是说每一个电影项目都要成为一个上市企业。"中国电影市场是一个非常浅的海滩，在等待巨大的浪潮，中国电影市场在给予了很大的想象空间的同时也是存在泡沫的，如何在中国电影工业质量明显提高的同时，让票房口碑得到双丰收，成为名副其实的电影强国而不是电影大国，是每一个从业者、观众都应该思考的问题。

第四节　美术篇
——如雨后春笋般兴起的美术展览

一、美术观点

（一）吕澎

2016年的2月至3月，雅昌艺术网发布了三篇吕澎先生的长文。这三篇文章虽然从题目上看讨论的是三篇不同的主题。但是均体现出吕澎先生试图通过对一些具体的艺术史问题的探究，进而思考中国当代艺术发展道路的问题。以下是编者对三篇长文主要内容及观点的整理。

《观念艺术与绘画的手工性》一文梳理了观念艺术在中国的发展历程以及探讨了艺术创作中观念与手工性的关系。根据吕的梳理，中国的观念艺术经历了从80年代的"池社"绘画，到90年代运用意识形态符号所创作出来的绘画，再到21世纪的"影像绘画"的发展过程。吕重点探讨了王光乐的"抽象"绘画，认为21

世纪的抽象绘画不同于20世纪80年代受到西方抽象趣味的影响而发展起来的绘画，它是一种从"最为具体的对象上引发出来的抽象"，是一种反对叙事、"放弃任何图像的视觉游戏"，是对之前所有抽象艺术和观念艺术进行视觉归纳后的产物。因此，吕澎认为，今天的抽象绘画同样是"观念绘画"。随后，吕讨论了与绘画有直接关系的手工问题。他提出，创作缺少感性趣味和手工视觉性的绘画是对艺术的抛弃，绘画自身有着两个不可失去的特征，即具体的出发点和手的偶然性。对于艺术家来说，手是表达精神情感最为真实的路径，是不可替代的。尽管杜尚的思想使得艺术可以被任何物品所表现，但是绘画作为一种媒介，仍然是"被用于提供观众思考甚至窥探艺术家的感受的一个通道"。据此，吕尖锐地指出了中国当代艺术中存在的一个问题，即对"当代艺术"一词的机械理解和对手工的不重视使得艺术的个体性大大降低了艺术的现实针对性。在吕看来，"通过手来完成的绘画是保持对文明传统的反省态度的一个有效通道，是观念传递和处理思想困境的试验田"，因此，若要解决上述问题，中国艺术家仍要以社会现实作为基本出发点，重视手工性，创作反映时代的艺术。

《思想与观念是捍卫绘画存在的武器》一文探讨了在当下装置、实物、录像、行为以及其他综合材料与方法被引入艺术的背景下，绘画得以继续作为一种"艺术特征"而存在的重要特点，即绘画的思想和观念。同时，吕在该文中还讨论了基于绘画的这种特点，当下中国绘画的发展方向等问题。吕首先提出，受到进化论习惯的影响，使用传统工具与材料的中国绘画在面对材料与观念不断变化的西方绘画时往往被认为是"非当代的"。随后，吕梳理了西方绘画从以本质论为引导不断发展，到存在受到质疑，再到被普遍接受的发展历程。这一历程的最终结果，则是思想与观念被认为是绘画继续存在且不断发展的保证。于是，基于上述结论，在吕看来，若要解决当下传统中国绘画在面对现代社会与西方新艺术观念时如何发展的困惑，关键在于基于本民族自身的独特气质和思想经验，进行创造性的绘画实践。

《艺术史的趣味、图像与身份》上、下两篇文章分别从中国当代艺术家何多苓和王广义两个个案出发，讨论20世纪艺术史的书写问题。在吕看来，中国现当代艺术的发展脉络与美国艺术的产生过程有着相似的历史文化背景，两者在历史语境、历史身份、影响、图式等复杂问题上存在对比分析的可能。且通过对比，一方面，能够对20世纪中国艺术史在书写过程中所遭遇的影响与身份问题进行探讨；另一方面，能够探究出"发生在20世纪不同国家与地区表面近似而目标不同的艺术价值"，并"为全球艺术史书写的出发点和视野提供研究案例"。在该文上篇中，吕澎将何多苓与安德鲁·怀斯进行了对比。他认为，怀斯在美国艺术受欧洲现代主义影响的背景下，以注重内心、寻求艺术深刻表现力的地方主义风格为美国艺术开启了新的发展方向。而何多苓亦受到怀斯作品的启发，在面对欧洲现代主义的艺术潮流时，以中国自身的社会文化背景为依托，按照内心的真实情感，选择了一种更加细腻的艺术风格，用来表达自己对于时代精神的思考，并且为中国当代艺术的发展确立了一种新的视角。而在下篇中，吕澎将王广义与安迪·沃霍尔进行了对比，然而在吕看来，王广义与沃霍尔虽然都是采用波普艺术的方式进行创作，但是沃霍尔的作品是一种在美国商品经济下对于消费主义的热衷，而王广义的作品则是在中国改革开放的时代背景中产生的，其表现主题更倾向于历史政治和意识形态，与消费社会并没有明确的联系。

（二）方力钧的研究评论

2016 年 4 月 8 日，"另类生存：方力钧手稿研究展"在武汉合美术馆举行，该展览由鲁虹先生策划，展出了艺术家方力钧的创作手稿和相关文献资料。

然而在开展之前，作为策划人的鲁虹已于 3 月在雅昌艺术网发布了一篇名为《叛逆的图像——关于"另类生存：方力钧手稿研究展"》的文章，该文章从三个方面对展览的"另类生存"主题进行了详细的阐述。首先，第一个方面的"另类"指艺术家方力钧在其成长期间的"另类"生存状态。鲁虹结合资料，对方力钧的特殊生活经历做了有重点性的整理，包括他的"文化大革命"经验和"青年亚文化"心理等，其中还着重讲述了方的剃光头经历。在鲁虹看来，方力钧与北方许多"60 后"都继承了一种"泼皮文化"或"痞子文化"传统。第二个方面，指方力钧作品中人物生存状态的"另类"性。鲁虹指出，方力钧强调以个人经历作为创作的基本出发点，他试图通过对生活的深度体验从而去呈现"人性的共同性"。在方的作品中，人物不是具体的某个人，而是一个符号表征，是艺术家"对当下人生存体验的理解、想象与升华"。而第三个方面，则指艺术家创作方法的"另类"性。具体可体现在如下三个方面：（1）以照片如画，但是取消人物的个性，而以独特的艺术符号表现人的共性；（2）适度借用漫画的造型手法，将自己的面部特征投射到作品人物中；（3）在自由组合画面空间的前提下借用类似广告与版画的手法，使作品带有极其强烈的视觉效果。

除了鲁虹先生外，黄立平先生也于3月30日在雅昌艺术网发布了一篇题为《"光头"的背影》的文章。该文章高度肯定了方力钧的艺术创作和思想观念，评价其为一个坚守精神世界独立价值，真正把艺术当作精神事业和人生使命的人。

（三）其他文章

除上述几篇文章之外，两个月期间还出现了一些讨论主题比较独立的文章。

王怀义、许燕发表了一篇题为《另一种"童心说"——陈丹青〈陌生的经验〉中的艺术理论》的文章，该文章是对陈丹青《陌生的经验——陈丹青艺术讲稿》一书的书评。作者从三个方面对陈丹青的观点进行概括。（1）童心：绘画的精神，这部分论述了陈对于"孩子气"精神的推崇，即"一种少年精神，一种新奇的艺术眼光，一种活生生的、灵动的、不掺假的生命活力"，具体表现在绘画创作中的纯粹、憨直、无功利，以及对生命真实的直接表现。陈认为"孩子气"是艺术的"根本和生命所在"。

（2）丰富而纯粹：绘画的创作与观看，这部分论述了陈丹青所认为的"孩子气"精神在绘画创作和观看中的表现。陈以印象派画家为例，提出"孩子气"的创作遵循感觉第一的原则。而"孩子气"的观看，则是一种"初见"般的观看，"抛开作者身份和历代前见，回到真实现场"。（3）重视早期作品、次要作品：艺术史再评价，这部分论述了陈对于艺术史的领域或边界的重新划定。在陈看来，艺术家的早期作品，以及呈现底层人生活状态的"次要的作品"，同样应该受到重视。

王萌发表了一篇题为《崛起中的新兴力量与艺术运行机制的转型——盘点2015之际对当代艺术结构转型的思考》的文章。该文章结合发生在2015年的各个艺术事件，提出了当代艺术从以"当代"为标签的浮躁心理向"探索性"心态过渡的趋势。作者从"新兴力量的登场""艺术生态变化中的线索结构""艺术运行机制的转型及其问题"，三个方面具体探讨了当代艺术转型的相关问题。

二、美术展览

在2016年2月至3月，全国各地的画廊、美术馆都争先恐后地举办自己的新年第一展。根据雅昌艺术网所提供的展览信息，在两个月的时间内全国一共有600多个展览举办，而其中，涉及美术的展览占到半数以上。而在所有的美术展览中，展出作品为中国现当代美术的展览有200多个。本期热点报告，则是以这200多个中国现当代艺术的展览作为讨论重点，通过对其进行总结和归纳，进而整理出2月和3月在美术展览方面的热点现象和问题。

（一）如雨后春笋般兴起的美术个展

在200多个中国现当代美术的展览中，展览的类别按照参展人员的数量和规模划分，可分为个展、小规模联展以及大规模群展三个类别。其中，个展的数量最多，所占比重最大，以下是编者对这两个月当中所有中国现当代美术个展的整理：

中国现当代美术个展

名称	日期	城市	展览地点	参展人员
"貌合-神离"哈桑刘个展	3/27—4/13	北京	798 时代空间	哈桑刘
"多余的画"徐文华作品展	3/27—4/17	北京	方圆美术馆	徐文华
"凝眸之间"陈子胄绘画艺术展	3/26—4/6	宁波	宁波月湖美术馆	陈子胄
"维度"张显飞艺术展	3/23—3/30	北京	797 街	张显飞
"纸尚"张立作品展	3/19—4/13	北京	798 桥艺术空间	张立
"一意非孤行"李瑞油画作品展	3/19—3/27	济南	济南方圆美术馆	李瑞
"单机游戏"张婧个展	3/18—3/27	上海	朱屺瞻艺术馆	张婧
马晟哲—×××Plan	3/13—4/13	武昌	Big House 当代艺术中心	马晟哲
"确定之后的偶发性"靳灿朋绘画作品展	3/12—3/20	杭州	东街 6 号·当代艺术中心	靳灿朋
"青山归远"朱建忠个展	3/12—4/9	北京	东京画廊 +BTAP	朱建忠
Nest Lady: the Walker 许维颖 2016 个展	3/11—4/10	台中	台湾台中市北区博馆路 15 号	许维颖
"乱入"孙亚飞个展	3/12—4/11	北京	Link Gallery	孙亚飞

续表

名称	日期	城市	展览地点	参展人员
"我的左手"朱新建个展	3/16—4/15	北京	高更画廊	朱新建
"上海，你好！"赵峥嵘作品展	3/18—3/27	上海	朱屺瞻艺术馆	赵峥嵘
"聆听光的声音 / 引力波的艺术蔓延"李木子个人作品展	3/23—3/29	东莞	岭南美术馆	李木子
"无解"高屹个人作品展	3/26—3/31	成都	蓝顶艺术教育中心	高屹
"有迹可循"杜飞辰作个展	3/27—4/10	北京	艺构空间	杜飞辰
"梦"林玲兰现代艺术展	3/10—4/6	上海	万科翡翠雅宾利会所	林玲兰
"好枝"廉学洺作品全国巡回展 - 武汉站	3/10—4/17	武汉	湖北美术馆	廉学洺
"在狂野中沉醉的星星"王星星当代油画作品展	3/9—3/18	北京	NUOART 画廊	王星星
2016 油画名家游敏作品展"镜中景 画中意"	3/7—3/27	德州	山东崔杨美术馆	游敏
"梦的入口"莫頔个展	3/6—4/5	北京	Hi 艺术中心	莫頔
"青栀涩"狄青个展	3/6—4/5	北京	Hi 艺术中心	狄青
"无边的生长"康蕾个展	3/6—3/21	北京	今日美术馆	康蕾
"柔肤与小学"马延红作品	3/5—4/5	北京	西五艺术中心	马延红
"清炒如梦令"牛玉河油画作品展	3/5—3/25	杭州	贝尼尼·三清上艺术馆	牛玉河
吴大羽的抽屉	3/5—4/3	台北	耿画廊	吴大羽
"今日故事"林明弘个展	3/5—4/5	上海	LEO XU PROJECTS	林明弘
"钰观心象"新视觉艺术作品展	3/6—4/1	南京	同曦艺术馆	郑钰
"缘辰"周舟作品展	2/2—3/2	南通	曼荼园文化创意产业园	周舟

名称	日期	城市	展览地点	参展人员
"月之花"傅作新个展	2/20—3/20	台北	侨福芳草地画廊 – 台北	傅作新
"诗意自然"谭国信绘画作品展	2/22—3/11	青岛	赞一美术馆	谭国信
"心灵的风景"周利群个人水彩画展	2/24—3/23	上海	上海全华水彩艺术馆	周利群
"青春剧场"陈静子油画作品展	2/25—3/15	佛山	德胜美术馆	陈静子
周毅个人油画展	2/27—3/27	广州	伟博画廊	周毅
"春晓"钱迪励慈善油画展	2/27—3/26	香港	Art One	钱迪励
"静观大千"梅劲旅油画艺术精品展	2/27—3/8	佛山	石景宜刘紫英伉俪文化艺术馆	梅劲旅
"温园日志"白京生 2014–15 作品展	3/1—4/3	北京	久画廊	白京生
"光之诗篇"吕荣琛个展	3/4—3/31	台中	333 画廊	吕荣琛
"我行于野的指向"吴楚宴风景油画作品展	3/5—3/18	广州	国彩艺术馆	吴楚宴
"一个男孩的万花筒"金晶个展	3/5—4/5	北京	吸尘器空间	金晶
"继往开来"卢柏森艺术回顾展	3/5—4/17	东莞	莞城美术馆	卢柏森
"遇见"潘利国作品展	3/5—3/28	北京	圣歌画廊	潘利国
"足迹"唐满生油画作品展	3/5—4/17	无锡	凤凰艺都美术馆	唐满生
"陌生来客"汤大尧个展	3/5—4/10	北京	站台中国当代艺术机构	汤大尧
"引喻体"马文婷个展	3/5—3/31	北京	杨画廊（北京）	马文婷
"西风东韵"魏达维个展	3/1—3/15	北京	感叹号艺术空间	魏达维
"多面体"张渺个展	3/1—3/21	北京	卓越艺术空间	张渺
"非有非悟"申树斌艺术展	2/27—3/21	北京	万国艺术馆	申树斌

续表

名称	日期	城市	展览地点	参展人员
"艺术养殖户"左小诅咒深圳个展	2/27—3/27	深圳	深圳前海壹会艺术空间	左小诅咒
"未曾到达的地方"羊芳涛个人作品展	2/27—4/5	广州	逵园艺术馆	羊芳涛
"模棱-无伴奏"蔡磊个展	2/25—3/18	香港	当代唐人艺术中心	蔡磊
"架上的旋律"王仁超油画个展	2/24—2/29	西安	西安市亮宝楼美术馆	王仁超
"生趣-生机"沈水明作品展	2/23—3/13	北京	偌道艺术中心	沈水明
"永恒的约定"毛骥油画展	2/23—2/28	台北	孟焦畫坊	毛骥
"百雅轩入驻宁波暨独立风骨"吴冠中艺术展	2/22—3/22	宁波	海山堂美术馆	吴冠中
"生的回声"李青萍作品展	2/22—3/22	北京	复言社	李青萍
"星际边缘引力波的遐想"赵旭个展	2/19—2/28	北京	艺·凯旋艺术空间	赵旭
"都市水墨-古旧典雅"赵锦龙先生的人物展	3/5—3/8	宜兴	宜兴徐悲鸿纪念馆	赵锦龙
"与时间为敌"王子个展	3/5—3/25	北京	亦安画廊	王子
"色子"贾欣雨（朵）个展	3/5—4/1	北京	艺术仓库	贾欣雨
"奇遇记"崔君个展	3/6—4/5	北京	Hi 艺术中心	崔君
"寒林"李晓飞作品展	3/26—4/1	北京	现实空间	李晓飞
"艺油心生"王宏峥油画作品展	3/25—4/3	济南	华夏美术馆（山东）	王宏峥
甬籍海派艺术家沈天万油画展	3/25—4/3	宁波	宁波美术馆	沈天万
"为了失物的纪念"金镇宅作品展	3/22—3/25	琼海	康乐中心儿童乐园	金镇宅
"春风吹又生"王志新作品展	3/21—3/28	深圳	KF 空间	王志新

续表

名称	日期	城市	展览地点	参展人员
"舞绘"沈伟个展	3/20—4/4	香港	亚洲协会香港中心	沈伟
"心象"索予桐个人作品展	3/19—4/9	北京	天堂书屋	索予桐
"一个穿越时空的水墨梦想"周刚作品展	3/19—3/29	上海	龙美术馆	周刚
"蜂巢－生成第十七回"刘国强个展	3/17—4/17	北京	蜂巢当代艺术中心	刘国强
"现在"兔子个人作品展	3/13—3/27	澳门	疯堂十号创意园	兔子
"生活的歌者"子洛绘《诗经》展	3/12—3/30	北京	艺集空间	子洛
"废墟计划：野蛮再生"邓大非个展	3/12—4/11	上海	BETWEEN艺术实验室	邓大非
伊玄－冥想艺术展	3/12—4/18	北京	凤凰艺都798艺术空间	伊玄
"然前然后"梁伟个展	3/11—4/17	北京	魔金石空间	梁伟
"睡着的农夫与麦浪"李继开个展	3/11—3/27	武汉	湖北美术馆	李继开
"行走的墨线"顾小平个展	3/12—4/3	北京	白盒子艺术馆	顾小平
"璞法为真"朱法鹏绘画展	3/12—3/20	台湾桃园	长流当代美术馆	朱法鹏
"三月"宋连民最新作品展	3/12—4/6	北京	红子兰艺术中心	宋连民
"隐墨芥子园研究"王勇个展	3/12—3/25	徐州	徐州雁南艺术馆	王勇
"漫长的四年"左小祖咒个展	3/12—4/6	西安	西安青年美术馆	左小祖咒
"崔杨村人民波普走进798"杨树峰艺术展	3/13—3/20	北京	新太阳美术馆	杨树峰
"现时－漫步"林兵绘画展	3/16—3/21	香港	香港视觉艺术中心	林兵

续表

名称	日期	城市	展览地点	参展人员
"无尽能量"萧勤2016香港个展	3/16—4/16	香港	3812 Gallery	萧勤
2016谭根雄艺术作品展	3/18—4/3	福州	福建省美术馆	谭根雄
博而励画廊薛峰新展 寂静－新作	3/19—4/17	北京	博而励画廊 lBoers-Li	薛峰
鲁燕生油画展	3/23—4/1	北京	成蹊当代艺术中心	鲁燕生
"宇宙暗示"丛伟作品展	3/26—4/10	南京	可一画廊	丛伟
"礼物"王音个展	3/29—5/29	北京	尤伦斯当代艺术中心	王音

与2015年12月至2016年1月这段时间相比，2月、3月的展览数量明显增多，而个展数量的增多显得尤为明显，如果说春节前的两个月是展览的沉静期，那么春节后的两个月则是展览的蓬勃生长期。那么，导致这一现象的原因为何？从上表所有展览的举办城市中，我们可以发现，在北京举办的画展所占比重最大。而北京作为中国的文化中心，则是中国画廊的主要聚居地之一，无论是已经具备一定规模的大画廊，还是正在处于起步阶段的小画廊，都汇集在北京的798、草场地、宋庄等艺术中心内。那么，在其他时间段内并没有多少展览的小画廊，在春节过后必然会努力地举办开春的第一场展览。而相较于邀请多位艺术家的群展，成本较低的个展对小画廊而言则是最适合展览形式。因此，2月、3月的展览数量尤其是个展的数量呈现出如雨后春笋般的增长。

数量的增长，必然会带来内容的丰富，从参展人员的年龄上看，既有老一辈现代艺术家的展览，如展览"吴大羽的抽屉""独立风骨——吴冠中艺术展"等，还有包括"70后""80后"乃至"90后"等青年艺术家的展览。而如果按照展览内容与社会现实之间关系的紧密程度来划分，在编者看来，这些个展可划分为三种：（1）与社会现实联系较为紧密，作品内容中有关于现实问题的讨论和批判。例如"废墟计划：野蛮再生"邓大非个展，在该展览的作品中，艺术家将自己置于废墟现场，以繁重的个体劳动来体验"当下中国快速变迁的城市化进程"，把社会问题、个人记忆纳入体验式的身体记忆当中。邓大非试图创造一种混杂性的美学思考，其作品囊括了实验性的艺术语言和对社会问题的关注；（2）与社会现实存在一定的联系。作品没有对现实问题进行直接地批判，但是会转而强调某些社会现实缺失的东西。例如"好枝"廉学洺作品全国巡回展，在该展览的作品中，艺术家廉学洺通过对树枝进行诗意的描绘，表达出对自我艺术的敏感以及对当代社会的希冀与关怀。其作品呈现出的平静与诗意是艺术家对这个浮躁、焦灼的当代社会的无声对抗，是对社会精神文化的人文关怀与救赎；（3）展览作品的内容及思想内涵较脱离于现实问题，而更加倾向于表达艺术家的艺术观念，或者内心情感。例如"单机游戏"张婧个展、"上海，你好！"赵峥嵘作品展、"梦"林玲兰现代艺术展等。在这90场展览中，最后一种展览所占比重最大。这在一定程度上折射出中国当代艺术存在的一个问题，即对社会现实的针对性不够。

（二）充满矛盾性质的妇女节展览

3月恰逢国际劳动妇女节，于是，在众多的美术展览之中，还存在不少以妇女节为背景的展览，以下是2016年3月8日妇女节前后的相关展览。

以妇女节为背景的展览

名称	日期	城市	展览地点
"春日芬芳"通州区女艺术家庆祝国际劳动妇女节美术作品展	3/4—3/22	北京	国中美术馆
"她"新女性绘画联展	3/5—4/4	北京	宝甄艺术馆
"静谧寻境"北京女画家五人展	3/6—3/18	北京	西山逸林画院
第二届中国当代女子画会全国邀请展"2016山东崔杨"	3/7—3/17	德州	山东崔杨美术馆
江碧波主题画展	3/7—4/7	重庆	巾帼园
"蕙心丹青"江阴市女画家提名展	3/7—3/28	无锡	江阴市展览馆
"回暖·女人的季节"中国当代女子画会艺术家作品欣赏会	3/6—3/15	广州	艺壹仟艺术区
沉醉丹青"巾帼情怀"	3/8—3/14	成都	诗婢家美术馆
2016迎峰会庆三八国际妇女节杭州市女画家油画展	3/8—3/18	杭州	杭州科技交流馆
"绽放"保定女性艺术家联展	3/8—4/8	保定	保定当代美术馆
"对景成三人"女性艺术研究展	3/8—3/20	北京	马奈草地美术馆
"春-艺"中国当代女画家作品邀请展	3/8—3/13	北京	博宝美术馆
"本心·妹"女性艺术家学术交流展	3/8—3/18	北京	恩来美术馆

名称	日期	城市	展览地点
"楚苑芳菲"著名女画家作品邀请展	3/8—3/18	武汉	辛亥革命博物馆
"惠风和畅"上海市高校女艺术家联展	3/8—3/30	上海	沪江美术馆
"逸香盈素"2016青年女艺术家作品展	3/10—3/27	北京	炎黄艺术馆
2016浙江省女美术家作品展	3/11—3/27	宁波	宁波美术馆
芳华静美·当代岭南女性艺术家作品邀请展	3/11—3/20	广州	白鹅潭畔信义国际会馆四号楼
"紫露凝香"第四届中国著名女画家邀请展	3/16—3/25	深圳	中国国家画院美术馆坪山分馆

上述这些展览，其开展背景虽同为国际劳动妇女节，但是展览与展览之间，对妇女节内涵和意义的阐释却存在偏差。通过对各个展览的文字介绍的解读，编者发现，部分展览举办的主要目的，乃是展现女性艺术家对艺术、对生活，乃至对这个世界的独特视角和表达方式。在这些展览中，女性艺术家的艺术观与生活观通过各式各样的艺术作品呈现在观众面前，且不论这些作品的艺术表现力如何，展览的原本目的旨在体现女性的独立性，但是展览本身却又将女性艺术家的内心世界摆放在了被观看的位置上，也就是说，展览试图展现女性的独特性，反而进一步地强调了女性的性别特征，使女性处在被观看以及被动的地位。

当然，众多展览之中还是存在能够恰当体现国际劳动妇女节真正意义的展览，例如"对景成三人"女性艺术研究展。该展览只邀请了闫平、罗敏和陈曦三位女性艺术家参展，展览在展现三位女性艺术家杰出的美术作品的同时，又借用"三人行，必有我师"的典故，将展览营造成女性艺术家相互交流的空间，使得三位艺术家的作品在对话与相互比较之中，体现出女性艺术内在层次的丰富性，以及折射出当代艺术的多元景观。该展览用女性艺术家自主交流的空间消解了女性被观看的空间，故而恰当地展现出女性的自主性和独立性。

第五节　舞蹈篇
——春节舞庆与艺考纷争

一、春节舞庆活动

　　2016年2月8日是中国传统节日"春节"，全国各地烟花爆竹、金猴闹春，龙灯表演等喜庆场面无处不在，民间的文艺展演也是惟妙惟肖。云南新平县是花腰傣的故乡，这里的舞龙舞狮、民间歌舞专场的表演让人们一饱眼福，平甸乡磨皮花鼓舞、白鹤花棍舞等特色表演掀起了春节欢腾的气氛。傣族的歌舞表演、纺线、织布、刺绣、竹编等活动都是傣族地区春节期间传统民族文化的展示。山东高密市在政府、乡镇、企业等带动下，用山东传统的汉族民间歌舞，精心编排了近千名的群众演出，为市民们呈现出具有浓厚的节日文化盛宴。最具有特色的扭秧歌、踩高跷、跑旱船等生动的表演和群众的欢呼声，为春节增添了欢乐祥和的气氛。湖南龙山县土家族，以特有的土家族歌舞、渔鼓、器乐等精彩节目，展现出浓浓的春意，以民间百姓为主角，全县近三十支文艺队伍，现场喜气洋洋的佳节气氛，充分展示了土家族的民族风韵。贵州黔东南州，苗族、侗族的故乡，这里的春节期间也是民族风情歌舞习俗不断，从大年初一至正月十五每天都有传统表演，例如"侗歌比赛""芦笙歌舞比赛""唱山歌、广场舞""原生态苗族舞蹈演出""侗族木鼓、铜鼓表演"等，汇集了丰厚的民族传统文化底蕴。

此外，在国外，也处处洋溢着"中国春节"的气息，纽约贾维茨国际会展中心欢腾的中国传统舞狮表演，伴随着锣鼓声，拉开了猴年喜庆的演出，由中国著名舞蹈家黄豆豆编舞，全美舞蹈协会的学员们表演的"金猴舞蹈"使现场的观众及小朋友都兴奋不已。值得一提的是2016年的中国春节首次被纽约公立学校列为法定假日，并在春节当天纽约市有110万学生放假一天。由比利时西佛拉芒省温赫伦市政府主办，茨威泽勒小镇举行了"中国春节狂欢"，巡游环节来自上海的24位民俗艺术家组成的方阵令人瞩目，48支队伍按照不同主题装扮，巡游贯穿整个小镇，当地民众欢呼呐喊，气氛热腾，24位上海民俗艺术家，用传统的中国方式诠释了中国故事，传播着中华优秀传统文化，与当地民众互动喜迎新春，让世界更多的友人了解中国，亲近中国年。另外，在南非西开普省莫塞尔湾市也迎来了"猴年欢乐春节"，由湖南省杂技团和怀化市歌舞团组成的中国艺术团为当地观众呈现了歌曲、舞蹈、杂技等中国传统文艺节目，演出现场观众与演员互动，载歌载舞，欢度佳节。在印度尼西亚，春节是公共节假日，每年的春节大街小巷都会非常热闹，庆祝节日的活动多样，每位印度尼西亚人都感受到春节的欢乐，很多当地人也会用中文道贺"恭喜"。

二、艺考纷争

最值得关注的是，中国的春节过后迎来了紧张忙碌的艺术类招生考试。各地区、各大院校以及各个艺术专业的招生工作都在如火如荼地进行，舞蹈专业更是提前进入战斗状态。"艺考热"成为所有家长及考生所关注的话题，由此引发的评论热度也在逐渐升温。2016年的艺术招生考试依然集中在2月、3月，考试分为年前、年后。各省级的院校艺考招生时间集中在1月末到2月，相对时间较早；上海地区的考试时间在2月末；北京的艺考时间主要从2月末到3月。北京舞蹈学院的舞蹈招生考试从2月15日一直持续到2月28日，自2015年舞蹈学院改革教育体系，分为表演学院、创意学院、人文学院以及新增设的教育学院后，从今年起在招生人数上有明显增加，本科生拟定招收325人，网上报名3178人，经过几轮严格的筛选，最终获得文考资格的考生总计947人次、共808人。中央民族大学舞蹈招生考试从2月28日到3月9日，专业方向主要是舞蹈表演及舞蹈学（舞蹈教育），2016年面向全国招生108人。北京师范大学舞蹈系招生考试在2月19日至27日进行，本科招收人数依然是30人，网上报名742人，获得文化课考试资格的考生120人。上海戏剧学院舞蹈招生考试从2月22日到27日，主要分为舞蹈表演（芭蕾舞、中国舞）以及舞蹈编导专业，舞蹈专业预计招收87人。

另外，今年舞蹈专业扩大了艺术统考的招生范围，统考的时间主要集中在2015年的11月到2016年1月。具体时间根据各地区不同情况进行安排，统考考试是在各省艺术院校组织进行考试，考试内容基本上为舞蹈基本功、舞蹈表演、即兴表演，有些省份的考试内容还会有笔试的部分，主要考查考生的综合能力水平。统考成绩通常以60分为及格线，根据考生不同程度的表现进行打分。通过考试的考生则可以进行文化课的考试，报考招收舞蹈专业的学校。2016年全国承认统考成绩的舞蹈专业院校包括：浙江传媒学院、江西师范大学、华侨大学、安徽师范大学、辽宁师范大学、云南师范大学、四川传媒学院等近50所大学。据文化部教科司的统计，当前包含舞蹈专业的高校共有五类，即专业艺术院校、师范类院校、综合类院校以及某些理工科或文科专业的院校。对于舞蹈专业领域来说，艺考的热度依然集中在北京舞蹈学院为首的，包括中央民族大学、解放军艺术学院、北京师范大学等舞蹈专业大学。但是在今年的报考人数上，可以看出报考全国各地区拥有舞蹈专业的大学人数有明显的上升趋势，很多学校也在扩招舞蹈专业的艺术类考生。可以说这是一个好的发展趋势，大量舞蹈人才不断涌入。但是与此同时，考试时间也存在冲突的现象，很多院校以及专业方向的考试时间均有冲突，以至于考生在考试时就要有所选择。

（一）综合类院校舞蹈系

据不完全统计，2016年艺考招生，选择综合类大学舞蹈系的考生人数有明显增加。以北京师范大学舞蹈系为例，首先它依托北京师范大学的综合人文背景和浓厚的学术气氛，在中国教育和研究领域始终居于前列。在这样一个环境之下，北师大舞蹈系始终秉持"开放式的教学理念"，注重培养高级舞蹈创意人才，兼备舞蹈艺术实践、舞蹈艺术管理、舞蹈教育和理论研究的知识与能力，学生毕业后，可从事舞蹈教学、创作、研究、策划、管理等工作。

在招生工作中，比较看重学生的综合素质以及专业修养，因此，在考试内容的制定上，更加综合以及全面。初试中，主要是考查考生单一基本功、表演能力以及即兴部分对身体的运用；复试中，则是将重点放在对身体的综合把握能力，包括舞蹈表演中细节的处理、身体的表现和对风格的把控、基本功的扎实连贯还有观察模仿能力，在这之中就可以看出一个考生的艺术修养达到了怎样的程度；考试内容三试，应该是令很多考生都紧张担心的一个环节，要求考生通过所学习掌握的知识和敏锐的艺术眼光，去动笔完成一篇舞蹈鉴赏。这主要考查的是学生对艺术的敏感和日常的积累，更能表现一个考生的综合素质。尽管对于普通学生甚至是艺术中专毕业的学生，都很少接触舞蹈评论，但这也就更能体现出考生的水平。拥有这样能力的考生即使没有接触过这方面的训练，也能凭借自己的想法和分析滔滔不绝的下笔。在三场考试中披荆斩棘拿到文化考试资格的考生也只是走了一半的路，由于它综合类大学的文化背景，在文化统考中的分数要求要比专业艺术类院校的分数略高一些，要在单科成绩语文70分以上、英语50分以上的前提下，将文化课高考考试成绩与专业课成绩的分数相加，综合排名由高至低录取前30人。

　　报考综合类院校舞蹈系的优势在于可以平衡专业课与文化课之间的关系，拓宽思维，强调综合性的培养，在浓郁的文化气息下感受艺术氛围。当然在考生报考的时候，也可以根据自身的能力来进行选择，据数据统计，北师大舞蹈系每年的招生比例中，专业艺校生与普通高中生的人数比率基本相当。

（二）舞蹈学专业方向

　　随着舞蹈行业体系的改革和发展，舞蹈的普及教育以及推广成为现今发展的方向。因此舞蹈学以及舞蹈编导专业的热门程度不断攀升。舞蹈学是对舞蹈艺术做全面、系统、历史研究的一门学科，目的是培养综合的舞蹈专业人才，以北京舞蹈学院舞蹈教育专业为例。它隶属于北京舞蹈学院教育学院，是北京舞蹈学院新成立的二级学院，也是2015年北舞教育教学改革的重要组成部分，致力于探索中国舞蹈教育思想，建设中国舞蹈教育模式，构建中国舞蹈教育体系，树立中国舞蹈教育导向，可以说是舞蹈学专业在结合中国教育的形式下，适应新形势和新潮流组建的专业。主要为全国大学、中学、小学、幼儿园、职业艺术团体及各类群众艺术机构，培养适应审美教育需要的、能舞善歌、具有综合艺术能力的创造性舞蹈教育人才。成为既能面向全体学生又能面向具有艺术专长的学生，既能教授舞蹈也能教授与舞蹈相关的音乐和戏剧，并且能带领学生创造性地开展校内外艺术活动的教育者。

从招生的计划以及培养目标上就可以看出，这个专业与一般的舞蹈专业有很大的不同，它是真正面向全国舞蹈基础教育的专业。也因为2016年是教育学院成立以来招收的第一届舞蹈教育专业的学生，因此在考试内容和要求上都很明确，也相当严格。在初试中就有舞蹈表演以及音乐素质的测试，除舞蹈以外还要有唱歌、器乐等表演能力测试。复试中会有命题表演，也就是通常说的命题即兴，但是这与普通的舞蹈即兴不同，它可以运用舞蹈、音乐、戏剧等艺术表演形式来呈现；其次还会有一个三分钟的演讲与口试，考查考生的思维能力与表达能力，这项考试也可以说是舞蹈专业考试中少见的考试内容，通常舞蹈的考生更擅长通过肢体来表达自己，而语言方面则是比较欠缺的地方。这样的考试内容设置也正说明了对于现今舞蹈人才的需要必然是全面的、综合的、能够适应社会的。因此，舞蹈教育专业吸引了很多热爱舞蹈的普通高中学生报考，从文化的素养以及语言表达方面，这类学生占有一定的优势；另一方面，也激发了艺术中专的学生更加注重全面的发展，弥补自己的不足之处。尽管北京舞蹈学院舞蹈教育专业是首次加入艺术招生行列，招收第一届本科学生，但是从考试内容设置、考生报名情况以及考生整体素质水平等方面，都可以看出这将会是一个良好的发展趋势。

（三）舞蹈艺考现象评点

在今年的艺考政策中，仍然延续2015年艺考新政，并且逐步加强实施力度，进一步规范艺考招生。

1．艺考考场规范

今年的艺术招生考试氛围尤为紧张，各个招生院校都严格按照国家教育部下发的考试规则进行，首先考试前对所有参加招生工作的人员，都进行了严格的培训和审查，并且每一个专业、每一场考试的考官老师都将由两部分组成：本校老师以及外聘的各专业专家评委，抽签随机进行安排。在考试的每一环节都有专业的监考人员随时进行查看，并且考试记录也尤为仔细全面，从考生信息、试题试卷、摄像等资料都必须完整。这一方面保证了考试的公平公正，使考生、家长、艺术院校都能在一个透明放心的过程中进行招生考试。另一方面也能看出国家对于现在艺术类招生的重视程度，越来越规范、严肃。

2．校考数量减少艺术类统考范围增多

从 2015 年艺考政策的收紧，取消部分学校的校考招生资格，全面实施统考之后，目前只有 31 所独立设置的艺术院校和部分拥有艺术硕士点的高校拥有校考资格。今年依然如此，校考的院校数量不断减少，对单独招生资格的院校审查也越发严格，并且逐渐扩大统考的范围，除美术专业继续实施统考外，音乐类、影视艺术类、舞蹈学类、播音主持类等都将加入统考行列。对此，业内人士表示，部分省份统考科类现已达 8 个，在未来几年内，所有艺术科类都将实施统考。对于舞蹈专业的学生，这一政策的实施将有效扩大了招生比例，考生可以通过统考成绩报考多个院校，使其有更多的选择；另一方面对于独立招生的艺术院校来说，不论是从专业水平，还是从文化课分数要求上，都将会是一个很大的冲击；同时报考这类院校的考生之间，竞争也更加激烈。

3. 文化课录取分数线提高

2016年艺术类文化课录取分数线也将有所提高。这一点也可以看出国家对艺术生综合能力的要求，不仅仅是专业知识能力过硬，也要与文化知识水平并驾齐驱，平衡发展。然而文化录取分数的提高对于大部分艺术考生来说的确是一个很大的挑战。尤其是艺术中专毕业的学生，大量的专业训练以至于他们对于文化课有严重的偏科现象。这一点已成为现今舞蹈教育、人才培养的一个重要问题，想要开阔思维培养更多新一代舞蹈人的创造力、想象力，那么对于他们文化水平的要求，就必将是重要的一步。国家政策的调整也是现今社会的需要，能使更多舞蹈专业的学生注重文化课的学习以及文化修养的提高，同时，也可以提升整体舞蹈行业的发展水平。

4. 综合能力的培养（艺术审美）

随着这几年艺考政策的调整以及培养人才的需要，综合能力的训练将成为今后艺考招生的新趋势，投机取巧、以偏概全的学习方式将不再受到追捧。对于舞蹈专业来说更是如此，从近几年招生考试的考试内容、录取原则就能看出，单一身体技术过硬已经不能成为现今重点培养的对象，而是更看重学生对细节的把握、身随心动的舞蹈状态，以及深厚的文化内涵所支撑的艺术修养。我们现今所需要的不再是只会跳舞的机器，而是有思想、有创造力的舞蹈人，不管在舞蹈的哪个领域，无论表演、教育、创作等，都能够发挥积极作用的强大年轻力量。在这些条件都具备的情况下，那么舞蹈专业的发展必将是一片光明。

（四）舞蹈重点艺考问题评论

尽管从今年艺术招生考试的过程中能够了解艺术的发展已经处于一个积极的状态，舞蹈专业的招生范围在扩大，同时整体的水平也在不断提高，但是从考生的考场表现依然会发现有很多问题存在：

1. 注重技术技巧

从整个考试的过程中来看，绝大多数考生依然注重专业技术技巧的展示，好像其他考生可以完成的动作自己也可以完成。但是按照一个完整的技术技巧来看，很多考生从动作准备到动作结束并不是一个连贯的过程，有开始没有一个好的结束，为了完成动作而拼命去做。这是一个严重的思想上的错误，也是很多舞蹈培训机构没有重视的问题。就是训练方法。作为老师，尤其是在训练一些难度较大的动作时，传授正确的用力方式以及完整的动作过程是尤为重要的，不能功利性的只为教动作，完成技巧，结果学生训练方法不对，伤害很大且不容易改正。好的技术技巧动作是应该与舞蹈本身、与舞者思想感情融为一体的，很流畅很自然的流露出来，是身体动作的舒展和放大，在这个时候，技巧所表现的已经不再是很有难度的技术动作，它不着痕迹却是情感的升华。

2. 舞蹈风格不明确

考生在剧目的表演中风格不明确，强调表情夸张而失去身体的表现力。由于考试时的个人表演时间基本在1分30秒左右，因此在短短的时间里想要抓住监考老师的眼球，很多考生会选择投机取巧，在表情上下足了功夫，而身体的表现上却十分单调。但是往往这样并不会吸引考官的好感，反而大部分考官会排斥这类表演。舞蹈是由内而外的呈现，掌握舞蹈风格特点，再根据自身能力去塑造，才是考试中最真实、最能加分的展示。当然，这样做体现了学生在准备艺考时的急功近利，在平时接受训练时只准备考试内容中的一两支舞蹈，舞蹈基本功不够扎实，掌握的动作、韵律不够准确时才会刻意外化原有的风格，在表情上、服装上添油加醋。事实上，这些在考试中都是画蛇添足的部分。

3. 关注细节审美

从一个考生在整场考试的细节部分处理就能够看出他的艺术修养是否达到一定水平。例如：进入考场是否从容淡定、紧张但不慌张，备考时是否有礼貌的做一名观赏者，且已经做好准备考试，穿着打扮是否讲究，从头发到脚给人的印象是否干净合适，这些都是让考官所留意的细节，也许技术技巧没有达到很高的水平，但是作为舞蹈专业的学生，首先要具备自我修养以及基本审美能力，这也是艺术的最低标准。如果为了达到一定的目的，去以牺牲舞蹈审美为代价，那么舞蹈将毫无意义。

总体来说，2016年2月、3月春节的节日气氛与民间舞蹈活动，掀起了百姓对舞蹈的热爱，同时，民间的传统仪式活动以及国外的春节舞蹈表演，都大力推动了舞蹈的发展，也为舞蹈的普及做出了较大的提升。但是，最能引起大家关注与评论的可谓是全国艺术类校考招生考试，真实反映出了"现实"的教育理念，很多的不足还需要扭转，也需要真实的改变。

第三章

艺术热点评论双月报告
（2016年4月—2016年5月）

　　"为艺术评论而评论"一直是我们做这项工作的视角，在收集了大量的文献、作品、活动、会议后，我们发现，对艺术评论本身的沉淀与反思，也是亟待做的功课。在这两个月里，既出现了乐评人对音乐评论本身的探讨，也有对行业的整体性评论。

第一节　音乐篇
——乐评反思与电影音乐

两个月以来，人们关注的音乐评论焦点既有对电视综艺音乐节目的老生常谈，也有通过以电影《百鸟朝凤》为代表的艺术作品的探讨，对中国传统文化艺术传承问题的反思；既有学术界关于音乐评论展开的专业学术论文，也有社会大众茶余饭后、津津乐道的侃侃而谈。

一、热点文献评论

《上海艺术评论》第2期（4月），推出了"集思"特刊，集合了刘姝《"尺度"的把握问题——反思中国当代音乐评论的现状》、张文昭《无尽暮色与点点星光——中国流行音乐评论的困顿与希望》、张澄宇《学徒的心态，敏锐的笔调——话说乐评"菜鸟"的修行》、兰维薇《音乐评论六问》等四篇文章，颇有意思，他们主要站在当下我国音乐评论的视角，进行的十分必要且有意义的反思。"何谓乐评""中国当代乐评现状如何""未来何去何从"等一系列的问题，直击要害，引起了学术界对于"音乐评论"（乐评）的再度热议。

（一）乐评的现状与问题

当下的乐评以学院派述评和互联网滋生下的全民乐评为主，这两股力量各自前行，偶有交叉，只是明显在评论对象方面有所倾向。学院派乐评多以古典音乐、民族音乐等为主；全民乐评范围极其广泛，既可以是对某一个歌手、某一档音乐综艺节目的看法，也可以是对某一场音乐会的具体感受，对某一次音乐体验的肺腑之言等，无论哪一类，能够对中国当下乐评整体反思，这是必要的。这几篇文章指出了我国乐评的尴尬现状，归结起来，主要表现在两个方面：其一，我国目前鲜有真正意义上的乐评人，大多数乐评人皆是兼职而为；其二，我国乐评的内容大多停留在"只评不论"的阶段，多注重对音乐本体的研究。文章的关键词多半是"夹缝中的尴尬""困顿与希望""尴尬的自问"等，显示出对中国当代乐评的担忧。当然，也有持乐观态度的，这批高平台、高眼界、高水准、高操守的知识分子的介入使得中国流行音乐评论圈逐渐活跃起来，逐渐对主流音乐生活起到渗透作用。①或悲或喜，是对现状的担忧和未来的憧憬。注重乐评的时效性、独特视角性、真实性等特点是大家公认的，也

---

① 张文昭. 无尽暮色与点点星光——中国流行音乐评论的困顿与希望[J]. 上海艺术评论，2016（2）.

是乐评界一直呼吁的。

　　由此引申出来的是对我国当代流行音乐的现状与发展话题的探讨。《中国流行音乐：称谓与学科认识（上）》①《中国流行音乐的回顾与现状》②《中国流行音乐的现状及其发展分析》③三篇近期刊载的文章从中国流行音乐的历史、现状及未来发展提出了深刻见解。在笔者看来，流行音乐作为大众艺术、低门槛艺术，在中国具有广泛的群众基础，特别是在当下年轻人的群体里，无论是炙手可热的民谣，还是群星璀璨的大咖歌手、小众歌手，都分庭抗礼，各自为营，是中国当下流行音乐的重要组成部分。在流行音乐中，乐评本身担负着不可推卸的重要使命。且看一部影视作品的上映，豆瓣影评的分数甚至会直接影响票房。流行音乐乐评也应担负起引领作用，既站在专业话语权的角度，也要从社会大众的切身感受考虑，流行音乐急需高品质的乐评来推动市场的发展，甚至是能够带动经济价值。

（二）乐评的思考与建议

　　当然，既有对现状的评判，更有对未来的思考。刘姝在《"尺度"的把握问题——反思中国当代音乐评论的现状》一文中亮明观点：制度的健全与否仍是中国当代音乐评论的现状和

①　钱建明. 中国流行音乐：称谓与学科认识（上）[J]. 歌唱艺术，2016（3）.
②　马沁园. 中国流行音乐的回顾与现状[J]. 音乐时空，2016（9）.
③　王旖轩. 中国流行音乐的现状及其发展分析[J]. 北方音乐，2016（6）.

重要问题。健全的制度应包含有坚实稳定的收入、不错的岗位设施、一定的文化部教育部认可的赛事和奖励制度，还应包含人才培养方面的与学校联系起来的相关专业的设置，以培养出高、精、尖的全能型复合人才等。张澄宇《学徒的心态，敏锐的笔调——话说乐评"菜鸟"的修行》指出："在我看来，一个音乐评论人所拥有的价值观、文化观，直接影响他笔下对新作品的理解程度，当然还有对音乐本身的接受程度。"《无尽暮色与点点星光——中国流行音乐评论的困顿与希望》虽然谈到了诸多对中国当代流行音乐乐评现状的失望与灰心，但还是坚信"这批高平台、高眼界、高水准、高操守的知识分子的介入使得中国流行音乐评论圈逐渐活跃起来，逐渐对主流音乐生活起到渗透作用。"

综上而言，近期音乐评论文章，既有对音乐种类与现象的述评，也有对乐评本体进行的评论，特别是"就乐评而谈评论"，站在乐评者的角度反思其现状与发展，有益于乐评的发展。其次，文献也都涉及了乐评的一些核心内容。如从职业——乐评人、内容——流行音乐等问题谈开。引起笔者的反思是，当下，从乐评对象而言，多集中于音乐作品、音乐现象、个体音乐、音乐教育等内容。随着时代的发展，人们的生活方式、思维模式都发生了巨大的转变。自媒体成为人们生活中必不可少的方式，全民乐评也成为主流现象。五花八门的随笔之谈，却也透露出社会大众对于音乐的真实感受。但全民乐评多半被认为是只言片语的音乐感受，并没有引起相应的关注与重视。

二、热点现象评论

音乐虽然作为独立的艺术门类，但与其他艺术门类有着不可分割的紧密联系性。同时，音乐与文化始终有着剪不断、理还乱的关系。因此，我们在探究乐评现象时，难免会夹杂对音乐艺术、音乐文化的整体评论。

（一）传统文化电影《百鸟朝凤》（吴天明导演）掀起热议

2016年5月6日上映的电影《百鸟朝凤》，一时间成为热议的话题。影片主要讲述了两代唢呐艺人为了对唢呐艺术的坚守、传承，所产生的师生情、父子情、兄弟情等。之所以热议，一方面，是因为作为我国第四代导演吴天明的遗作，影片遭遇"高口碑低票房"的尴尬境界；另一方面，5月12日晚，著名制片人方励在直播平台下跪磕头，向全国影院经理为《百鸟朝凤》争取排片，呼吁他们给中国电影和中国文化一个机会，同时也跪求网友帮忙传播扩散，支持这部吴天明导演的绝唱之作。这一跪，跪出了票房、跪出了热议，更跪出了我们对传统音乐文化的反思。

有人说，《百鸟朝凤》从表层看是写的吹唢呐，但从深层看，表现的是中华民族对优秀传统文化应持有的正确态度。如何对待本民族的优秀传统文化，其中包括根植于民众的民间文化，这是当前中国面临的一个严峻课题。

有人说，《百鸟朝凤》坚守的正是一条与《人生》《老井》《变脸》《首席执行官》等一脉相承并与时俱进的中国特色、中国风

格、中国气派的深化现实主义的电影发展道路。这正是在东西方
文化八面来风的现实背景下，面对形形色色的历史虚无主义思潮
和东施效颦的"西化"鼓噪，依然葆有可贵的文化自觉和文化定
力的体现。它是中国特色的电影创作的成果。

　　笔者认为，《百鸟朝凤》虽然是一部影视作品，但主体内容
以民族器乐为主，能够通过"电影"这样一个大众消费的平台，
表达"民间音乐"这样一个相对小众艺术的内容，值得称赞！从
文化而言，讲述了艺术为载体，文化为根本的传承问题。从音乐
本体而言，在影片中，"百鸟朝凤"作为丧葬仪式的大悲之曲，
并没有大篇幅的渲染，而是作为背景音乐、片段音乐，穿插整个
影片，更多的是为了展示曲目本身所代表的仪式感。毋庸置疑，
我们所能看到的大部分评论几乎都是一边倒的赞扬声，评论者大
都看重了影片所代表的民族艺术、中国文化，诸如传承与发展、
文化自觉与他觉等话题，被再次推到了风口浪尖上，引人发省。

（二）音乐综艺节目再现"井喷"

　　各大电视台频出花招，音乐综艺节目呈"井喷之势"。从今年
以来，关于这个话题就从未停止过。但近两个月以来的《跨界歌王》
（北京卫视）、《我不是歌手》（东方卫视）、《十三亿分贝》等，持续
成为人们评论的热点话题之一。有评论认为，音乐节目经历了一条
变化曲线：从"素人+音乐"的音乐梦想时代，到"明星+音乐"的
明星宣发时代，再到"音乐不重要，重要的是玩法"的音乐玩乐时
代；有评论认为，这是从超女、快男草根选秀的进化；也有评论认

为，此种现象并非好事，过度开发迟早会弹尽粮绝。

诚然而论，从音乐本身来看，较之十年前的音乐节目的海选，今天的音乐综艺节目发生了翻天覆地的改变，即使是完全业余的演唱者，如最近热播的《跨界歌王》，也始终力求在演唱技能、舞台表演等方面精益求精，打造出视觉、听觉的双重享受。而它所具备的超出音乐本体而存在的附加产品，也都算得上是文化产业市场下的产物。"音乐综艺选秀"本身就意味着它不仅仅是音乐选秀，而是充斥着明星效应、品牌赞助、跨界合作、资源共享、猎奇心态等核心支柱。你可以认为是娱乐精神，也可以认为是艺术创意，这就是这个时代的电视音乐符号。

三、热点评论话题

当下，音乐界的评论话题无外乎是线上线下（O2O）、媒介传播、跨界融合、资源共享、受众群体的开发等，这不仅是音乐的热点评论话题，更是这个时代的鲜明音乐符号。

（一）付费音乐

媒介传播的改变与发展，是这个时代又一个让人兴奋不已的爆发点。根据《2016上半年度手机音乐市场研究报告》，目前，中国在线音乐市场正处于快速发展期；截止到2016年上半年，中国手机音乐市场规模已达43.1亿元，手机音乐用户达到4.34亿。随着用户的付费意识不断增强，以QQ音乐首创的数字专辑为代表的新商业模式不断涌现，与此同时，资本市场对音乐领域的投资加速，特别是增加了对垂直细分领域的投资，也令互联网音乐市场发展带来新的增量空间、迎来红利期。在2016年上半年，互联网音乐厂商继续向音乐全产业链渗透。

网络付费音乐是未来发展的必然之路，更是从传统实体销售业走向互联网营销的方法之一。传统唱片行业被时代淘汰，各式各样的APP蔚然成风。从最开始以推广互联网平台为目的而采取的网络免费聆听，到现如今，网络已长成了参天大树，似乎再也不需要谁的庇佑，网络付费音乐作为客户新体验，只需在其中，再多几分用户体验感、满足感，甚至是音乐消费的专属感，便会更加"所向披靡"。

（二）粉丝经济

粉丝就是生产力！6月8日凌晨，流行天王周杰伦全新数字专辑《周杰伦的床边故事》，登陆各大音乐平台开启预售，翘首期盼的Jay迷们，再也抑制不住，在各大音乐平台上，粉丝熬夜等待这一刻，不到1天的时间，周杰伦全新数字专辑的预售一举突破17万张。

一方面，这一数字再次说明网络用户音乐的付费意愿和版权意识逐渐增强；另一方面，也充分体现出"粉丝就是生产力"不只是一句口号，而意味着实实在在的销量。通过粉丝经济，映射出现如今已经是真正进入了口碑营销时代，没有粉丝基础，没有口碑，就没有经济数字的上涨。

（三）音乐旅行

　　所谓音乐旅行，就是给用户提供一个包含策划、门票和机票在内的打包式服务，让他们去到国外现场感受音乐氛围，这种模式也被应用在体育赛事中。这种音乐旅行的模式在国内十分有创意，从艺术策划思维来看，这一创意性产业具备了两方面特点：其一，适应了当下艺术生态的新环境，掌握了新传播媒介的改变与发展；其二，潜心研究了受众群体的心理需求，力求最大程度上的满足艺术体验感。

四、热议活动

- 2016年5月15日晚，哈萨克斯坦国家民族乐团音乐会在东方艺术中心音乐厅上演。20余首作品，多种形式与音乐风格，迅猛奔腾的演奏，虽然很多作品的创作手法带有明显的俄罗斯气质，但这无损于他们个性的尽情展露。近2小时的演出中，声音模糊了现实与想象的边界，古老的血脉汇流而至，并在传统与当代碰撞之间，使之发出新的亮光。

- 由广西艺术学院主办，广西艺术学院音乐学院承办，并入选广西壮族自治区党委宣传部文艺精品项目的2016第五届中国—东盟音乐周，于6月7日至13日在广西南宁举办。音乐周邀请到的来访国家、地区共25个，国内外来访专家、乐团总人数220人。其中，东盟各国音乐家120

人，参加活动的国内院校20多所。期间，将举行22场精品音乐会、3场高峰论坛、1场钢琴独奏作品比赛、1场当代音乐评论比赛、1场音乐理论研讨高端对话和5场大师班讲座。中国—东盟音乐周已是中国和世界各国顶尖音乐家创作"新音乐"的一个重要中心，是目前继北京现代音乐节、上海当代音乐周后中国"新音乐"创作的又一平台。

- 国家大剧院推出的"五月音乐节"闭幕。一方面，今年五月音乐节将以"盛赞！巴洛克"为主题，通过20场各具特色、内容丰富的室内乐音乐会，为观众全景展现巴洛克音乐的独特魅力。另一方面，从2016年4月22日至5月20日的近一个月时间内，五月音乐节推出了23场公益演出，场所涉及学校、街道社区、博物馆、驻华使馆、企事业单位、交通枢纽等。从人流密集的地铁站到首都机场航站楼，从文化气息浓厚的博物馆到书声琅琅的学校，都将传来室内乐的优美乐音，艺术家们把自己珍藏的艺术经历和故事分享给越来越多热爱音乐的观众。

- 由中共北京市委教育工作委员会、北京市教育委员会举办，北京学生活动管理中心、中央音乐学院、中国音乐学院、清华大学、中国人民大学、北京航空航天大学共同承办的2016年"北京大学生音乐节"拉开帷幕，音乐节开幕式5月16日在中国音乐学院举行。2016年北京大学生音乐节以"青春、校园、艺术、生活"为主题，展现丰富的艺术活动形式，与以往相比，今年的大学生音乐节覆盖面更广、内容更丰富、主题更突出。伴随着学校美育工作的逐渐重视，作为大学生自己的音乐节，北京大学生音乐节受到越来越多的瞩目。

综上所述，音乐评论仍在继续，它是对当下音乐生态发展的时效性提炼，也是为社会大众提供便捷、迅速的音乐消息平台，更是对全社会起到引领作用的艺术审美导向，在前进中不断摸索与创新。

第二节 电视篇
——行业剧的得失与古装剧的泛滥问题

2016年4—5月的电视剧行业出现了与此前不同的变化。主要是行业剧《亲爱的翻译官》《好先生》等的热播，掀起了讨论行业剧是是非非的话题，行业剧大热的同时，也出现对行业剧滥情和煽情的批评声音。近年古装剧的泛滥问题很受业界关注，对这种现象的分析也是近期主要评论焦点。

一、热议作品

（一）我国行业剧走向成熟仍需时日

进入5月以来，接续出现在银屏上的《亲爱的翻译官》《女不强大天不容》《好先生》等电视剧，都打着行业剧的旗号，反映都市中不同职场人士的行业密码、人生轨迹和感情历程。由于集中出现又加之偶像明星主演的效应，观众惊呼6月"行业剧"霸屏了。

　　行业剧历史不短，也不乏经典，如香港的医疗剧《妙手仁心》、美国的律政剧《傲骨贤妻》等，然而国内行业剧却一直乏善可陈。2014年播出的《离婚律师》尽管收视率名列前茅，但也被指出是披着律政外衣的情感剧，满篇都是时髦的"小三"话题，缺乏专业精神。究其缘由，该剧有意地回避现实问题，主打观众又甜又腻的观剧心理才是主因。眼下随着《亲爱的翻译官》等行业剧的热播，观众一边关注着剧中情节的发展，一边不断吐槽，比较集中的还是行业剧不专业的问题，例如翻译人士的着装不得体、同声传译的场景不真实、外语的口型都对不上等。该剧被批为"把行业剧拍成了多角恋偶像剧"。这充分说明，行业剧想要获得真正职业人士的称道，确实不容易。这本身有职业差异的因素，俗话说"隔行如隔山"，编剧、导演和演员都不是万能的，能做到有板有眼、像模像样，就实属难得了。

　　可是目前，从《亲爱的翻译官》等行业剧看，观众认为，连有板有眼都做不到，更别说能栩栩如生，还顺带告诉观众一些行业的知识和秘密。倒是随着行业剧的热播，某些职业被人们关注起来，例如同声传译，近日来，不断有专业人士应报纸、电台等传媒邀请，出来普及本行业知识，透露一点内情，反而激起了外语工具书的热销，也是一道有趣的"风景"。说到底，行业剧想要成功，有必要处理好行业和剧情之间的关系，太专业了会流失观众，剧情太狗血了又让观众失望。不过在急功近利的当下电视剧圈子，大多人抱着火一把就好的心理，又怎能生产出既热门又专业的行业剧呢！

（二）娱乐节目中显现从业者的人文素质不足引来批评

电视节目过度娱乐化是一个饱受诟病的行业"痼疾"，与之相应的是对人文素质的漠视和忽略，无论是在选秀节目中的答非所问，还是综艺节目中的错字连篇，都引发观众的强烈不满。"跑男"到杭州博物馆拍摄，节目播出之后引发舆论的一片哗然。观众直言这期节目看得心惊肉跳，生怕生猛的娱乐人不小心撞坏价值连城的国宝。事后，据说博物馆方面有人表态：起初是反对的，因为受到了上面的压力，才勉强同意，显然有推卸责任的嫌疑。节目组则声称，节目录制前已经做好了准备工作，拍摄时也没有破坏文物，因此无罪。参加该娱乐节目的明星则破例保持了沉默，毕竟摊上这种不光彩的事儿，没人会跳出来给自己招惹是非。

这个事件中，目前出来澄清责任的人，无疑都是害怕公众的指责，撇清自己。然而，毋庸置疑，博物馆和节目组直接相关人恰恰都该被严肃问责。特别是在全国文物工作会议刚刚结束不到一周，国家领导人刚刚做出批示："保护文物，功在当代、利在千秋"的时候。博物馆管理者竟能允许危及文物安全的行为发生在自己的眼皮底下，不能不说是渎职。试想，连保存文物的博物馆都漫不经心，不能守土有责。把无价之宝的文物交给他们，怎么能让人放心？至于节目组有关策划人员，无疑也要担责。在一个文化意识较强的社会里，就连普通的展览馆都禁止喧哗吵闹，更不用说是在珍藏历史文化遗产的博物馆里撕打、玩闹！说到底，普遍缺乏尊重文物的意识才是根源。娱乐本身无须问责，关键是要有底线，不能靠挑战公众的容忍度制造一个个的噱头。如果能在娱乐的同时让观众看到较好的文化素质，那才叫真正好。反之，在节目饱受争议之际，又出现如此展示低文化意识的事件，只会加剧公众的不快。高校电视专业招生，已经被一再要求提高文化课成绩，反映的正是公众对从业人员较低文化水平的不满。大多数的公众在参观博物馆时，都小心翼翼，心怀崇敬，照相连闪光灯都不敢开。能欣赏到千百年的文化遗存，仿佛是在与过往对话。现在闯进一帮子生猛者，无畏地玩闹，很多公众直言为"跑男"节目组感到"臊得慌"。

二、评论焦点透析

古装剧为何泛滥成灾？

纵观2015年成为话题和热点的电视剧，《武媚娘传奇》《花千骨》《琅琊榜》《芈月传》等，清一色都是古装剧。然而，就在这上一波收视热潮还未完全退去之时，当看向2016年2月至3月的春节期间准备上映的电视剧的节目单时，《寂寞空庭春欲晚》《女医·明妃传》《青丘狐传说》等十部电视剧中有八部都是古装类型，这让人不禁产生疑问，为什么如今古装剧会如此泛滥？综合各方观点，主要有以下三个方面的原因。

（一）古装剧——商家稳健的王牌

第一，古装剧的受众比较广，适合在春节时段这个全家人可能会一同观剧的时机播出。正如在《电视指南》的一篇评论中指出，"脱离现实的古装剧往往能够打破年龄的界限，形成老少通吃的吸粉现象"；第二，跟风效应。由于之前获得了很高人气的很多现象级的影视剧，例如《甄嬛传》《琅琊榜》等都是古装剧。这些优秀作品已经成功的打开了这个市场，为追求高额利润，商家一定会全力跟风炒冷饭；第三，性价比高。编剧高满堂在不久前结束的两会上指出，"古装剧内容审查门槛低，容易吸引投资者，这是资本扎堆、古装剧扎堆的'外在'原因"。例如古装剧中比较火热的类型——宫斗剧，"已经形成了相对固定的表达范式和思想观念"，这意味制作、推广对于商家来说已经是轻车熟路，他们可以轻易地进行"批量化生产、定向化传播"这些影视作品。另一方面，因为该题材永远不缺粉丝和观众，因此如果要"在变幻莫测的电视剧市场中，对观众喜好的对赌，古装剧是相对保险的一张王牌……尽管2013年出台的'22条规定'，对卫视综合频道古装剧的播出量进行了严格控制，也依然不会影响卫视用古装剧作为黄金档期抢占收视率的押宝"。究其主要根由，无疑是资本市场对古装剧的追捧。

（二）观众群体的变化——女性观众群体话语权增强

如今在影视剧中，最大的观众及消费群体是女性观众，这在一定程度上也导致影视剧的类型集中在"古装"与"宫斗"上。杜梁认为，当前"国内古装电视剧一改早年间《雍正王朝》《汉武大帝》等以男性君王为主导、以'国家史观'构建为目的的历史正剧书写方式，而是游走在后宫的高墙深庭中，通过女性'互撕'的'上位'争斗和女性成长的传奇叙事来构建"。这个变化的过程实际上也是受众群体变化的一种反映。

而要讨好女性观众，目前来看，高度迎合女性观众期待的"灰姑娘"模式无疑是最好的选择。女主人公通过努力和机遇，在职场和情场双双获得成功，是这种类型剧常见的模式。因此当今的古装剧，大多都是宫斗剧，"虽然把叙事时空设定在古代后宫，却以贴近现代人的审美，符合现实生活的思维逻辑"。既能满足女性观众对于"灰姑娘"的模式期待，又通过古代历史、宫廷、服饰等营造了奇观效应。在满足故事需求的同时，也满足了女性观众对于美感的追求。这也是为什么古装剧，尤其是宫斗剧是人们最青睐的题材。

（三）历史普遍缺席——肆无忌惮的一场场"狂欢"

如今，虽谓之"古装剧"，但是无论是创作者还是观众都心知肚明，它已经不再是"历史剧"了，而是脱离了历史与规则束缚，纵情狂欢的当代娱乐产品。正是因为它符合当代人对于历史、当下世界建构的双重需求，才能成为今日的宠儿。当今古装剧已经不再被认为是真实的写照，也不再被期待有教化作用，仅仅只是"借古看今"的一种手段。正如任艺萍分析的那样，"借助'古代'题材，人们可以想象'古意'，也希望'凭古看今'"。受到解构主义的思潮影响，以及对贝奈戴托·克罗齐的"所有的历史都是当代史"名言一定程度的曲解，人们不再敬畏历史，更不会相信历史剧是"真实的历史"，过去传统的"借古讽今""借古喻今"的精神也被淡化为"借古看今"。人们不过是想在历史的气氛下，做一个关于今天的美梦。因此，在历史本体已经是可有可无的前提下，"穿越""搞笑""猎奇""网络语言"等各种当今的流行元素可以光明正大地出现在古装剧中。

然而，当历史开始变得可有可无、频频缺席时，古装剧的质量也开始不可抗拒地出现某种程度的下滑。盘点一下当下比较火热的古装剧：《新萧十一郎》被指责剪辑破碎、剧情生硬；《寂寞空庭春欲晚》被批评为"只是消费历史名人，本质还是腻人的偶像言情剧"；口碑还算不错的《女医·明妃传》也被认为只是"延续了多数'后宫戏'重情爱轻历史的弊病"，并被指责为"……恣意搬弄史实、歪曲古人的宫廷狂欢中消解了历史叙事的殷鉴古今之义"；而原本被期待为历史正剧的《武则天》甚至直接"自暴自弃"，改名为《武媚娘传奇》，以表明自己只是"野史传奇"。

而观众"考据热"的兴起，或许是对于当下古装剧"抛开历史，尽情狂欢"的一种补偿。如今的观众"陷入深'扒'，为剧中服饰、器物甚至生僻字都操碎了心"，历史学家更是高呼着"别把电视剧当历史""不要误导观众"的口号，简直操透了心。揭秘电视剧的穿帮台词、镜头、情节成为观众津津乐道的话题。这种"考据热"，给予了古装剧创作者以启示。古装剧中历史感的塑造，越来越被看重的是细节而不是故事本身。故事内容可以完全脱离于历史，天马行空、自由发挥——但是道具、人物、服装、场景等细节要素，被要求"需要还原历史真实"，要能接受观众们的"考据"。越是注意细节，越会被认为是"良心剧"，越容易迎来口碑与人气的双丰收。

可以看到，2011年至今，几度创造电视剧收视高峰的《甄嬛传》凭借考究的服装、饰品、日常器具等对清代历史的高度还原，博得了大量观众的喝彩；杜撰了不少情节内容的《芈月传》，凭借严谨的呈现战国时期的服饰、器具、礼俗等，成功营造出浓郁的历史氛围；完全"架空历史"的《琅琊榜》通过对服饰、道具、礼仪、文化精益求精的考证与还原，被美誉为"呈现的传统文化成为一道亮丽的风景线"。由此看来，即使观众知道古装剧只是"南柯一梦"，也希望能把这场梦做得近乎真实——但又不能全是真实，也需要有一定的假定性，让观众不至于沉沦之中。只有能够领略当今古装剧这种在"虚幻与真实之间巧妙的保持平衡"的妙处所在，才能读懂它在当下为何如此受到人们的欢迎。

三、理论热点探讨

- **透过影视"巡洋志"观得失**

近期中国电视剧"出海"继续收获亮丽成绩单。在大陆曾热播的电视剧《琅琊榜》2016年3月开始走俏全球。该剧登陆台湾黄金档后获得观众一片好评的盛景。这是继《甄嬛传》之后，大陆电视剧在台湾播放获得又一成功案例。大陆古装剧似乎已形成一股陆流，由原先传播的弱势位置，逆流而上，席卷台湾影视市场。与此同时，《琅琊榜》在非中文国家和地区也形成一片热播之势。晓初指出《琅琊榜》的热播，使得在美国的影视字幕网站VIKI上产生了"一批热衷华语电视剧的'脑残粉'，他们不仅掰着指头计算中国电视剧的更新时间，而且隔三岔五就在网站上催促更新"。另外，根据制片方介绍，《琅琊榜》已收获大量海外订单，不仅包括美国、韩国、新加坡、马来西亚等国，还有非洲各国。电视剧《三国演义》被翻译为柬埔寨语后，于2015年登陆柬埔寨，深受好评。根据柬埔寨国家电视台台长肯·顾纳瓦先生在金边举行的《中国剧场》研讨会上介绍，由中国的四大名著《三国演义》改编的电视剧，在进入柬埔寨后大受欢迎。在播出时好评如潮，连人们的街谈巷议都是三国英雄的故事与传说。究其原因，《三国演义》讲述的故事，与柬埔寨的历史文化相似，很容易被人们接受。柬埔寨国家电视台的《中国剧场》设立，无疑也是当前国产剧出口大增而出现的新现象。

与此同时，对影视剧出口增强趋势的分析和深化对策成为学者关注的热点。朱新梅从宏观层面分析了当今影视剧出口面临的新特点新趋势，深层剖析当前所面临的问题，并提出自己的建议与对策。她认为民营企业将成为出口的重要力量，而出口面对的市场也不能继续仅仅维持在海外华人圈，应当真正走入欧美主流市场。这一方面要求国家给予相应的支持，另一方面民营企业也应当做好相应的定位，打造国际化的内容精品。朱春阳从"文化贴现"的角度预见了中国影视产业未来的道路。

文化贴现是指一个国家的文化产品到另外一个国家销售时，因风俗、语言的差异而造成接受度的差异，所以和这个国家的同类型产品价格相比一定低于该国同类产品的价格。并分析认为"中韩之间的文化贴现相对比较小……也就意味着起到决定作用的是市场规模的大小"，因而拥有市场优势的中国应当在与韩国文化产品的进出口贸易中也具有优势。同时他指出，目前之所以中国的影视业发展比不上韩国、美国等发达国家，主要是因为缺乏一种聚合化的行业资源整合，而新媒体的出现将是影视业的机遇。以新媒体集团中的"BAT"为例，"在BAT的眼里不存在区域分割、行业壁垒，而是全国性覆盖，形成覆盖全国的超大规模的资源整合平台"。

《人民日报》评论部2016年2月26日的一篇文章指出，影视剧的对外传播，将发挥着对于国家形象的重要自塑作用。并指出"连接中外、沟通世界"，"是党的新闻舆论工作座谈会上，习近平总书记提出的48字'职责使命论'的重要部分"。在全球化背景下、增强对外传播的"自塑能力"至关重要，而影视剧能够若能"讲好中国故事"，"讲清中国发展背后的道"，将为"塑造好中国形象，表达好中国声音"发挥出独一无二的作用。梁琪的研究从某种程度上来说，是对上述观点的一种呼应。她认为"影视文化作为文化传播的一种重要途径和载体，对国家形象和民族精神的对外传播起到了强有力的作用"。根据她的调查分析，目前中国电视剧出口情况虽然正在进步，但是依然处于弱势状态，在外国的影响相对较小。而且出口的电视剧类型比较单一，皆以古装剧与历史剧为主。周杰在其论文中指出，在向海外推行电视剧的过程中，也要考虑其字幕的翻译能否让外国观众看懂的问题。并批评了《甄嬛传》美版字幕中存在的部分翻译错误，认为翻译应当考虑外国观众的文化背景和认知习惯。

第三节　电影篇
——市场低迷情势下的电影创作与评论

在经历了疯狂的春节档期之后，中国电影市场迎来了狂欢后的落寞，呈现出了近几年来最为低迷的市场情势。短暂危机的出现，或许可以以此为契机，为中国电影提出警示与反思，推动未来调整发展更健全、更规范的电影市场。

一、热点对象评论

（一）《北京遇上西雅图之不二情书》开辟爱情片新路径

4—5月的国产影片市场依然延续传统档期的保守策略，不见任何大片的身影，唯一表现亮眼的是文艺爱情片《北京遇上西雅图之不二情书》。凭借吴秀波和汤唯这对人气搭档，该片最终获得5.43亿元票房，不仅位列5月票房榜第二位，而且超越了前作。

在爱情片长时间疲软的中国电影市场中，无论是《全城热恋》《全球热恋》，还是《北京爱情故事》《有一个地方只有我们知道》，国产的爱情电影大都停留在以世界各地为明信片背景的风花雪月中。薛晓路编导的"北京遇上西雅图"系列似乎开辟了一条新的路径，通过将两个不同空间进行勾连，创造出不同的恋爱体验。在第一部中北京与西雅图，第二部中澳门与洛杉矶，导演着重突出空间的交错感，使得影片不落国产爱情片的俗套。

相较于以往的国产爱情片，这一系列的爱情片总能将当下许多社会热点新现象融入电影中来。《北京遇上西雅图》第一部就抓住了国人赴美产子的风潮，第二部则侧面反映了国人赴美买房求学的热潮以及美国老移民的生活。这些都使得这一系列电影无论是社会容量还是格局都要开阔一些，而且与时代同步。全球化语境下，中国和世界形成了频繁的流动关系，跨国拍摄也在陌生化、奇观化的环境催化出不一样的爱情。"北京遇上西雅图"系列则更进一步，脱离了旅游式的走马观花，对当地人物关系进行一定的深度挖掘，反而显示出真实的生活质感。

不同于前作，《北京遇上西雅图之不二情书》选择借助书信这一带有仪式感的沟通方式，用"咫尺天涯"式的叙事结构展现男女主角的爱情关系。导演希望通过两条相对独立又有所交叉的动作线索，去展现现实与精神世界两个维度，但也正因为这样选择，这部电影的评价也分成两级。许多书信部分的情节闭门造车，编织得如同空中楼阁，缺乏真实可信的根基，使观众整体的观影感受沉闷而无聊。该片在豆瓣的评分也只有6.7。

虽然对《北京遇上西雅图之不二情书》的评价褒贬不一、薛晓路导演的爱情片还没发展成非常成熟的模式，但是国产电影在现代爱情题材类型片上叙事、台词的先天不足，却是更值得我们关注的。

（二）《大唐玄奘》史诗大片与尴尬的观众口碑

《大唐玄奘》4 月 29 日在中国上映，影片取自中国历史上真实人物玄奘西行取经的故事。不同于《西游记》中的离奇历程，《大唐玄奘》着力讲述唐朝高僧玄奘不畏艰难前往天竺取经的真实过程。影片上映之后褒贬不一。

一方面，众多评论人认为该片对发扬中国优秀传统文化的作用不可忽视，尤其是在"一带一路"的大环境政策下，这样的艺术表达作用不言而喻。中国电影家协会秘书长饶曙光表示："《大唐玄奘》延续了霍建起电影一贯的艺术追求与唯美的艺术风格以及对真实氛围的细腻还原，一方面无限接近历史真实，另一方面也呈现出了比画面更丰富的意蕴。电影无论在制作层面，还是在艺术表现力上，都达到了中国电影一个新的水平。"《大唐玄奘》在文化内生性的同时，又是指向世界的。"众所周知，由玄奘故事衍生的古典名著《西游记》享誉中外，但《大唐玄奘》是以《大唐西域记》为参考，是最接近史实的还原。玄奘对佛教的执着信仰，在一次次的困苦磨难中奋起，这样一个人物，不仅仅是东方文化性的，而且是可以被商业类型化的。影片展现的价值观念具有普遍性，信仰佛教或者不信仰佛教的人都可以通过玄奘在苦难中的奋起感知到世界的广袤与内心的平静，动静结合，苦乐交加，本是最和谐的存在。《大唐玄奘》可以成为一张中国进行对外交流的文化名片，尤其在深受佛教影响的东亚、东南亚和南亚文化圈内，这样的作品可以代表中国的一种文化态度，也能代表当下中国电影能达到的艺术水准，意义重大。

然而，另一方面，影片也呈现出历史传记题材与商业化表达之间的尴尬境地，以及存在角色演员选择失误等问题，这使原本可以成为文化名片的选材，只能沦为受众吐槽的对象。在人物塑造上，不管是《大唐西域记》中的玄奘，还是中国历史中记录的玄奘，还是佛教经典中的玄奘，他都应该是一个充满智慧，表情自然，献身传教事业的人物形象。可导演为了能更好地贴近商业、迎合观众，选取了黄晓明作为玄奘的扮演者。黄晓明具有典型的现代都市男的长相，同时他根深蒂固的商业片形象也是难以与淡泊超然的玄奘相匹配，主要演员的选择使得影片的人物形象毫无说服力。此外，故事情节上，本来是史诗片的框架，却因为没有好的情节做支撑，成了每个环节都雷同的流水账，最终只让人记住了片中的唯美风光，成了PPT电影。这两个致命的硬伤，使该片无论票房还是口碑，都不尽如人意。而有关国产严肃题材电影的商业化表达问题的思考也将继续。

（三）《百鸟朝凤》时代的艺术与艺术的时代错行

《百鸟朝凤》由中国第四代导演领军人物吴天明导演，陶泽如、郑伟、李岷城主演。影片讲述的是新老两代唢呐艺人为了

坚守信念所产生的真挚师徒情、父子情、兄弟情。该片于2016年
5月6日在中国大陆上映。上映之后票房失落、口碑也是众说纷
纭，然而经过了方励"一跪"之后，对于该片无论是电影本体，
还是宣传发行上的关注度都空前提高。其中，《探索与争鸣》杂
志以"斜塔瞭望的忧伤与尴尬"为题，对《百鸟朝凤》与1980年
文化遗产的时代错位关系，进行了梳理。

　　《百鸟朝凤》反映了一种时代错行的艺术。一个时代总会有
自己的艺术，一个时代的故事总会在艺术作品中得到呈现和雕
刻，并且给观众以非常深刻的印象。但是，无论就艺术手法，还
是叙事内容，《百鸟朝凤》这部烙刻着1980年气息的电影，却偏
偏出现在当前这样一个高度市场化的时代。它似乎提醒着我们直
面这种时代错行带来的争论和尴尬。

　　整部片子，叙事结构简洁，是80年代第四代最常用的画外音
旁白，在淡淡的语调里开启一个悠长而忧伤的故事。影像风格也
是第四代式的优美洁净，情节设置也是80年代式的文明/传统、城
市/乡村的对照。针对影片中简单的时代感和强烈的叙事方式，有
一些评论者认为"影像语言陈腐老派"，认为是"较为平庸的电
视电影"水平。而另外一些评论则认为，"他有今天很难获得的
也许有点朴素、但是极端饱满的力量"。不同的评论声音，都使
得人们开始思考，时代与艺术之间奇妙的关联。父辈喜爱的电影
在当今的社会很难被认同，即使在文艺青年的眼中，这样的电影
也不是通常能喜爱的"文艺片"，时代带给《百鸟朝凤》的独特
气质，也造就了不同时代下观影体验的尴尬。

二、重要评论活动

第二十三届北京大学生电影节于4月25日举办"新媒体影评与传统影评的春天对话"研讨会，北京师范大学艺术与传媒学院院长周星、中国电影评论学会副会长钟大丰、中国电影评论学会副会长张卫、中国艺术研究院影视研究所副所长赵卫防、中国电影艺术研究中心研究部副主任左衡、中国电影资料馆事业发展部副部长、北京国际电影节策展人沙丹，新媒体影评人李星文、赛人、梅雪风、曾念群、图宾根木匠，中国艺术研究院"当代文艺批评中心"主任孙佳山等各界专家、学者、影评人，一同探讨影评业的发展现状，思考一种良好健康的中国影评事业的建立。

研讨会就"网络影评现状""网络影评人行业价值"和"网络影评的社会责任"等议题展开讨论。影评人李星文将网络影评的发展总结为四个阶段：2000年到2004年的论坛时代，主要是一些草根聚集在网易论坛的电影板块交流，同好砥砺，自娱自乐。2005年到2009年博客时代，掀起全民写作的大浪，都市报大发展，评论版很热闹，写影评开始成为一种能养活自己的职业。2009年到2013年微博时代，影评开始短平快、碎片化，段子手、营销号大规模出现，影评人自占山头，自带粉丝，形成各种大V。第四个阶段是从2014年到今天，暂且称为微信时代，细节挖掘、表情包、截图成为一种潮流，视觉冲击成为第一要素。公众号是博客的延续，朋友圈是微博的变种，一个微信涵盖了以往新媒体的全部功能。

　　李星文认为，网络影评有三大功绩：解放了表达尺度，不需要像平媒影评一样吞吞吐吐，缩手缩脚；丰富了表达形式，打破八股文体，文图视频均可入文；拓宽了表达维度，官方民间、权威草根都能写作，艺术技术、创作生产、观点故事都可入文。

　　北京师范大学唐宏峰副教授肯定了网络影评的意义，也提出当下网络影评三个比较有危险的倾向：（1）网络影评的"小微短评"模式成为主流，深度缺失；（2）网络影评的"图像化"，缺乏文字、思想和理论的凝练；（3）为建构"虚拟人格"而形成的油腔滑调的公号写作文风。

　　21世纪以来，传统影评日渐衰微，遭遇瓶颈。网络影评却异军突起，短短几年内便形成一支重要的力量。相较于传统影评，网络影评以其独有的开放性、互动性、灵活性、真实性和便捷性等特征，抢占了多元化发声渠道、扩展言论平台、促进形式和理论创新。但是，当前网络影评也存在诸多问题，如质量良莠不齐、内在严重同构，话语暴力泛滥等。研讨会对网络影评的行业现状进行交流与对话，将对网络影评势如破竹的突进与自律意识的建构具有深刻意义。

三、热点评论议题

（一）4—5月整体票房低迷，国产电影质量有待提升

　　据猫眼票房统计数据，截止5月31日17:30，5月全国票房31.12亿元，预计最终数据将略好于4月的31.1亿元，略低于去年5

月的31.8亿元。与今年第一季度每个月同比30%以上的高增长相比，全国电影票房在第二季度就像是被打回原形，回到了去年同期的水平。其中5月26日更是跌到3175.8万元，甚至少于除夕夜，创造了今年以来单日票房最低的新纪录。究其原因：

一是国产影片质量有待提高。纵观4月、5月上映的影片，无论是《火锅英雄》《大唐玄奘》《北京遇上西雅图之不二情书》，还是《梦想合伙人》《夜孔雀》，都是集合了陈坤、白百合、黄晓明、汤唯、姚晨等当红明星的国产影片，却难逃叙事薄弱、缺乏思想内涵的弊端。随着观众对于内容的要求越来越高，消费也越来越理性，只有明星刷脸，没有故事内涵的影片前途堪忧。

二是好莱坞真人大片在中国市场上的热度似乎在消减。年初上映的《星球大战：原力觉醒》在北美收获了8亿美元票房，在中国内地的票房仅为8亿元人民币。3月上映的《蝙蝠侠大战超人：正义联盟》上映之初业内预期票房20亿元，但实际票房刚破6亿元就草草下线。超级大片《美国队长3》最终票房收于12.23亿元，并未达到预期。国产电影有将近一半的票房依靠外来影片，外来影片表现不佳也成了4月、5月票房整体低迷的原因。

三是国产影片过度依赖档期。2016年第一季度因有贺岁档，票房与去年相比增长了近50%，但4月因无热门档期，票房竟同比下降了32%。4月、5月虽然有"清明节档期""五一节档期"，但是小档期还是难以与传统的"贺岁档""暑期档"相提并论。因此，影片普遍表现不佳的原因，也就不言而喻了。只是，国产电影过度依赖档期的问题确实存在。档期的选择，在一定程度上是影片自信心的体现，因此常常出现国产片为避进口大片锋芒而推迟档期的现象。从另一个角度来看，国产片制作多数扎堆在春节贺岁档、暑期档、"十一"档等成熟黄金档期，也与"国产保护月"密不可分。2012年以来，在不得不将进口美国大片配额从20部提高到34部的背景下，有关当局还通过在春节档、暑期档和贺岁档三大票房黄金档期以排除进口大片的方式施行"国产电影保护月"。保护是为了把国产电影培养成提升国家文化软实力的生力军。但是，国产电影不仅将保护变成无限依赖的资本，而且将保护滥用为在国内市场"自愚自落"的特权。这样的问题应该尽快得到妥善的解决。

（二）全球化语境下，电影节对于中国电影业的现实与长远意义

　　2016年4—5月，正值第六届北京国际电影节、北京大学生电影节、上海国际电影节如火如荼地进行时刻，电影节所能激发出来的能量不容小觑。2016年第5期《当代电影》本期焦点栏目聚焦于国内外电影节，从商业运营、艺术创新等不同角度对电影节的现实意义进行了梳理。

　　从产业角度上讲，电影节成了电影项目的交易平台、产业链条及联动产业的经济模式不可缺少的重要部分。电影节的商业性功能主要来源于电影节开设的影片交易市场以及由电影节主要活动单元。从电影人和电影企业个体的层面讲，电影节是限定时空内一个高效的信息交换场和资源集散地，通过它的项目创投平台、方案预售机制、电影交易市场和其他商业活动，为来自世

界各地的电影项目提供了一个集融资、洽谈、项目孵化、宣传发行、版权及要素交易于一体的商业化运行体系。从电影行业整体的层面上讲，通过国际电影节的评奖、展映、论坛、交易、创投等环节，行业信息被频繁地交换和传播，而电影节的专业性和权威性使得这些信息整合后具有重要价值，成为促进行业发展和调整的风向标。从宏观层面上讲，电影节不仅囊括了传统的由制片、发行、放映构成的电影产业链，还扩展到金融、服务、代理服务、外景地开发、人才经纪等领域，使电影产业的产业链条得到延伸和完善。

艺术角度，电影节满足了观众多样化、差异化的观影需求，成了促进电影艺术技术进步，搭建电影文化交流的重要平台。电影节以一种开放的胸襟，吸引着不同国家和地区的电影作品、电影人、机构以及媒体，活跃在世界各地的人因为电影节集聚到一起，相互交流，取长补短。几乎每一个电影节都会不同程度地促进不同文化之间的碰撞，而这也正展现了电影节的独特魅力——百家争鸣，百花齐放。此外，由于有些电影节具有竞赛性质，参赛者们都希望能够在影节中脱颖而出，有了这个正向的"激励机制"，必然会催生更多的电影创作。不仅如此，电影节能够对国家和城市进行有力的宣传，彰显文化魅力，展示城市面貌，成为一个国家的文化名片。

（三）《百鸟朝凤》引发的艺术电影生存问题的思考

第四代导演吴天明的遗作《百鸟朝凤》作为一部题材小众、

宣发无力的文艺片，该片选择与大举造势的《美国队长3》同天上映，但并未上演奇迹。然而，2016年5月12日晚，著名电影制片人、《百鸟朝凤》宣发团队方励在微博上直播，讲述宣发此片的艰辛，讲到动情处竟下跪向全国影院经理求排片。《百鸟朝凤》上映一周票房仅300多万，排片率徘徊在1%。而方励这一跪，效果堪称立竿见影：排片在周六上升到了4.4%，周日更达到7.1%，票房目前已突破2300万。"一跪"之后，不仅院线增加了排片，影片也从默默无闻变成人尽皆知。最终，《百鸟朝凤》票房达7901万元，位列5月票房排行榜第九位。方励史无前例的"一跪"引发了业内业外对电影人尊严、院线排片、艺术片发行等问题的思考和讨论。

　　显然，"下跪"并非常态。"下跪"之前《百鸟朝凤》的困境，则更具普遍意义。这一困境的形成与我们长久以来"商业""文艺"二分对立的思维有关。在许多电影从业者及学者看来，艺术电影是电影的拓荒者，它所记录的有历史与心灵，不该在喧嚣里蒙尘。即便国内艺术电影仍属小众，"但有正确的价值主张，有高蹈的美学风格，有创新的电影精神的艺术片不该成为孤岛。"我们需要电影工业的良心产品，同样需要安摩灵魂的走心制作。当年轻人习惯为好莱坞所营造的机器怪兽惊声尖叫，当他们沉醉于"无厘头式"的嬉笑逗乐，润物无声式的真情鲜见，总让人感觉缺失了什么。若我们的主流观影人群的需求仅仅停留在感官刺激上，还怎能指望电影艺术的内涵价值不流于稀薄？著名导演谢飞说："如今的商业片横行恰好印证了影市的失衡，那些能够留住时代思考的影片越来越少了。"所以，不仅仅是中国，在世界任何国家中，艺术电影都是应该被关怀和保护的。

关键是，如何给曲高和寡的文艺片一席之地？一个经常被提及的解决方案是我们借鉴欧洲的艺术院线，以为单纯引入艺术院线就可以让艺术的归艺术，商业的归商业。但在许多专业电影研究者看来，这样的措施在中国很难行得通。一个艺术院线每年至少要有100部艺术电影支撑。然而国产的市场没有那么多的艺术电影，没有足够的体量去支撑艺术院线。"中国优秀艺术片短缺是不争的事实，所以需要看向国外。"沙丹认为："但我国目前的进口片配额一年不超过50部，绝大部分被好莱坞商业电影占据，艺术片凤毛麟角。这就导致国内影院很难自主放映，只能靠与使领馆、电影节等合作解决片源问题，但这都不可持续。"

除了体量之外，艺术影院的经营定位也是问题。以放映艺术电影的场所为例，包括政府扶持的电影资料馆、高校学术放映的北京电影学院、外资背景的尤伦斯艺术中心、外交作用的法国文化中心、歌德学院等，以及各种民间文艺场所，然而在众多放映机构中，只有百老汇电影中心是产业化运行的，并且很难取得收支平衡。如果对艺术影院进行盲目扩张，显然是杯水车薪。此外，如何形成受众的观影习惯，如何强化艺术电影制作、宣传、发行的扶持力度及行业规范等问题，也是人们不断探讨的话题。

第四节　美术篇
——纪念与评奖

　　本报告旨在观察和整理2016年4月至5月中国美术界的热点现象。在这两个月中，发生了两件对中国当代艺术评论较大影响的事件，一为黄专先生的逝世，二为第十届AAC艺术中国年度影响力评选结果的揭晓。除此之外，还有不少展览与创作引发各种讨论，本文对其进行总结和陈述。

一、纪念当代艺术批评家黄专先生

　　2016年4月13日20点29分，著名艺术史家及批评家黄专先生于广州病逝，享年58岁。一时间，艺术界的多位学者及艺术家纷纷表示哀悼，人们撰写文章对黄专的艺术史和艺术批评写作进行总结，进而对当代中国艺术批评的总体状况进行反思。

　　在黄专先生去世的同一天，其告别文《诀别的话》亦被发布在了网上。在文章中，黄先生以十分谦虚的态度用简短的话回顾了自己的人生，并对那些帮助支持自己的人们表示感谢。

"我没有创造任何成就""我的一生获取多于付出",这些话语虽出自黄先生之口,但是追悼他的人们却完全不这样认为。以下是编者对各个学者追悼文章的部分总结和整理,顺序不分先后。

展望在其悼文中表示自己很受黄专先生"拓形""应形""幻形"观点的启发,他将持续与黄专先生对话,将其观点拓展和发挥。此外,他还回顾了他与黄先生最后一次的对话经历。杨卫在其悼文中提到黄专先生是其从事艺术批评工作的引路人,他评价黄先生为"真正具有'学院'精神的批评家",秉持批评的尺度与公正性。史金淞提到"自由的精神和独立的灵魂"是黄专先生对他最初的启蒙。他评价黄专及其思想具有一种超越生命的力量。费大为回忆了黄专先生在其最后一段时间当中所从事的工作,包括OCAT的展览计划、AAC的评选工作等。周力在其悼文中充分肯定了黄专先生对于华侨城当代艺术中心馆群(OCT Contemporary Art Terminal,OCAT)以及中国当代艺术的重要贡献,评价其为"终身为理想而活的学者"。彭德一方面回顾了黄专先生的为人处世之道,讲述了其在与黄专先生相处过程中所遇到的趣事;一方面还分享了许多其与黄专的合影照片,使人们觉得黄专先生依然在我们身边。孙晓枫在其悼文中提出"死亡的教育并不是为了疼痛,而是为了启示",他认为黄专先生在《诀别的话》当中所说的"死亡是一种金蝉脱壳",是对生者的抚慰,以及对死亡的祷文,体现出黄先生的慈悲。王璜生回忆了其与黄专、巫鸿、冯博一起策划"首届广州三年展:重新解读·中国实验艺术十年（1990—2000）"的过程，对其个人学术立场的坚守和尖锐思想的写作表示敬佩，评价其为"一位真正的当代知识分子"，为后人留下了"一种独立的、纯粹的、思想性的、学理性的学术精神"。舒群在其悼文中提到黄专先生是其"学术上的对手，灵魂上的密友"，他细致地回忆了其与黄专在学术思想方面的每一次对峙和交流，认为其具备深厚的学术功力。此外，他结合自身的艺术创作和社会经历，提到黄专在其艺术生涯中所起到的警醒和启发意义。他表示十分庆幸遇到黄专这样一个对手和密友。胡斌在其悼文中简要回顾了黄专先生一生的艺术研究、教学与活动实践，包括著述《文人画的趣味、图式与价值》、课程《中国画论》，以及在 OCAT 的活动等。认为他是中国著名的艺术批评家、策展人、艺术机构的主持者。评价其为"少有的持续、严谨、系统而又开放地进行艺术史、艺术批评工作的重要学者之一"。鲁虹回忆了与黄专先生初次相识的情景，以及其与黄专在《美术思潮》方面的合作等经历，并表示将黄专与祝斌一同当作老师来看待。吕澎在其悼文中引用了其为黄专先生《艺术世界中的思想与行动》写的序，以表哀思。在这篇序言中，吕澎回顾了黄专先生学术态度和思维方式，评价其文字是"我们了解和研究过去接近三十年的新艺术史的思想文献"。除此之外，他还回忆了与黄专相识并在之后一起进行学术交流与合作的经历。他以黄专先生的两篇文章《什么是我们的"国家遗产"》《当代何以成史》作为对其学术思想和态度的概述，认为他是当代艺术史家和批评家的榜样。刘辛夷回忆了其在硕士论文写作时与黄专先生结识的过程，并提到了之后黄先生的历史项目"国家遗产"与其文献集《国家遗产：一项关于视觉政治史的研究》对其论文写作所起到的启发和借鉴意义。

尹春芳在其《黄专：游走在传统与当代之间的艺术先行者》一文中，从三个方面表达其对黄专先生的缅怀之情，分别为：黄专先生对中国当代艺术的重要贡献、对深圳当代艺术发展的贡献，以及黄先生的逝世是中国当代艺术的重大损失。张耀宗在其《黄专老师与雅昌的出版缘》一文中回顾了雅昌在出版《张晓刚：作品、文献与研究1981—2014》一书时与黄专先生结下的缘分，并对黄专未能等到该书正式出版而感到惋惜。梁瑛在其《黄专：推动了深圳当代艺术的生根与结果》一文中从三个方面对黄专先生进行了正面的评价，他认为黄专是OCAT的学术灵魂，是中国当代艺术新机制的建立者，是一名具备独立人格和自由灵魂的学者。徐子林在其《丧失人性温度的批判是不道德的，送别黄专先生》一文中，对部分人对于黄专先生艺术理论和政治立场的批判进行了驳斥，提出要坚持"责任和宽容"的态度。他回顾了黄专的《重要的是艺术》一文，以及该文引起关注和哗然的过程。并以客观的态度指出在黄的所有文章中，确实在某些问题如中国传统历史中的政治议题等方面存在谬误，但他同时又提到这些都不重要，黄专逝去所带来的悲痛，与他在事业上的成就无必然关系。

以上是编者对部分学者悼文以及相关文章的简要整理，并没有涵盖所有内容，只是整理了涉及黄专先生的学术思想、研究态度、艺术贡献等方面内容的文本。从这些文本当中，我们可以看到黄先生作为一名艺术史研究者、批评家以及策展人所具有的严谨的治学态度、认真的工作态度，以及对独立思想的坚守。众多学者对其逝去所表现出来的悲痛以及对其为人治学的敬佩也溢于纸上。

二、第十届AAC艺术中国年度影响力评选

（一）评选过程

　　AAC艺术中国（Award of Art China）创立于2006年，自成立之初就致力于梳理和评选对中国当代艺术具备影响力的年度艺术家和出版物。共设三大奖项："年度艺术家奖""年度青年艺术家奖"和"年度艺术出版物奖"。经过10年的积淀，AAC艺术中国具备了更加完善的评选机制、更加严谨的评选规则，以及更加庞大和权威的评委阵容，它"逐步成为中国当代艺术最具学术性、公信力和影响力的评选平台"。此次第十届AAC艺术中国以"历史中的当代"为主题，强调"在艺术史维度中审视中国当代艺术的成就和现状"，在历史与当代、全球和中国、"局外"和"局中"的交汇中探究"中国当代艺术的独特性和内在逻辑"。

　　参与评选的入围名单于2016年3月由AAC艺术中国顾问委员会从2015年有突出表现的艺术家和出版物当中投票产生，提名奖名单于2016年4月底公布，而最终的评选结果则于5月15日的终评会中产生，并于16日在故宫博物院建福宫花园的颁奖典礼上揭晓。最后，刘韡、胡向前、《世界3》分获"年度艺术家""年度

青年艺术家""年度出版物"大奖。

AAC艺术中国学术总监巫鸿教授曾在专访中就中国当代艺术10年来的变化、AAC的奖项设置、AAC的学术性、中国当代艺术的国际性，以及此次评选的主题等问题做出回应。他首先回顾了中国当代艺术在近10年发展中的重要事件，包括上海"当代艺术展览文化网络"的产生发展、中国当代艺术家对全民性事件的回应、"艾未未现象"、OCAT在全国的发展等。其次，他提出AAC正逐渐走向成熟，肯定了其对于中国当代艺术的重要意义。对于AAC的奖项设置，巫鸿肯定了"年度艺术家"和"年度青年艺术家"的设置，但是对"年度出版物"的概念和标准提出质疑。而关于AAC的学术性问题，他强调了邀请国外评审参与与确定主题对把握AAC学术性的重要性。此外，他还简要阐述了评选标准，即对于艺术家，主要考虑其"持续性的实验和概念意识"，以及"对个人探索与艺术史脉络之间的协商"；而对学术著作，则主要考虑其"在立意、解释和编写中的原创性"。在当代艺术的国际化问题上，巫鸿认为在过去的10年到15年中，艺术的全球化、商业化和"合法化"已基本完成，但随之也产生了当代艺术整体"稀释"、过度商业化、缺乏好的理论与批评、缺乏大众媒体的批评等一些新的问题。此外，他还指出需要一些大型、能够"走出去"的当代艺术展览，以促进与西方艺术的对接。对于此次评选的主题"历史中的当代"，巫鸿解释到该主题旨在强调从历史的角度思考当代艺术的价值标准、意义和缘由。总体而言，巫鸿对AAC保持着一种乐观的态度。

　　除此之外，评选委员会的成员王璜生、李振华也曾在专访中就中国当代艺术的10年发展历程、对AAC的看法、国外专家对于评选过程的参与、青年艺术家的培养、此次评选的主题、中国当代艺术在现阶段存在的问题及其在未来的发展趋势等话题提出自己的思考。碍于文章篇幅，编者在此就不做过多论述了，具体可参考发布于雅昌艺术网的《王璜生：机构力量的积聚与艺术家的能量爆发》与《李振华：拓展是一个非常必要的姿态》这两篇文章。

（二）获奖艺术家及学术著作回顾

　　以下是编者对分获三项大奖的艺术家刘韡、青年艺术家胡向前，以及学术专著《世界3：作为观念的艺术史》的简要回顾。通过此回顾，读者可以对此次AAC的评选主题和标准有更加具体的理解。同时，碍于报告的篇幅所限，这里并不对入围名单和提名名单里的其他艺术家和专著进行回顾，详情可参考发布于雅昌艺术网的《第十届AAC艺术中国三大奖项入围名单揭晓》和《第十届AAC艺术中国年度影响力评选提名奖名单揭晓》这两篇文章。

　　1.　年度艺术家——刘韡

　　艺术家刘韡1972年生于北京，1996年毕业于中国美术学院油画系。其艺术创作深受21世纪中国政治及社会的转变所影响，以众多不同的媒介来表现人们的时代记忆。在巫鸿教授所宣读的获奖理由中，刘韡的艺术创作被评价为"将现代中国的转变和混乱，凝聚成一种多变的艺术语言"，他"在混乱之中建构了一个新的世界"。2015年，其主要的艺术活动及成就可体现在两次展览上：2015年2月6日至4月17日在尤伦斯当代艺术中心举办的"颜色"个展，以及9月17日至10月24日在香港白立方举办的"白银"个展。

"颜色"个展展出了刘韡在2014年创作的最新作品，包括三组大型装置作品：《迷局》《转变》和《迷中迷》，装置作品《受难》《爱它，咬它No.3》，以及艺术家一直在持续的《紫气》系列作品。其中，作品《迷局》由形状不规则的直立镜子围拢建构而成，镜片反照着观者与周围的环境，镜片与镜片之间也相互反照着，整个作品在视觉上形成了一种支离破碎的空间。该作品名为"迷局"，我们可以将其理解为整个作品给观者带来的一种迷局式体验，亦可以将其理解为一种对当代城市生活的迷局式写照。

作品《转变》为一个播放着颜色的大型长方形屏幕，由36个小长方形屏幕组成。屏幕上的颜色在不知不觉中渐变，酷似繁华都市中的霓虹灯广告。艺术家在谈论此作品时曾说到，"我是一个视觉艺术家，我的表达是视觉，颜色是我们看待事物的一种方式，它覆盖于概念与材料之上，构成了我们区分事物、态度、阶级、好恶以及一切的万物"，而"颜色的转变是没有原因的，只是为了转变而转变，这件设备和屏幕本身，它的体量及其形式的简单且不断变换的方式，是我对商业的某些方面的想象"。

"白银"个展可看作对"颜色"个展的延续，两个展览在理念和展出的作品方面基本类同。故这里不再做更多的论述。

　2.　年度青年艺术家——胡向前

　青年艺术家胡向前，1983生于广东雷州，2007年毕业于广州美术学院油画系第五工作室，现居于北京。他的创作形式以行为和影像作品为主，作品内容以小见大，通过将身边小事放到大的社会环境中来尖锐地探讨表象的本质，体现出艺术家对现实生活的敏锐观察和思考。在策展人李振华所宣读的获奖理由中，胡向前的艺术创作被评价为"以不同身份来探讨人与人、人与环境、人与社会之间的多层关系，形成一个混杂体"，他"把自己插入某个环境中，又结合无厘头方式，用认真的自嘲与现实拉开一段距离，最终形成一个具有原创性的模式"。

　2015年6月6日，胡向前个展"天天表演　身体健康"于北京长征空间开幕。该展览展出了艺术家最新创作的4件作品：《再造米开朗基罗》《秘密任务》《棍谱—绘画》和《镜头前的女人》。其中，《再造米开朗基罗计划》是一个长达一年的计划，由艺术家和其助手共同完成。该作品分为三个部分，每个部分又包含两个同步播放的视频，一为"草图"，二为表演行为。三个部分的"草图"分别为艺术家解答助手关于当下艺术的问题、艺术家在吃饭时了解助手思想上的困惑，以及艺术家与助手在室外交流心得。而三个部分的表演实践分别为：（1）艺术之门，艺术家与助手共同练习一套自创的健身操；（2）门槛，艺术家带领助手在美术馆进行行为表演的实践；（3）完美剪辑，助手在展厅现场单独完成一次行为艺术表演。艺术家曾在作品的自述中提到，"我已经不能分开有观众的现场或是没有观众的工作室表演，更重要的是我已经分不开在有实体空间的表演或是在剪辑软件里的空间，所以在作品的最后，我试图把这两者的空间混淆在一起，取消了现场的感觉，在我看来，只有静止的时间和空间才是现场。因为有时间和空间的现场就会有开始和结束，就会有消失"。该作品看似在描绘一个现实的故事：作为"师父"的艺术家教导作为"徒弟"的助手，徒弟在学成后单独进行表演。然而，看似现实的内容实际上却是面向镜头的伪现实，"草图"这一命名就是对这一伪现实的暗示。在视频中，艺术家与助手一直穿着4S店的制服，然而在最后的"完美剪辑"中，助手脱掉制服进行"现场表演"，"这是表演所要呈现的'真实性'时刻，它以一个现场的形式发生，但在现场却搭建起了剪辑的舞台"，诚如艺术家所说，现实与剪辑相互混淆，形成了一个多层次的空间。

作品《秘密任务》看似描绘了一个古装片的情节，艺术家扮演的古代杀手要去刺杀一个人。然而，虽具有典型古装片的场景配置，却并没有表现出故事中最关键的情节点。演员们虽然在语调上跟随着影片的内容，但是其台词却都是一些不合情节逻辑的话语。一部看似典型的古装片，实际上却是一个空有古装片外壳的视频。艺术家曾提出，"我的作品是反电影的，目的不是要它像电影，我是以拍电影的方式来做行为，将它视为一种材料，去除电影中的必要元素，再进行剪辑，探讨能否在穿越时空过程中做行为"。该作品既体现出艺术家对于行为艺术的各种尝试，亦体现出艺术家对于电影符号系统和叙事性的解构。

3. 年度出版物——《世界3：作为观念的艺术史》

《世界3：作为观念的艺术史》是一套"以艺术史理论与观念为对象的中文学术丛书"，主编即为刚刚过世的黄专先生。该书一方面致力于研究艺术史内部的各个领域，如美术史、建筑史、影像史、设计史及相互之间的关系等，另一方面还致力于研究艺术史与其他史学之间的关系，如文化史、哲学史、宗教史、语言史、思想史、观念史等。在凯伦·史密斯女士所宣读的获奖理由中，《世界3》被评价为是"一本具有原创性和开拓性的出版物"和"关于艺术史自身历史的反思性刊物"，"为中国当代艺术研究的理论化提供了新的场域，也鼓励了OCAT所代表的机构在中西方当代艺术和艺术理论研究上的推动力"。它力图展示和推动一种理性的力量。

黄专先生曾从两方面阐述了编写本书的目的：其一，他从艺术史这一门学科在当下的发展状况出发，认为艺术史在当代面临着来自其研究对象的挑战。伴随着"艺术"本身概念的"似是而非"，以内在形式、作品风格和图像意义作为主要研究对象的古典美术史正逐渐将其研究范畴扩展到社会、政治、意识形态等外在范畴。此外，艺术史还面临着来自各种解构主义运动、新媒体和"视觉文化"研究的冲击。各种"新艺术史"和艺术史"终结论"的出现，是艺术史作为人文科学面临合法性危机的重要表征。基于这种现状，黄专提出"批判性的反思和开放性的讨论是艺术史继续生存和发展的最直接的动力"，《世界3》一书就是为展示和推动这种理性力量而所做的尝试和努力。

其二，黄专先生从艺术史在中国的发展现状出发，认为在中国，无论是对古代艺术的研究还是对当代艺术的研究，在文献整理、问题意识、研究方法，以及对中国艺术"独特性"的理解方面，都处于初级阶段。除此之外，在中国艺术史的研究领域，本土和海外这两股学术力量仍缺乏有效的沟通和合作，且在学科问题、学科方法和学科前景的探讨方面缺乏共同的兴趣。因此《世界3》一书也带有促进中国艺术史研究领域内中外交流的意愿。

关于该书题目中的"世界3"，黄专解释到此概念由英国哲学家卡尔·波普尔在其著作《客观知识》中提出，意指"由人在历史中创造出来又作用于人的再创造的知识世界"。波普尔认为，支配人类进步的机制乃是"人的主观精神世界（世界2）通过'世界3'作用于自然世界（世界1）"，作为中介的"世界3"是由人创造但又独立于人的"客观知识世界"。该书以此为题，旨在希望此书能够"在与其他'世界3'成员的开放性关系中研究艺术史的起源、现状、发展和方法"。

三、展览与评论

以下内容是对4月至5月在专题内容之外的部分问题的总结和梳理。个中文章、展览与活动，虽然所探讨的问题不尽相同，无法形成专题式的评论热点，但其中观点，在编者看来亦存在很多值得思考和分享的地方，故陈列于此，以期待学者们的进一步讨论。

- 2016年4月1日，廖国核个展《一万幢房子》在北京民生现代美术馆开幕，该展览展出了当代青年艺术家廖国核的20幅独特艺术作品。同月，根据该展览，张桂森发布了一篇名为《从绘画语言、本体到坏画，我们终于在讨论"绘画"自身了吗？》的文章。该文章除立足于廖国核的作品之外，还另外涉及段建宇、王音两位艺术家。首先，它就皮力的"另一个现代性"概念展开论述，认为西方绘画的现代主义革命将绘画自身作为了绘画的对象，形成了关于绘画本体论的探讨，而中国绘画的突破口亦在于此。之后，文章围绕三位艺术家的作品提出了"坏画"的概念，指出"坏画"作为一种"非制度化的艺术方式"，是"对现行规则和状况的颠覆"，是"一种指向绘画本源而非结果的最高要求"。此外，文章还提出，中国的当代艺术批评实践多集中于论述作品的社会意义或政治观点，而忽略了对作品本身的感知与分析。

- 2016年4月2日，导演夏姗姗执导的纪录片《艺术怎么样？》在北京798前沿艺术展演中心放映。在之前的3月，蔡国强曾在卡塔尔的多哈筹办中国当代艺术展"艺术怎么样？"。该影片中的大量内容即来自对那次展览的筹备过程以及对参展艺术家的走访过程的实录。除此之外，影片中还穿插了许多对中国历史中重大事件的回顾的镜头。蔡国强和导演希望以此来追问中国当代艺术的发展问题，即当中国艺术摆脱中国特殊的历史语境之后，其艺术本身有着怎样的发展。伴随此次放映会同时开展的，还有关于影片及其相关问题的交流会，学者汪晖、刘韬与艺术家蔡国强现场展开讨论。此外，还有蔡国强主编新书《艺术怎么样？——来自中国的当代艺术》的签售会。

- 2016年4月9日，"文脉传薪——2016中国写意油画学派名家研究展"于北京今日美术馆的一号馆开展。该展览展出了49名艺术家的共计110幅作品，呈现了中国写意油画的最新面貌。此外，关于写意油画的研讨会也随着展览一并举办。雅昌艺术网的一篇文章《中国当代写意油画的逻辑与价值在哪里？》，对此次研讨的观点进行了部分总结，以下是对该文章内容的概述。中国艺术研究院美术研究所副所长郑工先生提出"写意"是中国独有的，包括一种"形态、技术与精神方面的综合性关联"。而在油画的本土化过程中，写意演变成一种精神观念。《美术》杂志执行主编尚辉先生接着提出，写意精神应避免"泛意象化"。同时，他还进一步从文化属性和创作方式上对中国写意油画和西方表现主义进行了区隔，并提出要警惕不成熟的造型与色彩等油画基础问题对写意概念的置换。中国美术馆研究馆员徐虹女士论述了当代油画中的写意精神与西方表现主义和中国传统写意之间的差异，认为需要一个新的界定来突破"写意"的传统定义。随后，尚辉再次发言，对主体精神与形式语言之间的关系进行讨论，认为意象油画需要"把油画的语言和中国绘画的语言、文化进行置换，进行再造"。而艺术家顾黎明却提出了不同的观点，认为中国艺术与"载体"密不可分，并没有本体的东西。油画也只是一个媒介，他否定油画本身的语言特点，且否定在这种语言特点和创作主体之间"新的产物"产生的可能性。郑工发言予以回应，认为通过探究中国绘画的书写性，以及笔触及其与形和色之间关系的问题，可以找到"再造"的突破口。而艺术家张祖英则认为界定写意不要局限于形式语言上，写意描绘的是一种心象。随后，艺术家闫平、王克举和刘商英也从自身创作出发，分享了他们对于写意性的思考。此外，艺术家砂金和郑工还就写意油画的共性和规律性等问题进行了讨论。

- 同日同地，"击鼓传花——黄可一个展"同样在今日美术馆开幕。该展览呈现了艺术家黄可一的一次名为"最受中国大众喜爱的艺术品"的社会调查，以及在这次调查中，艺术家对于当下中国艺术生态的思考。他通过对淘宝交易记录的调查得知大众对于国画牡丹的喜爱，并以"牡丹画"为对象再次展开调查，走访河南洛阳的"农民牡丹画第一村"，采访当地画匠，了解到中国的牡丹画传统，以及消费时代下的牡丹画交易现状。该展览分为三个部分：艺术家以流行的牡丹图为样本，分别制作了一幅由电脑3D建模、水晶质感的牡丹图，和一幅从不同角度打印而成的黑白牡丹图；展示了艺术家搜集到的关于"牡丹"的资料，包括对"牡丹村"的走访；艺术家将3D牡丹图进一步在电脑上进行抽取、复制和叠加，形成不同的抽象图案和视觉效果。整个展览以多层次的展现方式向人们展示了艺术家对于文化传统与商业运营之间关系、精英艺术与大众审美之间关系的思考。

- 2016年4月16日，由批评家吴鸿策划的"石膏像——视觉经验与文化背景下的中国现代性"展览在北京亿利艺术馆开幕。该展览展出了范勃、方力钧、李洪波、李占洋、毛同强、邱光平、宋冬、王广义等二十位艺术家的艺术作品，涵盖影像、装置、架上、雕塑等多个领域。展览以"石膏像"为题，将其作为一种西方现代美术教育体系的象征，进而展开教育模式对于中国人的审美标准和审美观念，乃至中国现代文化形态的影响。伴随展览一并开展，还有主题为"视觉经验与文化身份背景下的中国现代性实践"的学术研讨会。以下是编者对于此次研讨主要观点的简要概述：批评家孙振华做了题为"不断生成的'美术史'"的发言，提出美术史是一种观念的产物，而当下中国的历史观念处在中西方文化的碰撞当中。他反对单一的非中即西的立场，而是认为文化处在不断生成的过程当中，具有特殊性和复杂性。罗青教授做了题为"溯源、误读与重新诠释"的发言，他首先追溯了西方石膏像的发展历程，认为解读西方的图像语言或雕塑语言要和他们的文字语言相联系；其次，讨论到中产阶级在现代性反思和批判过程当中的重要作用，认为中国的艺术史改写要依靠中产阶级；最后，他指出中西方在相互的文化理解上存在"美丽的误读"。批评家黄笃做了题为"对象、模特，跟艺术表现之间的关系"的发言，就展览的题目提出了石膏像与模特之间差异的问题，还讨论了"模仿""再现""复制"等问题。王春辰教授提出"我们应该更开放的了解西方"，不应该封闭对西方的认识，更多地去接纳和吸收。邵亦杨教授对王春辰的观点进行回应，提出"我们从来没有真正开放过"。他结合"石膏像"的主题，认为当下美院的教学模式以及招生标准对中国的艺术思维方式是巨大的束缚。他提出要有开放的思维方式，对于西方文化不能生硬和部分地接收，而忽略整体。推翻"石膏像"，推翻的应是固有的美术崇拜和模式，而不是美。杭春晓研究员做了题为"不仅西方，传统也是'他者'"的发言，认为传统和西方文化都是我们的"他者"，都是一种资源。他提出面对文化问题，我们应做到自由思考。

- 2016 年 4 月 29 日下午，FAI 第三届中国国际装置艺术学术论坛研讨会在今日美术馆举行。该研讨会以"同曦第三届中国国际装置艺术学术论坛暨展览"为背景，以"装置艺术语法关系"作为主题，探讨在中国当代艺术的特殊语境中，其自身语言特色的挖掘。批评家、策展人王端廷首先发言，他从材料、技术的角度讨论了中国装置艺术的发展变化及其特点。并提出"装置艺术主要诉诸智力"，通过新技术手段表现人类对物质世界的认识，中国的装置艺术发展潜力很大。批评家、独立策展人黄笃发言，他认为当下的装置艺术同以往80年代的装置艺术有很大变化。他以展览中的几个具体艺术家为例，提出中国的装置艺术相较于西方体现出很强的主题精神和形式感，但同时一些作品又存在过于审美化的倾向。批评家、上海大学美术学院教授李晓峰发言，指出当下的装置艺术有一种以新科学、新材料、新技术为特征的理性精神。在这种精神的主导下，装置艺术呈现为三种形态：表现当下的社会问题和批判精神；体现与技艺有关的工匠精神；反映当下消费社会的问题。批评家、策展人盛葳从社会生产的角度讨论装置艺术，提出装置艺术是工业社会的产物，在今天需要新的发展方向。他给出了两点建议：其一，从产业转型出发；其二，从新媒介或者新技术出发，但是要警惕装置艺术变为高科技艺术的倾向，以及将其变为审美化艺术的倾向，要保持装置艺术的先锋性。批评家、策展人王春辰发言，强调了装置的公共性。认为装置艺术需要围绕"空间的现场性、综合性、民主性"进行创作，而不是一味地追求视觉性和材料堆积。中国美术学院管理学院副院长单增发言，从教学的角度对学院体系中的装置艺术教学提出要求。批评家、策展人付晓东发言，就"到底什么是装置"、装置与美术馆功能的关系、装置艺术的内核精神等问题提出自己的看法。批评家、策展人吴鸿发言，从五个方面讨论了装置艺术的概念：装置除了物质性，还体现为一种思维方式；装置与雕塑的区别；装置的意义更多体现在地域、文化、历史、政治等各种因素上；装置是一种价值判断；要反省装置近年来装饰化、视觉化、精细化的趋向。批评家、中央美术学院教授邵亦杨指出，装置作为当代艺术要具备较强的社会关注意识。还提到装置艺术需要更多的展览来增加其进入收藏体系的机会。策展人王麟发言，讨论了装置艺术相较于其他艺术的特性、装置艺术的演变、当下装置艺术在展览和创作方面所面临的困境，以及装置艺术的反叛性保持等问题。批评家、策展人王萌，从三个方面讨论装置艺术：装置作为作品与物的形态学；装置在艺术史上的发生；装置的生效方式。策展人刘钢发言，从摄影师与装置、科技与装置两个方面展开讨论。华东师范大学美术学系讲师邱敏发言，回顾了西方的装置艺术脉络，提到澄清装置艺术语法的重要性。策展人夏彦国发言，就如何将材料转化成作品这一问题展开论述。雅昌艺术网总编谢慕在发言中提到装置艺术的魅力在于其作品的多纬度呈现，以及其与观众的互动关系。最后，批评家、策展人贾方舟进行总结发言，将人类整体的视觉艺术语言归纳为具象语系、意象语系、抽象语系、物象语系。提出装置艺术作为物象语系，其重要特征在于对观念的表现，是一种观念艺术，是对艺术的解放。装置的艺术价值体现为人的创造精神。

- 2016年5月12日，群展"线索3"在北京民生现代美术馆开幕。"线索"系列展启动于2005年，每5年一次。旨在以编年体的形式，展现当代艺术家方力钧、王音、萧昱、杨茂源的创作历程，勾勒中国艺术生态的走向。此第三次展览展出了这4位艺术家最近5年的作品。在展览的开幕式前，关于此次展览的圆桌对话顺利举行。以下是对此次会话内容的整理。策展人舒可文首先陈述了举办此次展览的初衷。提到该展览的特殊性在于四位存在差异的艺术家之间的共同对话。之后，艺术家方力钧、王音、杨茂源分别对此次展览提出自己的看法，三人均表示展览没有展出一个体现所有人艺术创作的时间轴，这是一件比较可惜的事情，不过好在现场和文献材料能够形成互补。舒可文也补充到展出的书可以为理解此次展览提供很多的参考。随后，艺术史学者、批评家王端廷发言，他首先梳理了从85美术至今30余年的中国艺术发展趋势，认为在这30余年中，中国当代艺术由低到高，再由高到低，从英雄叙事、宏大叙事、社会叙事转变为微观的个人叙事，从神圣状态转变为日常生活状态。在王音看来，这是一种从希望走向绝望的趋势。他指出展览中的4位艺术家是中国当代艺术变化的标本，也体现出中国当代社会的内在变化。面对王端廷的观点，王音、舒可文、杨茂源轮流发言进行回应。

王音提出该展览更多呈现的是自己对以前工作方法进行改变的尝试；舒可文提出该系列展览旨在呈现艺术家的日常积淀，以及其对艺术创作的作用；杨茂源提出该展览更多地呈现出一种碎片化的特征。批评家、策展人俞可发言，认为该系列展览更多地体现为一种交流式特征。且展览的问题性在于探讨艺术家在抛开"英雄"概念之后，他们对当下生活的思考。批评家、策展人鲍栋亦对王瑞廷先生的观点做出回应，认为展览的意义在于阐述内部含义，包括工作方式、素材来历、素材运用等问题。85 时期艺术家的共同体意识源自于当时特定的社会背景，而在当下，对整体现象的探讨会越来越少，而更多的则是对个体的深入讨论。之后，舒可文发言对鲍栋的观点表示认同。最后，北京民生现代美术馆馆长周旭君做总结发言，他从美术馆的角度阐述了对此次展览的思考。其中包括举办该系列展览的原因，该系列展的日常性、具体化定位，以及该系列展览的问题意识等。

第五节　舞蹈篇
——校园舞蹈教育反思

2016年4—5月春天的气息扑面而来，洋溢着温暖阳光、积极向上的氛围。舞蹈界也犹如春天一般，在播散种子和希望，从舞蹈表演、创作到舞蹈教育、理论再到舞蹈市场、管理等各个领域都在进一步的发展和推进，不断地开拓舞蹈的视野、打破舞蹈的界限，等待着迎接新一年的果实与收获。

一、焦点概述

（一）全国第五届中小学生艺术展演

根据《学校艺术教育工作规程》要求，全国中小学生艺术展演活动每三年举办一届。从2003年开始举办，至今已成功举办四届。本届中小学生艺术展演活动是由教育部和青岛市共同主办，于2016年4月11日至16日在青岛举行。本届中小学生艺术展演活动，认真贯彻中国共产党十八届三中全会精神和习近平总书记在文艺工作座谈会上的重要讲话精神，全面落实《中共中央关于繁荣发展社会主义文艺的意见》和《国务院办公厅关于全面加强和改进学校美育工作的意见》的要求，活动开展得很有特点。

中小学生艺术展演活动始终以"阳光下成长"为主题，坚持弘扬社会主义核心价值观，坚持育人为本，坚持面向全体学生。活动分为三个阶段，历时一年半：第一阶段是基层学校开展活动阶段，重点是扩大学校和学生的参与面和普及面，形成"校校有活动、班班有歌声、人人都参与"的局面，本届活动中小学生参与面达到80%；第二阶段是各省（区、市）组织集中展演活动阶段，重点是加强学校之间、地区之间的相互交流和学习，本届活动全国31个省（区、市）均举办了省级展演；第三阶段是全国展演阶段，重点是展示活动成果、引领方向。本届全国展演活动首次邀请香港和澳门特别行政区的学生参加，首次举办全国农村学生艺术实践工作坊。来自全国633所学校、7000余名中小学师生共同相聚青岛。期间举办开幕式、闭幕式、9场艺术表演类节目演出（声乐2场、器乐2场、舞蹈3场、校园剧和朗诵2场）、40个学生艺术实践工作坊展示、298幅学生艺术作品展览和中小学艺术教育科研论文报告会。

此次展演中舞蹈专场于4月11日在青岛大剧院上演。整个舞蹈专场展演，共分三场，展演出全国各地报送的舞蹈节目66个。这些节目代表了目前全国中小学生舞蹈艺术表演的最高水平。来自山东、江苏、四川、广东、上海、海南等省、市的同学们带来了《花·季》《甲午海魂》《蓉城俏妞儿》《梦井》等多个精彩纷呈的节目，让来自全国各地的观众们享受了一场视觉文化大餐。

（二）第二届"校园舞蹈的春天"全国中小学舞蹈教育研讨会

4月18—20日，在社会各界广泛关注"舞蹈进校园""校园舞蹈的春天"的话题持续升温中，为总结中小学舞蹈教育工作中的成功经验，解决现阶段舞蹈课程教学、教材编制、社团活动、作品编创等工作中存在的问题，由中国舞蹈家协会主办，中国舞蹈家协会中小学舞蹈教育专业委员会承办的以"校园舞蹈的春天"为主题的第二届"中小学舞蹈教育研讨会暨'中小学舞蹈教育传统校'授牌仪式"在北京第二实验小学举行。

本届研讨会得到了中国舞蹈家协会的高度重视，研讨会活动当天，全国政协委员、中国舞蹈家协会主席冯双白，分党组书记、驻会秘书长罗斌，分党组副书记、副秘书长李甲芹，中国舞蹈家协会副主席、中国舞蹈家协会中小学舞蹈教育专业委员会主任黄豆豆以及多位当代舞蹈教育界、艺术界的名家出席会议。原193所在舞蹈教育工作中取得突出成绩的学校以及360位校长、教师共同参与。可谓"中小学舞蹈教育的历史性盛会"。

与会专家学者通过主旨发言、专家讲座、经验交流、观摩舞蹈教学实验课等活动形式，聚焦现阶段中小学舞蹈课程建设、教学活动、作品编创和教材编制等具体内容，从理论和实践两方面对中小学校园舞蹈教育进行了深入的研讨和交流。中小学舞蹈教育专业委员会副主任、秘书长黄俭认为，现如今，舞蹈教育被越来越多的学校、老师、学生和家长认同，这是因为它贯穿了生命教育、生活教育、品德教育、审美教育、语言教育、心灵教育的各个过程。孩子可以通过对每个舞蹈动作的理解、体会、分析、创新，实现综合功能的培养。实际上，舞蹈是在用特殊形式塑造孩子，保护每个孩子的天性，激发和发扬他们各自独特的想象力、创造力、模仿力和表现力。近年来，"高参小""高参高"等都是春天故事里的关键词，用小学生折射大时代的精神面貌，这是校园舞蹈的神奇力量。

　　群英汇聚的第二届"校园舞蹈的春天"全国中小学舞蹈教育研讨会，作为中小学舞蹈教育工作中一个高地，在短短的三天活动中取得了丰富的成果，黄俭在总结时说：第二届"校园舞蹈的春天"全国中小学舞蹈教育研讨会，是中小学舞蹈教育工作的一次盛会，是中国校园舞蹈发展的一个新的起点，在国家教育部门和中国舞蹈家协会的共同引领下，中国中小学舞蹈教育工作一定会实现新的跨越。

（三）纪念"世界舞蹈日"

　　世界舞蹈日是4月29日，由联合国教科文组织下的国际舞蹈委员会（CID）推广，1982年国际舞蹈委员会最先提出。这个日期是为了纪念现代芭蕾舞之父让·乔治·诺维尔（Jean-Georges Noverre）并增进这项被称为"超越文化语言界限的肢体艺术"在世界各国间的传播而设立。

　　2016年4月29日，纪念"世界舞蹈日"文化活动的主题是：人与自然和谐共生。艺术能让人打开想象力与感受力的感官，使人获得穿越时空的精神升华，音乐和舞蹈艺术的完美结合，又使得舞蹈这种艺术形式能更深入人的心灵。可以说，舞蹈艺术就是一把能通往虚拟世界的钥匙。此次活动的主创团队有，顾问及推荐人：舞蹈学博士慕羽；音乐版权提供：著名青年作曲家阿鲲；特邀芭蕾舞者张冰妮；特邀艺体指导郑茜月；国际文化指导梅雪；活动发起人及总策划曹塞。这些年轻的艺术家们将在今年拍摄首部舞蹈VR微视《致时光3》，以舞者的灵动带领感官深度旅行，找到与朋友自由起舞于自然中的感觉。此次艺术创作的实践结合了目前最前沿的VR科技，此片完成拍摄的一天，则标志着舞蹈艺术与VR技术深度合作的成功实践，同时也是一种可以让更多人共享的生活态度和艺术情怀。

与此同时，联合国发行了"世界舞蹈日"邮票，邮票由加拿大著名艺术设计师马斯科钦设计，引以为傲的是，邮票中呈现的中国舞蹈形象，取自北京舞蹈学院原创经典作品《踏歌》。作品《踏歌》是在1998年由孙颖教授创作诞生，至今已经历18年的岁月，而今它又被"世界舞蹈日"纪念邮票的创作设计者发现，代表中国舞蹈的文化背景，展现世界舞蹈中最美的中国图景而出现，足以表示它蕴藏了太多的故事、人的生命、艺术的价值和历史的足印。向《踏歌》致敬，向孙颖前辈致敬！

（四）全国性舞蹈研讨会

- 2016年5月6日，由亿派学院、CAET期刊和北京师范大学艺术与传媒学院主办，意大利创意舞动协会、中央音乐学院音乐治疗中心、无锡市精神卫生中心和国家开放大学艺术教学部等机构协办的"首届创造性艺术教育和治疗国际研讨会"在北京师范大学的何思敬讲堂隆重举行。北师大艺术与传媒学院周星院长、肖向荣副院长，中央音乐学院音乐治疗中心刘明明主任，无锡精神卫生中心康复科李达主任，亿派学院周宇院长和来自全国各地的舞蹈治疗，创意舞动和拉班动作分析三个专业的亿派学员代表及从业者出席了本次会议。本次研讨会的主题是"当东方遇见西方"，包括了一天的专家论坛，海报展示以及两天的工作坊和督导。来自中国、意大利、美国、希腊在内的国内外专家和同行就包括音乐、舞蹈、戏剧、绘画等各种形式的创造性艺术教育和治疗的各种话题进行了探讨。此次大会不仅是业内同行共同切磋讨论的学术会议，更是亿派师生共聚一堂，把知识从课本、课堂搬到实战场地和交流场地共同学习和体验的难得的聚会。

- 2016年5月22日，由中国舞蹈家协会、广东省舞蹈家协会、江门市文联、江门市蓬江区人民政府联合主办的"映日荷花 舞坛永驻——纪念戴爱莲先生诞辰100周年"系列活动在江门市隆重举行，以深切缅怀我国著名舞蹈艺术家、舞蹈教育家、"中国舞蹈之母"——戴爱莲先生，大力弘扬戴爱莲先生的舞蹈精神，擦亮江门作为"中国舞蹈之城"的品牌。中国舞蹈家协会主席冯双白、分党组书记罗斌，中央芭蕾舞团党委书记王才军，北京舞蹈学院院长郭磊，广东省舞蹈家协会主席谢晓泳等众多嘉宾以及江门市市委副书记、市长邓伟根，市委常委冯立坚等领导出席了当天下午的纪念大会。

- 5月26日，西北师范大学舞蹈学院"共舞七彩陇原，同筑艺术课堂"，甘肃省高等院校舞蹈联盟成立大会暨中小学舞蹈课程推进与教师培训，甘肃省中小学舞蹈课程推进研讨会议在舞蹈学院105教室召开。本次会议就"下一步如何落实教育方法"进行了互动交流，西北师范大学舞蹈学院邓院长提出以舞蹈为手段，提高学生的全面综合素质，然后形成美的感受。以传承中华民族文化为中心，凸显风格多样化，多元素。在进行文化的传承时，可以与美术，音乐相结合，体现艺术的综合性。并且教导老师在教学上一定要有目标性，活学活用，根据每个学生不同的年龄，不同的阶段来设定不同的教学目标，并有序的达成最后的目的。只有老师们不断反思不断进步不断提升，使自己的教学模式适应社会发展的要求，才能使学生更好地接受教育、增长知识，使自己得到升华。此次活动意义重大，能够为今后各位老师在教学中提供借鉴和参考。

（五）热门舞蹈演出

- 2016年4月24日，青海玉树藏族自治州称多县通天河民间艺术文化团在民族剧院为观众带来一场高原气息浓厚的晚会《梦回雪域》；同时也为中央民族歌舞团2016春季演出季拉开序幕。

- 2016年4月26日，由云南省德宏傣族景颇族自治州民族文工团创作的景颇族大型歌舞乐诗《目瑙纵歌》在北京民族剧院激情上演，这是中央民族歌舞团《春暖花开——2016春季演出季》的第二场演出。

- 由西班牙国家芭蕾舞团演出的《回廊》《呼吸》于2016年4月26—27日登陆国家大剧院。

- 2016年4月30日—5月2日，由中国国家芭蕾舞团带来的《大红灯笼高高挂》15周年纪念演出在国家大剧院隆重出演。

- 2016年5月18—19日，国家艺术基金2015年度资助项目——东北师范大学音乐学院原创大型舞剧《浮生》在吉林市人民大剧院进行了首演。

- 2016年5月24—25日，北京歌剧舞剧院大型原创舞剧《丝路长城》作为2016国家大剧院夏季演出季和北京演艺集团第三届演出季展演剧目，登台大剧院首演。

- 大型原创舞剧《仓央嘉措》的第四轮演出将于2016年5月27—29日登上国家大剧院，此轮演出同时也是第十六届"相约北京"艺术节中代表优秀民族艺术的一台重头演出。

二、焦点问题评述

（一）中小学舞蹈比赛背后的基础教育问题

2016年4月在青岛举行的全国第五届中小学生艺术展舞蹈比

赛已经圆满告一段落，所有获奖的作品可以说堪称典范。既有独特的舞蹈风格，充分展现学生风采，又能在舞台上表达得淋漓尽致。从节目的编排、服装、道具，到所有中小学生对作品解读、完成程度上面，都能够达到专业舞蹈演出的水平。但与此同时，我们不得不反思这些舞蹈比赛背后到底是什么在支撑？我们近年来一直在推行的舞蹈基础教育，到底有没有真正的落实在各地方中小学？

此次舞蹈比赛获奖作品，以深圳高级中学的代表作品《不想说再见》为例，能够看出所有参加比赛作品的学生一定是经过层层选拔，而且都是受过非常严格且长时间的专业训练，身体素质以及舞蹈状态都达到了一定的水平；作品的编创也是请来香港舞团的编导为其量身创作，那么在这一系列条件的基础上，所打造出来的舞蹈比赛作品，完全能够与专业的舞蹈演出、舞蹈比赛相比，尽管得到了很高的评价，但是却失去了我们举办中小学舞蹈比赛的意义。

我们努力推进中小学舞蹈基础教育，就是要把舞蹈作为普及教育而不是少数人的教育，舞蹈的作用也不应该仅仅局限于舞蹈比赛以及专业名次上面，如果从这一方面来说，我们是不是应该尝试着将中小学舞蹈比赛的评价标准与专业舞蹈比赛的标准有所区别，不应该站在专业比赛的角度去评价中小学舞蹈比赛。那么反之，在基础教育的广泛推动下，也许就会出现"中小学的舞蹈中专"这一奇怪又常见的现象。看似在实行普及教育，实际上仍然在层层挑选适合专业标准的学生参加各类舞蹈比赛。

我们举办舞蹈比赛的目的是希望通过舞蹈的交流、展演等活动增强学生对舞蹈的兴趣，提高审美水平，促进学生全面发展；这也是推行舞蹈基础教育的一个重要方法。但是，由于比赛的评价标准致使各学校为了拿到好的成绩而忽视舞蹈基础教育这一理念，当然，这其中仍然还有其他的原因导致，例如：学校的荣誉、老师的职称、学生个人希望得到舞蹈方面的认可、家长迫切希望自己的孩子能够有好的发展等诸多因素，又将舞蹈成为少数人的教育。这本身就是一个矛盾对立的问题，一方面由上至下，推行舞蹈基础教育，要把舞蹈普及向所有受教育的学生，就是要平等的对待舞蹈教育；另一方面由下至上，实施舞蹈基础教育的方法以及实际情况下，仍然很大一部分是按照原有的思想、视角去看待问题，将"舞蹈基础教育"完全浮在空中，没有落在实处。

不可否认，舞蹈基础教育这必然是一条十分艰难的道路，但是我们仍然愿意去开辟和探索，同时需要集中社会各个力量来共同完成、共同改变。因为这将带给我们的孩子，乃至整个国家的教育一个崭新的方向和思想观念，这无疑是进步的，我们也必须去为之努力。

（二）原创性舞剧作品丰富

近两个月舞蹈演出作品中有很多具有原创性的舞剧作品，可以说是极其丰富精彩的，不论是从演出效果到作品的风格内容，都体现出深刻的文化背景及艺术特色。其中一个作品是国家艺术基金2015年度资助项目——东北师范大学音乐学院原创大型舞剧

《浮生》，该剧在2011年年底公演以来，受到了越来越多的关注，至今影响力也在不断地扩大。舞剧的故事发生在"九一八"事变后的东北。兄妹三人在逃难的路上离散。果敢坚毅的哥哥参加了地下情报工作抵抗日本侵略者，善良柔弱的妹妹险些成为日本军队的慰安妇，目睹了母亲惨死，弟弟在鬼子身边苟活，在命运的安排下经历着从恐惧奴化到灵魂复苏的转变。乱世浮生，人自飘零！兄妹三人在乱世之中成长着、改变着，见证了中华民族的生生不息。舞剧以叙事的内容为主线，真实生动，将每一个情节演绎的细致深刻，给人震撼的效果，所表达内涵能够刺痛观众的心进而产生共鸣。整场演出在节奏的把握上张弛有度，空间运用上也灵活多变，加入了一些道具来烘托故事情节，动作上不局限于任何一种舞种，跟随着情感线来设计，这也成为近年来东北师范大学舞蹈作品的一个典型特征。

　　舞蹈市场在不断发展壮大的同时，作为舞蹈工作者更应该负起责任，创作并排练的作品既要能够满足大众的审美需求，同时要运用真实自然的艺术手法，不能仅仅停留在夸张虚假的宣传和营造，更应该融入我们中国本土的文化背景及艺术底蕴，丰富我们的舞蹈艺术作品，提高舞蹈市场的审美水平，开拓舞蹈的发展空间。

第四章

艺术热点评论双月报告
（2016年6月—2016年7月）

　　"暑期档"来袭，对艺术界而言，无疑是一个时间的拐点。无论是音乐、舞蹈、美术的各类节目、展演和活动，还是电视、电影的作品涌现，都明显带有"暑期档"的标签。对这些作品的评论与洞察，成为这两个月里重要的研究任务。

第一节　音乐篇
——版权争端与媒介发展

　　互联网时代的到来，不仅对人们的生活方式产生了巨大的改变，也在人们对艺术的欣赏与甄别、艺术的感悟与评论等方面产生了不可低估的影响，不断适应网络生态新环境，在音乐评论方面也显得尤为重要。

一、热点现象评论

　　放眼望去我国当代音乐文化热点现象，大多逃不开"音乐产业""音乐创新""音乐维权"等字眼，音乐评论也自然以此为中心。

（一）版权问题的反思——《中国新歌声》引来争议

　　首先，我们不可否认浙江卫视《中国好声音》所带来的巨大影响力，它在几年内改变了整个中国当代电视综艺节目的生态环境，随之模仿而生的《中国好歌曲》《蒙面歌王》《最美和声》等，虽然也都各出奇招、争相斗艳，但都能从中窥探出《中国好声音》的影子。《中国好声音》依赖灵活、多样的叙事手法和置入策略对引进节目模式进行改编，在传播流行文化的同时，契合政党意识形态，建构国家共同体的想象，发展了一种不同于西方的本土现代性，实现了政治利益和经济利益的双赢。此外，关于它的节目营销与策划点，无论是它新鲜的节目形态，还是制播分离的节目制作，都被业内人士津津乐道，称之为典范。"与其他节目官方微博相比，"中国好声音"的官方微博还以各种形式来抓住网民的内心需求，方便受众在第一时间获取节目信息。"中国好声音"为了最大限度地满足受众需要，将新浪官方微博作为中心平台，以"中国好声音"官方微信公众号、搜狐等门户网站视频为子平台，通过节目内容的网状交叉传播扩大节目品牌的覆盖率，传统电视的"单屏"变成了电脑PC端和手机移动端的"多屏"融合。"

然而，争论了半年之久的《中国好声音》最终还是由于版权等问题，在今年暑期档落下了帷幕。然而，它并没有完全退出电视荧屏，而是摇身一变，成了另一档具有话题性的新节目——《中国新歌声》。虽然节目组一再强调节目的原创性，但实际呈现出来的是一种拙劣的改编，一种不伦不类的模仿。这种模仿是一种对版权的漠视，是对原创的不尊重。名称的改变不是因为节目本身发生了质变，而是因为版权问题采取的权宜之策。这样的质疑声让人唏嘘感叹。一方面，几十档"现象级"综艺节目早已让观众盲目，人们似乎早已不关心内容本身，特别是音乐节目，音乐的主体性，过多的策划、包装、营销、广告、宣传早已将人们的视线拉远。在营销当先的现代文化产业中，音乐内容导向究竟能够占到多大的比例？在推动经济价值、社会价值的同时，艺术价值又有多少能被认可？另一方面，音乐版权究竟意味着什么？如果版权问题迟迟得不到应有的尊重，那是不是意味着这对音乐创作本身就是一种亵渎。版权不仅是音乐的标识，更是对艺术的认可与尊重。我国音乐界对于版权问题的意识越来越明确，规章制度也越来越规范，抄袭、模仿就是一种侵权，期待原创的音乐节目。

（二）不仅仅是互联网——音乐众筹

"众筹"并不是一个新鲜词，即使在艺术行业里，电影众筹也早已经成为投资方式之一。但在音乐行业中，民谣众筹的成功案例并不多见。民谣歌手陈鸿宇一张专辑众筹到27万，一时成为朋友圈热议话题。之所以热议，一是因为民谣作为小众音乐类型，本就受众群体有所局限；二是仅靠一张专辑，便可做到如此资金，主要是利用了网络平台模式，搭建起一个社群运营的方式。

所谓众筹，强调大众性、人人参与性，主要有发起人、投资人以及平台三方面组成。一方面，它最大程度地满足了受众个体的艺术参与感、体验感；另一方面，它也帮助创作者降低了风险。如今，众筹已被运用到了音乐的各方面，包括录音、演出、培训、出版、服务等，也出现了不少音乐众筹的APP，甚至连各大电商网络平台（京东、淘宝）也看好此领域，纷纷加入众筹的行列。

（三）音乐垂直服务

显而易见，现在的很多产业都在越来越垂直自身的用户，一个公司垂直服务在一个地方，然后深深扎根下去，音乐产业也是如此，独立音乐垂直服务的时代也在慢慢到来。音乐作为人们的精神需求与服务，如何让受众群体得到最大程度的艺术满足感，这一直是人们探索的主题。

以音乐APP为例，根据《2016年中国移动音乐市场年度综合报告》分析指出，2015年，中国移动音乐市场的整体规模达到61.4亿元，较2014年同比增长42.5%。预计2016年的中国移动音乐市场规模将达86.8亿元。大数据表明，我国使用音乐APP的人数将持续大幅度增加。而就在最近，互联网周刊发布的《2016上半年中国分类APP排行榜》，其中音乐排名前三的分别是酷狗音乐、QQ音乐、酷我音乐。酷狗音乐之所以一直遥遥领先，是因为它的整体理念更注重"音乐垂直服务"性，一直致力于打造集听、看、唱、玩等音乐需求为一体的多元化产品和服务。

二、热点文献研究

（一）关于"音乐评论"的探讨

对"音乐评论"本身的研究与探讨，似乎从来就没有停止过。近两个月，既有对传统定义的延续，也有针对某一类音乐形态发出的声音。

1. 音乐评论与音乐批评之间的异同性

音乐批评学是一门建立在很强音乐理论与实践基础上的学科，而音乐评论是建立在音乐批评学基础上，运用其原理来落实到现实社会音乐生活中的一项艺术工作。它应该属于音乐批评学最主要、最原本的事项。音乐批评学全部的原理，都应该体现在音乐评论（音乐批评）之中，对我们的音乐生活进行描述或评价，其包含于两个对称的表述里面——音乐现实生活中的批评与音乐批评中的现实。

2. 互联网时代下的音乐评论者

互联网环境对音乐评论者既是一个机遇，也是一个挑战。当代音乐评论家应充分认识互联网时代带来的问题与机遇，明确自身的社会职责和历史使命，主动打破专业音乐与群众音乐的隔膜，不断拓宽音乐评论的广度，用自己手中的妙笔担负起引领人民群众审美、识美、鉴美、弘美的文化使命，为繁荣中国的音乐文化事业做出自己的贡献。

3. 媒介中的音乐评论。

音乐评论帮助音乐文化更好地传播，优秀精彩的音乐评论能够为音乐作品添光加彩，使音乐作品得到更广泛的关注和支持。音乐文化的传播伴随着音乐评论的传播，音乐评论影响了人们对于音乐作品的第一印象，音乐评论是音乐文化传播中不可缺少的一部分。音乐评论有褒有奖，这是音乐评论的本质。音乐评论推动了音乐文化传播。音乐评论在音乐文化传播中有着不可推卸的责任。

诚然，音乐评论不仅是视角，更是搭建起艺术家与受众之间的桥梁。在今天互联网时代下，将会发展成为一个全民乐评的时代。这是因为乐评的真正意义不在于乐评人专业与否，也不在于乐评的内容是否涉及音乐本体，而是在充分重视乐评的前提下，不断适应新的生态语境的变化，借助新平台，利用新手段，找到新方法。

（二）网络音乐

广义的网络音乐，泛指一切在互联网、移动客户端上产生、流传的音乐。作为互联网最直接的音乐产物，除了具备其本身的网络特点外，最为突出的表现有三个方面。其一，利用科技手段发力。文化借助科技的力量创造新的形式，同时文化赋予科技形式更多的内涵，丰富其种类。因此，文化与科技之间的融合是一种互助的形式。网络音乐正是借助于日新月异的科技发展，繁衍出不同的音乐作品。其二，借助网络评论，促进网络音乐发展。目前，网易云音乐上评论数最多的歌曲是周杰伦的《晴天》，至今保持着60多万的"最高评论量宝座"。甚至有不少人认为，在互联网的音乐时代，评论的数量开始成为衡量歌曲是否流行的最显见的指标，看一首歌曲是否受欢迎，只需要看它的评论数量便可基本判断，这就如同视频、电影、节目中的吐槽功能一样，网络音乐与全民音乐评论密不可分。其三，借助平台力量，发起突围战术。多生态跨界寻找突围点、新生代歌手背后的平台战略、更多音乐形式迎接互联网+，这三方面揭示了网络音乐的新方法，也体现了当代网络音乐的突围战术。

三、热点评论活动

近两个月来，既有全国性的音乐评论活动，也有地方性的音乐热点探讨。既有大众化的流行音乐节，也有红色正能量的原创音乐作品诞生，可谓是百花齐放、百家争鸣。

（一）"中国传统音乐年会"在内蒙古举办

由中国传统音乐学会主办，内蒙古艺术学院、内蒙古音乐家协会承办的中国传统音乐学会第十九届年会在内蒙古自治区呼和浩特市开幕。此次大会有主题发言环节，会议在五个分会场进行，有238名代表发表学术报告，设立了"传统音乐的当代传承、跨学科视野下的传统音乐研究、多民族文化视野下的中国传统音乐研究、北方草原文化中的音乐研究、新研究"等五个领域，对我国传统音乐的现状及未来发展进行了学术性的探讨与研究，取得了一定的成果。同时，大会还为青年学者和博士、硕士研究生开辟了青年论坛专场，为传统音乐研究的新生力量提供展示自己和交流的平台。

中国传统音乐学会是对中华民族传统音乐文化（包括少数民族传统音乐文化），同时也对世界各有关民族、地区和国家之传

统音乐文化进行音乐学和文化学性质之研究的专业学术团体。从
1980年第一次年会至今，每年都会吸引来自全国的传统音乐研究
学者，共同探讨我国传统音乐问题，在全国学术界享有很高的威
望。今年的课题更多的偏向于"跨学科"研究，不仅体现出我国
传统音乐的包容性特点，也深刻地体现出当代注重多学科交融、
跨学科求发展的理念。

（二）热点活动——上海夏季音乐节

我国每年大大小小的音乐节数不胜数，为期两周的"狂
飙年代"为主题的音乐会，融合跨界。"2016上海夏季音乐节
（MISA）"于7月2日至15日火热举行。今年夏季音乐节汇集古典
与现代，融音乐与时尚、电影、视觉艺术，还有科技的感官体验
之作，这些都将新鲜速递至上海交响乐团音乐厅及位于黄浦区的
城市草坪广场，以此回望20世纪六七十年代那些影响后世的文化
浪潮。

（三）热点音乐作品

为纪念中国工农红军长征胜利80周年，2016年7月1日晚，由
印青作曲、邹静之编剧、吕嘉执棒、田沁鑫、杨笑阳执导的国家
大剧院原创歌剧《长征》拉开首演大幕。在国家大剧院原创歌剧
《长征》中，导演田沁鑫、杨笑阳以兼具史诗感与时代感的舞台
呈现，表现出红军战士在艰苦环境中，凭借着信仰的力量，由绝
境步入辉煌的过程，凸显了红军长征"行走的力量"。这部充满

正能量的大型原创歌剧代表了国家大剧院的专业水准，以突出戏剧性、表演性为目的，吸引了老、中、青三代的热捧。

四、热点评论话题

随着我国文化软实力的不断提高，音乐文化产业市场也逐渐繁盛、规范起来。特别是借助当下互联网的快速发展，诸如创新性、科技性、传承性等成为当下评论的热点话题。

其一，在互联网时代下，音乐文化产业生态环境逐渐升温，各产业环节分析现状，力求寻找新的突破口。以"粉丝经济"为例，"粉丝"是当下音乐产业中极为特殊、个性化的一个庞大群体。粉丝经济文化产业市场的产物，虽已不是新鲜模式，但很多业内人士并不乐观。一方面，大家都十分肯定粉丝经济的中坚力量，并且普遍认为今天中国的流行音乐市场，确实是粉丝导向为先，离"内容导向"还有一定的距离。但另一方面，也有不少声音认为："如今，粉丝经济还在模仿阶段。上下游产业上还没有完备体系，随着更开放的环境，会有更大的爆发式增长。"

其二，探讨科技与音乐艺术的结合也是越来越火的话题。科技的进步、社交的广泛扩大将会对音乐产业市场产生巨大的作用。一方面，随着移动社交的兴起，兴趣社交的垂直需求会越来越细分。另一方面，科技的进步，诸如VR科技的运用、物联网等新技术的开发与使用，一定会对未来的音乐产品产生不可想象的改变和惊喜。虚拟世界的到来，让人们对过去、现在以及未来产生了无数的遐想，人们通过一副眼镜，便可身临其境般窥探音乐的前世今生。如果说"跃然纸上"是我们曾几何时最直接的欣赏方式的话，那么，今天我们却可以通过VR技术看到几千年前的中国礼乐，听到维也纳金色大厅正在上演的歌剧，甚至是可以看到若干年后电子音乐的新发展。

其三，针对不同的受众，选择不同的音乐方式。二次元音乐是最近"90后"热捧的音乐形式。所谓二次元音乐主要就是指二次元产品，比如动漫、游戏中衍生出来的各种音乐，主题曲、片头曲、片尾曲、插曲等。这种音乐形式是当下年青一代理解音乐、欣赏音乐的方式，虽然受众群体有所局限，以"90后""95后"的群体为主，但借助年青一代热爱的其他艺术形态，更快速、更直接地聆听音乐，事半功倍。商业营销的核心就是要有的放矢，对音乐而言，更是如此。

其四，对于我国民族音乐的新探索。关于"民族音乐如何传承"这个问题，一直是热议话题，无论是对于原生态音乐的保护与传承，还是对新民乐的开发与运用，都是在当下生态环境孕育而生。在众多音乐选秀节目中，我们能够看到传统民族音乐的身影，看到原生态唱法的惊艳，更看得到民族音乐利用新媒体、大数据所带来的社会效益。在文化自觉性的强烈推动下，音乐的跨界、融合、突破都成为主要手段。

应当说，音乐不仅是一种欣赏，也是一种生活态度。它影响着我们如何看待事物，甚至是如何认知自我。但当代的音乐，除了依旧在审美层面、心理层面、教育层面具有强大的功能性之外，在商业、市场、平台方面也体现出了其优势。大数据时代的到来，要求我们适应科技前沿，不仅将音乐的普泛性更加扩大，也将其精英化的体验做到极致。这就是这个可爱的时代所赋予艺术的最大赠礼！

第二节　电视篇
——红色剧作热播和炒作IP风险陡现

2016年6—7月的电视剧行业体现了当下文艺热点快速更迭的特色，由于电视剧的大量产出和网剧更新速度的加快，热点几乎是转瞬之间便出现了漂移。本阶段红色题材的剧作很受关注，IP热持续延烧但也出现极大风险等，颇为引人深思。

一、热点作品

（一）《欢乐颂》：一部都市题材的"现象级"电视剧

《欢乐颂》是一部都市题材的电视剧，它改编自网络小说，讲述了租住在同一层，五个背景不同、性格不同的青年女孩，从陌生到熟悉再到相互体谅、互相帮助，实现共同成长的故事。该剧于 2016 年 4 月 18 日开始在东方卫视和浙江卫视首播后，掀起了观剧热潮，5月10日该剧播出结束时，《欢乐颂》在全国电视剧收视榜位列第一名，被称为当月一部"现象级"的影视剧。值得关注的讨论有以下两点。

第一，成功关键还是对IP的精心改编和运营。谈到《欢乐颂》为何获得这样的成功，这与它——山东影视传媒集团旗下《欢乐颂》的主创团队的运营和努力是息息相关的。事实上，《欢乐颂》原著小说的IP，在业界仅仅被看作"三流"，没有人对它抱有太大期待，更别说成为一部现象级的"爆款"。但是在经过该主创团队的改编、创作、宣传之后，努力最终有所回报，一部都市题材的影视佳作横空出世，受到观众的好评和追捧。毫无疑问，主创团队的优秀是该剧成功的关键因素之一。从剧本改编、影视创作的层面来说，它有着和获得广泛好评的电视剧《琅琊榜》相同的创作团队，他们一向以重细节、懂得创作好故事著称。启用了这样有经验的团队和明星阵容的演员保证了其电视剧的整体质量。从宣传、营销层面上看，该主创团队采用了立体式的宣传策略，并充分利用网络传播的力量。例如，他们最为创新的一个宣传策略是，把剧中人物在电视剧中使用的微博、发过的帖子，变成了真实的存在。观众可以在现实中找到虚拟人物发的帖子，甚至可以通过自己的微博和他们互动，这样新鲜的宣传、营销策略为该剧赚足了眼球。此外，它们的广告策略，播出策略也都有可圈可点之处。

第二，最大争议：《欢乐颂》是现实主义影视作品吗？回到电视剧内容本体中，电视剧《欢乐颂》的故事内容依然充满话题和争议性。其中受到观众们、评论家们讨论最集中的话题，就是能否"把《欢乐颂》看作一部现实主义的影视作品"。有人认为，

《欢乐颂》毫无疑问是一部难得一见的、优秀的、都市题材的现实主义电视剧作品。有评论人认为，该剧是一部充满正能量的现实主义情感剧，一定程度上真实再现了当代都市人感情上、生活上的艰辛与困难。但是同样也有一部分评论学者认为，电视剧《欢乐颂》不能被看作现实主义的作品，相反它只是一个"现实"的幻景。该剧缺少独立和深刻的思考，并没有起到批判现实的作用。该剧并没有勇气深入现实中去，只是流于在狭小的闺蜜里自我安慰，面对社会中存在的尖锐矛盾，该剧推崇自我克制和忍让，采取回避这些现实问题的态度，并在最后义无反顾地投入娱乐化的大潮之中。他们认为这部电视剧的价值观正是当代人"浑浑噩噩""随波逐流"的最好写照，应该得到警惕和批判。诚然，虽然人们的看法不同，但是诸如此类的争议本身也成为推动《欢乐颂》爆红的动力之一。一部能够引发人们产生不同观点的影视剧，也应该值得关注和重视。

（二）《彭德怀元帅》：平易近人的伟人形象塑造

首先，本剧是一部近年来不多见的热播红色革命影视剧。为建党95周年献礼的红色影视剧《彭德怀元帅》，自央视一套黄金时段播出后，立刻在全国引起强烈反响，获得各界好评。一部以彭德怀一生经历为主要内容的弘扬主旋律电视剧，在当下电视剧竞争如此激励的生态之下，一部红色影视剧能够如此被热播、得到热议，乃至让观众追剧，是十分难得的现象。正如《彭德怀元帅》研讨会上，陈先义的发言所表明的那样，《彭德怀元帅》的热播证明了这样一个现象，并不是没人关注革命剧，红色影视题材也没有过时一说，而是需要拿出诚意和真正的好戏，才能得到观众们的青睐。《彭德怀元帅》的创作方法和故事情节，值得学习和借鉴。

第二，该剧直面现实题材创作中的难关。《彭德怀元帅》受到欢迎的一大原因是，在过去的影视剧题材中，还没有一部电视剧是以彭德怀的生平经历为主要故事内容的。这主要是由于彭德怀虽然身为开国元勋和人民军队的创始者之一，但是他与毛泽东的矛盾与分歧，和他本人比较粗犷的性格，这些话题都极其具有争议，使得剧本创作变得十分艰难。编剧只能选择绕过这些敏感话题来进行故事的写作，导致最后的剧本"食之无味"，空洞至极。然而这次的电视剧《彭德怀元帅》并没有选择绕道而行，而是直面这些不好谈论的话题，争取还原、重现历史的真实。该剧展现了革命领袖更加有血有肉的一面，凸显出彭德怀敢爱敢恨的性格品质，展现了革命历程中具有悲剧色彩的一面。

第三，"本色出演"——伟人塑造的通俗化。该剧的作者并没有把故事变成关于彭德怀一生的流水账，而是以展现人物性格为宗旨，裁剪了彭德怀一生中几个重要的场景，在这之中展现出彭德怀元帅敢爱敢恨的真性情、大情怀。评论家称赞其高度还原了彭德怀性格，甚至可以说是他的"本色出演"。剧中一方面将彭德怀的军事领导才能、刚正不阿的伟大一面展现得淋漓尽致；与此同时，也毫不掩饰展现了彭德怀元帅的暴脾气、讲话直的特点，甚至还提到了"彭老总"的那段鲜为人知的、浪漫的爱情故事。这些情节配合上剧组根据资料、史实在细节上对那个时代的真实还原，几乎完美地将"彭德怀元帅"其人逼真地呈现在观众眼前。这时，他褪去了伟人的光环，显得这样平易近人，让观众感觉好像触手可及；可是另一方面，他又是如此的伟大，每次在党最需要他的时候都毫不犹豫的临危受命、挺身而出，最终力挽狂澜。如此运用通俗化、写实化的写作手法，却加深、凸显了人物崇高、伟大的品格。这样的匠心独运的方法，值得以后创作相同题材时进行参考和借鉴。

（三）《海棠依旧》：书写崇高的人格和伟大的精神

与《彭德怀元帅》极为相似的，是另一部建党95周年献礼作品——电视剧《海棠依旧》。电视剧《海棠依旧》的主人公是周恩来，讲述了他自新中国成立至1976年辞世这一历史阶段，为党、为人民、为国家鞠躬尽瘁、无私奉献的人生。在中央电视台副总编辑彭健明介绍可以得知，从播出效果来看，《海棠依旧》是近期电视荧屏上的关注点和动情点。自开播以来，收视率始终位居全国上星频道黄金时段电视剧前列。截至7月21日，全剧平均收视率1.35%，收视份额4.34%，且正在持续稳步攀升之中，全剧累计观众规模达3.1亿。国家新闻出版广电总局副局长田进更是给予该剧极高的评价，称《海棠依旧》是近年来重大革命历史题材创作的一部"高峰"之作。

1. "大事不虚、小事不拘"的创作思路

讲述伟人生平故事的影视剧并不在少数，但是电视剧《海棠

依旧》利用创新的方式，避免作品落入俗套和雷同之中。这个创新的写作手法既是改变过去仅仅只重视历史事件和重大史实的描写，而将人物的刻画搁置其后的毛病。无论是上文所提及的《彭德怀元帅》，还是电视剧《海棠依旧》，都将人物形象的塑造、人物性格的刻画放在首位，以展现人物为中心，对历史按照艺术表达的需要，运用诗意化的方法进行了裁剪和编排，从而使得影视剧更动情、更有感染力，而不仅仅只是一部关于伟人的纪录片。当然"裁剪"历史并不意味着"戏说"历史。在创作的过程中，编剧一直秉持着"大事不虚，小事不拘"的创作总纲领。在历史大事件上，一定要忠于史实，一丝不苟。另一方面，按照"小事不拘"的审美原则，把更多的镜头聚焦并且对准了历史进程中的人物关系，例如与其他开国元勋之间的友谊、与妻子之间的爱情、与自己的家人之间的亲情等。它从一个独特的层面，侧面展现出了历史风情、历史画卷，而且更能让观众从周恩来的平凡中见出伟大和崇高，是一种新的方法对红色革命影视题材进行创作。

2. 高尚人格和伟大精神的塑造与呼唤

在这种以"人格塑造"为中心组装历史的新的创作方法，使得剧中的革命领袖人物犹如获得了灵魂，拥有极大的空间来展现了自身的精神品质、伟大情操以及极强的人格魅力。许柏林则评论电视剧《海棠依旧》，认为它完美地再现了周总理最重要的两个精神内核"大势"与"分寸"，而这两种品质正是在呈现的历史大事和生活小事的交错中，才得以充分展现出来。在平凡中得以洞见伟人性格的伟大，这也是为什么观众在观看了《海棠依旧》都会被周恩来的高尚人格和大爱的崇高情怀所感动。另一方面，也正如许柏林在其文章中进一步指出的，如同"海棠"的隐喻一样，周总理的默默奉献和无私为人民服务的高尚情操能够感动人、触动人，也从侧面表现了现代人对这样的精神品质能够重现的期盼和呼唤。

二、热议聚焦

本阶段围绕着"现象级韩剧"所给予中国电视剧创作的启示，展开了热烈的讨论。

（一）一部韩剧引发国内的震动

《太阳的后裔》是韩国KBS电视台于今年2月24日起播出的连续剧，由李应福导演，金恩淑、金元锡编剧，宋仲基、宋慧乔、晋久、金智媛主演。自开播起便同步在"爱奇艺"播出，引发中国"全民追剧"，至4月收官时，全剧在"爱奇艺"播放量超过26.8亿次，打破了两年前韩剧《来自星星的你》13亿的纪录。同时，该剧微博话题阅读量超过了110亿，讨论量高达1000多万。这样鲜丽的数据无不让众多国产影视剧一时间难以望其项背，然而这不过是韩剧霸屏中国的其中一例。中国影视行业内外的人们不禁感慨，中国影视剧虽然一直谈论自己的发展和进步，然而韩剧却一直轻轻松松地俘获了大量的中国观众，让国产剧黯然失色。为什么中国电视剧和韩剧有这么大的差距？韩剧又有什么魔力能够捕获如此多的国内观众？中国影视行业又该从中学到什么？这些问题值得认真思考和反思。

（二）成熟的文化工业产出的杰作

韩剧能够形成"韩潮"，不仅仅只是靠明星和营销，更多的则是凭借影视剧背后坚实、成熟的文化工业。众所周知，韩国文化产业是韩国的支柱产业，是它们的国家战略组成部分。更重要的是，对于文化产业并不是仅仅停留在口头上，而是形成了一套成熟的机制为其服务。例如，韩国有专门用来孵化剧本的文化实验室和专家评估制度。杨亮指出韩国拥有成熟的电视剧行业的奖励政策、完善的版权，播放等法律制度，以及面对世界文化产业变化时的高度关注和快速响应。例如当前韩剧能够如此在中国热播的原因之一，是因为他们早在2011年就开始与中国这些视屏网站形成了战略合作。然而在那个时候，如今炒得沸沸扬扬的"超级IP时代"在国内未见有人谈论，而如今爆红的"网剧"和"网络平台"概念在那时也鲜有人问津。

（三）以"编剧—故事"为中心的影视剧创作

在韩国的影视创作中，一直坚持以编剧为中心，以故事为中心来构建整个艺术作品。这样重视编剧、以故事为导向的思路，能够极大程度上保护故事的创新力和生命力。张红指出，电视剧《太阳的后裔》之所以受到如此的欢迎，与编剧金恩淑的个人创作能力是息息相关的。她最为擅长写作当下比较容易受到欢迎的爱情题材，笔下的人物个个充满魅力，并且作品题材多样化，故事甚至能够针砭时弊地直指社会问题①。这样的韩国顶尖编剧只有三十人左右，在韩剧生产体系中，编剧是绝对的核心。郭玥岑也赞同这个观点，并在文章中进一步解释"编剧为王"对生产优秀的电视剧的关键作用。编剧往往处于最强势、最核心的地位，韩国电视台在投资一部剧前，一般会先选定编剧，再根据编剧的意向挑选制作公司、演员等。一部剧的核心永远是故事，故事来源于编剧的笔杆②。文章的最后遗憾地指出在中国编剧的地位却很低，尽管有好的编剧，却没有对这些编剧足够的信任和尊重。

（四）做好故事内容，再谈文化传播

韩剧《太阳的后裔》的热播，刺激了中国影视业的神经，引发了新的一轮对韩剧学习、模仿、翻拍的热潮。评论人员的眼光也足够犀利，有的人表示，我们可以学习《太阳的后裔》利用军旅剧融合偶像、爱情元素的创作方式，来打造军旅剧"爆款"。不但能够挣钱，还能够给军队文化做宣传，这个我们也能拍，我们也会拍。夏峰琳也发现《太阳的后裔》一剧能够起到输出爱国主义价值观的重要作用，值得我们参考和学习。陆尚在其文章中提到了《太阳的后裔》即将拍摄中国版的消息。我国影视业观察能力、学习能力之强，确实令人叹服。

① 张红. 韩剧"有毒"，"芒剧"新思考[J]. 当代电视，2016（6）.
② 郭玥岑. 中国电视剧编剧现状浅谈[J]. 戏剧之家，2016（14）.

但是正如一些编剧所表达出的担忧，几年前，韩剧《来自星星的你》爆红中国，我们就在学习"超能力+爱情"的故事题材创作，学习到今天还没完全吃透，突然又开始学习"军旅+爱情"的题材。贯彻"拿来主义"，擅长学习模仿确实是一个优势，但是总是跟在别人的身后"东施效颦"，是无法改变落后的现状。正如兰弋雪所言，"每一次'现象级'韩剧的横空出世，在题材上基本上都令人耳目一新，没有重复'炒冷饭'的嫌疑"。只有创新才是超越的方法。另一方面，能够意识到《太阳的后裔》所起到的对军旅、军队的宣传作用、对国家形象的宣传作用，对爱国主义以及意识形态的教化作用也是一件好事，但是在考虑这些文化传播的问题之前，须知想要传播思想，先要做好自己的内容。高媛媛对韩剧《信号》的解析，及党丽霞对国产剧《步步惊心》和《屋塔房王世子》的比较分析，答案均指向同一点：不解决故事情节粗糙和简单的问题，不解决故事题材的趋同和单一的问题，直接谈论文化传播和文化输出实在是操之过急。

三、热点问题

本阶段主要忧思对象仍是IP，集中在对IP时代下电视剧行业内的自省与反思。几乎所有中国影视行业的人都会接受这样一个说法，现在的影视行业身处在"超级IP时代"。IP概念的流行，带来了雄厚的资本和新的创作模式与创作思维。这一方面有助于影视行业的发展，但是不利的一面却往往遭到忽略。随着时间的推移，影视行业内的创作者、评论者，逐渐意识到这种模式的缺陷，意识到它正在扭曲影视创作，甚至在逐渐损害整个行业。现在，一些有责任有担当的电视剧人站出来高声呐喊，希望能够通过自己的声音，能够形成一股力量，阻止问题继续向不利的一面恶化。

（一）网络话语在影视创作中的"霸权"

网络IP的改编，为影视行业带来了雄厚的资金，但同时也带来一批网络资本巨鳄。这些做IP购买和改编的资本力量，逐渐在成为"一种霸权"。它在试图改写现有影视创作的规则，重新定义、整合影视行业的全部。梁振华认为，网络话语，IP改编正在成为一种"霸权"，他认为，一种新型的创作方式、营销思维和开发方法逆向地对我们的影视创作产生了非常大的影响。他总结了现在令人匪夷所思的影视创作环境：第一，很少谈剧作，都在谈IP；第二，很少谈创作主体（即编剧），只谈用户体验；第三，回避原创，都在信奉数据；第四，我们搁置了对文化经典的追求，主要看的是利润的增值。重视用户体验、看重观众感受以及对"大数据"的绝对信任，从很大程度上减少了影视行业工作者的话语权。对于这个问题，编剧宋方金在接受采访时这样回答，"追求年轻化，追求数据化，过多考虑需求侧，所以导致一批演员不演戏了，一批非常好的演员转到了话剧舞台"。除了演员，编剧的工作也受到过度的干涉，他反感互联网公司要求他在创作时要有"互联网思维"，并认为他们所信奉的所谓的"大数据"，也有作假的可能，用"刷数据"的方法造假，在如今也不是什么新鲜的事。

　　电视剧《爱情公寓》的编剧汪远也对"大数据分析"提出质疑，认为使用这种方法是无法计算出精品电视剧的。他以韩剧为例，无论是爆红的《来自星星的你》，还是今年的《太阳的后裔》，无论哪一部的出现都是天马行空式的，是靠大数据无法计算的。他的一席话直接指向"大数据思维"的痛处，"数据的反应多数是滞后的，精品不是一蹴而就的，他们最初所呈现出来的标签也许只是个'新品'，得到市场的接受从而成为'优品'，经得起历史的考验方能铸成'精品'"。

（二）被"IP概念"束缚的编剧们

　　梁振华认为，"今天的'IP热'，成了一面镜子。这个热炒多时的准资本概念，已经威胁到了影视行业的整体文化生态。很多编剧同行疾声呐喊，编剧行业到了生死攸关的时刻"。并强调这不是危言耸听。如今，在资本面前、在IP面前，编剧自己的创作空间越来越狭窄，与其说是一个创作者，更像一个工匠。在吴月玲的采访之中，编剧们纷纷倾吐内心的苦水，声称自己的创作被受众、被市场搅得无从下笔。令编剧感到更加啼笑皆非的是，他们在创作时还被要求要具有"网感"。创作的故事内容不再重要，重要的是要能预测出看了这段故事后观众会有什么样的反应，会发什么样的"弹幕"。编剧史航更是戏称如今编剧与观众的互动关系就像是"对对联"——编剧写剧本是出上联，观众对作品的反馈是对下联。编剧现在被要求要能够预测出观众会对出什么

"下联"。受到了各种束缚的编剧能否创作、改编出一流的影视作品呢？或许看看韩剧的成功，以及韩国的文化产业对于编剧的尊重和保护，似乎答案不言而喻了。

（三）"超级IP时代"，风险初露端倪

IP改编、创作的商业模式，在下面几个方面逐渐出了一些不好的兆头。第一，IP资源因过度开发而枯竭。由于大公司的介入，网络文学近20年的积累瞬间被消耗殆尽，未来的原创内容越来越少。而积压在公司手中的IP由于无法得到转化，只会逐渐因失去关注度而贬值。第二，IP的价值评估没有明晰的机制。一个IP的销售往往经过大量的包装，其实际价值、潜力究竟如何，是否存在瑕疵，只能靠IP销售方的单方面自律来进行约束。假如一个公司不幸吃进了大量的垃圾IP，会由于无法变现导致最终泡沫爆裂，影响整个产业链的运转。第三，IP"泛娱乐"的产业衍生链过于粗糙，难以转化为利润。例如红火一时的电视剧《琅琊榜》，嗅觉灵敏的游戏公司立马买断了《琅琊榜》的手游改编权，抢夺与影视剧联动的机会。但是与影视剧口碑爆棚不同，同名手游在推出第一天迅速吸量后，短短1周内便跌出畅销榜。为了赶时间而粗糙的制作，没有诚意的游戏内容是它遭到冷落、批评的原因。第四，IP大战导致影视制作成本上升，没有雄厚资金力量的地方电视台正处于举步维艰的困境中。购买"二轮剧""三轮剧"能够暂时缓解他们的麻烦，但是也并非长久之计。

第三节　电影篇
——持续低迷的暑期档

在经历了消沉的第二季度之后，2016年中国电影市场终于在6月、7月迎来了传统的黄金档期——暑期档。一时间，数十部投资规模大小不一的影片接连上档。然而国产影片上映数量上的增多，并没有带来质量上的明显提升和票房上的快速增量。依循常规被寄予厚望的暑期档电影，还未全方位引爆市场，就已经出现了集体哑火的现象。

一、热点对象评论

（一）《大鱼海棠》

自2016年7月8日上映以来，作为一部被视为《大圣归来》后又一爆款的中国国产动画片《大鱼海棠》，在票房和口碑两方面只能算得上差强人意。《大鱼海棠》最终以3000万投资取得了5.59亿元票房，同时跟几十家公司合作了大概超过200种衍生品，目

前衍生品销售总额预计过5000万，应该是国产动画电影有史以来
衍生品销售的最高纪录。但对《大鱼海棠》这部号称制作了12年
的电影来说，这样的成绩显然差强人意。分析票房、口碑没达到
预期的原因有三。

一是影片在技术达标的同时，剧情还有待提高。《大鱼海棠》
讲述了一个名叫"椿"的女孩在人间遇险被男孩儿所救，为了报恩，
"椿"帮助死后男孩的灵魂成长为一条比鲸更巨大的鱼并回归人间的
故事。原本导演可以静水流深，发乎情止乎礼，以最朴素最高贵的
性命相托取代天花乱坠的"我爱你"，但是《大鱼海棠》却选择了
用三角恋的情爱装置，用小悲情和文艺腔抽空了人鱼恋本身所蕴藏
爱情观的彻底性。在湫的"我爱你"和之后波涛汹涌的"你若安好，
便是晴天"式的文艺腔台词后，《大鱼海棠》彻底变成了女主的无脑
玛丽苏和滥俗韩剧套路的牺牲品。当《大鱼海棠》的场景设置、动
画形象设置都丰富蕴含中国风的时候，最基本的纯粹爱情观的设置
以及扎实的情节设置，才能成功的引起现代人的共鸣。

二是过度贩卖情怀，营销方式有待改进。当《大圣归来》通
过情怀，通过网络"自来水"赢得无限赞誉的时候，无论是投资
方还是观众，似乎都对《大鱼海棠》抱有了更高的期待。这部电
影2004年以朴素的Flash上线时曾惊艳无数人，12年间命途坎坷，
迟迟不露真身，吊足了观众胃口。正所谓"爱之深、责之切"，
电影上映的恶评如潮，网络"自来水"的不给力，都让这部电影
迅速陨落。与真人电影不同，动画电影不具备明星、题材、类型
这样的能迅速吸粉的营销点，是仅凭借动画电影的情节内容来

"发酵"的，动画电影上映前很受关注，大部分需要通过后期的口碑效应来带动后续的票房增长。因此，动画电影的前期营销固然重要，后期阶段正确的营销引导也是关键。《大鱼海棠》作为一部国产动画电影来说，可圈可点的地方很多，如果不是过分地贩卖情怀，或许可以走得更远。

三是票补缩水影响整体市场表现。光线传媒王长田在谈到《大鱼海棠》为何没有达到预期时认为：票补缩水，是影响整个市场表现的重要原因，《大鱼海棠》如果放在去年的暑期档，有可能达到10亿元的票房。"2015年全国电影票房突破440.7亿元，网票收入317.6亿元。按每张电影票面值50元、线上票补5元计算，当年约有31.76亿元来自票补，占全年总票房的7.2%。""而今年应该会下降三分之一左右，比如说15个亿甚至更少"。2015年票补带动了观影潮，也造成了票房的整体虚高，当观众的在线购票习惯被养成以及各大在线购票平台的重组、合并之后，市场回归平常，票补也就随之减少，这似乎也是《大鱼海棠》等多部影片票房整体下降的原因之一。

但无论如何，《大鱼海棠》为国产原创动画事业的崛起奉献了力量。国产动画刚处于探索"拓荒"的阶段，国内优质的资源还没能像真人电影那样联动起来发挥作用，专家认为，国产动画的真正崛起可能要等到2020年左右。

（二）《路边野餐》

在整个暑期档狂热浮躁的背景之下，《路边野餐》这类小而美的文艺片无疑为电影市场带来一丝清风，该片先前斩获金马奖最佳新导演奖、洛迦诺国际电影节最佳新导演奖，都佐证了影片的艺术品质。更让人欣喜的是，网络上口口相传的口碑，说明中国电影市场用户的审美判断力已不断提升。自7月15日上映以来，截至8月1日，《路边野餐》上映18天收获票房629万，尽管与众多院线电影动辄数千万、数亿的票房无法相提并论，但这部影片在影迷中的地位以及影片艺术品质，应该可以为年轻导演和文艺片带来后续机会。

作为一名1989年出生的新人导演，《路边野餐》导演毕赣满足了电影界对新人的渴求。同时他没有选择和自己年纪相符的青春题材作为导演处女作，而是拍摄了一部完成度更高的影片，让人看到了他的才华和老练。他也是近几年来在欧洲电影节上鲜有出现的华语影坛新人面孔。国产电影商业美学、艺术美学的全方位突破，也让大家看到了中国电影新力量的无限可能。一部小成本且小众的艺术片，能够引发人们如此高涨的评论热情，本身就是一个令人欣喜的现象。这意味着，在当前市场化的电影环境中，艺术片正在获得属于自己的空间。

影片讲述了一个生活在贵州凯里的乡村医生，独自踏上了寻找弟弟的儿子的路程，而在多年前他曾经坐牢，出来时妻子已离开这个世界的故事。低成本、非职业演员、符号化的隐喻、长镜头，乃至充满呼吸感的手持式晃动，都成为社交媒体上人们津津乐道的传播话题。从内地院线的排片指数上看，《路边野餐》排片率为1%，成本20万，上映后3天的搜索指数达到了峰值2.8万多，最终票房400多万。同期，好莱坞爆米花电影的扛鼎之作《蝙蝠侠大战超人》的搜索峰值只有17万多。

（三）《寒战2》

　　电影《寒战2》于2016年7月8日在全国进行公映，该片延续上一集票房口碑双线飘红的气势，勇夺单日票房冠军，改写华语警匪片单日票房历史，成为华语影坛第一部首日票房破亿的警匪片，为华语电影市场创造了一项新的纪录。《寒战2》在香港同步上映，不到一天时间内，就打破了《美人鱼》缔造的票房纪录，以522万荣登史上香港华语片开画票房冠军，影院方面更是追加场次，当天开放超过700场，更是被誉为"十年警匪片最大阵仗"，领跑两地暑期档。

　　《寒战2》延续第一部的故事，也可以说是香港警队的宣传片升级版。相比于第一部，《寒战2》在全片的格局和宏观视野上都更加开阔，依然是针对"香港到底是不是最安全的城市"引发的矛盾冲突，电影格局从香港警界拓展到整个香港政治生态圈。其中对于警务处处长刘杰辉（郭富城饰）和被金钱欲望逐渐卷入黑暗势力的前警务处处长李文彬（梁家辉饰）的心理刻画非常精细，这也使得《寒战2》有别于以往香港警匪片注重情节描述的特点，"具有史诗的格局和人性的深度。"

　　作为港产片中最独树一帜的类型，警匪片无疑代表着香港电影创作者们永远绕不开的豪情岁月。无论是《英雄本色》《警察故事》《无间道》系列，还是《窃听风云》《寒战》系列，每一部影片的成功，都伴随着受众对当时港产电影的最高期许。在《无间道》系列之前，港产警匪片或是江湖义气，或是英雄主义，或是大玩宿命论，《无间道》开始，香港警匪片开始转向更深层次地对人性的挖掘，通过情节展示人物的成长。从这个时间节点起，香港电影不再是纯属供大众消磨时间的末流产物，而在哲理思考层面和艺术层面上都给予观众启示，将国产电影引上了一个新的台阶。从这个角度上讲，《寒战》系列可以算作是继《无间道》系列之后，香港警匪片的又一力作，也为国产电影的多元化提供了不可或缺的动力。

二、重要评论活动

2016年6月4日至5日，由上海大学、上海电影学院、上海大学电影学高峰学科及上海—伯克利电影和媒介研究中心联合主办的"电影与媒介：理论新前沿和学术新领域大型国际研讨会"在上海顺利举行。近八十位来自国内外著名高校、研究机构及媒体的中青年专家学者莅临会议。

大会共设置了多个单元，就"全球视野和新方向""重新思考现实主义：科学、物质、空间""动荡的屏幕：流动性、交互性、政治""媒体与环境""寻找电影的媒体理论""流动的观影者：梦、幻觉、思考""国族、政治与性别"等多个议题展开主题发言。意图研讨在全球视野中，电影理论正在发生哪些变化？传统的理论命题如何迎接新的挑战？新的理论范式如何开拓？新媒体对电影理论产生了何种冲击？当人们超越欧美的主流观点、关注更为多元的"本土"实践时，他们又对电影理论做出了何种思考？对以上种种问题的思考和探索成为当代世界电影理论研究的新前沿。

三、热点评论议题

（一）暑期档票房未达预期，大片才是市场强心剂

　　2016 年的暑期档在一片沉闷中来临。7 月内地总票房 43.4 亿元，比 2015 年同期的 54.9 亿元减少 21.2%，但今年 7 月上映的电影总数却比去年同期多了 5 部。这样的低潮期不仅仅出现在暑期档，自从春节档爆发之后，从 3 月开始，国产电影市场大盘持续低迷，国产影片、进口影片集体失灵，市场票房均没有超过 15 亿元。被誉为 2015 年国产电影增长动力的小镇青年，以及最能推动三、四、五线城市青年观众观影需求的中小成本喜剧，似乎很难再被提及。

　　从 2015 年开始，"小镇青年"这个词汇频频出现在国产电影的评论文章中，这些来自三、四、五线城市青年观众俨然成了中国影迷的代言。尤其是 2015 年的夏天，当《煎饼侠》和《夏洛特烦恼》接连以千万元级别的投资斩获 10 亿元与 14 亿元的票房奇迹时，"三、四、五线城市青年观众钟爱中小成本喜剧""草根逆袭的故事贴合这些构造心态"等类似观点，成为该群体左右中国影市的重要佐证。

　　然而在今年的暑期档，这样的影响力明显下降。7 月，林更新、张静初主演的《快手枪手快枪手》上映 19 天，票房 5350 万

元,无力回本。同期上映的《陆垚知马俐》,虽主创团队包括文
章、小宋佳、包贝尔等,该片迄今票房也不过1.9亿元,远不及预
期。此前上映的《高跟鞋先生》《女汉子真爱公式》《爱情麻辣烫
之情定终身》这些标签为爱情喜剧的中小成本影片均票房低迷。
究其原因,一是票补的大量减少,使影片票价普遍提高;二是影
片质量下降,而观众的文化观影需求有所提高;三是小镇青年观
众论并不能代表所有影迷。小镇青年对中小成本电影的喜爱所带
来的票房增量,不能简单地归结为他们主动性观影需求,两者的
契合很可能仅仅是一个契机,如何更为合理地划分中国观众,同
时不仅仅是专注观影需求,而更多地关注影片质量,才是电影行
业应该急切反思的问题。

随着观影途径不断增加,网剧、网综、网络大电影如火如
荼,院线电影只有拥有了大制作、高特效、宏大叙事才能是吸引
观众走进院线的唯一途径。国产新大片的水平才是衡量一个国家
电影工业水平的根本标准。中小成本观影热潮的褪去,势必是我
国电影行业产业化更为健全的有力体现。

（二）保底发行成为暑期档最热词汇

今年暑期档,伴随着众多大片的轮番上映,"保底发行"这
一词汇被越来越多的提及,成为暑期档电影市场的热门现象。票
房保底发行,就是发行方对制片方的票房承诺,看好的影片,发
行方进行早期的市场预估,制定一个双方都可以接受的价格。即
使实际票房没有达到保底票房数字,发行方还是要按这个数字分

账给制片方，如果超出，分账比例会对发行方更有利。

保底发行曾经在内地电影市场取得过辉煌的成绩。5 亿保底《心花怒放》，最终票房收 11.69 亿。2 亿保底《大圣归来》，最终票房收 9.56 亿元。20 亿保底《美人鱼》，最终收 33.89 亿。随着中国电影市场快速增长，近年保底发行赚得盆满钵满的例子比比皆是。

2016 年暑期档，据悉微影时代 4 亿元保底《致青春 2》，和和影业、联瑞影业等 10 亿元保底《绝地逃亡》，博纳影业 10 亿元保底《封神传奇》，恒业影业 4 亿元保底《夏有乔木 雅望天堂》。从这四部影片的票房来看，前景并不乐观，为何保底发行在暑期档普遍失灵？

究其原因，一是暑期电影票房整体下降，致使发行方估计普遍过高。很多发行方在未对影片质量进行评估的情况下就进行保底、对明星阵容的过分自信、对热门 IP 的盲目迷信、未对市场环境做好评估等，这些使得很多影片远远低于预期票房。2016 年 3月之后，中国国产电影市场的低迷使得盲目迷信以往经验的发行方措手不及，很多发行方表示，2015 年 10 亿、20 亿的片子比比皆是，而如今的国产电影市场显然趋向理性化，影片质量过硬才是真正的盈利之道。

二是资本的大量涌入，使得投资行为变得盲目。电影的发行作为回笼资金周期较短的商业行为，导致了越来越多的热钱注入，越来越多的中小公司希望以小搏大，从中分一杯羹。日益增长的中国电影市场，除了几家稳固的巨头公司，如华谊、博纳、光线等，有越来越多的新兴公司想要加入，但市场的固化、专业要求、前期参与无望使得那些中小型民营影视公司很难攻入其中，此时，重金参与保底是他们为争夺爆款电影宣发权无奈的背水一战。然而，中国电影行业的长期发展靠的不是短期利益追逐下的非理性繁荣，而是要靠上下游产业链各环节参与者的硬实力推动，这场希望以小搏大的豪赌必然会走不长远。

伴随着行业的逐步健全，好莱坞贯穿到整个影片制作流程的"完片担保制度"才是未来国产电影保底制度的发展方向。

第四节 美术篇
——又是一年毕业季

一、毕业季专题

　　毕业展览，是各大高校艺术毕业生展示自己学业成果、面向社会的一个重要平台。每年的5月、6月，我们都可以从各个美院的毕业展当中发现新的艺术思维，了解到年轻的艺术创作者们的艺术理念，以及他们的关注点。本期《文艺评论热点双月报告》，旨在对2016年的美院毕业季进行具体地观察，除了观察具体的展览、学生及其作品之外，更重要的是从这些现象以及相关的资讯、评论文章当中总结出今年乃至近些年来中国各美院毕业展的特点，以及其背后美院教育制度的现状等。需要说明的是，本期报告以毕业展作为专题，但部分毕业展的实际开展时间是在5月，例如较为重要的中央美术学院毕业季"发生·发声"展览于5月18日开幕，虽然在时间上不符合报告的整理范畴，但是作为整个毕业季专题的重要组成部分，编者还是将其囊括进来了。

（一）美院与先锋性

批评家朱其在其《美术学院已不代表艺术的领先水平》一文中认为，以央美为代表的美院毕业展"满眼一片小清新、工艺化、设计化的学生气的作品"。他提出，美院代表艺术前沿是20世纪80年代和90年代特殊时期才具有的特点。因为美院在当时相比社会大众能够接触到更多的国外美术新潮，因此才能够在艺术视野上保持领先。然而，随着当下出国的普及化、网络等通信技术的发展，这种领先性已由美院"转移到了江湖"。朱其的观点尖锐且带有强烈的批判性，但其是否在理，美院教育及其作为成果展示的毕业展究竟是艺术思潮的先锋代表，还是仅仅是年轻学生们的作业展示？以下是编者结合具体的展览、作品，以及相关文章，就上述问题所做的解答。

从今年或者说从近几年的毕业展览当中，可以看出存在一个明显的趋势，即"跨媒介"。具体体现为学生们运用了新媒体以及各种不同的媒介来进行创作，这种趋势不仅体现在新媒体等专业学生的毕业创作当中，在一些传统的艺术专业如"国油版雕"中亦有所表现。以央美的毕业展为例。继去年首届毕业季成功举办之后，"中央美院毕业季"作为一种品牌，一个备受关注的艺术活动和央美毕业生的盛大节日，于今年再次举办，主题为"发生·发声"。毕业季集中展出了作为核心内容的毕业生作品展。其中，实验艺术学院学生的作品突出体现了"跨媒介"的特点，例如张云峰的《运动场》，将74部视频分别在74个不同的播放设备上播放，如电视、电脑、手机、iPad等。这些设备用张本人的话来讲是"瞎放的"，它们无序地堆放在一起，视频内容是创作者和其朋友在不同环境中的不同活动，包括对抗、竞赛、游戏等。学生王沂的作品《人拓柱》，采用拓印的形式将人体印在宣纸上，然后再将宣纸组合成柱形，竖立在展厅中，同时在作品的下方，屏幕播放着用拓印图像制作而成的动画影像。

　　面对这种"跨媒介"的毕业创作和热潮，朱其提出，实验艺术专业只是"多媒体专业"，并没有"创新的实验性"，且大多数是对"六七十年代激浪派的观念和形式"的模仿。在他看来，当代艺术的跨学科特征超出了美院的知识结构，学生除了在美院的学习之外，还应经过毕业后的二次成长，才能够成为一名优秀的当代艺术家。而美院的职责则在于对学生进行基础训练，包括传授"艺术史论的知识谱系"和"技艺的系统训练"。美院的职责编者暂且不论，关于时下实验艺术专业只是多媒体专业的论断，朱并没有给出具体的解释。学生王沂在讨论跨媒介的问题时倒是无意间就这个问题给出了一些解释。他在肯定跨媒介积极意义的同时，还提出了一些担忧，认为跨媒介容易变成一种策略，变成一种被追逐的东西，如何确立一种专业化的角度，是当下跨界需要面临的问题。进一步地讲，如何使跨媒介创作出来的作品具有真正的精神内涵，而避免"为了跨界而跨界"，使跨界流于形式，是当下美院教育在发展实验艺术专业时所要解决的问题。

　　另一个问题，美院的职责与先锋性是否是冲突的。首先可以肯定的是，传授史论知识和进行技艺训练，这两点作为美院的职责无可非议。至于先锋性，在朱其看来，由于当代艺术的跨学科化和多媒介化，语言学、符号学、文化理论等知识训练超过了美院的承担范围，故美院代表不了艺术的领先水平。确实，就现有的专业学科划分而言，美院的知识结构的确已不能应对当代的艺术创作。这一点美院的老师亦深有体会。中央美院宋协伟从设计专业的角度出发，认为当下的技术发展已颠覆了原有的学科分类，促使人们对大学教育进行重新的思考和定义。他列举了很多国外院校的新兴专业，如英国皇家艺术学院的社会创新设计、美国帕森斯的跨界别设计、亚利桑那的生物艺术和生物设计、芝加哥美院的医疗设计等。以上这些专业与当下社会问题都有着较为紧密的联系，带有较强的问题意识。而反观国内美院毕业学生的设计作品，则在与社会的衔接方面存在欠缺，缺乏实用性，形式往往大于内容。究其原因，则与不完善的学科范式有很大关系。清华美院方晓风提出，设计学学科没有发展出自身的学科范式，对美术学存在较大的模仿，因此导致了作品重审美而轻成本和实用的弊端。此外，方晓风还认为，产学研关系的失衡亦是导致这一问题重要因素。在当下的产学研关系中，院校往往充当着给企业提供廉价劳动力的角色，而非占据重要地位的研发角色。所谓先锋性，就是紧跟社会发展的脚步甚至走在社会的前面。产学研这一复杂的关系暂且不论，从美院自身的角度来说，一定要结合当下社会现状明确自身的学科范式和基本问题，例如该专业旨在培养什么样的人才，培养这种人才需要开设哪些课程，培养出来的人才能不能作用于社会等，不能一味地固守旧有的学科范式。

同济大学设计与创意学院的设计专业就要求学生学开源硬件设计和开源软件设计等技术性课程，使学生学到技术的同时，还获得了一种思维方式。

综上所述，从最新的毕业展览和作品当中，可以看出国内的美院教育虽然体现出跨界性等新特点，但是仍面临着对现有的学科专业进行体制改革，以保持其先锋性的问题。

（二）美院与社会的对接加强

在百花齐放的毕业展览背后，更加现实的问题则是艺术生毕业出路的问题。在近几年大学扩招的影响下，艺术生的人数明显增多，随之而来的则是更为严峻的就业形势，有的毕业生选择在艰苦的环境下继续进行创作，而有的则放弃了成为艺术家的道路，不知所措。但可喜的是从近两年的毕业季当中，可以看出美院与社会的对接正在逐渐加强，为毕业生在艺术创作道路上的发展提供了很多支持和帮助。具体体现在如下两个方面：毕业季的兴起，美院与其他艺术机构的多渠道合作。

1. 毕业季的兴起

如上文所述，央美于去年就以一种嘉年华式的盛大仪式开展了其首届毕业季，以同样形式开展的还有中国美术学院，两大美院引领了举办毕业季的风潮。在今年，更多的美院也加入了进来，包括鲁迅美术学院、南京艺术学院，而四川美院在10年前就开展的一年一度的开放艺术活动——"开放的六月"也被归纳进了这场毕业季的潮流之中。

从毕业展到毕业季，一字之差体现的却是两种完全不同的布置理念。以央美为例，在举办毕业季之前，由于大学扩招，且学院场地有限，毕业展览多以不同专业分时段轮流展览的模式进行，如此下来六场展览，每个展览的展出时间极为有限，参观者也无法一次性浏览到所有专业学生的毕业作品，十分不便。而毕业季则是以所有院系在同一时间段，不同地点展出的形式进行，同时开展的还包括论文答辩、交流、教学评估等学术活动。如此，便可以使观众一次性看到所有毕业生们的作品，对中央美术学院的教育状况也会有一个较为全面的认知。毕业季对学院和毕业生都带来了很大的积极意义。首先，作为一场盛大的艺术活动，其本身就比单纯的展览更具吸引力，它使学院变为一个更加开放的平台，使其影响力进一步扩大，也使毕业生的作品受到了更多的关注；其次，在毕业季期间，学院进一步扩大宣传力度，邀请社会力量的参与，也为毕业生们争取了更多与艺术界其他成员如收藏家、画廊等接触的机会。

然而，毕业季亦有消极的一面。在从展览向盛大嘉年华转变的过程中，很多教学之外的因素介入了毕业展之中。最明显的便是商业因素，虽然即使在开办毕业季之前的毕业展览当中亦有作品交易的现象，但是毕业季使得这一行为变得更加直接。蜂巢当代艺术中心夏季风认为，这会使毕业生的作品更容易受到市场的影响。毕业生曹雨则说道："感觉我们就像是待宰的羔羊，一出校门就被他们（艺术机构）收割包养，意志稍微不坚定就会被消费掉，这也是挺可怕的。"面对这一问题，今年的央美毕业季则呈现出回归朴素的趋势。央美苏新平提到，在总结了去年的经验之后，今年毕业季更加重视教学和交流，摒弃了中心式的嘉年华盛典，而以多点散布的方式分散到各个院系，这样不仅节约了经费，还更能够全面呈现美院的不同专业。

2. 美院与其他艺术机构的合作加强

为了给毕业生们提供更广阔的发展空间，各大美院在提升自身影响力的同时，还进一步加强了与兄弟院校、艺术类网站、艺术机构等的合作。如天津美术学院与雅昌艺术网合作打造的"雅昌天美在线毕业展"，雅昌艺术网的"破壳计划"等。这些合作，同毕业季一样，能为面临严峻就业形势的艺术毕业生们提供更多发展的机会，但是艺术与市场之间的矛盾仍是一个需要注意的问题。

二、其他简报

- 2016年6月20—22日，OCAT研究中心年度讲座"巫鸿—空间的美术史"于芝加哥大学北京中心举办。讲座分为3场，题目分别为"空间与图像""空间与物""空间与整体美术"，讲座内容遵循着由局部到整体、由浅入深的递进关系。主讲人巫鸿从自身的考古学研究经历出发，以"空间"作为核心的研究角度，对中国古代的各种材料包括图像、器物等进行解读。每场讲座过后，均有嘉宾就巫鸿的讲座内容进行评述，并与其对话。

- 7月24日，"转向：2000后中国当代艺术趋势"展览于上海民生现代美术馆开幕，该展览展出了蔡东东、程然、冯梦波、蒋志、刘辛夷等52位/组艺术家的绘画、雕塑、装置、录像、动画等多种媒介形式的艺术作品。展览的主题"转向"包换两个面向：其一，为形态上的转向，即从架上绘画到观念艺术的转变；其二，为从形式到社会性的转向，具体可阐述为从形式主义，转变为对社会问题、社会现状的关注。展览以2000年为节点，选取了自该年以来在两个转向方面具有代表性的作品，以表现这些艺术家对于2000年以后中国社会变化的思考。同时举办的，还有以"转向"为主题的学术研讨会、讲座等。

- 6月5日，"天下·往来：当代水墨文献展（2001—2016）"于广州红专厂当代艺术馆开展。该展览分为"天下""往来"两大专题，下属"味象""观道""新世界""体用""通变"五个单元，展出了61位来自中国、日本、美国等地艺术家的作品，包括绘画、影像、装置、行为等多种艺术形式。该展览旨在从"天下"的角度揭示当代艺术的多样性，呈现一个"开放的、面向未来的、全球化视野的当代水墨艺术系统及其发展态势"。次月24日，"当代水墨之当代性——存在的形状"学术对话在红专厂当代艺术馆1号馆学术报告厅举行。策展人皮道坚和与会学者王林、陈侗、杨卫、樊林、颜勇就展览以及当代水墨的当代性等问题进行讨论。会议开始，皮道坚首先引用司各特·拉什的《一种不同的理性，另一种现代性》一文，

提出了"另一种现代性"的观点，并就水墨和现代性的
关系、水墨现代性与中国历史文化的关系、水墨现代性
与西方现代性之间的关系等问题进行提问。随后，王林
教授从三个层面解读了当代性问题：艺术形态的变化；
文化观念的问题；艺术知识结构、要点、方法等方面的
变化。他提出"个人性"在现代性当中的重要性。此外，
还就东西方比较、展览前言中的"和而不同"提出了自
己的看法。批评家杨卫从中国"天下"与西方"世界"
观念的对比中引出了中国对于"人"的意识从缺乏到重
视的过程。此外，还发表了自己对于展览专题"往来"
的理解。艺术家陈侗从自身的艺术实践出发，就当代性
的界定、个人性与群体性之间的关系等问题展开论述。
樊林教授从语境和观念的角度出发，提出了自己对于该
展览的看法。策展人颜勇就当代性与前卫、现代、后现
代之间的差异展开讨论，探讨了当代水墨的双重封闭性
问题。

第五节　舞蹈篇
——研讨、展演与评论

　　2016年6—7月，伴随着夏季的炎热酷暑，舞蹈界也处于蒸蒸日上的状态，在积累中不断发现，不断更深入的研究，循序渐进，并且取得了显著的成绩。在这两个月的时间，从北京到省级各个城市，尤其是少数民族地区更是多次出现在我们的视野，扑面而来的那股热情洋溢的少数民族气息深刻地影响着我们，同时也创造了不少值得我们纪念的回忆和瞬间。

一、焦点概述

（一）北京舞蹈学院首届"舞蹈美育研讨会"隆重举行

　　6月5日，由北京舞蹈学院主办，北京舞蹈学院教育学院承办的首届"舞蹈美育研讨会"在北京舞蹈学院隆重开幕。文艺界、教育界有关领导专家、知名学者、教育工作者齐聚一堂。莅临会议的领导有：教育部体卫艺司副巡视员万丽君、北京市教委体卫艺处处长王军、北京舞蹈学院校长郭磊、北京舞蹈学院副校长王伟、中国舞蹈家协会副秘书长夏小虎、中央民族大学舞蹈学院副院长杨敏、东北师范大学音乐学院院长刘炼、沈阳音乐学院舞蹈学院副书记朗丽红等。与会专家有：北京舞蹈学院学术委员会主任吕艺生；北京舞蹈学院学术委员会副主任熊家泰、潘志涛；北京舞蹈学院学术委员会专家肖苏华、贾美娜；著名舞蹈家刘岩；中国歌剧舞剧院一级舞蹈家方伯年；清华大学艺术教育中心教授郑小筠；中央民族大学教授慈仁桑姆等。此外，还有来自北京各区县教委负责人与舞蹈教师，以及从全国各地远道而来的院校和机构代表们，参会单位共计164家。

开幕式上正式发布了近年来北京舞蹈学院承担的教育部人文社会科学专项委托项目《素质教育与舞蹈美育研究》取得的重要舞蹈美育科研成果——素质教育舞蹈课程教材（书籍与DVD）。此次舞蹈美育研讨会为期两天，会议内容包括"素质教育舞蹈成果发布会""素质教育舞蹈课教学与学生作品展示""素质教育舞蹈课程工作坊""教育学院介绍""舞蹈美育论坛""'舞蹈审美教育联盟'成立仪式"等。会议旨在更好地传播舞蹈美育的新理念、新成果，促进各兄弟院校以及业界朋友对舞蹈美育的交流与合作，以期分享经验、倾听建议、凝聚共识、形成合力，以更加紧密的联系携手开创中国舞蹈美育的新时代。

6月6日下午6时，在来自全国各地的院校以及相关机构的领导、专家和老师们的见证下，北京舞蹈学院院长郭磊宣布"全国舞蹈审美教育联盟"正式成立。北京舞蹈学院、北京师范大学、首都师范大学、中央民族大学、清华大学、华中师范大学等发起单位一致推举舞蹈界德高望重的著名舞蹈教育家、北京舞蹈学院学术委员会主任、博士生导师、素质教育舞蹈课程的创建者——吕艺生教授担任首届主席。郭磊院长、王伟副院长、吕艺生主席和张旭常务副主席共同为大家展示了中国国家画院院长杨晓阳和中国美术馆馆长吴为山两位著名艺术家为祝贺联盟成立的题字。首届"全国舞蹈美育研讨会"圆满闭幕。

（二）"致道 游艺 美天下"第二届中国美育现状与发展论坛暨首届国际"校园舞蹈美育"研讨会

2016年6月8日，"致道 游艺 美天下"第二届中国美育现状与发展论坛，暨首届国际"校园舞蹈美育"研讨会在北京师范大学何思敬讲堂隆重召开。此次大会由中国成人教育协会艺术教育专业委员会主办。会议邀请到成协领导包华影女士、薛华领先生，中国舞蹈家协会主席冯双白，中国艺术研究院舞蹈研究所所长欧建平。国外专家，美国纽约大学的Susan教授、Magill教授也莅临现场。北京师范大学副校长周作宇、艺术与传媒学院院长周星、副院长肖向荣、舞蹈系教师王杰均到场参与此次研讨会。

北京师范大学周作宇副校长指明了此次大会是以贯彻落实国务院公务厅印发《关于全面加强和改进学院美育工作的意见》精神为目的和诉求，其重大意义涵盖了实现中小学美育教育工作的突破性进展、切实推进美育工的落实、为中国美育事业搭建宽广的交流平台等多方面的意义，并对大会的圆满召开表达了祝愿。

经圆桌会议的对谈讨论后，中国艺术研究院欧建平所长做出题为"从素质教育到创意舞蹈"的讲话，并就中外少儿舞蹈教育的理论与实践为例，首先探讨了素质教育的本质——即以提高全民族素质为宗旨的教育，再放眼国际介绍了欧美国家的类似课程与拉班的"教育舞蹈"。针对中外"应试教育"与"素质教育"两种不同教育形态进行对比，结合"创意不足"的困境，做了深刻的反思。随后以美国加州大学罗伯特·奈特的研究成果为基础和依据，以"非结构化的环境"为关键词，揭示了环境对学生创意造成限制的客观原因。引发与会者们的深刻思考。美国纽约大学的Susan教授主旨发言后，中国舞蹈家协会主席冯双白老师就对Susan"舞蹈教育包含舞蹈训练，但舞蹈训练不一定包含舞蹈教育"的观点表达了肯定的认同，并做出了自己的补充，揭示了将艺术创作单纯归结于身体技法而忽略舞蹈教育本体的客观存在及内部原因。冯双白老师也对此次大会的文化内涵及历史根基做了详解，再以作品《千手观音》在神情表演上捕获人心的力量，以及甘肃酒泉玉门地区儿童教育实案为例，强调了舞蹈艺术教育和人格教育融合的重要性。冯双白老师引入具体案例的发言，引发了与会者的激烈的讨论。美国纽约大学的Magill教授做了题为"聚焦课堂"的发言。分别就运动科学的发展现状、运动科学之于舞蹈教育的功用做出简要介绍。

此次会议无疑是对校园艺术教育现状贯彻历史、面向国际的一次大动作，凝聚了一批艺术教育工作者的教育追求和展望。1917年我国近代教育家蔡元培先生首先提出"美育"的思想，其美感教育作为特色教育思想，包含了重大的历史意义和研讨价值。此次会议为美育事业搭建起交流平台，并在研讨过程中收获了新的成果。

（三）2016年民族舞蹈美学研讨会成功举行

由北京舞蹈学院民族舞蹈文化研究基地、《北京舞蹈学院学报》主办的"民族舞蹈美学研讨会"于2016年6月24日至25日在京举行。来自全国各地的100多名学者、学生集聚一堂，共同交流学术成果、分享研究心得，探讨未来中国民族舞蹈美学的发展方向。

会议共分为三个板块，第一个板块为舞蹈美学研究的回望与阐释，第二个板块为民族舞蹈美学个案研究，第三个板块为方法论与研究视野的讨论与拓展。在第二、三板块之后，还加上了圆桌讨论环节，参会者在此环节大胆提问，各抒己见，交流观点，掀起了会场讨论的高潮。北京舞蹈学院副校长邓佑玲教授进行了题为"关于民族舞蹈美学研究的设想"的会议主旨介绍，民族舞蹈文化研究基地首席专家高度教授进行了会议总结发言。会议邀请了20世纪80年代舞蹈美学研究小组初创成员北京舞蹈学院原院长、学术委员会主任吕艺生教授，同时邀请了国际美学协会主席、中国社会科学院高建平研究员、中国人民大学王旭晓教授、北京大学陈向明教授、李洋教授、北京师范大学刘成纪教授。中国艺术研究院隆荫培研究员立足学科特色，回溯当年美学研究之成果。中国艺术研究院李修建副研究员从哲学、社会学、美学、民族学等多个学科领域介绍、探讨了舞蹈美学研究的理论基础、框架与方法论。11位来自全国各地的学者介绍、分享了丰富多样的民族舞蹈美学研究个案。

举办本次会议是为了接续20世纪80年代舞蹈美学研究之学脉，立足于中国舞蹈文化多样性的历史与现实，力求实践与理论的千灯互照，以多学科视野书写新世纪的中国民族舞蹈美学研究。通过此次会议，参会的学友各抒己见，交流学术研究经验与心得，并在分享中得出新的成果，促进了民族舞蹈美学的发展。

（四）2016年第二届全国区域少数民族（蒙、维、藏、朝）舞蹈课程展示暨课程建设研讨

2015年7月16—18日，由延边大学艺术学院、内蒙古艺术学院、新疆艺术学院、西藏大学艺术学院联合主办的"2015首届全国区域少数民族（朝、蒙、维、藏）舞蹈课展示暨课程建设研讨会"在延边大学艺术学院举行。北京舞蹈学院、中央民族大学、解放军艺术学院、上海戏剧学院舞蹈学院国内74所艺术院校、科研院所200多位专家学者及师生参加了本次课程展示和交流活动。本次全国区域少数民族（朝、蒙、维、藏）舞蹈课展示暨课程建设研讨会，旨在进一步促进全国区域少数民族舞蹈艺术的传承和发展，加强少数民族艺术院校规范性课程建设，建构区域特色鲜明、质朴、接地气的舞蹈课程内容，增进区域少数民族艺术院校间的交流与合作，实现少数民族舞蹈艺术教育资源共享、优势互补。

2016年7月14—17日，第二届全国区域少数民族（蒙、维、

藏、朝）舞蹈课程展示暨课程建设研讨在内蒙古呼和浩特内蒙古艺术学院举行，本次活动由内蒙古艺术学院、新疆艺术学院、西藏大学艺术学院、延边大学艺术学院共同主办，内蒙古艺术学院承办，中国舞蹈家协会民族民间舞蹈专业委员会、中央电视台舞蹈世界"青春梦想季"高校联盟、上海音乐出版社协办。旨在进一步提升民族舞蹈教育教学水平，更好地传承、创新、发展民族舞蹈文化，培养优秀的民族舞蹈艺术人才，通过课程展示研讨、名家论坛、大师课等活动，促进教育教学改革，实现民族舞蹈艺术的资源共享、优势互补。此次活动将为四所院校搭建桥梁，为师生间相互学习，相互交流创造平台，同时将促进各区域少数民族间的合作。

内蒙古自治区教育厅副厅长张亚民先生，国家文化部原艺术司司长、文化科技司司长、现南京艺术学院舞蹈学院院长于平教授，著名舞蹈表演艺术家、舞蹈教育家斯琴塔日哈教授，延边艺术学校原系主任张英顺教授，中国舞蹈家协会副主席、吉林省舞协主席王晓燕女士，中央民族大学舞蹈学院院长蒙小燕教授、敖登格日勒教授，北京舞蹈学院中国民族民间舞系主任黄亦华教授，东北师范大学音乐学院院长刘炼教授，解放军艺术学院马承魁教授，北京舞蹈学院孙龙魁教授，西藏大学艺术学院党委副书记格桑吾珠先生、强巴曲杰教授、泽吉副教授、新疆艺术学院舞蹈学院院长王永舸教授、副院长地拉热·买买提伊明教授，中国舞蹈家协会民族民间舞蹈专业委员会副主任、秘书长赵士军先生，上海音乐出版社有限公司社长费维耀先生，中央电视台导演张慧女士，上海音乐出版社有限公司主任黄惠民先生和内蒙古艺术学院党委书记黄海、院长李玉林、党委副书记兼纪委书记毅力、副院长赵林平等领导、嘉宾同来自全国各地包括香港演艺学院在内的70多所院校，近300名的专家、学者和师生代表参加了开幕式。

（五）"海峡两岸 共舞未来——2016海峡两岸青少年舞蹈交流展演"在内蒙古隆重举行

创立于2009年的"海峡两岸舞蹈交流与展演"是中国舞协常设品牌活动，以"海峡两岸·共舞未来"为主题，强调"一对一""舞对舞""心对心"的深度交流。多年来，两岸青少年舞蹈交流一直保持着活跃态势，两岸舞蹈教育界彼此分享对方的创作成果，共同探讨双方关注的艺术课题，对于促进两岸舞蹈的发展产生了积极的意义。2016年7月25日至31日，由中国舞蹈家协会主办，内蒙古大学艺术学院承办的"2016海峡两岸青少年舞蹈交流与展演"活动在内蒙古隆重举行，旨在弘扬两岸少数民族优秀传统舞蹈文化，增强两岸学子同根同源的认识，增进两岸青少年之间的友谊和感情。

本次活动自创办以来首次进入大陆少数民族地区，因此无论是形式还是内涵上都加大了民族艺术的比重，在交流和展示民族舞蹈教育成果的同时，增进两岸民族舞蹈的交流与合作。大陆方面参与院校不仅有作为承办方的内蒙古大学艺术学院，北京师范大学艺术与传媒学院、中央民族大学舞蹈学院、首都师范大学音乐学院也派出了各自的精兵强将，共计71人；台湾方面则邀约了台湾艺术大学舞蹈系、台湾体育运动大学舞蹈系、台湾台东马当部落青年艺术团共42名师生前来交流研习。本次交流展演主要分为人文采风、民舞交流课、两岸论坛、舞蹈展演4个板块。

"海峡两岸青少年舞蹈交流与展演"活动，是牵动亲情的红线，让孩子们步入艺术的海洋，以舞蹈为语言，舞出对青春的理解，舞出对美好未来的期许。

（六）全国性舞蹈演出

6月11日是我国第11个"文化遗产日"，作为国内唯一的文化遗产传播剧，杭州歌舞剧院的舞蹈剧场《遇见大运河》，同一天在北京国家大剧院上演，完成了自己历时两年沿中国大运河六省两市96场的巡演历程，并宣告以"互联网+"的方式，联合新锐媒体"二更"开启自己的世界巡演之旅；6月16—17日，拉脱维亚国家芭蕾舞团《睡美人》登陆国家大剧院；6月18—19日，中央民族大学建校65周年教学成果展示暨中央民族大学舞蹈学院男子天团"天舞星空"专场演出在北京舞蹈学院舞蹈剧场精彩上演，此次参演的历届优秀毕业生有：康绍辉、姜铁红、崔涛、赵梁、万玛尖措、周格特力加、李德戈景、系斯日古楞、威力斯、拉巴扎西、白玛次仁、谭均元、朴耿武；6月20日下午，杨丽萍作品舞蹈剧场《十面埋伏》兰州站主创见面在西北师范大学音乐厅隆重举行。舞剧主要演员代表、甘肃大剧院领导、西北师范大学师生代表和舞剧爱好者共400余名观众参加了见面会。6月23

日，由宁夏回族自治区党委宣传部、宁夏文联、宁夏民委主办、宁夏舞蹈家协会承办的"中国·宁夏第四届回族舞蹈展演"，在宁夏回族自治区首府银川市落幕；6月24—25日，中国台湾的优人神鼓《时间之外》在国家大剧院精彩上演；6月27—28日，复排2009版中国古典舞舞剧《铜雀伎》在北京舞蹈学院舞蹈剧场精彩上演，舞剧《铜雀伎》是孙颖先生的处女作，也是其最后一部作品，1986年首演，2009年演出的第二版，其扑面而来的汉风、博大宏放的气息，开创了别具一格的语言形式和结构。

　　由中国文联、中国舞协、江苏省委宣传部、江苏省文联、徐州市委宣传部共同主办，江苏省舞协、徐州市文联、徐州市舞协共同承办的"小荷风采"精品剧目全国巡演于7月13日19：30正式启动，本场演出的成功举办，不仅让经典重现，还让少儿舞蹈编创者得以在回味经典中立足当下、着眼未来，也进一步扩大了"小荷风采"的品牌影响力，从而推动我国少儿舞蹈事业的繁荣发展，让少儿舞蹈创作勇攀新高。7月20日晚，大型现代舞剧《九死一生·长征》在天桥艺术中心进行公演，导演李捍忠携手马波用现代舞丰富而抽象的肢体语汇呈现一段血色历史，带领观众一起走进"长征"，来一次与生死的对话。整场演出近80分钟，独具匠心的编舞、舞者的出色表演以及设计精美的多媒体效果，让《九死一生·长征》赢得首演满堂彩；由四川省歌舞剧院有限责任公司根据巴金同名小说改编创排的舞剧《家》，于7月27日、28日亮相国家大剧院，用浓浓川味来演绎这个发生在民国时期的激荡故事，本剧是2015年国家艺术基金资助项目，2015年四川首届艺术节"四川文华奖"最佳剧目奖，2016年度国家舞台艺术精品创作工程重点扶持剧目唯一入选舞剧，2016年度全国舞台艺术重点创作名录入选舞剧；7月30—31日，由西安演艺集团歌舞剧院带来的舞剧《传丝公主》在国家大剧院歌剧厅精彩亮相。

二、焦点评论

（一）校园舞蹈美育

现阶段舞蹈美育一直被人们所提及并重视，教育是恒久的工作，永远没有完成的一天，在今日快速变迁的世界，影响更是空前深远，随着通讯科技发达，艺术对当代生活与文化的影响力，也达到前所未有的地位。然而许多国家未能意识到，在儿童青少年们的日常生活中，艺术占有多么重要的地位。

在全美舞蹈协会看来，艺术教育不应局限于只为少数有天赋的人群提供，艺术教育本质上是一种素质教育、是一种培养人能力的方式和途径。注重孩子艺术方面的培养，鼓励孩子自由发挥想象，尊重孩子的个人兴趣，是美国学校和家长培养孩子们想象力和创造力的重要手段。美国大学的舞蹈教育着眼于学生人格的培养，许多美国大学的舞蹈系已经不是简单的技术训练基地，而是更多从人文精神的角度去看待舞蹈艺术。美国的大学十分重视教师的培养工作，不只是考核教师平时在课堂上的教学，更需要教师作为的真正艺术家生活和创作。美国的舞蹈教授们不能躲在课堂里整天面对学生，而必须走出校园，在真正的专业舞蹈圈子里进行创作。越高级的舞蹈教授，便越需要对社会做出更多的贡献。

　　我国当前的舞蹈素质教育面临着比较严重的脱节问题，尤其是中小学舞蹈素质教育。在我国大部分幼儿园教育中，没有文化学习的压力，舞蹈素质教育开展本应有很大的空间，孩子们在幼儿园又唱又跳；中小学对文化和知识的学习同样并不是十分的繁重，舞蹈素质教育课程可以作为一个缓解学习压力，陶冶身心，培养自身素质的重要课程。然而，目前不少中小学校忽视舞蹈素质教育，片面地认为舞蹈教学是为了排几个精彩的节目获奖出名，或完成某种宣传或应酬任务，或为了供成人欣赏，有的则是为了培养少数舞蹈尖子，用于考试升学加分，而放弃全面地发展教育。他们没有认识到中小学舞蹈教育是素质基础教育，青少年的素质决定着我们民族的整体素质，中小学舞蹈素质教育是舞蹈金字塔的底座。大学生的舞蹈素质教育也随着国家对高等教育的重视而飞速发展。多数高校设立了艺术教研室或艺术教育中心等，拥有一定数量的师资队伍，如北京舞蹈学院、中央民族大学、首都师范学校、上海音乐学院、南京艺术学院等，组建了学生舞蹈团，配有专门的舞蹈排练室等。近年来，高校开展的舞蹈节、舞蹈活动有声有色。但是，中小学生由于处于应试教育中，受升学压力的影响发展得相对较慢，因此，舞蹈界的专家领导正不断研究讨论，探索一条适合中国发展的校园舞蹈教育方法和模式，如何正确有效地由上至下引导并推行，由下至上配合并反应，将是未来最受关注的问题。

（二）民族舞蹈发展

　　中国是56个民族共同组成的大家庭，每个民族都有自己的文化背景以及语言，在这里舞蹈成了所有民族之间沟通交流的最好媒介，同时也不断丰富着我们整个中华民族的底蕴与文化。2016年7月14—17日，第二届全国区域少数民族（蒙、维、藏、朝）舞蹈课程展示暨课程建设研讨在内蒙古呼和浩特内蒙古艺术学院举行，这无疑是一次民族的盛会。藏族、蒙古族、维吾尔族、朝鲜族，是中国人数较多、民族文化比较浓郁且深远的民族，它们的相聚体现了我们中华民族的多元文化，也能够通过此次盛会，不断深化舞蹈教育教学改革，积极推动舞蹈课程规范性建设，加强学术研究和交流，为传承、发展民族舞蹈艺术，推动自治区民族文化强区建设做出更多积极的贡献。更是通过本次舞蹈课程展示暨课程建设研讨，进一步推动和促进全国其他少数民族艺术教育、人才培养、舞蹈文化的传承与发展。

　　2016年7月25日至31日，由中国舞蹈家协会主办，内蒙古大学艺术学院承办的"2016海峡两岸青少年舞蹈交流与展演"活动在内蒙古隆重举行。此次活动安排海峡两岸的师生一同来到美丽的内蒙古，感悟生活，感悟艺术。活动不仅有带着新鲜田野记忆的人文采风，有老艺术家亲自执教的民间舞蹈交流课，有呈现各校独具特色的精彩舞展，还有在倾听与讨论中参悟民族舞蹈真谛的两岸论坛。当海峡两岸的师生走进梦寐以求的鄂尔多斯，当幻想真实地呈现在眼前，当蒙古族人民送上代表纯洁的哈达，当喝上一口浓烈的马奶酒，敬天敬地敬祖先的时候，仿佛使来自不同地方、拥有不同文化背景的老师同学们找到了那份归属感，虽然不是蒙古族人，却感觉特别亲切和舒心。蒙古族人民之所以能够在草原上自豪地生活，创造出无数辉煌的成就，是因为他们有最虔诚的信仰，坚韧耐劳的性格，懂得尊重他人，懂得敬畏自然，更知道感恩一切上天赐予我们的东西。师生们在这里一同观赏了鄂尔多斯传统婚礼；向两位蒙古族民间艺人学习筷子舞和盅碗舞的历史和基本动作，感受他们身为蒙古族人的骄傲和责任，以及他们肩负的将有价值的民间传统文化传承下去的使命；师生们还参观了成吉思汗陵，成吉思汗被所有蒙古族人民奉为伟大的圣人，在了解一个人同时了解一个民族的文化背景，深入体会了一个伟大民族在历史长河中所经历的艰辛和磨难。

在舞蹈交流课的环节，同学们都非常认真学习了当地具有特色的蒙古族民间舞蹈，这与之前所学过的蒙古族舞蹈明显有很大的区别，首先从舞蹈动作上基本都来源于生活，是人们欢快地劳作，感谢苍天恩赐的真实写照，它不同于课堂中的训练组合具有很强的目的性和总结性，传统的部落舞蹈更加随性和娱乐，人与人之间的互动性也更强；其次由于每个部落都有他们自己的风俗和文化，因此即使都是蒙古族，在舞蹈上的韵律风格上也大不相同，在学习过程中，不仅要学习舞蹈动作、韵律、手位、步伐等这些比较浅层的肢体语言，而是应该对传统的部落文化进行深度研究，探索每个部落人民的生产和生活习惯，自然就会了解其舞蹈动作的特点和风格。可以说，看一个民族的舞蹈就能了解一个民族的文化，因为身体的语言是最直接且最真实的表达。舞蹈是沟通人与人之间感情，拉近彼此距离的最简单有效的办法，同时在跳舞的过程中，无论是从舞者的角度还是从观众的视角，都能在当下感受到十分浓郁的民族归属感和一种仿佛上天赐予的强大力量，能够挖掘出人心里层面最自然本真的凝聚力，使人与人达到身心合一的状态。体会到蒙古族当地人活泼与高贵的气质，又一次置身广阔的草原与天与地与蒙古族人民共同起舞。我想这正是我们不断去挖掘和继承传统舞蹈文化的重要原因，是它们给予我们支撑和力量，让我们始终前行和创新。

第五章

艺术热点评论双月报告
（2016年8月—2016年9月）

　　"互联网+"时代的到来，无疑使我们的生活产生了巨大的改变，在艺术界亦如此。传播媒介的改变与发展，科技的日新月异，都为艺术作品未来的发展带来了不可想象的惊喜。特别是在我国文化产业发展的大势之下，艺术形成的产业链条已不可小觑。

第一节 音乐篇
——教育与产业齐发展

回顾过去两个月发生在艺术学科内的各个热点话题，既有对民族音乐所遇困境的解读，对未来发展的憧憬，也有对高校艺术创新教育的思考，还有在信息时代下音乐发展遇到的挑战和机遇。本文将从热点文献解读、热点艺术活动、艺术教育热点问题以及热点评论现象4个话题对以上热点进行梳理。

一、热点文献解读

我国幅员辽阔少数民族众多，地方剧种也异彩纷呈、各具特色，但由于现代科技和流行音乐的快速发展，极具民族特色的地方曲艺日渐被现代人束之高阁。如曾经流行在广东西部雷州半岛上的用雷州话表演的曲艺"说书"形式——姑娘歌，就是其中鲜活的例子。学者甘咏梅在《姑娘歌的劝世传统与现实功用》中，详细论述了姑娘歌目前尴尬的发展状况。因为流行音乐占主导地位，连姑娘歌原生地的人都很少听和唱姑娘歌了。目前，在姑娘歌传承的问题上，最严重的是出现表演继承人的断代，年老的艺人相继离世。由于从事这项工作收入较低，导致技艺传承后继无人。然而，事实上，很有必要重振姑娘歌的艺术警世价值。

甘咏梅就姑娘歌的振兴给出了自己的建议，在形式上，坚持采用方言土语；内容选材要与当地文化生活密不可分，使群众产生深切的心里认同；舆论上，充分利用保护非物质文化的良好契机，紧密联系民间艺人，既要挖掘传统又要延续创新，更重要的是顺势而为，培养一批新时代高素质的艺术传承人；最后还要从文本创作、表演技法、唱腔打磨、服装舞台等方面全方面提升姑娘歌的审美趣味。

由此可见，传统民族音乐的欣赏群体虽然在逐渐萎缩，但仍有学者在潜心钻研音乐理论的同时，关注到了民族民间音乐的传承问题，顺应时代要求，改良传统艺术的表演形式，调整民间曲艺的内容主题，希望在不久的将来传统曲艺能够与流行音乐平分秋色。

二、热点艺术活动

1. 民族音乐与时代潮流

2016年9月17日至18日，西安鼓乐暨丝绸之路音乐国际学术研讨会在西安音乐学院召开，在为期两天的研讨会中，西安音乐学院邀请了众多学者专家展开关于西安鼓乐的传统曲牌展演、西安鼓乐素材创作音乐会、西安鼓乐暨丝绸之路音乐学术的深入研讨。与以往的学术研讨不同的是，此次研讨不仅搭乘丝绸之路经济带的政策顺风车，还深入西安鼓乐这一非物质文化遗产的演奏、创作、理论、新人培养等方方面面。西安音乐学院的王寒老师作为鼓乐队的重要奠基人，回忆了自己初次接触西安鼓乐时的艰辛，和为把以民族传统音乐为载体的民族艺术传承下去的决心，使与会者深受鼓舞。在这次研讨会中，鼓乐表演，这种鲜活的艺术形式大受好评，因为鼓乐技艺的传承人是有理论基础的学生，这使得西安鼓乐能够得到更好的保护和发展。鼓乐素材创作音乐会后，8位作曲家还分别创作完成了8首具有西安鼓乐特色的新作品，西安音乐学院的副院长韩兰魁表示："从西安鼓乐中能够看到中国调式的丰富性和节奏的多变性，它闪现的是我们祖先的智慧。也许这些新作还有不尽人意的地方，但这是一个可喜的开端。"

2. 传统曲艺巧换"新装"搬上银屏

《叮咯咙咚呛》是中央电视台打造的一档大型原创文化传承类综艺节目，该节目开始于2015年，是一档跨界混搭又别出心裁的节目。节目制作并非央视独家包揽，而是一反传统的邀请了韩国娱乐公司的加入，节目的剪辑有明显的韩国综艺风格，摆脱了教科书式的刻板模式，增添了许多趣味，是立足在中国传统文化衍生出来的新型娱乐综艺节目。在邀请的嘉宾中，不仅有国内明星，更有韩国当红小生，嘉宾的组成给人耳目一新的感觉，吸引了年轻观众的眼球。在节目设置上，10位明星分别奔赴北京、重庆、嵊州拜师学艺，学习京剧、川剧、越剧，最后在梅兰芳大剧院上演融入现代元素的新派曲艺节目。内容虽是让中韩两国艺人体验学习中国戏剧，也间接给年轻观众一个了解本民族曲艺文化的机会，节目结束后最大的收获是，曾经对戏曲无感的年轻中国观众对传统曲艺渐渐产生了兴趣和认同感。今年新一期《叮咯咙咚呛》开播在即，作为一档形式新、立意高又不失娱乐性的节目，给传统戏曲的传播开辟了一个融入时代元素、依靠现代媒介的新思路。

3. 中西相容——用音乐剧演绎古风古韵

"情不知所起，一往而深，生者可以死，死可以生"。这句耳熟能详的语句出自汤显祖《牡丹亭》的题记，后被世人广泛吟诵借用。2016年是汤显祖逝世400周年，在汤显祖的家乡江西抚州上演了一部纪念中国历史上最伟大的戏剧作家的音乐剧——《汤显祖》。本剧的作曲家徐坚强介绍说："用'大俗'的模式表现'大雅'确实是一道难题。"作曲家在短短两个月内就写了30个唱段，又创造性地在音乐剧一开始就以不同于传统西方音乐剧的形式呈现，尽管未遵循传统歌剧的表现形式，但徐坚强与上海音乐学院的林在勇院长都始终坚持："中国的音乐剧表达的是中国的内容，不一定要模仿百老汇的形式，最好是开辟一条自己的道路。"这部音乐剧大量借鉴了多种中国传统艺术元素，如淮阳戏中的"大拜年"、江西的采茶调、傩戏、评弹中的气口、京剧中的"扑灯蛾"等，除此之外还大胆创新地加入爵士和Rap。徐坚强表示："只要剧本需要，只要能更精准地为人物形象服务，我们都拿来用，一切艺术手段都旨在为剧情服务，艺术手段没有贵贱之分。"

4. 各大剧院献礼国庆

金秋的北京，国庆节来临之际，国家大剧院精心准备了多场精彩节目，涵盖话剧、歌剧、舞剧、音乐会等，既是为祖国华诞献上一份厚重的艺术大礼，也让所有热爱艺术的观众朋友能够在国庆期间欣赏来自国家大剧院这座艺术殿堂的精品。

国家大剧院推出的原创歌剧《方志敏》，由孟卫东作曲，该剧首演于2014年，之后国家大剧院又对该剧进行了更为细致深刻的推敲和打磨，在人物设置上增加了"典狱长"这个角色，用以凸显充斥着残酷暴行的监狱；在音乐创作上，新增了旋律悠扬的《映山红》主题曲；在舞美设计上，大量运用象征着崇高革命理想和对未来无限憧憬的映山红元素，既体现了革命主义的浪漫情怀，又以斗志昂扬的旋律激发了观众强烈的爱国情怀。

同时，为纪念红军长征胜利八十周年，国家大剧院还推出了原创歌剧《长征》，由著名男高音歌唱家阎维文、王宏伟，男中音歌唱家王海涛，女高音歌唱家王喆等人担任长征途上英勇的革命形象，共同演绎一段为开创新中国而走的伟大征程。

在艺术活动繁荣多样的时代，各大剧院、音乐厅对专业艺术人才的需求日益旺盛，因此普及艺术教育就成了为未来艺术发展提供后备力量的关键一步，无论高校还是在义务教育阶段，有不少在一线工作的教育工作者深切感受到模式化音乐课堂的局限和弊端，开始重新思考国内艺术课程的创新实践。

三、艺术教育热点问题

（一）如何高效使用网络平台

　　作为现代艺术教育先行者的上海，在2016年9月19日至23日举办的首届"互联网+"教育峰会活动期间，展示一堂连接丹麦皇家音乐学院与上海音乐学院附中的远程大师课。在"互联网+"时代，将这种授课方式应用在艺术教学中早已经不是新鲜事儿，但如何加深国内外教学资源合作共享、构建优质高效的网络教育空间，成为这次各大音乐附中负责人关注的焦点。互联网教学的首要特点也是与现场教学最大的不同，就是对硬件技术的要求。会中，丹麦皇家音乐学院国际事务部主任对互联网远程教育需要的三个部分做了解释：一端是教师，一端是学生，把二者连接起来的重要的中间桥梁是专业技术人员。因为音乐教育以声音交流为主，如果在技术条件上达不到理想状态，即使有很好的初衷和设备，也只能是事倍功半。并且在一个成熟的网络远程教育体系下，教师、学生、工程师三方面的充分交流，看似简单的课前交流对于准备一堂远程授课至关重要。我国的互联网教育还处在前起步阶段，有的学校还不具备互联网教学的设备和技术，而拥有这些设备的学校需要在如何高效使用这一教育资源中继续探索。我们希望的是，已经有资源和先进设备的院校，能够率先探索出一套适应中国学生的网络授课模式，为日后"互联网+"教育在全国高等艺术院校的推广提供可学习借鉴的模式。

（二）高校民族音乐教育

在日渐西化的流行艺术与速食文化潮流之下，如何提高本民族青少年对民族音乐的认知、对传统音乐的传承意识以及参与这项事业的积极性，成为当下艺术教育工作者关注的重中之重。音乐教育不再只是专业院校的学科教育，还是提升学生审美素质的最佳途径。鉴于当代大学生艺术教育缺失的现状，康晓丹《浅谈高校音乐教学改革中民族音乐的回归》认真分析了国内通识教育的现状，并对民族音乐如何回归高校这一课题做出了自己详细的规划，从四个具体内容着手进行民族音乐在高校中的回归：民族乐器色彩的回归、民族音乐声色的回归、五声变化调色的回归和多线并进的回归。

康晓丹有指向性地分别从器乐、声乐、乐理和音乐感受四个方面，分享了自己关于如何高效有趣地在高校中开展民族音乐教育的想法，器乐和声乐是组成民族音乐的重要组成部分，正是因为民族音乐使用的是有特色的传统民族乐器，才能精准把握音乐艺术中的民族特色、民族文化、民族精神；正是因为某些少数民族仍保留了原生态的演唱技法，使具有民族色彩的艺术文本得以传承，才能体会到我国声色音乐独特美的稀少存在。比如我国的云南省，是我国少数民族的聚居地，也被称为民族艺术活化石的博物馆：纳西族的洞经音乐、白族的绕三灵、香格里拉的藏族山歌等，充分体现了与西方音乐体系不同的民族音乐的独特魅力，"地域不同就会有不同的民族，而不同的民族就会有不同的具有民族特色的旋律结构。这些旋律结构在历史的长河中被划分成了许多个色块，这些色块就是组成我国民族音乐色彩的成分。民族音乐中形成的调色美，是在不同民族之间不断进行音乐调色交替而形成的，而五声性变化的调色作为我国民族音乐中一直以来最夺目的一部分，势必对我国民族音乐的发展产生重要的影响，因此应该将其继续传承传播下去"。

（三）小学音乐创新教育

音乐教育首先是人的教育，不仅仅是精英的教育。将眼光投向国内学前教育市场，无论是北上广深，还是二、三线城市，校外艺术技能培训班始终呈现热捧态势。在越来越多的家长开始重视学龄儿童艺术素质培养的同时，学校作为孩子接受教育的主要场所，不仅担负着应试教育的硬性压力，也肩负着创新艺术课程教育、引导学生循序渐进接触优秀艺术作品、培养健康的审美情趣、习得少量基础乐理知识的责任。然而，现实情况是艺术教育在我国义务教育阶段中不受重视，针对教材教法以及教育观念的落后，王甜在《浅谈小学音乐创新教学》一文分析了现阶段小学音乐教育的问题，并给出了自己的建议。

针对教学方式单一、学生兴趣较低、师生对音乐文化的认知存在差异以及学校和家庭对音乐教育都越来越功利化这几个问题，王甜老师提出以下创新小学音乐教学的对策：一是以审美教育为出发点，灵活调整教学方法；二是保持开放心态，探索多元文化教育之路；三是兼收并蓄，充分借鉴国外先进教育经验。

教育创新之路向来不是坦途，从对这个问题的思考之初就意味着要把这个理念持之以恒的贯通下去，始终在教学一线的老师对于课程的感受最有发言权，也掌握一手的学生反馈，因此由一线教师提出的创新诉求，最应该受到理论界的关注。

四、热点评论现象

（一）群文音乐创作对音乐作品传播的作用

现代流行音乐的发展大势，人们的音乐审美倾向越来越多元化，获取音乐资讯和展示才艺的平台也日益丰富，各种专业或非专业的选秀大赛，为多元化的音乐传播提供了良好的平台。但这样的艺术发展模式也有弊端，如资源单一性集中、受众局限等，鉴于这样的情况，群文音乐创作应运而生。它的出现不是服务于比赛，而是希望提高创作质量，成为最接近百姓生活的音乐，群文音乐创作邀请基层创作人才或刚毕业的音乐学院作曲专业的学生，给这些群体一个展示创作成果的机会。群文音乐的歌词创作定位在民族、大众生活这样易于产生心理认同感的主题上；在旋律上，除了强调好听好记，更注重内涵和高雅，摒弃低俗网络音乐的浮躁轻狂。因此与专业的现代先锋音乐相比，群文歌曲多了些许纯情优美，没有先锋音乐那么注重创新。

希望群文音乐的创作不仅可以在比赛中崭露头角，而且能从比赛中走出来。除了以创作比赛的方式让更多专业或非专业的艺术爱好者者参与进来，数字媒体也成为日益普及化的艺术产业发展渠道。

（二）音乐产业可持续化发展的问题

在数字媒体时代中，人们可以利用各种线上线下资源搜索自己喜欢的音乐资源，这为艺术的传播提供了一个低成本低门槛的市场，但与这个开放市场相伴的是日愈严重的侵权盗版行为，这就涉及整个数字音乐行业的市场活动规范和音乐产业可持续化发展的问题。

李茜发表在《大众文艺》上的文章——《音乐产业发展中政府管理问题研究》，积极赞扬了开放的音乐市场对艺术发展做出的极大贡献，同时也尖锐指出了在这个欣欣向荣的艺术市场中存在的不规范问题，关键是提出政府在这个自由化程度极高的网络市场中应该扮演什么样的角色。作者在文中表示，由于市场竞争逐利的本质，导致在艺术创作中音乐版权问题纠纷不断、音乐发展创新性不足、数字音乐版权利益管理机制不完善的问题，严重阻碍了音乐产业的可持续发展。针对已经存在艺术市场经济中的种种乱象，作者强调应该让政府参与进来，发挥宏观调控"另一只手"的作用，并给出了自己的几点建议：一是加强知识版权的宣传和管理；二是专业化的培养艺术经营性人才；三是音乐作品创新积极性保护。

综上所述，当代艺术的发展已经不仅仅局限在各大专业艺术院校的艺术培养问题上，而是全社会参与、全社会重视的问题，无论是剧院里精彩的表演，还是校园里的艺术教育，抑或是专家教授的艺术理论，都面临着一个转折中充满机遇的时期。我国的艺术事业仍有很大的发展空间，尤其在民族艺术传承创新方面，亟待一批既有技能又能熟练掌握新媒体的从业者，主动填补民族艺术与时代不适应的空白。

第二节　电视篇
——天价片酬和颜值崇拜的误区

　　中央电视台2016年8月26日的一则报道——《文化观察：演员天价片酬的背后》，如同"重磅炸弹"引爆了各界对演艺界愈演愈烈的拜金主义的挞伐。在报道中，央视不仅揭出了演艺圈内的天价片酬现象，也对比了美国、韩国的演员片酬状况，让观众对该领域的乱象深感不安。该报道一出，微信、微博和各家媒体都跟进曝光，国家主管单位也终于不堪舆论压力，紧急出台措施纠偏。在央视的报道中也顺带提到了"重颜值"而无视演技的行业歪风，同时也引发了人们对"颜值崇拜"现象的痛斥。尽管距离央视的报道播出已经过去了一个多月，但天价片酬和颜值崇拜仍是观众持续关注的热点现象。同时，本年度8月至9月，IP热的是是非非也处于不断争议之中，其后续走势仍不明确。

一、热议作品

（一）《诛仙·青云志》——热门IP引起关注

《青云志》是今年暑期热映的、玄幻武侠题材的古装传奇电视剧集，改编自十年前的热门连载小说《诛仙》，作家萧鼎曾凭此一部小说，引领了当年的出版、网游、周边市场的玄幻风潮，其影响力至今不衰。《青云志》讲述了一个平凡少年于世事波澜中历经劫难，修炼悟情的故事，全篇以"情"为中心，展开了跌宕起伏，动人心弦的篇章。该剧自立项和发布以来就成为备受关注的热门，自2016年7月31日于湖南卫视首播以来，8月单月收视率大约维持在1.0%以上，网络播放量据说很高，但在网络播放量造假成风的当下，该项数据已失公信力。

1. 今夏最大IP，但反馈欠佳

《青云志》自立项以来几乎就已预定了今年暑期最热剧集的席位，果不其然，今夏刚播出就引起青年人的瞩目，但引发收视热潮的同时也置身于评论旋涡之中。小说《诛仙》在十年前受到无数青年人的喜欢，培养了粉丝的"情结"，而《青云志》的主要收视人群就是这些当年青年读者。对于这样的读者群体而言，电视剧最大的看点是对于原著的还原，他们大多抱着要将原著情景真实再现的期待观看《青云志》。然而据各方评论看来，《青云志》的剧情改编也许不尽如人意，有很多人吐槽：情节平铺直叙，简单直白，没有对比，没有转场，没有多条线索的交叉进行等。或许是因为《诛仙》原著小说在书迷心中的地位比较高，而《青云志》是《诛仙》这个超级 IP 首次亮相荧屏，所以观众反馈也出现自动分流，有人觉得该剧在同类型题材中具有相对较高的水平，也有"原著迷"精益求精，这倒是无可厚非的。IP剧集对于原著的依赖性的确是显著的，但客观上，原著的设定也难以搬到电视剧中，二者之间存在着天然的矛盾，如何找到平衡点？这是IP剧集仍要思索的问题。

2. 东方玄幻剧能否立足有待探讨

今年共有三部玄幻题材电视剧在暑期热映，分别是《青云志》《九州天空城》与《幻城》。其中《天空城》更像是一部披着玄幻外衣的现代霸道总裁剧，风天逸与易茯苓的角色设定以及剧情走向与现代题材都市言情剧并无很大差别。而《幻城》则充满了西方魔幻剧的风格，在完全架空的幻想世界中，只能找到一点东方神话若有若无的影子，以及几缕现代爱情剧模糊的套路。《青云志》是一部基于东方神话体系，融合了传统和现代武侠精神的玄幻剧，《中国艺术报》的评论文章中提出，武侠这一类型的电视作品的高度成熟，使得《青云志》易于让观众接受，故事情节以及台词都更为流畅。同时，《青云志》有着新武侠小说的一些特征，利用武侠精神将神仙玄幻之无尘与现实生活的一地鸡毛形成对比，制造反差效果。但对于很多观众看起来根本"无感"。有研究者认为：近年来玄幻题材电视剧成为荧屏新宠，《花千骨》《老九门》等都渐渐溢出了现实主义的规范，广厦霓虹的繁华都市被同样千姿百态的幻想异世界所取代，传统题材如历史，人物传奇等题材被挤出黄金档。不过这些玄幻IP剧集可能不仅是为了迎合年轻观众，玄幻题材下其实隐藏着现实的指向性，只有在媒介变革和全球视野下，才能意识到其背后是一代年轻人的转向。东方玄幻剧，现下听起来还是一件略新鲜的事物，且受众群体仍缺乏稳固性。

（二）《微微一笑很倾城》——摆脱阴暗的甜美爱情

《微微一笑很倾城》是根据人气作家顾漫同名作品改编的都市青春偶像剧，讲述了男女主人公偶然间在游戏中相识，之后在现实中见面的一段从线上到线下恋爱的故事。剧集以高还原度的剧情、高颜值的主演和萌动的少女情怀，吸引了众多观众的目光，自2016年8月22日在东方卫视、江苏卫视首播以来，收视率逐渐上升，至9月均值已基本稳定在1.0%以上。该剧集摆脱了以往荧屏上的"灰暗青春"的模式，格调清新甜美，在年轻观众群体中颇受好评。

1. 甜美有余，深度不足，国产青春剧仍在路上

作为一部青春爱情题材的网络小说，《微微一笑很倾城》将现实生活中相恋的爱情故事讲得生动有趣，满足了读者对校园生活和浪漫爱情的美好幻想，从而得到了一大批年轻读者的喜爱。且该剧播出以来不仅获得了很多原著粉丝的赞许，还博得不少非读者观众的青睐。仔细分析其成功原因，首先是因为该剧没有以往青春题材常见的堕胎、车祸、出轨等出格内容，没有无病呻吟，更不歇斯底里，反而充满了各种学生情侣相处的温馨细节和

校园恋爱的经典桥段。比如一同晨练、自习、观看篮球赛等，创作者将这些真实可信的恋爱日常通过风趣幽默、温馨感人的情节表现出来，使作品充满浪漫氛围，很容易引发观众的集体回忆。然而，虽然摒弃了以往青春题材的创作套路，力图展现少男少女元气满满、积极向上的新形象，但《微微一笑很倾城》里的故事并非大多数人心中真实的青春生活，不论是剧中装修豪华的高档宿舍，还是普及了西式早餐的大学食堂，或是男女主角过于完美的设定，都让观众产生一种间离感，很难将剧情与自己的真实生活相联系。而且牵牵手，散散步这样简单的恋爱过程未免太过顺风顺水，也与现实生活的琐碎曲折相去甚远。对于大部分观众而言，这是他们憧憬的生活，但并非触手可及的日常。创作者为了契合观众的白日梦想与避世需求，而以现实题材为框架，用轻松、简单的故事桥段打造了一个游离于现实之上、虚幻美好的梦境，虽然可以一扫之前青春题材的灰暗雾霾，却难免有虚无缥缈的轻浮感。

2. 剖析当代年轻人的普遍心理——国产青春剧的必经之路

对青年人的口味和心理把握不足，这其实是众多青春爱情题材创作遇到的难题。《光明日报》评论文章指出，由于创作格局有限，近年来涌现的青春爱情电视剧或停留在"人人都爱我"的玛丽苏式意淫层面，或纠结于个人得失的想入非非之中，往往以小情小爱为主旨，梦幻唯美当风格，涉及人生思考和社会问题的内容少之又少，在创作思路上陷入了同质性和程式化的窄巷。值得欣慰的是，近两年的青春剧渐已告别灰暗到令人生厌的过去，开始寻找一种美好的基调，而不是降低尺度去博人眼球。可是告别泥沼并不意味着要一下子飞到云端上不食人间烟火，也许是目前的影视业从事者并没有真正了解当代青年人群体的特点，年青一代是在互联网文化的浸润下长大的，他们的审美趣味正随着时代的变迁而日新月异，他们对于青春偶像电视剧的需求也早已超越了单纯、梦幻般的爱情故事层面，而更希望看到故事背后真实立体的人物、可感可触的情绪，甚至是能够给他们带来力量的价值观和思想内涵。甜美清新的纯爱确实令人眼前一亮，但深度剖析的不足和内涵的缺乏，注定中国的都市青春电视剧题材还有漫长的路要走。

（三）《中国式关系》——中国视角下的情感伦理与社会百态

由陈建斌、马伊琍担纲主演的《中国式关系》，是导演沈严继《中国式离婚》后第二次以"中国式"视角来解读当下的情感伦理关系与社会百态，讲述了因家庭情感纠葛辞职下海的主人公马国梁与受海外教育留洋归来的建筑设计师江一楠因缘际会、阴差阳错地产生人生交集并最终走到一起的故事。该剧自9月7日播出以来，收视率持续上升，至9月26日平均收视率超过1.1，一直雄踞收视榜前三位，成为暑期后电视剧的中坚。

该剧主张的"贴近现实主义"是否实现引起争议。导演沈严说，《中国式关系》讲了只有中国才能发生的故事。因为只有中国人的伦理道德、中国人这种说不清楚的为人处世方式，才会造成这样一种人与人之间的关系。人物形象是静止的、单一的，而人物关系则是动态的、复杂的，对社会变化进程中确实存在又难以名状的状态和变化，描摹"关系"比塑造人物形象更能够立体地还原和萃取，因此也就更加具有生活质感、更加贴近现实主义创作风格。从关注单一的人物形象，到关注人物在社会浪潮中的状态和相互关系，进而关注各种关系的微调、裂变、终止与弥合，这是现实主义题材电视剧的一个突破。各种"关系"在不停地变化和酝酿变化，这就是这个变化迅猛、思想多元的时代投射在都市生活中的剪影。剧中，人到中年的马国梁经历着从职场到家庭的双重裂变，并在失落、奋起、快意时深刻体味和咀嚼着中国式关系的深意，最终凭借担当、智慧、沉稳、善良，实现了人生的逆转。全剧塑造了不同阶层、不同职业、不同年龄的人物，重点展现当下社会形态各异的"关系"，并试图分析"关系"深层的存在背景，用现实主义风格网罗了社会、职场和家庭的几乎所有"关系"类型，并着眼各种关系，深入到家庭难题、商战技巧以及官场学问等领域，对当今社会进行剖析。自改革开放以来，中国式的思维与社会关系在多元力量的碰撞交融中发生了变迁，现今的中国式关系已经成为带有全球化特征与时代民族特色的新关系，而近年来"中国式××"作为一个渐趋成型的表达习惯，越来越多地被应用于对不良习惯、不良思想、不良风气和不良行为的抨击。有评论文章指出，虽然以"中国式关系"为题，意图与"中国式离婚"形成呼应与延伸，但仍然无法否认，剧中的"中国式关系"把人情交际这一中国社会潜规则作为隐形寄寓，忽略了"中国式关系"中值得赞扬、令人感动的人性与感情。现实主义并不是一味讽刺与抨击，全剧对崇尚礼义、重信然诺、情深义重等"中国式关系"表达得不足，减弱了人物形象的魅力和剧情的张力。

二、热点活动

（一）剧作研讨

- 2016年8月4日，长篇历史题材电视剧《西域英雄》剧本研讨会在京举行。研讨会由国家新闻出版广电总局中国电视艺术委员会、新疆维吾尔自治区新闻出版广电局联合举办，来自北京、新疆的十几位著名专家学者在会上发言。电视剧讲述的是西汉名将陈汤力挽狂澜，一举战胜危害西域安宁、丝路畅通的北匈奴郅支单于的传奇故事。

- 2016年9月29日，由最高人民检察院影视中心、凤凰卫视影视剧制作中心联合发起的电视连续剧《因法之名》的剧本研讨会在京召开。该剧由第十二届全国人大代表、著名编剧赵冬苓执笔编剧，执导过《中国式关系》等剧集的沈严、刘海波联袂执导，李幼斌、李小冉等主演，预计2017年上映。

（二）行业新闻

- 第四期浙江省影视产业高端人才培训国际制片人班学员赴英培训。包括中国浙江影视产业国际实验区相关负责人等的20名学员，在英国威斯敏斯特大学展开了为期一个月的学习考察。

- 2016年9月24日，由国家新闻出版广电总局主管的电视指南杂志社，在刊博会上举办创刊十周年暨融媒体上线新闻发布会。《电视指南》创刊于2006年，由中国广播影视出版社主办，系中国广播影视联盟的会刊。中国广播影视出版社社长、中国广播影视联盟理事长王卫平强调，杂志将以中国电视剧方向标为核心内容，目标是打造中国电视剧第一刊。

三、热议聚焦

（一）明星的天价片酬引发全社会关注

　　关于明星的天价片酬，我们在此前的报告中也特别给予关注，起初只是业内的导演和制片方不堪重负，在各种研讨会上叫苦连天，并担心因为天价片酬而持续损害电视剧的制作质量。经由中央电视台8月份的曝光之后，这一问题遂引起广泛关注和热议。有人认为，这个现象已不单纯是影视制作的痼疾，而成为"社会问题"，因为在收入差距拉大的趋势尚且未完全遏制的当下，影视明星逼近亿元的单剧报酬无疑是一个令人印象深刻的怪现象。它背后隐藏着不仅是影视制作领域的热钱躁动，更是无序竞争、监管缺位的原始积累下的粗放式经营模式，势必造成泡沫喧嚣，而一旦泡沫捅破，民众失去对影视的支持，行业根基受损就难以避免。明星天价片酬的不利之处主要表现有以下几点。

第一，艺人片酬过高，拉高成本，影响市场环境。今年上半年，电视剧《如懿传》开机，两位主演周迅和霍建华的片酬合计1.5 亿元，开出如此天价，在业内引起巨大争议，令人痛斥影视行业的明星天价片酬的积弊。艺人片酬究竟高到如何程度，北京美兰德媒体传播策略咨询公司市场部总监金桂娟通过数据分析得出一个判断——"艺人薪水正在水涨船高，很多大剧当中，艺人薪水要占到成本一半，甚至整个制作成本的三分之二"。导演冯小刚等多位业内知名人士曾指出，与全球同业相比，这是一种超常规现象，会把制作公司的艺术创作引向"看明星脸色、为明星打工"的窘境。明星片酬高企的连锁效应已经影响到整个产业链，腾讯、乐视等影视平台公司相继指出，"虚高片酬"引发产业链前端环节的网络文学改编版权（IP）价格虚高，制作成本整体虚高，乃至影视作品的交易成本和后期营销成本也随之水涨船高。"时下一些明星被严重宠坏，经纪公司和经纪人应率先被追责。"上海市政协委员、《高考1977》的导演江海洋坦言，"一个经纪人，可以成就一个演员、一部戏，一个经纪人也能毁了一窝演员，一堆戏。"他分析，当前经纪公司签约演员时，有的附带条款，乘坐"火箭"上升的明星酬劳有相当一部分直接落入经纪团队腰包，一些经纪公司还将拼片酬、拼房车、拼助理人数等恶习带到片场，从源头上影响演员，影响市场环境。

第二，唯金钱论的行业流弊造成恶性循环。近两年电视剧行业有一种非常不好的风气，就是只看明星人气，不注重作品内容。在他看来，一批"不差钱"的视频网站参与买剧，无形中加剧了这种不良风气，"有些网站看重流量，根本不重视剧目的剧本和制作，如果有当红明星参与，就提高购剧价格。"而张江南也笑言，演员圈内有句行话——"要么看戏，要么看钱"，"现在很多影视剧质量差，没有内容优势，一味依赖明星，人家当然要收高价"。影视行业观察者韩浩月认为，影视业对明星天价片酬的抱怨已非一天两天，但主要的决策者在抱怨完之后，依然只能无奈地加入到高价抢明星的行列中去，久而久之，业已形成了恶性循环。

整治流弊，仍需政策先行。一段时间来，"唯收视率""唯票房""唯点击率"等现象已得到有关部门调控，但也有"营销造假""粉丝造假"等新怪相冒头。一些假数据、假口碑牵动着演员片酬定价，令个别明星成了穿上"皇帝新装"又脱不下来的那个"皇上"，身不由己。专家认为，参考一些发达国家相对成熟的影视市场调控经验，健全和完善行业规范和监督机制迫在眉睫。央视新闻频道播出"天价"片酬专题新闻，就国内演员高片酬情况做了点名批评。当天，国家新闻出版广电总局党组在中央纪委监察部网站公示了一则《国家新闻出版广电总局党组关于巡视整改情况的通报》（以下简称《通报》），《通报》中明确提出，将下发通知要求各级电视播出机构在电视剧购买播放过程中不得指定演员，不得以明星大腕作为论价标准，在电视剧宣传工作中不得对明星进行过度炒作。此外，针对演员高片酬、不敬业等一系列问题，业内一直在讨论"演员打分制"的管控方案。有行业人士指出，未来可能会组建演员资格评价委员会，提高演员的入行门槛，让演员持证上岗；导演、制片人、编剧、演员四大协会组成道德层面的评委会，一旦演员有违法乱纪或者不敬业行为，就可以对其进行惩罚，甚至吊销演员从业资格，希望以此规范逐渐扭转行业内部不良风气，形成良性循环。

我们认为，结合中国的国情，提高编剧的地位利大于弊。天价片酬引发的问题当前主要集中在付给个别主演的报酬严重挤占了影视作品的制作费用，而拿不出经费来进行编剧、道具、设备和后期制作等方面的投入，如此则容易使影视作品粗制滥造，引起制作质量的严重下降，从而使观众远离国产剧。近年暑期档国产电影票房的严重下滑就是明证，热钱快钱投入影视，片面认为只要请来明星助阵就会大赚特赚，结果观众根本不买账，从而败坏了国产影视的声誉，如果没有进口大片的引进，暑期档中国电影票房将出现更加严重的下滑。这无疑是一个深刻的教训！电视剧领域也是如此，观众对于明星效应的忍耐也是有限的，说到底还是要靠整体质量，无论是编剧、表演和后期制作，都需要精心打磨，这样才是能展现"行业良心"，让观众满意。天价片酬是对电视剧制作规律的严重背离，在电视剧生产发达的美国、韩国，由于多方面的限制，这种现象很难出现。特别是韩国的经验值得注意，即严格的编剧负责制，对于故事情节的精雕细琢和对于演员的精细要求都令人称道，这是基于东方文化的故事完形心理而总结出来的，我国也不可能例外。试想，哪个中国观众不是被电视荧屏上的故事感动得一塌糊涂？连选秀节目都是大讲特讲故事，反而以情节取胜的电视剧不去抓故事，这不符合也不尊重规律。

（二）国产偶像剧：抛开颜值与雷点，前路何方

20世纪末，张一白导演的《将爱情进行到底》以清新的画风、新潮的服饰以及年轻人追梦与追爱的视点俘获了观众的心，获得了不俗的收视率，被称为国产偶像剧的真正开山之作。随后，大量港台偶像剧和日韩偶像剧涌入市场，在21世纪初掀起了一股偶像剧热潮，偶像剧文化应运而生。探索中的国产偶像剧，面对如此市场夹击，尽管有模仿痕迹重、港台腔浓郁、盲目追赶潮流等问题，但总体而言，努力的中国电视剧人，依然为我们呈现了诸多良心之作。网络新媒体的迅速崛起，电视台转企、制播分离，电视剧逐渐向市场靠拢等状况，一定程度上带动了偶像剧市场的"泡沫化"，粉丝文化带来的热效应让众多制片方不得不"放低身段"。要拼收视，似乎就很难苛求从业人员把艺术追求放在第一位。只要能抓住眼球，放出一个个"梗"，哪怕观众吐槽万年，对收视来说都是喜事。因而就有了《一起来看流星雨》被观众"改名"为"一起来看雷阵雨"的案例，因为过于雷人；《杉杉来了》剧中演员台词"我要让所有人知道这个鱼塘被你承包了"震撼程度不比"有钱长得帅是我的错吗"来得低。"霸道总裁""玛

丽苏剧情"成了近几年偶像剧的标配——男主角一定要有钱，女主角一定是"傻白甜"，男主角一定要突然爱上女主角爱得死心塌地永不分离才能让观众甜到忧伤。可是无论这些放低身段的做法能对一时的收视产生多少促进作用，它们都不会成为决定一部电视剧质量的绝对因素。

　　无论谍战片、历史剧，还是青春偶像剧，都是电视剧的一种类型，尽管青春偶像剧削弱了剧本的内在张力，重点在年轻男女演员以及爱情戏码上，但想要好看，还是要通过设置剧情的矛盾冲突来展开。正常的做法是通过塑造典型人物典型性格，围绕电视剧主题，情节上自然地展开矛盾冲突。"霸道总裁"和"玛丽苏"并不是偶像剧收视的唯一出路，有了好的故事结构、努力的演员，不需要狗血的三角恋情一样能玩出一波三折的跌宕爱情，不需要一线"小鲜肉"的颜值，一样能撑起一部剧的体面。大多数观众的心理认同点也在于"故事讲得好，比什么都重要"。对制片方而言，能在确保商品质量的前提下，再考虑利益的最大化，是对观众的一种尊重。

第三节　电影篇
——中国电影再提"拐点论"

　　中国电影市场在经历了暗淡的前两个季度之后，第三个季度依然是喜忧参半。之前600亿乐观的言论彻底化为泡影，众多电影人终于意识到今年中国电影或许又迎来了一个新的"拐点"。在8—9月上映的影片，依然是烂片众多，难以激发起观众的消费欲望。理论界的振臂高呼与产业界的无奈失落，共同构成了中国电影市场暑期档、中秋档的复杂乐章。

一、热点对象评论

　　1.《七月与安生》

　　在经历了暑期档全盘失落之后，大大小小的影片均未达到预期效果。9月根据畅销作家安妮宝贝同名小说《七月与安生》改编的电影上映了。该片由陈可辛担任监制，曾国祥执导，周冬雨、马思纯主演，讲述了两个从13岁开始就相识的女孩七月和安生，惺惺相惜成为彼此最好的朋友。机缘巧合之下，七月和安生爱上了同一个叫作"家明"的男生，最终得到各自命运安排的故事。影片上映后，以其不似一般青春电影套路的剧情发展而受到广大影迷喜爱，同时又因其很好地还原了小说原著的文艺流浪气质，而难得一见出现了书迷、影迷齐欢聚的景象。

从类型发展角度，该片摆脱国产青春片套路的剧情发展模式。怀孕、堕胎、出国、车祸……过去几年的国产"青春片"里，这些被主创人员用得乐此不疲的元素，最终却让"青春片"成为"烂片"的代名词。它们把人的生活与命运，描述得太过于剧烈，而且是一种表面的剧烈，对人暗潮汹涌的内心却丝毫没有触及，于是剧情显得狗血天真又愚蠢，最终耗尽了人的耐心。《七月与安生》摆脱了青春片的烂俗类型套路，把重点放在两个女孩相互依偎，相互反抗的成长故事中。男主人公苏家明的角色甚至可有可无，在这两个女孩儿的爱与恨中，男性角色仅仅是她们成长的催化剂，也是她们反反复复认清自己、认清彼此的催化剂。相对于家明的被动和模糊不清的情感倾向，两个女孩有着相当积极的主体意识和自我担当，并且到最后是七月在安生的陪伴下生下孩子，并相约分饰"好妈妈和坏妈妈"的角色共同抚养孩子，家明丈夫、父亲的角色都是缺席的。原来女伴才是彼此依赖的精神家园，这种处在闺蜜和拉拉之间的温馨情感更像是一种杂糅了爱情和友情的亲情。

这种大胆的设置在以往的国产青春片中很难见到，但其实两个女孩儿作为双主人公的类型在各个国家电影中都有所涉及。像日本电影《娜娜》《花与爱丽丝》，韩国电影《蔷薇，红莲》等，这些影片关注了女性的主体意识，并处掉男性干预的细腻成长体验，可以说是青春片的又一大创新类型模式。

从改编角度，该片保留原作的基调韵味，改变书中的人物设定更深入主题。小说《七月与安生》创作于18年前的90年代末，收入2000年安妮宝贝首次出版的短篇小说集《告别薇安》，全文不到两万字，简洁明了，形象生动，还有不少摄取人心的金句和扑面而来的视觉感。相较于原作，电影很好地保存有安妮宝贝文字风格特色，安静平淡缓缓流淌而来的情节，让观众非常舒服地跟随导演一起进入到两个女孩儿的青春时光。不同于大部分青春片所追求的声嘶力竭，用力过度，总要分出对错与是非，《七月与安生》自带张弛有度、含蓄内敛的文艺气质。虽然，到最后导演依然没有明确的说明什么样的选择才是对的，但是"自由与稳妥"两种人生的设定，又何尝不是每个人在成长中必须面对的人生命题呢？

在遵循原著风格的基础上，电影最大的亮点改编就是"交换人生"，小说里七月还是那个七月，安生还是那个安生，而在电影的后半段七月却变成了安生，安生变成了七月。最后死亡的反而是变成了安生的七月，存活下来并过上普通人幸福生活的是变成了七月的安生，电影更像是小说的续集和升华版，用更为明确的交换人生带给观众直面的思考，为我们揭开人生的另一层真相。

从主题角度，该片通过人物性格反转升华主题。其实在《七月与安生》中，最有意义的部分就是七月性格形象的反转。表面安静柔顺的七月却有着藏于心底深处的私欲、世故和心机，而安生表面叛逆调皮，却是简单、天真和透明的。对七月的人格重塑是影片对人性最深层次的挖掘，逃脱了大部分类型片中非黑即白、非A即B的二元对立人设，影片的新鲜跳脱之处还在于还原了人物本身多元的复杂性和变化感，有了现实生活人最正常的呼吸，最真实的性格。

虽然《七月与安生》并不完美，但是两位主演可圈可点的表演，导演在影片情节结构上的用心等，都使得这部影片成为了国产青春片中不可多得的佳作，也同时为网络小说IP改编电影提供了可行性的借鉴。

2.《我的战争》

与《七月与安生》同期上映的《我的战争》，是一部由中国电影股份有限公司出品，中国电影股份有限公司北京电影发行分公司宣传发行，彭顺执导，刘烨、王珞丹、王龙华、杨祐宁等主演的电影。影片改编自巴金的小说《团圆》，讲述了一群平凡又伟大的年轻人为了保卫国家毅然决然远赴他乡，在残酷的战场上发生的那些关于爱情、友情、亲情的传奇故事。这样大场面的战争片在近几年的国产市场不乏佳作，《智取威虎山》《战狼》等都为这类主旋律电影正名，只有质量佳，就会赢得观众认可。然而，《我的战争》却因为其空洞的人物形象，缺少的人物动机，以及前期宣传发行引起民众强烈反感而使票房收入极低，口碑也很差。

首先是人物形象的脸谱化，行动动机不明确。《我的战争》将整个影片的重点放在了一次又一次的打斗中，整个故事就是不断描写战争，飞机轰炸，子弹横飞，我方陷入困境，但为了祖国，为了军队，为了战友，军人们必须战斗到最后一刻，弹尽粮绝也决不退缩，革命乐观主义和英雄主义在这些军人身上发挥到极致，舍生取义的故事时不时地发生。而深处于战争中的人物却是苍白、无力的。观众看到了激烈的战斗场面，但导演和编剧却没有交代志愿军战士为什么愿意舍生忘死，结果刘烨和他率领的那些战士也就成了一群没有灵魂的战争机器人。他们仅仅是众多参加战争的战士之一，没有任何区别于其他战士的自己独特的特色，而"我的战争"中的主题"我"就变得含糊不清了。"我"如果没有任何特色，那何以书写"我"的战争。

其次，这些脸谱化的人物们行动是没有动机的，这也是大部分的主旋律电影无法真正的吸引观众的原因。而具体到《我的战争》中，影片中所描绘的抗美援朝本身就有其特殊性，人物的动机就更是这种特殊性的很好诠释。然而导演并没有试图去抓住这种复杂性，仅仅是把人物当成每次解决战斗问题的工具，人甘愿赴死的动机的缺失，也是影片空洞的原因。

再次，影片集中描绘我军的战斗，忽略了抗美援朝的整个背景和价值目的。影片基本上没有对美军的任何一次描写，都是站在我军的角度描绘一次又一次的战斗，甚至观众连他们每一次战斗的对象是谁都不太清楚，就只是看了两小时的无休止的打斗。朝鲜战争背后的中、美、苏三国的地缘政治角力，战争的必要性，"抗美援朝"的正义性等问题，这些这场战争独有的值得探讨的主题，影片统统回避，因此，无论破袭、堵截、巷战、攻坚这些战争形式有多丰富，都无法真正的牵动人心。对战争、历史正确的认识，人道主义价值观的体现，这才是战争片的根本。

最后，影片前期的宣传发行危机事件，确实使得影片流失了很多观众。9月7日，《我的战争》发布了一款公益宣传片，由平均年龄85岁以上的中国影史最高龄剧组出演，讲述了一个老兵旅游团到韩国首尔旅游，在车上向韩国导游自豪地说，60多年前曾经举着红旗进过汉城……动用一批"大师级老艺术家"为影片推广宣传的本意是好的，然而，却因为宣传片的价值观发酵起众多负面评论。毕竟朝、韩现在依然分裂，韩国人也并没有感谢当年的中国人"举着红旗进汉城"。据艺恩电影智库显示，公众方面，微博负面情感评价含有"这种电影宣传可不好"，"拿钱做这种无知无耻广告演出"等。媒体方面，腾讯网发布了"不要以'爱国'的名义无底线：评电影《我的战争》宣传片"，凤凰网发布了"媒体评电影《我的战争》宣传片：最冷血的战争观"等文字。一时间，对于该宣传的讨伐遍布整个互联网。

虽然片方第一时间站出来否认宣传片与影片的关系，但也于事无补，在互联网上出现很多自发抵制观影的活动。究竟宣传片事件给影片造成了多大的票房影响不得而知，但是负面口碑已对影片的舆论导向造成的伤害却是不可逆的。

二、重要评论活动

2016年8月17日，中国电影家协会、"电影产业与中国故事创新"上海市社科创新研究基地、中国文联电影艺术中心、中国电

影评论学会、上海市文艺评论家协会联合主办的"中国电影发展
论坛暨《中国电影产业研究报告》《中国电影艺术报告》上海研
讨会"在上海大学举行。论坛以近期中国电影市场增速放缓的成
因为切入点，进而辐射到整个中国电影产业面临的问题。

其中，对中国电影市场近期出现的问题，众多专家探讨了原
因。中国电影家协会秘书长饶曙光认为中国电影出现"拐点"，
意味着数量型增长方式遇到瓶颈，但中国电影仍保持着持续发展
的动力和条件。超过40%的年票房增速会过度消耗有效资源，因
此，要从数量型增长向质量型增长转变。

互联网资本的强势介入虽然为电影创作提供了资金保证，但
也在逐利性驱使下激起大量产业泡沫，也是中国电影出现产业拐
点的重要原因。北京电影学院副教授刘嘉以"穷凶极恶"一词来
描绘资本的"野心"，她认为一味维持高增速只是被产业泡沫放
大的心理暗示。

此外，众多专家从产能升级与市场"浮沫""互联网+"观众
分层、题材类型更迭、技术"进阶"、市场机制"完型"等产业
关键词角度出发，探讨中国电影面临的机遇于挑战。与会者达成
的共识是：中国电影要从数量型增长向质量型增长转变。

三、热点评论议题——中国电影"拐点论"

2016年暑期档共有96部新片上映，收获123亿元票房，与
2015年同周期基本持平。这与2003—2015年一直保持的35%以上
票房增幅相比，成绩表现似乎暗淡。而到了国庆档，以15.8亿成

绩收官，同比去年下降2.8亿，是近十年来国庆票房首次下跌。跌幅15%，人次下降700万。而即便夺得票房榜首的《湄公河行动》，票房也是三年来冠军榜的最低成绩。对此，大家纷纷提出了不同的忧虑和担心。有人提出"拐点论"，有人分析"票补"减少导致票房减少，有人说是因为我们的电影内功修炼不够等。中国电影增长速度放缓已经成为事实，如何正确地看待这个问题成了近期电影界热切讨论的问题。

第一，是不是能以单一的指标考量中国电影市场？中国电影正处于发展中，不应以无限增长的指标判断中国电影的好坏，而忽略了文化增长的突破。刚性增长是中国电影未来几年的必然趋势，同时起伏也将成为常态。同时，全球电影态势都不明朗，中国目前电影的几近饱和状态也是整个世界电影产业发展的趋势，应该更为理性的看待票房起伏的问题。

第二，提升电影质量才是根本。随着观众的品位越来越高，思想越来越成熟、理性化，受众审美的提升使得对于电影的质量愈发挑剔，仅以单薄的剧情，颜值高的小鲜肉拼凑而成的影片已无法满足观众的高品质需求，必须提升国产电影的质量，尤其是国产大片的质量，用大片带动整个电影产业的进步，用艺术引领整个审美趣味的提高。

第三，建立良好的电影产业生态环境。电影周边环境、投资环境、影院建设环境都需要更为合理性的规范，只有这样才能形成更为良性的循环，催生出更为优秀的作品。

第四节　美术篇
——聚焦世界艺术史大会

一、第34届世界艺术史大会

2016年9月16日，第34届世界艺术史大会（The 34th World Congress of Art History）于北京钓鱼台国宾馆开幕。该大会由国际艺术史学会（Comité International d'Histoire de l'Art，CIHA）与中央美术学院、北京大学联合主办，为期5天，除开幕式外，另分设21个不同专题的分会场。此次大会"共收到来自世界各地的稿件1012份，从中选择并确认参会的发言人逾290人，分别来自世界各地43个国家和地区"，"参会听众近万人次"。会议期间，同时开办的还包括中德博物馆论坛、故宫藏历代书画展、青州龙兴寺古代佛教造像展，以及世界艺术史大会图书特展等。作为国际文化艺术史界的"奥林匹克"，世界艺术史大会对举办国家的艺术史、艺术理论等学界无疑具有重要的意义，且尤为特别的是，本届大会乃是首次在"非西方"国家举办。本专题旨在对世界艺术史大会的发展历程、本届大会的主题、大会的主要流程和经过以及本届大会的影响及意义等内容进行阐述。

（一）世界艺术史大会的发展历程

从1873年的维也纳首届世界艺术史大会起，大会时至今日已历时143年，历经33届。1930年，其组织机构国际艺术史学会在布鲁塞尔成立。该机构致力于"维系各国艺术史学会之间的联系，并监督对艺术品的保护"，并将大会由每两年举办一届变为四年一届，在联合国成立之后，其被规划到联合国教科文组织。1961年，CIHA新的章程于纽约艺术史大会上起草，经过一系列的修订和讨论，于1972年里斯本大会之后被最终确认。该章程"明确了拣选国家艺术史学会成员、代理成员、全体大会的规定，以及组织国际大会和研讨会的程序（原则、行政组织与学术组织）、费用评估，以及取消会员资格的条件等"。

1975年以后，CIHA逐渐意识到西方传统导向的问题，即缺乏非西方国家的参与，各国艺术史学会之间缺少沟通与合作。因此在1979年的博洛尼亚会议中，CIHA确立了关注全世界范围艺术的方向，开始考虑不同文化中的艺术现象。1995年，在针对1996年阿姆斯特丹代表大会举行的理事会中，面对非西方地区代表不足的问题，一些成员"建议主办方发出多项旨在纠正这种情况的具体邀请"。于是这一问题在2004年的蒙特利尔和2008年的墨尔本艺术史大会期间得到了很大的改进。2011年，第34届世界艺术史大会确定由中国主办，开创了在"非西方"国家举办艺术史大会的先河。

（二）大会主题

本次艺术史大会的主题为"Terms"，概念，意指"不同历史和不同文化中的艺术和艺术史"。结合世界艺术史大会的历史沿革，我们可知这一主题的提出具有特殊的内涵。它引导着人们立足于全球文化的视角，来思考艺术在不同文化之中的多样性以及在不同文化之间的差异性。它迎合了世界艺术史大会对于突破西方传统语境的趋势，加强了对亚、非、拉地区艺术与文化特征的关注，对于世界艺术史的重塑具有积极意义。

配合此次大会一并开办的"破碎与聚合·青州龙兴寺古代佛教造像"展是对大会主题的进一步阐述。该展览于9月3日在中央美术学院美术馆开幕，展出了约50件出土于青州龙兴寺的古代佛教造像。策展人郑岩在9月9日关于该展览的讲座中从龙兴寺的佛像出发，提出"从中国文化出发，重新理解艺术品的意义，在反思旧有'雕塑'概念的同时，探索传统艺术与现代艺术在形式和观念上建立链接的可能性"。郑岩认为，青州龙兴寺的佛教造像不同于西方传统雕塑的概念，因为在龙兴寺的窖藏中，除了较为完整的佛像，被谨慎保存的还有佛像的碎片。这些碎片被古代中国人视为等同于佛本身的"舍利"，与完整的佛像一样，同样带有某种特殊的内在力量，体现出古代中国人对于佛像的独特理解。郑岩以此为例阐释大会的主题"Terms"，提出就像西方传统的"雕塑"概念无法完全囊括中国的"佛像"概念一样，由西方世界所确立的艺术史写作语汇亦无法完全和其他文化中的艺术相契合。

本届艺术史大会旨在"找到一个基于东方的、与中国古代艺术吻合的思考角度，重新思考对于古代中国而言艺术史的概念与定义"，并由此扩展到对整个世界不同文化中艺术品的重新思考。

同时，这一主题还包含了中国主办方以艺术推动人类社会和谐发展的愿望，即"以艺术的相互欣赏、相互喜好，相互尊敬的特质，促进文化互鉴，推动人类社会的和谐发展"。该主题意在发掘艺术史新的可能性，即不同国家和地区的学者们通过艺术史大会这个平台，阐发本地区艺术中所体现出来的独特的思想，使得不同的文化思想得以充分表达，相互碰撞，不同文化之间得以进一步地理解。

（三）大会内容

此次艺术史大会各个分会场的主题如下表所示。

维也纳艺术史大会分会场的主题

分会场	主题	分会场	主题
1	语词与概念	12	园林与庭院
2	标准与品评	13	传播与接受
3	想象与投射	14	他者与异域
4	欣赏与实用	15	误解与曲用
5	自觉与自律	16	商品与市场
6	传统与渊源	17	展示
7	流传与嬗变	18	媒体与视觉
8	禁忌与教化	19	审美与艺术史
9	独立与超脱	20	专业与美育
10	性别与妇女	21	多元与世界
11	风景与奇观		

　　从主题的设置中我们可以了解到在当下的艺术史研究领域中较为受关注的问题。其中，有些主题是围绕已有的问题进行新的探讨，例如第1分会场的"语词与概念"。"艺术"（art）一词的含义为何？这一问题几乎在所有艺术相关的理论书籍中都有所探讨，然而该板块着重探讨"艺术"这一词语在不同语言、文化以及时期中的不同内含。有些学者的研究角度十分独特，例如Desbuissons的报告《食物词汇：美食时代对绘画的描述和思考》。该报告从法语中体现绘画和美食之间联系的词汇入手，通过探讨这些词汇的演变过程，分析19世纪艺术文学中的"吃得好"美学。

　　此外，还有一些主题体现出对当下前沿问题的关注。例如第18分会场的"媒体与视觉"。该板块囊括了两个方面的问题：其一，为媒介问题，即围绕技术发展、媒介更新、新艺术观念与新艺术形式的产生等现象所引申出的一系列问题；其二，为全球化与文化身份之间关系的问题，包括在信息时代中，文化身份如何形成，全球性文化如何被塑造，以及如何看待全球性文化与区域性艺术之间的关系等问题。其中，Bartsch Anna-Maria在其《自拍——艺术还是"大众愚蠢"的表现？》（The Selfie-Art or Expression of the "Stupidity of the Masses"？）报告中探讨了当下流行的"自拍"现象。在她看来，自拍照乃是我们希望呈现给别人的形象。她谈到女性构成了自拍群体的主要部分，自拍对于年轻女性而言既是对自己的肯定，又体现出对他人肯定的诉求。另一方面，自拍还是一种抵抗，是一种自主呈现自己的方式。最后，

Bartsch Anna-Maria认为应将自拍当作一种现代媒介影响下的通信方式，加以严肃对待，并提出自拍照在未来可能会对人类的面部和形体造成影响。

最后一点，由于此次大会是第一次在以中国为先例的非欧国家举办，因此相对于之前的大会，不仅在各个分会场中有更多的中国学者参与讨论发言，在探讨的问题方面也与中国艺术史有了更加紧密的联系，其中还不乏国外学者对中国艺术史的研究。例如第17分会场的"展示"。高士明先生提到，在西方人的经验中，"展示"是和博物馆的展览机制紧密联系在一起的，然而在中国艺术的传统中，"展示"却有着不同的意涵。以"提拔"为例，在中国人看来，人与艺术作品之间是一种缘起缘灭的双向关系。提拔这一行为，是人对作品历史生命的一种介入，是"一个可以往后看也可以往前看的开放的历史结构"。在该分会场中，学者们所探讨不仅包含西方文化语境中的"展示"，还包括存在于中国艺术中另外的"展示"传统，例如瑞士学者尤丽（LU，Lis Jung）的报告《石·纸·书：关于石刻的物质性、展示与感知的若干问题》。在该报告中，尤丽以北齐的摩崖石刻为例，提出石刻的"展示"是一种独对天地的"存在"，它不为被看，而是自然存在。

（四）大会之后

9月20日下午，第34届世界艺术史大会于中央美术学院美术馆学术报告厅宣告闭幕。大会筹委会秘书长朱青生先生在闭幕式上作了主题为"未来的艺术史有两个问题不可回避"的总结发言，既对过去的大会内容进行了简要的总结，又对艺术史研究在未来的发展进行了展望。然而，关于大会的讨论并未停止。此次大会是否如预先设想的那样，使得中国的艺术史研究成果得以向世界展现出来，使中国的艺术史和文化得以被重新认知和思考，以及使不同文化中的艺术史得以显现，并达到以艺术史促进文化交流、推动人类社会和谐发展的目的。以下是笔者结合相关文章所总结出来的学者们对于此次大会成果及不足的看法。

首先，世界艺术史大会作为一个汇集来自世界各地且各艺术相关领域研究学者的平台，对于促进国内外学者相互之间的交流具有重要的意义。朱青生先生就提出，大会促进了各国学者的相互了解，且这一影响在大会结束之后仍会继续发挥作用。王镛先生认为，艺术史大会对于中国学者而言是一次盛况空前的中外学者聚会，分会的主题涵盖了艺术史研究的各个领域，涉及各个艺术门类。在交流中，中国学者能够在方法论方面受到很大的启发。胡斌先生同样认为，艺术史大会汇集了很多不同的视角、观点，覆盖区域很大，对于了解全球艺术史的研究进程与发展趋向有很大帮助。何桂彦先生在提出同样看法的同时，还认为艺术史大会能够呈现出一种全球领域的思考。

然而，高士明先生却认为如此大规模、高度紧密的学者集结和交流，不一定会产生很好的沟通。他提到翻译和语言的问题，以及思维方式不同所带来的词语意味不同的问题，认为"我们是在一个复调的历史中思考含义丰富且具有巨大差异性、复杂性、矛盾性的艺术和艺术史"。持有同样看法的还有学者张敢。他提出，通过艺术史大会，可以发现中国学者在语言方面的差距，"如果大家都能够熟练掌握英语，交流起来会更顺畅"。学者丁宁也提到，参与国际会议并提出针对性的问题，这对于中国学者而言是一种挑战，仍需要一定的时间。对此，笔者持肯定态度，结合自身的听会经验来看，虽然在大会期间学者们无论用英文还是中文进行发言，都有相应的PPT翻译以帮助听众理解其内容，但是在问答环节中中外学者之间往往无法进行通畅且有深度的对话。翻译一篇文章容易，但是用另外一种语言对文章中的问题进行现场的解释，这不仅仅是语言的问题，还涉及两种语言背后各个词语文化内涵的对应关系。整个艺术史大会，汇集了国内外的大批学者，但是中外学者之间在交流的深度方面却不尽如人意。

其次，世界艺术史大会在中国举办，不仅对于中国的艺术史研究以及学科建设具有积极意义，还使得中国的艺术史研究现状得以较为整体地呈现在全球的艺术史研究领域当中。范迪安先生在开幕式上就已提到，众多媒体对于此次艺术史大会的关注，体现出艺术史这一学科正日益受到人们的重视，艺术史研究逐渐成为受关注的焦点。此外，他还从广度和深度两个维度论述了此次大会的积极意义。朱青生先生认为，大会使得中国学者对于世界的看法得到表达，并提出要建立世界艺术史的研究系统。陈履生先生提出，"艺术史大会对于促进艺术史的研究，促进中国艺术史研究事业的发展，对于提升社会对于艺术史的认知，都具有重要的意义"。他从中国艺术史学科的专业发展现状、理论成果、学术规模、研究领域、研究方法等方面论述了艺术史大会对于中国艺术史学科发展的积极意义。李岩松先生则立足于开办大会的北京大学和中央美术学院这两所高校，讨论了大会对于高校美术史人才培养的意义。

此外，艺术史大会在促进中外学者交流以及呈现中国艺术史研究成果的同时，亦使得中外学者在艺术史研究方面的差异凸显出来，有助于中国学者意识到自身研究的优势和不足。学者林洁提到，在此次大会的中国学者报告中，存在套用国外理论来研究中国艺术的现象，西方理论在艺术史的研究中仍占主导地位。此外，相比中国学者，国外学者关注的范围更广，偏向于世界性的问题。王镛先生指出，西方学者善于抽象思维和逻辑思辨，其理论体系比较完备。而相比之下，中国学者比较偏重于直觉感悟，善于综合。张敢先生则认为，西方的艺术史学科发展更久，已然形成了一套自身的语言体系，解决了一些基本的问题，因此相对于艺术作品本身，更加关注作品背后的文化内涵，而中国的艺术史学科仍停留在对作品本身的探讨方面，深度不够，且缺乏自身的体系。丁宁先生提出，中国的艺术史研究在研究视野方面仍然不够广阔，且在一些重要的艺术史时段的研究上，如文艺复兴，仍存在不足之处。

最后，借世界艺术史大会，中国的文化艺术受到国外学者越来越多的关注。上文已述，在此次大会的报告中已包含不少外国学者对于中国艺术的研究成果，除了尤丽之外，还有斯坦福大学教授文以诚的《逾墙的视线：17世纪园林艺术中的理论与实践》等。在文以诚看来，外国学者进入中国文化的研究是十分有益的，"在对中国的艺术研究方面，除了我之外还有许多学者在介入研究，比如中国的瓷器在全球的传播等。学术研究已经打破了原来的方式，研究的材料的广度与深度都在提高，这也是当代艺术研究的趋势"。国外学者对中国艺术的研究，不仅可以为中国艺术史的研究提供更多不同的视角和方法，还能在对比之中使得中国学者进一步认识到国外对于中国文化的认知程度，为今后的文化交流提供更多有利的参考。大会的志愿者周天宇认为，国外学者对于中国艺术的理解仍有直观上的隔阂。由此可见，从受关注到相互理解，仍是一个漫长且需要中外学者共同努力的过程。

二、其他热点概述

本节旨在对其他的文艺热点进行概述，包括比较重要的论坛、研讨会，带有学术性的展览，以及新闻事件等。

2016年8月5日上午，"神农论坛（四）——中国装置艺术30年学术研讨会"于湖北省神农架木鱼镇香溪源酒店举行。研讨会为期2天，围绕六个关于中国装置艺术的问题进行探讨，分别为：何为装置艺术、装置艺术的本土化和国际化的问题、装置艺术的类型、装置艺术研究的反思、装置艺术的艺术市场现状以及收藏情况、物性的关系。研讨会论文共计16篇，其涉及的主题分别为装置艺术理论研究（8篇），中国装置艺术史研究（1篇），中国装置艺术分类研究（4篇），个案研究（3篇）。该研讨会反映出中国艺术理论界对中国装置艺术的研究现状。但值得一提的是，研讨会的论文缺乏对西方装置艺术的研究，而在参与人员方面有着青年研究者学缺位的问题。8月6日下午，研讨会进行了名为"最具影响力的三十件装置艺术作品"的评选活动。参会批评家以作品的文化针对性、作品在彼时彼地的重要性，以及艺术家创作的持续性为标准，经过3轮投票，选出了包括陈箴《圆桌》（1995）、吴山专《红色幽默系列之一·赤字》（1986）、艾未未《向日葵种子》（2010）等30件作品，作为中国最具影响力的三十件装置艺术作品。针对该研讨会及评比活动，学者苏坚撰文从3个方面提出了质疑：（1）该评比并没有体现出一定的评比理念，评选的目的性比较模糊，程序细节比较随意；（2）参与评比的批评家缺乏"代表性"，以"中年代"为主，青年批评家缺位；（3）评比过程不够公平公正。

8月14日下午，高名潞教授与牛宏宝教授、刘悦笛教授就自己新出版的《西方艺术史观念：再现与艺术史转向》一书，在北京798艺术区的尤伦斯当代艺术中心报告厅展开了一场高峰对话，同时就"艺术史的危机与当代艺术的走向"这一问题进行探讨。在对谈中，高名潞首先谈及自己写作《西方艺术史观念》一书的缘由，并对该书的内容进行简要的阐述。高提到，自己希望写一部"能够涵盖哲学、美学、艺术史、艺术批评甚至不同时代的艺术创作、艺术运动"的著作，他从"再现"的观念切入，认为"正是再现观念的内在驱动力，形成了西方艺术史、艺术批评，以及艺术创作的三重转向"，即作为哲学转向的象征再现、作为语言学转向的符号再现，以及作为上下文转向的语词再现。

随后，高讨论到"艺术史的危机和当代艺术走向"这一话题。他认为，"当代性这个话题就是如何建立当代标准的问题"，然而当代艺术的哲学很难探讨和认识。在高看来，导致"无法认识"这一危机的原因，乃是三个方面的偏执，即人文主义相对于个人主义的偏执、前与后的偏执、语言的偏执。随后，牛宏宝发表了其对高名潞《西方艺术史观念》一书的看法，认为该书是"一本西方艺术史的史学史，是对艺术史学的理论和模型，以及认识论的梳理"。他提出，该书非常细致地弥补了艺术史学在方法论建设上的短板。此外，他还以"匣子、格子、框子"的观点来进一步解释高名潞的三重转向，并谈及高在书中所做的中西艺术对比工作。高名潞对牛宏宝的看法做出肯定的回应，并就牛提出的当代视觉化问题给出自己的看法。认为视觉文化的"文化政治语言学"是导致当代艺术遭遇困境的原因之一。随后刘悦笛进一步对"匣子、格子、框子"进行解释，并评价高名潞为"刺猬型的艺术理论家"。此外，刘悦笛还向高提出三个问题：（1）关于再现；（2）艺术终结以后，艺术史该如何走；（3）如何建构中国的艺术理论。随后高名潞进行一一回应。

8月25日，第二届杭州纤维艺术三年展"我织我在"于浙江美术馆开幕。该展览展出了阿什穆·阿卢瓦利亚（Ashim Ahluwalia）、法比奥·拉塔兹·安第诺瑞（Fabio Lattanzi Antinori）、张永和/非常建筑、陈界仁等来自16个国家和地区的艺术家的纤维艺术作品。展览的主题为"我织我在"，旨在"以编织这个最日常、最朴素的语言连接起地方、产业等相关社会领域"。策划者将展览分为四个部分，从多个层次对展览主题进行进一步的阐释：（1）针言·箴言，该部分将"针"与其古字"箴"相联系，进而探讨蕴藏在纤维艺术中的"言说、劝诫与预言性的文化隐喻"；（2）身体·身份，该部分将织物视为"第二皮肤"和"身份的象征"，探讨"编织对肉身记忆和历史的回应"；（3）织造·铸造，该部分立足于现代纤维艺术的"技艺内涵和实验性质"，探讨"编织对形态与观念的回应"；（4）现象·现场，该部分将编织与其背后的生产劳动、行业企业等社会现实相联系，探讨"编织对社会现场的回应"。展览期间，一并开展的还有"世界织造"国际工作坊、"织物式思考"国际学术研讨会，以及"云上雲"纤维艺术家梁绍基个展。关于纤维艺术，艺术总监施慧提到纤维艺术作品乃是以线性结构的纤维材料作为创作媒介，其动人之处乃是包含在作品中的时间因素。她认为，纤维艺术不仅契合公共艺术的内在需求，好的作品还能够表现人与社会的关系，体现出材料背后的情感与文化。

9月11日，清华大学艺术博物馆开馆系列学术活动"艺术·科学·博物馆"于清华大学艺术博物馆举办。参与嘉宾包括陈池瑜教授、杜大恺教授、邵大箴教授等多位学者。该论坛包括"馆长论坛——大学博物馆展望""学术研讨——艺术与科学国际研讨会""专家座谈——博物馆与当代艺术"三个分论坛。馆长冯远提到，大学博物馆在发展过程中逐渐沿着艺术博物馆的方向演进，其功能逐渐集中在收藏、展示和研究艺术品上。而相比于一般的艺术博物馆，大学艺术博物馆在学生培养、建设大学历史人文环境方面发挥着独特的作用。

2016年9月22日至23日，"观看之道：王逊美术史论坛暨中央美术学院第一届博士后论坛"于中央美术学院成功举办。该论坛从"对观看的观看""多元碰撞的观看""观看与权力""看与见""传播流变的观看""媒体的'观看'与艺术史书写"六大板块出发，围绕主题"观看之道"展开讨论。论坛采用"报告—评议"的方式进行，18位进行报告的学者分别对应18位评议人，论坛上学者之间交流甚多，讨论热烈。此外，论坛还邀请媒体代表参加媒体圆桌讨论，就"中国艺术媒体的发展历程，作为学术媒体、大众媒体及网络媒体在当下的困境和思考，媒体作为载体的知识传承和艺术生产作用，媒介传播过程中的误解以及通过媒介的作用重建美术史等问题"展开探讨。

9月24日，"抽象以来：中国抽象艺术研究展巡展"于上海民生现代美术馆开幕。该展览展出了具有代表性的十六位中国抽象艺术家的作品，对中国抽象艺术的发展脉络进行了呈现。其目的旨在梳理中国抽象艺术的同时，以国际化的视野对中国抽象艺术进行分析和探讨，推进抽象艺术研究的广度与深度。伴随展览一并举办的，还有以"探寻内在本质"为主题的研讨会，参会嘉宾包括何桂彦、李晓峰、沈语冰、唐克扬等学者。

第五节　舞蹈篇
——沉淀与反思

　　2016年8—9月，在这个季节交接的月份中，仿佛空气变成了斑斓的彩色，丰富、烂漫，洋溢着欢愉的同时，似乎又带着一丝的静默和含蓄。与此同时，舞蹈界也犹如这天气一般，带着丰硕的成果向世人们证明着我们的辛勤以及舞蹈艺术的无限魅力。然而，在得到肯定与赞扬之后，我们是否应该静下心来，反思接下来的路应该去向何方？舞蹈又在扮演着什么样的角色？将会给世人带来什么样的新景象呢？

一、焦点概述

（一）第五届全国少数民族文艺汇演

　　全国少数民族文艺会演是国家法定的大型民族文化活动，得到党中央、国务院的高度重视。经国务院批准，国家民委、文化部、国家新闻出版广电总局和北京市人民政府定于2016年8月

16—9月14日在北京举办第五届全国少数民族文艺会演。

近年来，我国采取一系列政策措施，大力保护和发展少数民族文化，全国少数民族文艺创作空前活跃，涌现出一大批思想性、艺术性俱佳，民族特色、地域特色浓郁的艺术精品。本届文艺会演的参演剧目，就是其中的代表作。其中参演剧目民族特色浓郁、地域特点鲜明、精品力作荟萃，集中展现了"中华民族一家亲，同心共筑中国梦"的时代主题。全国31个省、自治区、直辖市，新疆生产建设兵团，中央军委政治工作部，中央人民政府驻香港、澳门联络办组成的35个代表团，56个民族的7000余名演职人员参加了会演，参演的43台剧目和开、闭幕式文艺晚会，共演出92场。12万各界人士到剧场观看了演出，剧场平均上座率达93%，每场演出结束后，现场观众都报以经久不息的热烈掌声，同时有近1亿电视观众收看了开幕式文艺晚会实况转播。广大网民还积极参与43台剧目的网上评选活动，关注和参与投票的网民超过1亿人次。自7月21日网络投票活动启动以来，截至8月3日，参与投票人数219.2万余人，累计投票905.8万余人次，网络投票活动启动当天投票数即突破5万人次，最高日投票数接近37万余人次。不少观众表示，少数民族文艺会演不仅是一场场独具特色的视听盛宴，自己也因各民族手足相亲、守望相助的兄弟情而深受精神洗礼。

对于少数民族歌舞，人们的传统印象多是"原生态"。但在本届会演中，除了传统民族歌舞外，还有更多艺术形式的呈现，如芭蕾舞剧、歌剧、音乐剧等，以及北京观众比较陌生的少数民族艺术形式，如藏戏、壮剧、傣剧、畲歌戏。加之现代舞台数字化多维空间技术运用相当普遍，整体演出呈现出古老与现代的交相呼应，令人大开眼界。舞蹈方面也毫不例外，例如舞蹈诗《乌苏里船歌》结合多种舞蹈形式，在追求戏剧性的同时，也追求诗意、追求返璞归真。还有情景歌舞《草原上的乌兰牧骑》、藏戏《六弦琴缘》、歌舞剧《情暖天山》、舞蹈诗《缘起敦煌》、舞剧《阿里郎花》等作品，都是通过不同的题材与形式，来表达民族的文化个性以及艺术追求，彰显出民族的热情和团结的精神。总之，本届会演是一次少数民族文化发展成果的隆重展示。会演激发和提升了民族文化自觉意识，是对中华民族文化自信的生动诠释。

（二）全国热门舞蹈节目展演

8月1日，第四届"荷花少年"全国舞蹈展演活动拉开帷幕，来自全国65家中专艺术院校和普通中学的77个作品在北京舞蹈学院舞蹈剧场一一亮相。2013年，中国舞蹈家协会推出"荷花少年"全国舞蹈展演活动，作为针对中学阶段13岁至18岁年龄段青少年为活动对象的展演活动，给中学舞蹈教育工作提供了一个经验交流、作品展示、灵感激发的平台，使之发展更系统化和科学化。在活动中，不管在展演作品内容、题材，还是在活动的组织规模和形式上，"创新"是不变的主旋律。展演在保留群舞展演种类外，还增加了独舞、双人舞、三人舞的展演种类，同时，还纳入中专艺术院校的优秀专业舞蹈作品。种类多样、题材新颖、内容丰富、特色鲜明的作品，将集中展现出中专艺术院校和中学校园舞蹈艺术的特点和舞蹈教育工作的现状。经过四天四场的激烈角逐，8月4日晚，在最后一场展演结束后，经专家委员会现场严格评议，评选出专业组中共有15个作品获得"荷花少年"荣誉称号、24个作品获得"星光少年"荣誉称号，而普通组中共有15个作品和23个作品分别获得"荷花少年"和"星光少年"的荣誉称号。为此次活动画上圆满的句号。

2016年"小荷风采"精品剧目全国巡演活动历时一个多月，经历了江苏徐州和东方之珠香港两站成功巡演，8月5日晚，由中国文联、中国舞协、中共天津市委宣传部、天津市文联、天津市河西区人民政府共同主办，天津市舞协、天津市河西区文化局共同承办的"小荷风采"精品剧目全国巡演（天津站）在美丽的海河之滨天津市圆满落幕了。中国舞协副主席王小燕、黄豆豆、山翀、杨笑阳，中国舞协分党组成员、副秘书长夏小虎，中国舞协中小学舞蹈教育专业委员会副主任杨敏、田培培，天津市文联党组书记、常务副主席万镜明，中共天津市河西区委常委、中共天津市河西区委宣传部部长杨志庆，天津市文联党组副书记、副主席李志，天津市河西区副区长许洪玲，中共天津市委宣传部文艺处处长杨君毅，天津市文联党组成员、秘书长商移山，天津市河西区文广局书记刘义民等出席活动并观看了演出。"小荷风采"精品剧目全国巡演（天津站）的成功举办，正是证明了此活动已成为中国舞蹈家协会具有导向性、示范性、权威性的全国少儿舞蹈活动品牌，受到广大少年儿童的热烈欢迎并产生了积极、广泛的社会影响。通过全国性的舞蹈巡演，不仅让充满"童真、童心、童趣",深入儿童生活,符合儿童身心特点的经典剧目重现,还让少儿舞蹈编创者得以在回味经典中立足当下、着眼未来,进一步扩大了"小荷风采"的品牌影响力,从而推动我国少儿舞蹈事业的繁荣发展,让少儿舞蹈创作勇攀高峰。

2016年8月13日上午10时,由中华人民共和国文化部主办,山东省教育厅、山东省文化厅、山东艺术学院承办的第11届全国"桃李杯"舞蹈教育教学成果展示活动新闻发布会在山东艺术学院文东校区综合剧场音乐厅召开,标志着本届舞蹈界的"奥斯卡"正式启动。"桃李杯"成功举办30年来,形成了鲜明的"桃李"特色,在检验专业舞蹈教学成果,发现选拔舞蹈新人新作,繁荣舞蹈剧目创作,推动我国舞蹈事业发展方面发挥了重要作用。在2015年全国性文艺评奖改革中,"桃李杯"因其广泛影响和重要作用予以保留,由比赛转变为舞蹈教育教学成果展示活动,更加注重展示、交流、切磋和研讨,愈加凸显了"桃李杯"引领和规范教学的初衷和本质。本届"桃李杯"延续了其强大的吸引力和感召力,共收到来自120多所院校的446个剧目,覆盖了全国所有地市。此外,美国、加拿大和新加坡的多所院校也积极报名参与了本届展示活动。最终成果展示的内容分为中国古典舞青年组、少年组;中国民族民间舞青年组、少年组;芭蕾舞青年组、少年组;国际标准舞组;港澳台及海外组;群舞组以及精品课组这十大板块进行。共计历时一个星期。

由文化部、湖北省政府主办,文化部艺术司、湖北省文化厅承办的第十一届全国优秀舞蹈节目展演于9月5日在湖北武汉拉开帷幕。文化部副部长董伟，湖北省委常委、宣传部部长梁伟年，湖北省人大副主任周洪宇，湖北省副省长曹广晶，湖北省政协副主席刘善桥等出席开幕式并观看演出。本届展演分为独舞、双人舞、三人舞和群舞，全国31个省、自治区、直辖市，新疆生产建设兵团，部队系统，文化部直属艺术院团，中央国家机关有关部委所属艺术院团、艺术院校共报送节目585个，其中独舞121个、双人舞87个、三人舞23个、群舞354个。经专家认真遴选和后期确认，共有62个节目参加本届展演，其中独舞11个、双人舞8个、三人舞2个、群舞41个。此项展演前身是创办于1980年的"全国舞蹈比赛"，从第十一届起，此项活动取消评奖改为展演。本届展演将首次开展"一场一评"——每场演出的第二天即举办舞蹈创作研讨会。主创人员将与专家面对面探讨节目的优点和不足，交流创作上的心得和体会，并对舞蹈创作观念、方法上存在的问题和创作态势进行深入研讨，从而达到引导当前舞蹈艺术创作的目的。这也是对原有模式的挑战和创新。

　　2016年9月4日，以"构建创新、活力、联动、包容的世界经济"为主题的二十国集团（G20）领导人第十一次峰会，在杭州正式开幕。当晚，出席二十国集团领导人杭州峰会的G20成员和嘉宾国领导人，及有关国际组织负责人在杭州西湖景区观看一场展现江南风情，彰显中国气派，弘扬世界大同的大型水上情景表演交响音乐会《最忆是杭州》。此次文艺演出由张艺谋担任总导演、沙晓岚为总制作人，中国国家交响乐团首席指挥李心草担任乐队指挥。整场演出由9大节目构成，总时长在50分钟左右。"西湖元素、杭州特色、江南韵味、中国气派、世界大同"，成为晚会总导演张艺谋给出的关键词。此次文艺盛宴充分体现中国古老的美，现在的美，及西方艺术的美，将中西方文化的魅力宣扬到极致，引起了世界各国极大的反响。同时在晚会的舞蹈部分更是称之为经典，融入大量高科技元素，在场地上运用了全息处理，将影像和人成为一种互动关系。在形式上也进行了极大的创新，在承载着文化内涵的西湖上"实景演出"。例如水上《天鹅湖》，舞者第一次在真实的湖面起舞，不论是对导演还是演员都是极大的挑战。另外在节目的选取上具有丰富的内涵，并偏向于中国诗风，尽现中华文化底蕴。例如《春江花月夜》《梁祝》《采茶舞曲》，都是家喻户晓的世界经典旋律，《欢乐颂》更是将中西方文化珠联璧合，引起全世界观众的共鸣。

（三）全国舞蹈演出

2016年8月3日，大型民族舞剧《我的贝勒格人生》，在内蒙古民族艺术剧院音乐厅上演。这是国内首部将蒙古族古老的贝勒格舞蹈元素进行挖掘、整理后打造的一部原创民族舞剧，该舞剧是2015年国家艺术基金资助项目。8月16—17日，中国歌剧舞剧院的原创舞剧《一"义"孤行》在国家大剧院演出。此舞剧是根据元杂剧《赵氏孤儿案》改编的，以舞剧的形式呈现了曲折感人的故事，传播中国传统文化的大义大爱，传递正能量，如此伟大的题材、国家级的水准，使人在荡气回肠中想到、看到、听到了民族传承的力量。8月25—28日，中国台湾云门舞集《水月》在国家大剧院隆重上演，云门舞集一团再次亮相使观众蜂拥而来，可谓一票难求，《水月》是林怀民由"镜花水月毕竟总成空"的佛家语中获得灵感，舞蹈动作根据熊卫先生所创的"太极导引"原理发展成型，首演至今获得海内外热烈好评。8月25—27日，俄罗斯斯瓦赫坦戈夫剧院《假面舞会》震撼亮相，里马斯·图米纳斯执导的《假面舞会》在保留莱蒙托夫原作韵味的基础上，在舞台布景、戏剧情节和表演编排上都有更为深刻的挖掘和雕琢，更加饱满地呈现在舞台上，让观众充分领略俄罗斯戏剧的无穷魅力。与此8月期间，中国舞蹈十二天推荐作品在国家大剧院小剧场陆续上演，其中包括刘敏推荐的刘芳、曾明作品《悟空》；赵汝蘅推荐的李敏作品《以爱之名》；蒙小燕推荐的白玛次仁作品《藏传——根》；罗斌推荐的周莉亚作品《药》；陈维亚推荐的赵栩可作品《方圆》等。9月14—15日，国家艺术基金2015年度资助项目舞剧《杜甫》登陆国家大剧院在北京首演，该剧穿越一千多年的悠悠岁月，回望杜甫笔下的唐朝，体会身居草莽而兼济天下苍生的理想与情怀。

二、焦点评论

（一）舞蹈比赛评奖改为展演活动

目前，绝大多数的舞蹈类比赛评奖模式均按照国家下达的改革制度有关意见取消评奖，改为展演活动。全国舞蹈比赛创办于1980年，至今已推出了一大批优秀舞蹈作品，发现、培养了一大批创作、表演人才，为促进我国舞蹈艺术繁荣发展发挥了重要作用。从文化部获悉，按照中央关于全国性文艺评奖制度改革的有关意见精神，全国舞蹈比赛将自第十一届起取消评奖改为展演活动，同时，演出期间，首次开展了"一场一评"，即为每一台节目举办一次研讨会。国内艺术界知名专家、艺术家齐聚一堂，对目前我们舞蹈创作表演所存在的一些问题，比如：结构方式、人物塑造、灯光运用、服装穿法、设计风格等方面趋于雷同，对艺术的评价标准发展变化较少，有些创造性的作品得不到包容和支持等进行了集中研讨。其实，艺术本身就具有包容性和多元性，因此对于比赛制度的建立，自然就会用几近相同的眼光去看待。通过这次改革制度的执行，将"比赛"改为"展演"，我们能够在发现问题的同时明确指出来，尽管这个问题已经存在已久，但至少从活动的性质上能有所改变，帮助我们尽快做出有效调整，使得此次活动既能够充分展示舞蹈人才的个人能力以及专业水平，又能够在一个良好的环境中进行沟通和交流、相互促进。由上至下逐步完成舞蹈的转型及发展。第六届"小荷风采"全国少儿舞蹈已经由"比赛"改为"展演"，如今的"小荷风采"全国少儿舞蹈展演没有了等级奖项的设置，创作表演比较好的团队叫作"小荷之星"，其他叫"小荷新秀"，这样的划分让老师和孩子都轻松了许多，参加展演的队伍和人数更踊跃。第十一届"桃李杯"舞蹈教育教学成果展示经历了一次停赛推迟，最终以展演的形式在山东省首次亮相。此次的"桃李杯"更加注重交流、切磋和研讨，更加凸显了引领、规范舞蹈教学的初衷和本质。与此同时，还有第四届"荷花少年"全国舞蹈展演活动、北京现代舞展演、广东现代舞周——青年舞展等活动都在运行模式上做出了相应调整。

尽管有些活动依然存在"换汤不换药"的现象，但是至少从活动名称的确定上转变了一些人对于舞蹈的看法，使绝大多数的参与者更加积极参与，也使一部分对于舞蹈敬而远之的人开始关注舞蹈的展演，去接近舞蹈、欣赏舞蹈、参与舞蹈。剔除了人们对于舞蹈艺术的"功利心"，也使家长、专业舞者、编导、甚至是作为评委的专家们更加单纯地投入展演活动之中。舞蹈事业不断地发展并渐渐走向成熟，一定会需要一个漫长的过程，我们从专业的舞蹈教育，只停留在少数人的教育中，到逐渐普及推广，希望将舞蹈艺术带给更多人，接触到舞蹈更加全面的方向和视野，使他们在接触舞蹈的过程中，学会如何欣赏艺术、提高审美。这必定需要我们在原有的模式上做出相应的调整，只有改变才能继续发展，我们先不去评价现在所调整的方法是与否，至少我们作为舞蹈人应该积极去响应，发挥我们的力量融入这场改革当中，积极推动舞蹈事业的发展。

（二）舞蹈教育的途径

随着近年来中小学舞蹈教育工作的推进和普及，逐渐显现出一些教育成果，从中小学普及舞蹈课到培养中小学学生舞蹈兴趣组建艺术团，再到一些校园舞蹈展演活动。我们在力求不断将青少年儿童舞蹈相对狭隘、功利的观念向素质教育和美育教育进行拓展，将青少年儿童舞蹈深层教育进行外延。通过对广大的幼儿、青少年进行启蒙教育，使他们在学习舞蹈的过程中，具备了良好的个性、高尚的品德，同时还启发了孩子们的想象力、创造力，加强他们的团队精神与美好情商，并且创造出更好更开放的中国青少年儿童舞蹈创作与教育环境。

4月的全国第五届中小学生艺术展演活动、8月的第四届"荷花少年"全国舞蹈展演活动以及2016年"小荷风采"精品剧目全国巡演活动等，不断开展了更多有利于中小学生艺术培养的活动。通过这些活动的进行，一方面能够激发了更多中小学生对于舞蹈的兴趣以及参与度，另一方面也在检验着我们舞蹈素质教育实施的程度及教学成果，得到了全国各省市舞协和学校、老师的大力支持，也使得活动规模和表演的艺术品质上，都上了一个全新的台阶。可以说，校园舞蹈展演活动已经成为推进舞蹈教育的一个有力途径。

中小学舞蹈的创作题材相比专业的舞蹈作品创作，在题材和形式上表现得更加新颖，拥有丰富的内容价值和民族文化传承意义，使儿童舞蹈的特点和艺术符号更加鲜明和立体，在舞蹈的大体系中渐渐区别出来。呈现出以下几点：一是地方风格浓郁，民族风情浓郁，无论是蒙古族、傣族、藏族还是苗族、彝族等民族舞蹈，都充满了浓郁的民族和地方特色；二是中小学生表演者在表演时的状态不仅专业而且细腻，尤其在情感的表达上更加真实和投入，发自内心的舞动更容易打动观众；三是专业的训练有准备，舞蹈能力和素质以及艺术品位都有一定的提升；四是在创作中融入多种艺术形式，大胆运用多元化的表达方式，将科技、戏剧、表演等元素融会贯通，人物、情节上的塑造也不断进行尝试。

通往舞蹈艺术教育的道路和方法有很多，我们也在不断地探索中慢慢发现适合我们中国儿童舞蹈发展的途径，并且尝试着如何更加有效的实施和推进，我们对于儿童舞蹈的期望和目的并不是为了培养更多舞蹈专门人才，而是希望通过舞蹈教育使儿童的身心发展更加全面，在增强舞蹈兴趣的同时能够积极引导学生，激发他们无限的想象力与创造力，创造出更适合中国发展的舞蹈新模式，使得中国舞蹈之路能越走越宽。

第六章

艺术热点评论双月报告
（2016年10月—2016年11月）

　　2016年11月30日，习近平总书记在文联十大、作协九大开幕式上发表重要讲话："文学艺术必须具有一种精神导向性，文艺创作的目的是引导人们找到思想的源泉、力量的源泉、快乐的源泉""文艺工作者要对生活素材进行判断，弘扬正能量，用文艺的力量温暖人、鼓舞人、启迪人，引导人们提升思想认识、文化修养、审美水准、道德水平，激励人们永葆积极向上的乐观心态和进取精神"。他高度概括了艺术评论的导向性。结合习总书记的讲话，看这两个月以来的艺术评论，我们又有了新的思考。

第一节　音乐篇
——跨界融合与文化创新

　　跨界融合已经不再是一个新鲜的词汇，但在音乐评论界，如何跨界与创新，是10月、11月两个月以来的关键词，因此，这两个月的音乐报告便也从此说起。

一、艺术之声

（一）古典音乐的传承与创新

　　第十九届北京国际音乐节于2016年10月9日至29日在北京如期举办，在21天的时间内奉献了21套30场精彩演出，涵盖从歌剧、交响乐、民族、跨界等多重形式，并如往年一样推出儿童音乐会、都市系列音乐会、中国作品音乐会、大师班、普及讲座、音乐家对话等公益活动。不同往年的是，本届音乐节出现了多个"首次"，带领观众以新锐的眼光，借助新奇的表现方式，重塑了古典音乐的新风尚：伦敦寂静歌剧团全新改编的"浸没式环境歌剧"《唐·璜》首次引入国内，打破了传统歌剧的观演关系，真实再现了真人演员、虚拟演员、现场观众三位一体的交互；由当今世界歌剧舞台最杰出的艺术大师罗伯特·卡尔森执导，北京国际音乐节与法国普罗旺斯—埃克斯国际艺术节合作呈现的歌剧《仲夏夜之梦》首度被搬上中国舞台；荷兰作曲家兼导演米歇尔·范德阿创作的3D迷你歌剧《湮灭》举行了亚洲首演，这也是本届音乐节推出的彻底颠覆传统歌剧视觉体验的歌剧大作；柏林爱乐乐团单簧管首席安德烈斯·奥登萨默与阿根廷钢琴家荷西·葛拉多联袂带来了一场爵士遇民谣跨界音乐会。此外，著名男低中音歌唱家沈洋与青年导演邹爽合作，联袂打造根据舒伯特著名声乐套曲《冬之旅》创作的多媒体视觉剧场作品《逐》。这部前卫的多媒体剧场作品带有显著的先锋艺术表现手段，将舒伯特创作的24首歌曲全部视觉化，重塑这部浪漫主义德语经典之作。

伴随着荷兰指挥家——梵志登领衔的香港管弦乐团演绎马勒的"巨人"交响曲，以"传承之乐、新锐之音"为主题的第十九届北京国际音乐节落下帷幕，北京国际音乐节艺术总监余隆表示："古典音乐艺术伴随着人类文明、艺术与思想的进步不断演进，从来没有像今天这样遭遇到新技术、新媒体、新审美趣味的冲击，所以用全新的姿态赋予传统艺术鲜活的生命力，是我们每一个音乐艺术家的使命。"

（二）从复排歌剧《白毛女》看文化自信

习近平总书记指出，"牢固的核心价值观，都有其固有的根本，抛弃传统、丢掉根本，就等于割断了自己的精神命脉"。"要加强对中华优秀传统文化的挖掘和阐发，努力实现中华优秀传统文化的创造性转化、创新性发展"。一个背弃自己文化历史的国家，在艺术领域也是没有发展前景的，从经典中学习，再从经典中创造，悠久的中国文化要有自己的艺术自信！

歌剧《白毛女》是中国歌剧史上第一部真正意义上的民族歌剧，它开创了中国民族歌剧的先河，有着举足轻重的地位。它是在延安解放区秧歌运动的基础上，由延安鲁艺文学院在1945 年集体创作而成。歌剧《白毛女》是我国民族歌剧代表性经典之作，它将西方歌剧的创作手法与中国民间故事完美结合，并大量使用中国传统戏曲的演唱技巧，真正做到了在艺术领域里"中学为本"，以西方歌剧体制、表演技法为参照，将中国民间题材的故事和演唱风格成功架构于西方的音乐创作结构中。它的问世带领中国民族歌剧走向一个新纪元，开阔了中国民族歌剧创作的新思路，是中国民族歌剧的一个里程碑，因此它的出现在整个中国民族歌剧的发展史中具有十分重要的意义，去年文化部组织纪念这部作品诞生七十周年的复排，以及制作为 3D 舞台艺术片的拍摄，希望将经典通过越来越先进的媒体技术传承下去。新版本中将"在激愤中枪毙黄世仁"改成了"交由相关部门法办"，这虽然只是一处细节改动，却赋予了它新的生命，使得这部经典作品具有了法治意义的时代性特点。

（三）诺贝尔文学奖花落"民谣词作人"

2016年注入音乐界的一剂强心针，当属今年10月瑞典皇家学院宣布民谣歌手鲍勃·迪伦获得的诺贝尔文学奖，此举引来了喝彩声和质疑声，究竟迪伦的歌词是不是诗歌？是不是文学？许多人认为迪伦不会接受此奖，也有人认为迪伦压根就不需要诺贝尔奖肯定自己的成就。今年75岁的鲍勃·迪伦在2011年4月，曾经在北京和上海分别开了演唱会，虽然大量观众是圈内人，但他的经纪人提到迪伦对中国文化很感兴趣，他喜欢和不同文化背景的人分享音乐。那鲍勃·迪伦究竟是怎样的一个人呢？有人把他称作"一生叛逆的老少年"，近几天关于迪伦的获奖感言，一些媒体多少有着"标题党"式的误导，如果仔细看过全篇获奖感言的话，与其认为这是"反抗"不如说是一种"反思"，他从音乐走向诗歌，又从诗歌走向音乐，音乐与文学殊途同归，迪伦对歌词韵脚的掌控好像炼金术一样，把传统的文字分解为没有人想到过的全新表达，用悦耳的民谣融合了街头俗语与神圣词汇。许多好的歌词之所以出色，是因为与音乐恰到好处的联姻。有些甚至可以完全从音乐中抽离出来，仅仅印在纸上就足以打动人心。这样一来，文字和音乐又回到了诗歌最初的统一形态，诗与音乐本来就是分不开的，相辅相成的。比如科恩的声音，非常有磁性，极为魅惑，听起来就像是巫师在念咒，和文学的灵魂催眠效果是相通的，正如科恩的歌词所言："万物皆有裂痕，方能照进阳光"，正因为音乐留下的裂痕，诗意才可以从此涌入。

二、聚焦音乐产业动态

（一）第三届音乐产业高端论坛

2016年11月8日，中国传媒大学举办了第三届音乐产业高端论坛，会议分八个板块就当前音乐产业发展现状展开研讨：音乐产业园区的生态发展、音乐产业人才的需求与培养、探究数字时代音乐产业的产值增长、中国流行电子音乐的发展和模式创新、音乐产业的跨界融合、电视、网络综艺音乐节目的发展现状与新趋势、全媒体视域下的音乐版权发展新业态、IP内容、商业模式及资本的互动与共荣。

1. 音乐产业生态园区

在讨论音乐产业园区生态发展问题时，来自四川成都咪咕音乐有限公司的副总经理刘宇晨，分享了"咪咕音乐"从2006年的中国移动无线音乐产业基地到2015年独立年收益到达12.5亿元的成长经历，形成了内部外部两条管理运营思路。内部提高音乐产品的创新研发，在已经累积的4亿传统彩铃客户基础上提供视频彩铃服务；实现音乐作品全IP，同时启动开发节奏类音乐游戏APP；树立产业园区内部人才培养意识，实现一年200余场演艺活动，并且即时线上直播。外部借助政策红利推动，扩大行业间共赢产业模式，即扩大音乐产业链条、商品链条，开发由"咪咕音乐"提供曲库的智能音箱。刘宇星表示，作为一个借助互联网传播，做传统数字音乐的无线终端，虽然开设有西方古典流行音乐与中国传统民族音乐两个板块，但是按照传统互联网模式推出线上作品的反响甚微。除此之外，版权不明晰是所有的线上音乐平台发展中遭遇的瓶颈，如何解决这个出于保护但造成使用困难的棘手问题？依靠创新精神？工匠精神？开发、分享、推广的精神？最好的方法也许仍旧要在市场检验中窥探、总结。

2. 音乐产业人才的培养

关于推进音乐产业园区生态的线上发展，坐落在深圳数字A8园区的Live House已于2013年开始运营，打造了首个国内硬件顶尖的"南中国音乐现场"，本着"为音乐人""为音乐教育""关注音乐本身"的音乐梦想，A8产业园区从音乐人的需求和音乐消费者的需求出发打造了专业的A8 Studio录音棚、A8Live线上音乐直播等等，始终在尝试打通创作音乐——制造音乐——获取音乐的无障碍之路。截至目前，有4万原创音乐人通过A8.com共推广了13万首作品、10场新作品交流音乐会。在音乐消费之外，深圳A8音乐产业园区还将眼光投射到专业音乐人才的培养上，有针对性地培养音乐表演人、音乐制作人、调音师以及音乐管理人才。

3. 跨界融合的新发展

除了旨在集中整合音乐资源的音乐园区，在苏州七都镇太湖边，因为受制于《太湖生态保护条例》，二、三产业无法发展，因而转向发展文化产业，出现了首个自然生态和音乐产业生态"握手"的音乐产业园区，七都镇有不同于咪咕产业园区的特点，即它的运作并不是音乐团队掌握，而是政府公务人员，可见我们常说的"市场饱和"并不见得，而是没有找到绝佳的运作方式。应当说，这些音乐产业园区无论是在软件还是硬件上，都在谋求跨界融合，跨界不是简单地做加法，而是"借用智慧"。在北京平谷区的乐谷音乐园区坚持"内容为主，创新制胜"，相比天津的音乐园区有极大的物理空间，但产业密集度不高，因此探索出一条协同发展优势互补的音乐产业之路：音乐主题休闲公园、每年5月举办的乐谷流行音乐季、乐器制作的产业提升转型等是音乐产业的当务之急。

（二）少数民族艺术保护的公益实践

　　2016年11月11日，清华大学社会科学学院的张小军教授在北京师范大学京师大厦与与会者分享了自己在保护少数民族文化艺术方面的成果和思考。张教授多次提及保护少数民族艺术的公益事业，或多或少都有商业模式的注入，虽然资金是公益事业最需要的，但是由于商业性因素的进入带来的一系列新问题，引发了我们从新思考如何开展保护少数民族艺术文化事业的公益事业。

　　做公益不能没有资金，但少数民族的艺术文化是特别脆弱的，无论政府、广告，还是商业，都有可能对原生民族艺术造成损害。而且在目前已有的保护少数民族艺术的公益实践中，大多依托旅游业，甚至以此谋利，我们也会反思一下我们的公益实践，有时从中看不到公益的对象，只能见到一批批学者；看不到明显的公益效果，却一直在高调地宣传公益注资，出现了依靠"砸钱"做公益，却造成"花大价钱但没做好事"的尴尬现状。

做好少数民族艺术保护的公益实践在于一个动因问题：那就是少数民族艺术文化的生存状态只是资金就能解决的问题么？显然这是不成立的。以物质来衡量世界资源，是很难撑起一个想象的现代文明的。少数民族地区按风俗节令一年举办一次的仪式性活动，变成了天天上演数场的商业表演，少数民族艺术保护从业者从当地老百姓眼中发现了木然的神情，就意味着文化已经在它的原生环境中消失了。基于我国基本国情，除了一些人数众多的少数民族有自己的自治区外，大部分少数民族群是分布在省份中，有些仍然保持着村落状态，这样的乡村构成了一个文化共同体，其中很多民族都带有共同性，当商业模式、文化遗产旅游模式进入在乡村中，把文化艺术拿出来当作商品出售，这一步就已经彻底瓦解了少数民族艺术文化的生态环境，并且少数民族非物质文化遗产的天赋权利是不可侵犯的，但这样的行为在我们的公益实践中比比皆是。

那么，如何才能最大限度地避免"好心做坏事"，保护好少数民族艺术文化遗产，维持艺术生态的可持续发展呢？"共生产业"的公益实践形式，就是保持少数民族地区的乡土化，保护乡村，只有保存好艺术文化所依赖的物质基础，才有可能保护好少数民族的文化艺术瑰宝。

（三）新媒介下的曲艺生态新格局

我国各种说唱表演曲艺形式400多种，但进入21世纪后保持活跃的曲艺形式却不足百种，其中近一半的曲种处于后继乏人、门前冷落、进退两难、"不能自理"的状态，只能靠抢救措施勉强维持生存，曾经备受观众喜爱的相声、评书，也因为创作内容陈旧、作品千篇一律等多种原因而风光不再。但是借助新媒介的技术优势，曲艺生存状态日渐得到改观，曲艺在观演生态、人才结构、受众结构、行业价值链重组等方面都发生了前所未有的深刻变化，出现了曲艺史上少见的飞升与发展。曲艺节目借助微信公众号、微博、直播平台等多元媒介，使得传统艺术得到了动态传承，也拓展了观众接触曲艺的途径和方式。通过新的传播平台上，曲艺艺术的传播不再受到时空限制，曲艺艺术从业者不再满足于既有的传统作品形式与内容，而是积极进行有益的形式探索与尝试。网络平台中常见的说唱、MC、套词、散磕、喊麦等，都是中国传统曲艺艺术的形式拓展。在新媒体电子商务的簇拥下，曲艺艺术衍生了多种模式，吸引了大量有才干、正能量的青年从业者。也有部分知名曲艺人尝试性地开辟多媒体展示空间，聚集起大批粉丝群，实现了细胞裂变式的交互传播。

三、交流与融合

（一）少数民族民间音乐周走进高校

中国民族民间音乐周是由中央音乐学院音乐学系创办的每两年一次的学术性、公益性系列活动。"音乐周"含：学术展演、学术研讨、学术典藏、英才扶持、走进殿堂、走进高校等计划，旨在为中国民族民间音乐的教学、研究、保护、传承、鉴赏、品评等提供鲜活的经典案例。今年的民族民间音乐周继续以"传统音乐进高校"的理念，走进中央音乐学院、北京大学、清华大学、北京师范大学等高校，特别是为综合大学的师生带来了别开生面的民族音乐饕餮盛宴。

11月12日晚，民族音乐展演走进北京师范大学北国剧场，新疆伊犁萨克自治州歌舞团给师生们带来了一场具有浓郁民族风格特色的精彩演出。伊犁素有"塞外江南"的美誉，是历史上著名的"天马的故乡"，也是丝绸之路的北道要冲。新疆伊犁萨克自治州歌舞团是这片多情土地上的一颗耀眼明珠。伊犁州的艺术资源异常丰富，47个民族在这里交融绽放，形成了独具特色的边疆艺术文化。著名作家王蒙先生早年有在新疆伊犁生活的经历，曾感叹"新疆是个好地方，伊犁是好地方中的好地方"。本场音乐展演共分为五个章节。（1）库布孜传奇。由霍尔赫特作曲，他是哈萨克族哲学思想的代表人物，出生于公元八世纪，是哈萨克族著名的民族音乐家，也是哈萨克族民族乐器"库布孜"的创始人。两首乐曲描写了辽阔的迷人景致和奔跑的白色骏马。（2）冬不拉印象。冬不拉是哈萨克族最具代表性的弹拨乐器，是这个民族的文化符号，运用不同的演奏技巧可以形象地表现草原上的泉水、鸟鸣、羊群和马鸣。其中由著名表演艺术家库尔曼江演奏的双冬不拉名曲《白天鹅》尤为引人注目，高超的技艺和安详静谧的音乐，引人入胜。（3）舞蹈印记。哈萨克族是一个能歌善舞的民族，舞蹈生动反映了哈萨克族人民的生活风貌，因为草原民族善于骑术，因此在表演形式中有大量以骑马为题材，表现了青年人矫健的姿态，以及骏马飞驰的畅快舒展。（4）民俗印记。这部分集中反映了哈萨克族的风土人情，赞美美丽的姑娘玛合帕丽，展现哈萨克婚礼习俗的《佳儿，佳儿》将展演推向高潮。（5）丝路乐。这一章节中为乐器连奏，用哈萨克族乐器演奏江苏民歌《茉莉花》以及俄罗斯名曲《月光》，两种不同风格的音乐相容，诙谐有趣。尾声部分，器乐合奏——哈萨克名曲《萨热哈》生动描述了万马奔腾的宏伟场景。

（二）国际汉语教育的艺术融合

全国高校"中国音乐国际教育与文化传播人才建设"联席会在京举办，12月初，"全国高校'中国音乐国际教育与文化传播人才建设'联席会"及中央音乐学院孔子学院"外派人员"归国汇报音乐会在京举办，会议邀请了多所国内高等音乐学院、专业艺术院校、师范类高校以及综合类大学的音乐学院，跨学科共同探讨如何构建高效完善的中国音乐国际化人才的选拔机制和培养方式，满足当前世界范围内，特别是孔子学院对国际化音乐人才的迫切需求。这一举措针对日渐凸显的高校学生艺术通识教育的缺乏，师范类高校与专业艺术院校的联合无疑是一次开创新的探索，既是对师范类学生艺术的再教育，也给专业学院的学生提供了一次绝佳的教学实验机会，同时也是中国音乐走出国门，促进民族音乐传播的有效途径。

第二节　电视篇
——影视译配业观察和消费小童星现象

电视剧行业向来是一个不乏话题的领域，2016年10—11月，在电视节目（尤其是热播剧）依然受到关注和追捧的情况，在总体大趋势向好的情况下，也出现了对影视翻译和配音行业问题的热议和对过度消费小童星的批评等评论热点。在本篇报告中，我们结合着电视作品和评论，加以综述和分析。

一、热议作品

（一）《骡子和金子》——时代史诗下的江湖故事

《骡子和金子》讲述了草根农民田骡子意外获得大量黄金后不为所动、一路追随红军并归还黄金的故事。该剧根据广东著名作家罗宏的同名人气小说改编，以宏大制作再现了长征史诗画面，并从小人物骡子的视角，展现长征途中的所见所闻，并通过"骡子送金子"的故事线索，讲述了长征精神中最可贵的"诚信与信仰"。该剧于2016年10月21日在江苏卫视、安徽卫视首播，自10月24日起至11月6日，连续霸占收视率榜首位置，在江苏卫视最高收视率达1.042，最高收视份额达到3.04，是当季度最热电视剧之一。

1. 公路题材——革命IP更需好故事

近两年电视荧屏竞相追逐 IP 热，古装、玄幻、青春类题材成为热点，但将革命题材小说改编制作成电视剧的相对较少，从行业市场来看，无论是革命题材影视剧，还是更大范围的主旋律题材影视剧，与市场并不存在直接的冲突和矛盾，《北平无战事》《伪装者》等剧堪为成功的代表。《骡子和金子》是一个公路片样式，从被迫把金子捆在身上，开始一个人的长征之后，田骡子经历了各种各样的磨难，环境的恶劣和人性的考验，"诚信"在这样的境遇下显得更加闪闪发光。骡子在长征途中与游击队、士绅、农民、国民党等不同身份人员不断遭遇，通过骡子的观察，通过戏剧化的事件，骡子渐渐明白了红军革命的意义，让骡子送金子的事情变成一个过五关斩六将的遭遇。在这个过程中，红军队伍的群众意识是可以让骡子成长起来的。这部电视剧刻画的是小人物的精神成长，是在与大时代大事件的碰撞中完成的。这也是长征故事的一个突破：以往长征题材影视剧作品，往往着眼于决策层面的故事，而该剧则通过"骡子送金子"的个人经历，讲述了长征精神最可贵的"诚信与信仰"。在环境选择上，由于该剧是公路片，大部分在行进中完成，每一个拍摄地的自然风光、人文地貌成为此剧最大的特点。这也是近年来少见的电视剧拍摄手法，观剧过程中，观众会自然而然地感受到那股风尘仆仆却不乏壮志豪情的江湖气。

2. 眼前一亮的革命剧——不息的个人命运与精神成长

当下，写革命题材的作品，一般总是把个人命运融化于革命命运之中，所谓将一滴水融入大海，结果一滴水就消融于茫茫大海之中。骡子则不同，他始终保持着个人的命运，因为他归还金子，自有其独特的价值判断：不是自己的东西，就不能贪，"赶脚的人，就要人在货在"，就要尽心尽力把东家的货送到。这就不同于革命的逻辑——如果换做一个革命者，比如邱排长，一定会这么想：金子是红军的，是用于革命的，是解放天下穷人的，所以，必须还金子。我们看到，骡子是用不同于革命的逻辑，即普通人的生活逻辑，或者说一个诚信马夫的职业道德，走着和红军同样的路。所以，骡子始终没有消失，始终个性化地存在。正如《光明日报》评论文章提出，《骡子和金子》隐含了这样一个主题：只要真正信守承诺，不一定要有非凡之能和非凡之识，也可以做出非凡之举。剧作采用象征化的处理，骡子的长征不仅仅是地理上的长征，更是心灵上的长征。从一个小人物的角度来投射出重大革命事件，拉近与观众的心理距离，增强了剧作的感召力。艺术的魅力，正如恩格斯所说，要写出独特的"这一个"。骡子简单朴实的形象，如同是芸芸众生中的任意一个，但就其经历，遭遇和精神成长而言，他又是独特的一个。如果能够遵循艺术规律，创作出富有个性化的人物，就取得了艺术的通行证，产生感人的艺术效果也就顺理成章。由此联想到革命题材的创作，如何将革命的命运和个人的命运有机地结合起来，是考验创作者的一个难题。罗宏进行了富有成效的探索，所以在革命题材作品中别具一格。电视剧秉承了小说原作的经验，所以也获得了高收视率的回报。在近年来革命题材剧的结构形式日渐僵化，人物架构趋同，情节单一且"假、大、空"的局面下，《骡子和金子》无疑是让人眼前一亮的佳作。

（二）《锦绣未央》——女性传奇再度登上银屏，引发共鸣

《锦绣未央》通过讲述北凉公主心儿，从国破家亡立志报仇雪恨到辅助拓跋浚实现南北统一造福百姓的成长路程，反映了古代中国在分裂割据的背景之下动荡不安矛盾尖锐的社会形态，以此表达唯有统一和谐的社会才能让百姓安居乐业的这一中心主题。能让观众在沉醉于故事本身的同时，潜移默化地接受电视剧本身表达出来的正能量。该剧于2016年11月11日在北京卫视、东方卫视首播，自11月19日至12月6日连续18天占据收视率榜首，期间12月4日最高收视率达到2.142，最高收视份额为6.12。从11月17日至今收视率从未低于1.00，成为10月以来最火的电视剧集。

1. 古装剧的创新之路——衣袍锦绣之下的当代女性意识

从2012年《甄嬛传》开始，以女性为主视角的古装电视剧频频走进观众的视线，今年的《芈月传》《女医·明妃传》，再到《锦绣未央》，古装剧似乎找到了一条能在当代社会语境下，迎合新观众群体的生存发展之路。这部剧虽是讲述一个发生在古代的故事，但在李未央身上，创作者却赋予了她独立而强悍的当代女性意识：不依赖任何人，自己扼住命运的喉咙。从遭遇命运突变的第一天起，她就始终记住皇祖母的话，"只有活下去，才有机会赢。"这也成为她绝境之中的最强信念，由此一步步绝境逢生，华丽蜕变。李未央不依靠美色，更不依赖心机，唯一依靠的就是内心的善良、宽容、正义，坚守着自己的信念。这让她在阴谋不断的尚书府和皇宫之中显得特立独行，也让人物展现出更大的格局和力量。剧本架构也大胆地选择了南北朝这个战火纷繁的年代，这也是大多数人历史的盲点。凰临天下，一国之母，再到权倾天下的太后，这是一部真正以女性为传奇主角的古装剧，史书里有太多的男性强人，却疏漏了诸如李未央这样的传奇女性，历史不全是男人书写的，往往重要的节点上出现女人的身影，而史官只是让女人闪现或是若隐若现，从李未央的涅槃路程上来看，你会想起好多历史上有名的女性强人的作为，但是李未央又跳脱了权力的争夺，她以更广阔的视角看见了百姓福祉。故而《锦绣未央》并不是近年来为观众所熟悉的宫斗女人戏，它比后宫甚至是冷宫里见不得阳光、阴暗奸险的女人戏，显然要蕴含更大的情怀，更切合当今时代的主题。

2. **热播却陷抄袭争议，引发网络语境下维权问题**

即使已成为国庆档以来最热的电视剧集，但《锦绣未央》近日仍受到部分网友和业界人士抵制。有网友在微博贴出文字情节对比图，显示这部电视剧的原著小说《庶女有毒》抄袭了200多部作品，全文270万字，294章中只有9章未涉抄袭。还有网友曝出《庶女有毒》作者秦简本名周静，2014年曾作为电视剧《美人制造》编剧，因抄袭周浩晖小说《邪恶催眠师》而被起诉。涉及维权问题，《庶女有毒》这样的例子无疑给《著作权法》和相关著作权人提出了一系列难题。比如，缺乏诉讼主体。据中国艺术报第一评论栏目的了解，经上百位网友整理，包括流潋紫、蒋胜男、海宴等网络作者，二月河、凌力等知名作家，还有《西厢记》《红楼梦》等名著，以及天涯、豆瓣论坛等部分热帖，都在作者的抄袭目录中，多为直接大量照搬剧情、原文。然而，网友整理的"抄袭证据"并不具有直接法律效力，只有著作权人提起诉讼，将其作为呈堂证供提交，并由法庭判定侵权，才能在法律框架下约束侵权者。这样，200余位相关著作权人，谁来担当原告，就成了问题。《著作权法》能够约束的是"侵权"，但能够约束"抄袭"这种不劳而获行为的，是创作伦理和公序良俗。随着近年来网络IP改编风潮日盛，互联网语境下的维权问题以及其背后法律框架的完善，成为行业内部一个焦点。具体而言，行业标准还需高于法律标准，创作领域对独创性的要求应该高于法律的要求，力避趋同、力求创新，法律毕竟只代表一种底线，而网络文学、影视等行业的从业者、运营管理者还应以法治精神约束自身。

（三）《彝海结盟》——全新拍摄手法，促成红色传奇

《彝海结盟》讲述了1935年红军主力部队挺进凉山彝区后，先遣队严格执行党的民族政策，彝族头人果基小叶丹与先遣队

司令刘伯承在彝海边歃血为盟、结为兄弟，在小叶丹的护送帮助下，红军顺利通过彝区的故事，展现了迎难而上的红军精神与"平等、团结、互助、和谐"的民族政策，拥有独特视角和切入点。该剧于2016年10月24日在央视8套播出，31日达到最高收视率1.107，最高市场份额为3.547，排名榜首，是一部叫好又叫座的主旋律题材剧集。11月2日，该剧成功入围在美国洛杉矶举行的第12届中美电影节，斩获优秀电视剧"金天使奖"。

1. 紧抓国家命题——民族政策的故事化演绎

作为纪念红军长征胜利80周年的唯一一部以民族政策和民族团结为主题的电视剧作品，《彝海结盟》讲述了红军长征期间穿越大凉山地区那段惊心动魄的历史，展现的是从"金沙水拍云崖暖"到"大渡桥横铁索寒"的恢宏画卷。彝海结盟事件本身就是红军长征途中一个重要的不可取代的史实，同时它在处理民族关系方面，在那个时代又是一个重大的事件，是一个彰显了中国共产党的信仰和号召力的重大事件。在中国文艺评论家协会名誉主席李准看来，该剧是把中国共产党的民族政策进行故事化演绎，在全剧中国共产党的民族政策成为结构整个故事的灵魂。虽然，整部剧里虚构的比例相当大，但历史和虚构的关系事实清楚，符合历史氛围，符合民族关系，符合人物的性格逻辑。中国拥有56个民族，民族关系和民族问题对于国家安定繁荣和社会和谐有重要影响，由此也要求制作单位在进行电视剧创作时，一定要有高度的文化自觉和文化自信。就电视剧本身来说，它在今年诸多长征题材电视剧中相当突出，不仅具有思想性，还有艺术性、观赏性，做到了三性统一。

2. 剧情快节奏推进：主旋律题材新的尝试

今年是红军长征胜利80周年，各种主旋律剧纷纷搬上银屏，传递了爱国正能量。弘扬主旋律虽好，但其中常常是主题宏大但缺少观赏性，僵硬而不近人情地弘扬年复一年固定的价值观与历史观，有些剧则为了追求卖点而剑走偏锋，沦为了"雷剧"。如何在主流价值观引导和满足观众需求之间找到平衡，一直是主旋律电视剧创作与表达的难点：一是意识层面的流于肤浅，失于力度，二是僵化的套路和模式，使观众流散，观赏性与命题性的观点一直是个焦点问题。

今年下半年的两部红剧，《骡子和金子》和《彝海结盟》的叫好，也正是得力于这种观赏性的提高，《骡子和金子》采取了充满张力的公路片式的结构，让人眼前一亮，而《彝海结盟》的拍摄手法则整体上是现代的。如中国电视艺术委员会的编辑陈芳所认为，电视剧运用平行蒙太奇和交叉蒙太奇相结合的手法，推动剧情向前发展，走了一条布局纤细精巧、从小处着眼、以小博大的路径。没有因为气势宏大而驻足表面、浮光掠影，而是注重细节，使得剧情紧凑。剧中融合谍战、情感、惊险、悬疑、战场厮杀、民族风情、自然风光等元素，让故事波澜起伏，非常有看点，而且以情动人。换句话说，这部剧是用新手法表现了一个耳熟能详的传奇故事，使其跨越时间长河和代际认知，重新焕发了作品的青春。最后，不论是《彝海结盟》还是《骡子和金子》，都为现今的主旋律题材电视剧提供了一个新的视角。即便是"老瓶"也不能总装旧酒，尤其是在面对年轻观众的时候，如何能够切合他们的观剧思维，探究他们乐于接受的新方式和手法，在此基础上再进行主旋律的融合，这也许是提升观赏性，打开市场的关键所在。

二、热点活动

（一）剧作研讨会

- 10月29日下午，由最高人民检察院影视中心、上海鑫竹影视文化传媒有限公司联合主办的反腐题材电视连续剧《大路朝东》剧本研讨会在北京召开。

- 2016年11月20下午，大型历史古装电视连续剧《"山中宰相"陶弘景》文学剧本研讨会在浙江省瑞安市陶山镇政府四楼会议室举行。

- 11月22日，国家质检总局、安徽省委宣传部在北京举办电视剧《国家底线》研讨会。业内专家认为，该剧填补国内行业剧空白，堪称本年度具有标志性意义的现实主义力作。

- 10月20日，由中国电视艺术委员会主办的电视剧《安居》专家研讨会在京举行。电视剧《安居》取材于包头市北梁改造的真实事件，是一部反映北梁地区棚户区改造的现实主义作品。

（二）影视节和论坛

- 11月21日下午，第七届中国大学生电视节启动仪式暨新闻发布会在中传国际会议中心举行。发布会由中央电视台知名主持人顾国宁主持。主办方中国文学艺术界联合会、中国电视艺术家协会、中国传媒大学联合共同开启了涵盖全国大学生影像作品大赛、主题单元青年创作训练营、年度"最受大学生瞩目"单元、影视教育高峰论坛、"电视人进校园"系列活动等诸多精彩环节的2016第七届中国大学生电视节。中国大学生电视节是由中国文学艺术界联合会、中国电视艺术家协会、中国传媒大学联合主办的一项大型文化活动。

- 10月16日，第11届中国金鹰电视艺术节暨第28届中国电视金鹰奖在湖南长沙闭幕，多项金鹰大奖名花有主。湖南省委书记杜家毫，中国文联党组书记、副主席赵实，湖南省委副书记、代省长许达哲，湖南省政协主席李微微等出席闭幕式并为获奖者颁奖。今年的金鹰节为期3天，设置最佳电视剧、优秀电视剧、观众喜爱的男（女）演员等20个奖项。胡歌、刘涛分别荣获"最具人气男女演员奖"，李雪健荣获"最佳表演艺术奖"，佟丽娅、赵丽颖荣获"观众喜爱的女演员奖"，胡歌、王雷荣获"观众喜爱的男演员奖"，温豪杰荣获"最佳编剧奖"，郑晓龙荣获"最佳导演奖"。

- 10月29日、30日，由北京市文联主办，北京市文联研究部和北京文艺评论家协会承办的"文艺创作与时代表达：2016·北京文艺论坛"在京举办。当天，来自文学、戏剧、电影、电视、音乐、舞蹈、摄影、曲艺等12个艺术门类的文艺创作者和文艺评论家，河北省文联及北京各区文联代表，北京大学、北京师范大学、中国传媒大学等高校的师生等近百人参加论坛。

- 由中国视协、日本放送人协会、韩国PD联合会共同主办的第16届中日韩电视制作者论坛日前在京闭幕。在为期5天的会议期间，中日韩三国电视制作人围绕"家庭·青年之情感"的主题，重点对三国选送的《我们的青春》《一年级·大学季》《冰与火的青春》《NHK特别报道：老人流浪社会"晚年破产"的现实》《风靡全球的陀螺大赛》《追忆潸然》《SBS特辑——地狱韩国》《我的小电视》《太阳的后裔》等9部电视纪录片、综艺节目和电视剧作品，进行观摩和研讨。

（三）重大会议

新华社北京11月30日电，中国文学艺术界联合会第十次全国代表大会、中国作家协会第九次全国代表大会30日上午在北京人民大会堂开幕。中共中央总书记、国家主席、中央军委主席习近平出席大会并发表重要讲话。他强调，文运同国运相牵，文脉同国脉相连。广大文艺工作者要坚持以人民为中心的创作导向，坚持为人民服务、为社会主义服务，坚持百花齐放、百家争鸣，坚持创造性转化、创新性发展，高擎民族精神火炬，吹响时代前进号角，把艺术理想融入党和人民事业之中，做到胸中有大义、心里有人民、肩头有责任、笔下有乾坤，推出更多反映时代呼声、展现人民奋斗、振奋民族精神、陶冶高尚情操的优秀作品，努力筑就中华民族伟大复兴时代的文艺高峰。

三、行业聚焦

（一）译配市场需求持续扩大，或成影视行业新宠？

1. 国产影视产品需进一步打破语言壁垒

据北京师范大学中国文化国际传播研究院公布的2015年度"中国电影国际传播"调研结果显示，有超过30%的受访者认为中国电影的思维逻辑难懂，同时有近70%的受访者认为中国电影的字幕翻译难懂。如今国内越来越多的影视公司正在尝试打开国际市场，将旗下的影视作品输出海外，从而获得更高的收益，而其中关键的一环就是语言壁垒，即对影视作品进行翻译。如果影视剧的翻译不专业、较粗糙，则会在很大程度上影响到作品在海外的传播效果。但与此同时可以发现，具备较高资质和专业性的翻译机构仍属于稀缺资源，优秀翻译人才匮乏。且影视作品的翻译与其他翻译有所不同，并非只是直观地将中文转换为其他语言，还需考虑当地文化、表达方式等方面的不同。在天津师范大学新闻传播学院教授陈立强看来，每个国家的观众从小接受和习惯的生活背景、文化理念、教育等均存在差异，若想在海外市场获得观众的欢迎，就需要用各国观众都明白、能接受的表达方式。针对此现状，现阶段国内对影视翻译也愈发重视，不仅有关政府部门为培养影视剧译制人才而举行中外影视译制合作高级研修班，中国传媒大学等学校和机构也承办举行"影视翻译教育与人才培养国际研讨会"，这均证明该市场存在的需求缺口。业内人士表示，缺少优质的翻译人才和机构现已在一定程度上成为影视行业发展的短板，而专业性的翻译人才和机构则是国产影视作品实现走出去的必要后盾。目前需要加强对该专业人才的培养，并进一步挖掘该行业的市场空间。

2. 影视产业持续繁荣是译配需求的基础

近年来影视产业的火热程度不可小觑，各个领域的资本频频跨界涌入，进一步抬升了影视产业的热度。然而，大多数资本进入的内容制作、宣发等领域同时也具有较高的风险，10个项目中仅一两个能获得盈利。而通过观察可以发现，随着国内影视公司正不断加快走出去的步伐，再加上影视译配等业务缺少优质资源的现状，使其市场需求不断增加。日前，甲骨易翻译股份有限公司向新三板递交了挂牌材料。自2015年起，影视译配就成为该公司的第二大业务，这也证明了影视译配潜在的市场空间。目前甲骨易已经与海润影视制作有限公司、万语（上海）企业服务有限公司和北京鑫宝源影视投资有限公司进行相关合作。值得注意的是，从甲骨易和影视公司签订的合同可以发现，单部影视作品的译配服务收入能达百万元，其中与海润影视制作有限公司就电视剧《木府风云》的相关合作，合同金额就达295万元。且通过观察甲骨易在2015年和2016年1月至5月的前五大客户可以发现，位于首位的均是影视公司，占同期营业收入比重不低于25%，远高于后续排位客户。与此同时，甲骨易的经营情况也自2015年起实现较大提升。数据显示，2014年、2015年和2016年1月至5月，甲骨易的营业收入分别为373.78万元、1073.04万元和560.57万元，归属于申请挂牌股东的净利润分别为18.22万元、96.26万元和−49.05万元。其中在2016年1月至5月，影视译配服务为甲骨易贡献了30.29%的业务收入。

现阶段，甲骨易还在履行与北京鑫宝源影视投资有限公司就《老有所依》《北京青年》与《青年医生》三部电视剧的翻译、配音、字幕制作与视频合成工作。而从甲骨易参与的多部电视剧译配业务来看，输出语言包含英语、西班牙语、法语、缅甸语。从根本上来说，影视行业的迅速发展，优秀影视剧的大量集中出现，以及国产影视剧不断扩大的影响力（这种影响力可能更多是政策或运营管理者单方面的推动）是译配行业的原动力，而译配行业的高质量的快速发展亦可以对中国影视产品"走出去"贡献重要的力量，从而进一步扩大中国文化在国际社会上的传播。即便仅仅站在经济视角上，译配行业背后日益扩大的市场需求也必将对中国影视行业的发展起到刺激作用。

（二）影视剧消费童星问题引发争议

国庆期间，《小戏骨白蛇传》在网上走红。这个以《新白娘子传奇》为故事蓝本的微型电视剧,在湖南卫视电视剧频道和腾讯视频播出后,好评与点赞迅速占领了各大社交网站。截至目前,该剧在腾讯视频上的点击量已达1.8亿次。客观来看,这部剧不论是内容翻拍还是表演设计,都是成功的,其巧妙地抓住了老、中、青三代人的关注点,并巧妙地与商业结合起来,实现了利益最大化。但与此同时,《小戏骨》系列也引发了反对过度消费"童星"的声音。《新白娘子传奇》让"萌娃"又火了一把,同时,两方意见开始发酵——一方认为孩子十分可爱,展现了前途无量的演技才华,这些平均年龄只有7岁的孩子,将荧幕经典《白娘子传奇》诠释得惟妙惟肖,让不少观众感叹,孩子们的演技已经领先不少当红艺人。另一方则是斥责孩子的表现过分成人化,小孩子演大人戏,实则伤害了孩子的纯真,认为让一群孩子进入成年人的世界,努力理解、揣摩、模仿成年人的爱恨情仇,有悖于他们的身心特点和成长规律。

1. 《小戏骨》——引导孩子关注传统文化经典?

不可否认的是,《小戏骨》系列的走红确实在保证收入之外起到了正面作用,该剧集收视人群中有相当一部分为10岁以下的少年儿童,这些与小观众同龄的小演员们的表演使得电视剧的观感近乎于童话与影视剧之间,似乎更能抓住孩子们的心。据悉,目前《小戏骨》已经翻拍了《焦裕禄》《刘三姐》《补锅》《洪湖赤卫队》和田华主演的《白毛女》等作品,而《小戏骨西游记》和《小戏骨花木兰》等也正在筹拍中。《西游记》《花木兰》是我国文学作品中的经典,也是家喻户晓的故事,如也能成功获得孩

子们的喜爱，倒也不失为一种传播传统文化经典的方法。在南方
日报的采访中，该系列总导演潘礼平表示，现在的小孩子对传统
文化不感兴趣，总是会喜欢一些洋东西，并非是我们的东西不吸
引人，而是没有找到一个好的传播方式。而同样是那些传统文化
的经典，通过"小戏骨"的模式，让小孩不仅能去演，电视机前
的孩子也喜欢看。但仍有大量舆论认为，所谓的"引导孩子关注
传统文化"不过是童星综艺式的一个幌子，自2013年《爸爸去哪
儿》以来，"萌娃"就成了收视热点，在此市场环境下，让"萌
娃"挑战老戏骨，能够迸发一种奇葩感，而观众可以在过程中看
到这种反差和奇葩感。《小戏骨白蛇传》之所以能够达到这样的
轰动，是因为孩子们的萌感、出色表现再加上这个经典作品的普
及度，最终产生了化学效应。博小孩子一乐，让他们沉浸在带入
感造成的幻想里可能是该剧集传统文化最大的贡献了，至于这种
代入感和新鲜感究竟能否引导孩子在未来成长过程中关注，喜爱
传统文化经典，谁也无法下一个定论。

　　2. 小戏骨只是冰山一角？影视剧正在消费孩子的童真？

　　孩子们的演技在社交媒体上纷纷刷屏，获得了不少掌声的同
时，也引发质疑，有教育专家就认为，让孩子演"爱情神话"是
在毁掉儿童的纯真，让孩子过早走向成人的世界。如今不少孩子
有早熟的倾向，孩子在戏剧表演中表现出来的成人化倾向就是很
好的例证。社会媒体的发达加上家庭教育的引导，使孩子模仿成
人的语言和行为，成了举止谈吐老成的"小大人"。面对社会上
对小戏骨系列消费儿童的负面影响的评价，湖南卫视电视剧频

道制片人高翔认为，表演也是一种才艺，有的观众对"表演"本身存在偏见，"因为内心潜意识觉得表演就是假装，那小孩子不应该作假……所以就觉得失去了童真什么的，其实这是种偏见，应该要正确认识到，表演是一种才艺代，更何况《小戏骨》的所有剧目是有意义的。我们不以打造童星为目的，我们就像培养孩子们唱歌跳舞画画弹琴一样，用平常心去看待，只要孩子们喜欢。"即使社会相信制片方的初衷是传播传统文化，而不是引起噱头赚取收入。

《小戏骨》的火爆确实引起了行业的一些担忧，如《光明日报》评论文章提出小戏骨的市场性也许会引来更多的影视制作机构的刻意模仿。若制片方只为追求经济利益而忽视社会价值，今后电视荧屏上就有可能出现《小戏骨还珠格格》《小戏骨甄嬛传》等，让涉世未深的孩子模仿"一入皇宫深似海"的宫斗戏。在中国影视行业唯金钱论和极度市场化导向的大环境下，这并非不可能事件，即便电视媒体严格把关，在当今这个互联网时代，如何能有效把控呢？童年是塑造一个人价值观的重要阶段，成人基于商业诉求的利用和消费，只会给孩子带来伤害。因此，影视剧翻拍必须要严格把关，不能沦为消费儿童的商业大赛。

第三节　电影篇
——票房口碑与话题效应

　　2016年的中国电影市场在经历了增速放缓、市场收益未达预期的暑期档之后，在10月迎来了常规的国产大片集中上映的国庆档黄金时期。2015年一部《夏洛特烦恼》在一众大片的包围下成功突围逆袭，最终以5.58亿元拿下了国庆档票房冠军。而今年的国庆档期，《湄公河行动》《从你的全世界路过》《爵迹》等众多类型影片上映，竞争态势很明显。但一部主旋律影片《湄公河行动》最终成功逆袭，超乎预期地取得了11.8亿元人民币的高额票房，超越了众多商业类型影片，给疲软的国产电影市场注入了一剂振奋剂。11月，国产影片整体表现一般，但影片《我不是潘金莲》等在国外获奖，也为国产艺术片的发展提供了新的契机。

一、热点电影评论

（一）《湄公河行动》：票房、口碑双丰收

博纳影业集团出品的警匪动作电影《湄公河行动》，由林超贤编剧并执导，张涵予、彭于晏、冯文娟等主演。该片根据2011年10月5日中国船员金三角遇害事件改编，讲述了一支行动小组为解开中国商船船员遇难所隐藏的阴谋，企图揪出运毒案件幕后黑手的故事。影片在国庆档期上映，票房表现突出，10月1日《湄公河行动》取得5939.96万票房，紧随《从你的全世界路过》《爵迹》两部影片，位列第三。而在10月4—7日，《从你的全世界路过》票房占比平均以每天0.5个百分点递减，《湄公河》场次占比平均每天以2个百分点递增。而在国庆档之后，《湄公河行动》更是通过口碑的累积，票房不断突破，最终取得11.8亿，实现了2016年国产主流题材电影的票房突破。

究其原因，《湄公河行动》之所以能取得票房、口碑的双向突破，主要原因在于它借用了香港警匪片和好莱坞特工片的讲述方式，共同讲述中国警察通缉毒贩的故事。可以说，这是一部香港、大陆分别贡献软硬件，联合向好莱坞主旋律电影学习的一次积极尝试。

在人物形象设置方面，《湄公河行动》中的人物塑造以"职业性"为基础，这点与好莱坞特工电影的人物塑造方式颇为相像。《湄公河行动》里有高科技宅，有爆破专家，有高能翻译，

还有业务精干的警犬"啸天"。每个人都可以独当一面，每个人都有职业性的癖好和绰号。基于职业特性的分工合作在赌场救人和商场谈判两场戏中展现得尤为突出。在赌场救人中，无人机驾驶员二郎掌控全局，主导了整场救人行动。在商场谈判中，追踪器、高科技窃听设备轮番发挥作用，各个位置的成员相互配合掩护。这与大多数国产刑侦片，因保密需求，警察办案的具体手法很少通过细节展示有很大区别。

就两位男主人公的形象设置而言，影片里的中国公安形象不再是高大全，在不破坏原则的情况下，张涵予饰演的"倔驴"高刚会偶尔不守规矩，彭于晏饰演的情报员方新武会用极端手段逼供，在为女友报仇和维护司法正义之间犹豫不决，并最终射杀了仇人。在主流电影中，这些情节和基于真实人性的人物瑕疵被允许展现，可以说是电影审查在某种程度上难能可贵的进步。

剧情设置上，香港导演林超贤放弃了大陆刑侦片惯有的花费大量篇幅请示、铺垫、绕圈圈，最终"一举擒获"的套路，着重展现最具商业价值的抓捕过程和刑侦细节。电影一开始，画外音简单地陈述了案件背景，紧接着，张涵予饰演的"倔驴"队长高刚出场。林超贤仅仅用了办公室内请示上级，汽车里交代任务两场戏，就设立了整部电影的矛盾点，快速将镜头从公安大楼切换到了"金三角"。随后从赌场救人、商场谈判、公路追逐到山林野战，再到最终的快艇追击，从追逐、近距离肉搏、短兵相接、爆破到重武器火拼，动作场面覆盖海陆空，情节紧凑，剧情无拖沓。

《湄公河行动》能够赢得如此暴涨的口碑，主要得益于电影中那些激烈的动作场面和正面人物形象设置的用心。但是败笔也在于此，《湄公河行动》的文戏、武戏比例大概三七开，文戏大多是走个过场，过多的对战场面让观众始终处于紧张的情绪中，同时反面人物的角色塑造依然薄弱，在最后的激战场面中几乎没有人作为就已经失败，难免让观众的期待落空。

毋庸置疑，《湄公河行动》作为一部主旋律电影，能在拥有主旋律的精神之后成功融入类型意识突出、戏剧张力紧凑的商业电影创作样态，这都已是内地主旋律电影的难得突破。

（二）《我不是潘金莲》：话题效应大于票房表现

《我不是潘金莲》是冯小刚导演，范冰冰主演的一部现实主义题材作品。影片讲述李雪莲和丈夫秦玉河为了买房而假离婚，尔后却遭遇了丈夫的背叛。她为了证明自己离婚的虚假，走上告状的道路，从地方到中央，进行了十几年漫长上访的故事。这部影片也是2016年最值得期待也最富有争议的一部影片。从圆形画幅引发的审美大讨论，到因为题材太过敏感导致上映档期一拖再拖，到取得多伦多电影节、圣塞巴斯蒂安电影节、台湾金马奖等重要奖项，再到上映期间导演冯小刚与万达集团有关排片量的"骂战"话题，这些元素都赚足了观众的注意力与眼球效应，影响了今年国产电影市场大半年。然而，既在意料之内、又超乎预料的是，这部影片的票房表现并不理想，远低于业界盛传的预期保底5亿元人民币，尽管每个观众都知道这部影片，但真正走入影院实际消费观影的观众却比较少。

该片在形式方面，影片采用圆形、方形相结合的拍摄方式。而有关圆形构图的美学讨论也不绝于耳。胡克教授认为冯小刚使用圆形画幅形成了比较特殊的电影美学，主要体现在镜语方面。影片必然少有特写，如果特写集中在头部，一个圆形画幅充满到一个头像，十分滑稽，所以，影片多是中景镜头。另外，按照导演设计，镜头几乎没有正反打，常用固定镜头，缺少反应镜头，也很少用过肩镜头安排双人画面，这些镜头的基本运用，堪称"复古"，算是回到了20世纪三四十年代中国电影幼年时期的电影镜头使用方式。

此外，有关圆形构图的理论探究主要体现在，很多专家认为"影片给观众设置了一种旁观者的位置，作为一个旁观者看看李雪莲的遭遇以及官员是怎么对待和如何处理。"它并不让观众通过直观影像全面感知生活本身，而是让观众的注意力集中于事件的发展，用圆形构图圈定观看内容，屏蔽掉"冗余"画面，这种旁观式的电影语言设置比较符合中国民众心理，这种美学尝试也取得了一定功效。

而有关圆形构图的探讨还在于拍摄场景的选择上，圆形画幅的使用导致了影片必须在南方选景，并且对场景构图和色彩都做了相应的调整，偏灰的颜色更符合圆形画幅的需求。同时，文人画式的镜头也包含着听觉的改变，导演选取中国中部语言（主要是江西话和安徽话）的部分，既符合圆形文人画的历史沿革，又契合更多南方观众体验，拓宽受众渠道。这对于一向擅长北方方言应用的冯小刚导演来说，也是一种拓展。

在内容方面，《我不是潘金莲》恰恰用最关注中国现实的方式，达到了走向世界的目标（影片在都有所斩获），就如同当年的《秋菊打官司》一样。周铁东曾说过："由于文化势差和价值偏差，中国电影'走出去'的唯一机会在于西方世界对东方神秘的文化猎奇。"从《秋菊打官司》到《我不是潘金莲》，这类影片都可以使境外观众对中国沉滞的官僚体制管窥一斑，也是在海外广受好评并取得多个大奖的原因。然而，《我不是潘金莲》相较于《秋菊打官司》，还是取得了某种程度上的突破，"《我不是潘金莲》中的李雪莲形象不如《秋菊打官司》中的秋菊生动、励志以及引人同情。但是放到当前的社会中，李雪莲更有现实意义。"她比秋菊的自主意识更强，更有坚持主见、维护个人权利的意识，更代表现代平民意识的逐渐觉醒。秋菊得到观众的同情，甚至是居高临下的怜悯，大家愿意跟着她一步一步打官司，直到看她最后打赢了官司，同情心才得以安放。这部影片却不同，李雪莲始终没有完全博得人们的同情，甚至在最后要自杀的时候也没有多少人真正为她着急，而是坐等情节怎样逆转。真到范伟所饰演的果农出现，只一句台词就消解了看似悲剧的结局，把观众的注意力成功转移了。观众一直秉持看客心理，客观地看待整个问题，冯小刚导演在分寸感的把握上处理得比较准确。

虽然影片存在很多问题，但无论从内容上还是形式上，《我不是潘金莲》都有一定的创新，都是非常值得肯定的。冯小刚导演专注于讲述好一个故事，同时有独特个性的思考以及对现实社会的关注，都是非常难得的。

二、重要评论活动

2016年11月11—13日，由中国电影艺术研究中心和上海大学、上海电影学院共同主办的第五届中国电影史学年会在上海召开。年会的主题是"20世纪20年代的中国电影：文化实践、人文追求、商业探索。"之所以选择20世纪20年代的中国电影这一个主题，是因为对中国电影来说这是一个迅速发展的时期，民族影业开始摆脱蹒跚学步的稚嫩，走向了产业发展的自足。鉴于年代久远，影像遗产和史料的保存有限，学界此前对其研究未具规模，忽略的多，发现的少，在很多方面尚存有研究的空白。

为期两天的论坛包括主论坛、分论坛、学术放映等诸多环节，分别就20世纪20年代的中国电影的理论研究、影史探析、人物研究、文本个案、文化传播、女性表达、电影地方志、产业与公司研究以及更多视角等多方面展开讨论，全程均设点评和互动环节。

其中，有专家尖锐地指出："现在中国电影出现的一些问题，就与没有学好电影史有关。"与会代表达成的共识是：对20世纪20年代中国电影史的研究具有非比寻常的历史与现实意义。一方面，追根溯源有助于我们进一步厘清百年中国电影的发展规律，为子孙后代提供更加翔实的历史记录；另一方面，以史为鉴，可以知兴替。在不远的将来，我们将迎来21世纪的20年代，同样是新的传媒手段的介入，同样面对外国电影的强势涌入，同样是面对资本市场的考验，中国的第一代、第二代导演们不甘于国外的影片充斥中国文化市场，他们努力用中国式的审美观念和镜头语言进行创作，很多作品至今令观众感到惊艳，很多经验是值得我们总结和借鉴的。在场嘉宾们从多角度论述了20世纪20年代的中国电影，肯定了20年代中国电影的活力及其丰富的史学价值，同时呼吁更多年轻的电影学者们加入其中，拓展电影史研究的思路。

三、热点评论议题

2016年11月7日，全国人大常委会第二十四次会议以146票赞成、1票反对、8票弃权，表决通过了《电影产业促进法》。这是我国文化产业的第一部法律，从20世纪80年代开始筹划，历经近三十年的波折命运，终于呈现在大家面前，具有划时代的历史意义。从《电影法》到《电影促进法》再到《电影产业促进法》，产业环境的变化带来了几次名称的更迭，从现在施行的《电影管理条例》再到《电影产业促进法》，在整个学界、业界引起了巨大反响。

最新颁布的《电影产业促进法》分为六章，从电影创作与摄制、发行与放映、产业支持和保障、法律责任等全方位进行了规范。除了沿用以往已经实施的一些管理条例外，还在多个方面明确规定。包括降低企业准入门槛，下放行政审批项目；允许外企联合摄制，保障国产片放映时间；将公开审查标准，没过审可再次申请；禁止无龙标影片参展，地下电影受打击；打击票房透漏瞒报，严重者吊销许可证；德艺双馨被写入法律，劣迹艺人事业堪忧等多个亮点。

此次颁布的《电影产业促进法》的核心思路是放管结合，既简政放权，鼓励创作，同时也规范秩序，加强监管，而最终目的只有一个，就是建立更加统一开放、竞争有序的市场环境，推动国家电影产业发展。相比之前实施多年的《电影管理条例》和一些不成文的规定，《电影产业促进法》第一次将电影业纳入国家法律体系，电影人可以依法保障自己的权益；这部法律也对偷漏瞒报、劣迹艺人等新问题进行了打击，为未来审查制度简单化、透明化指明了方向，具有开拓意义。

虽然对之前一直呼声较高的分级制度依然遥遥无期，但这部"文化产业第一法"会在未来的实践中趋于完善，并将带动更多文化领域步入法制环境。法律的制定和完善是产业发展到一定程度的标志，反之，它也必将促进产业的进一步繁荣发展。

第四节　美术篇
——从秋拍看中国艺术市场的发展趋势

一、秋拍大潮

9月末10月初，以香港苏富比为主导的秋拍大潮迅速兴起，历经两个月的高峰期，12月逐渐有收尾之势。回顾今年的秋季拍卖，从业绩上相比去年呈现出较好的增长趋势。艺术品拍卖市场总体回暖的同时，亦带有一些新的特征。

（一）各类型拍品行情概述

1. 古代书画：宋元书画与"生货"备受欢迎

近年来，中国艺术品市场逐渐趋于理性。贾廷峰《大破大立——艺术市场价格体系的彻底破裂和重建》一文中曾讨论到中国艺术品市场从爆炸式增长到拨乱反正的过程。他指出，资本对艺术市场的过度开发以及其逐利的本质，对艺术生态造成了破坏，导致了今日中国艺术市场的困局和低迷之势。然而，有一个领域是被贾刨除在外的，即古代书画领域，贾认为，"古代书画因其存世量少，美学价值已有定论，具备固有市场，依旧能够保持坚挺"。由此，也说明了在今年的秋拍当中，在当代油画、水墨等艺术作品进入价格调整期时，古代书画依然逆流而上，保持着稳步发展的趋势。

下表即为今年秋拍中中国古代书画的成交 TOP10。从该表中，我们可归纳出今年秋拍古书画领域的两大特征：其一，为带有文人情趣的宋元作品更受藏家欢迎。在 10 幅作品中，任仁发的《五王醉归图卷》、吴镇的《山窗听雨图卷》、张即之的楷书《严华经》、孙君泽的《阁楼山水》，以及曾纡的《过访贴》，均为宋元作品。可见自去年秋拍时保利推出的"宫廷与文人"专场以来，体现文人风貌的宋元书画就一直备受关注。保利拍卖古代书画部总经理李雪松认为，宋元绘画"可遇不可求"，存量较少，因此确定无疑的作品肯定会引起藏家的竞拍。

2016 年秋拍中国古代书画成交 TOP10（截至 12 月 10 日）

排序	作品	成交价(万元)	拍卖行	拍卖时间	备注
1	任仁发《五王醉归图卷》	30360	北京保利	2016-12-04	创纪录
2	吴镇《山窗听雨图卷》	17250	北京匡时	2016-12-06	创纪录
3	仇英《仿唐人诗意图册》	9430	北京保利	2016-12-04	创纪录
4	张即之楷书《严华经》残卷手卷	6325	北京保利	2016-12-04	创纪录
5	唐寅《行书七古诗卷》手卷	5957	北京嘉德	2016-11-13	
6	孙君泽《阁楼山水》	4715	北京匡时	2016-12-06	创纪录
7	陈洪绶《花卉草虫册》十二帧	4600	北京匡时	2016-12-06	创纪录
8	赵南星草书《诗翰卷》手卷	4393	北京匡时	2016-12-06	创纪录
9	八大山人《花鸟》四屏	4370	北京嘉德	2016-11-13	
10	曾纡《过访贴》	4025	北京嘉德	2016-11-13	创纪录

其二，为"生货"效应。所谓"生货"，北京匡时的总经理董国强给出了两点解释，其一为露面少，有新鲜感，其二为没有交易记录，都是上一代留下的，没有交易成本。在前10作品中，除了吴镇、仇英、唐寅、八大山人等这些知名画家的作品外，占多数的则是一些并不出名、鲜为人知的画家作品。这些画家传世作品稀少，曝光率低，其生平虽有史料记载，却不被世人所关注，但他们的作品一经露面，便颇受藏家们的青睐。例如任仁发的《五王醉归图卷》，该作品虽不是第一次上拍，但离最近一次的2009年佳士得秋拍，已时隔七年之久，足够"生货"。再由于任仁发或传为任仁发作的上拍作品历年来仅有33件，数量稀少，因此该作品"新鲜感"十足。同样，张即之作品的上拍记录仅为19件，孙君泽为7件，赵南星为6件。这些带有"新鲜面孔"的作品，一旦确定为真迹，其收藏价值极高，必然会拍出天价。

需要说明的是，除了天价交易的宋元绘画与"生货"，此次秋拍依然还有大量的"熟货"与仿作。相对于前者，熟货与仿作要么品质普通，要么收藏价值一般，因此存在感较弱。这些作品由于其本身的历史价值和唯一性，其价格偏高，对小藏家而言有着较高的门槛，但是其升值空间又接近饱和，因此对大藏家而言又缺乏足够的吸引力，故往往面临流拍或者价格难以提升的尴尬境地。

总体而言，在今年秋拍的古代书画领域中，总体表现稳健，几件拍品的高价成交说明了藏家对于"生货"、珍品的追求。但是明星拍品及重量级私人收藏的缺失，也使得拍卖有些平淡。

2. 近现代书画："瘦腰"现象

相比于古代书画，近现代书画作品存世相对较多，且都有较多的上拍记录，因此"生货"效应并不是很明显，下表为今年秋拍中国近现代书画的成交TOP10。从该表中，我们可知截至12月10日，此次秋拍中有三件过亿元成交的中国近现代书画作品，分别为齐白石的《咫尺天涯——山水册》、张大千的《瑞士雪山》和《巨然晴峰图》，此外，还有四件过5000万元成交的作品，即傅抱石的《风光好》和《宝研楼图》，齐白石的《莲池书院》和《三绝合璧》。

2016 年秋拍中国近现代书画拍卖成交 TOP10（截至 12 月 10 日）

排序	作品	成交价（万元）	拍卖行	拍卖时间
1	齐白石《咫尺天涯——山水册》	19550	北京保利	2016-12-04
2	张大千《瑞士雪山》	16445	北京保利	2016-12-04
3	张大千《巨然晴峰图》	10350	中国嘉德	2016-11-12
4	傅抱石《风光好》	6612.5	中国嘉德	2016-11-12
5	齐白石《莲池书院》	5290	中国嘉德	2016-11-12
6	齐白石《三绝合璧〈篆书丈夫处世散语中堂〉〈拨弦猎雁图〉〈致胡洪开印〉二组四方》	5175	中国嘉德	2016-11-12
7	傅抱石《宝研楼图》	5060	北京匡时	2016-12-05
8	潘天寿《欲雪》	4600	北京保利	2016-12-04
9	吴湖帆《锦绣奇峰》	4082.5	中国嘉德	2016-11-12
10	张大千《秋水春去》	3051.2	香港苏富比	2016-10-04

相比之前"黄胄年""潘天寿年"等某一位近现代书画名家"霸屏"的现象，今年的秋拍由齐白石、张大千、傅抱石等名家的作品共同撑起。另外值得一提的是，以吴湖帆为代表海派作品

亦在此次秋拍中有着良好的表现，这些作品参与人数多、影响力大、价位也比较低，更重要的是海派艺术家自娱自乐的创作状态与当下藏家的生活追求颇为契合。

总体而言，在近现代书画领域内，成交额在2000万元以上的高端拍品依旧保持着稳健的发展，而低价位的拍品亦有着很好的行情，面临困境的则是处于中端价位的拍品。嘉德副总裁郭彤指出，2014年之后，成交额在500万元左右的拍品数量大幅减少，近现代书画市场的"腰部"越来越细。充斥着精品的策划性夜场越来越好，但是靠普品维持的日场却明显受挫。在市场环境尚未完全明朗的情况下，普通拍品逐渐处于一种高端藏家不收，小藏家又接不起的两难境地。这一问题类似于古代书画领域中的"熟货"与仿作所面临的问题。

3. 现当代艺术：缩量提质

古代书画和近现代书画领域的拍品，其市场价值多数都已盖棺定论，就算成交情况多少受到经济形势低迷的影响，但是基本不会面临贬值的风险。然而，现当代艺术并不像古代书画和近现代书画那样稳定，经历了2015年的低谷，在当下整体艺术市场处于相对保守的情况下，今年各家拍卖行都做出了"减量增质"的策略调整。

图1即为近几年香港苏富比在现当代艺术领域的行情走势。由图可知，自2014年起，虽然上拍总数有起有落，但是总成交额却呈现为总体下降的趋势，尤其是在2015年秋拍期间，上拍总数在6个季度中最多，但是总成交额却是最低的。至2016年春拍，

上拍数逐渐减少，但是成交额却有所回升。时至秋拍，虽然在两个方面都有所下降，但相比前几个季度变化幅度较小，基本可视为平稳走势。

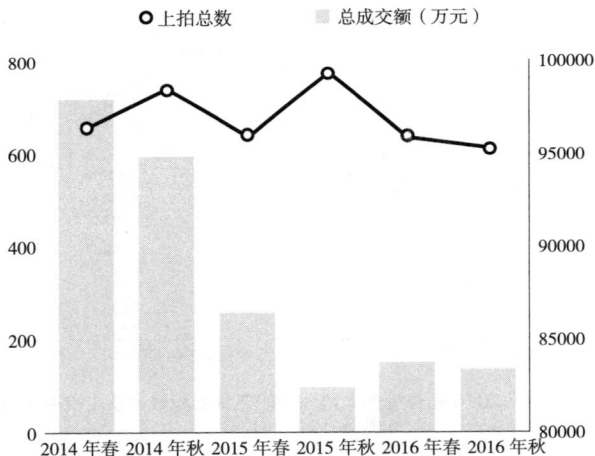

图 1　2014—2016 年香港苏富比现当代艺术上拍数量及成交率走势图（截至 12 月 10 日）

　　图 2 为香港佳士得的现当代艺术拍卖走势图。总体而言，自 2014 年秋拍起，上拍数虽然走势向下，但是总成交额却经历了由下降到回升的过程。相比苏富比，今年秋拍的上拍总数下降幅度更大，但总成交额却表现为上升的趋势。

　　如图 3 所示，在内地拍卖行方面，保利自 2015 年秋就一直在减少上拍的作品数量，但是在总成交额方面，除了在 2015 年秋拍有较大的下降，2016 年的春拍和秋拍都呈现为较为明显的回暖趋势。另外值得一提的是，虽然在图上没有显示，但是各家拍卖行在现当代艺术板块中的成交率多有所提高，即流拍或拍而不买的现象有所减少。

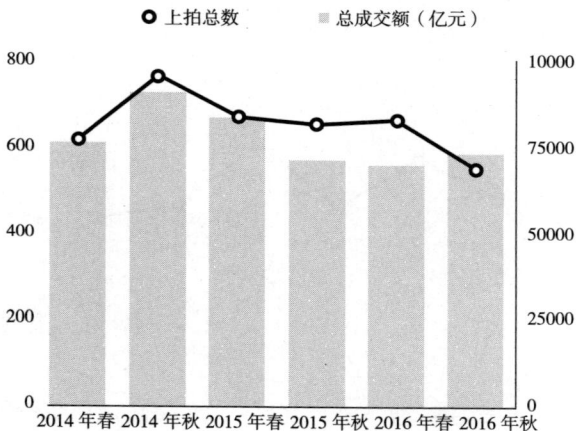

图 2　2014—2016 年香港佳士得现当代艺术上拍数量及成交率走势图
（截至 12 月 10 日）

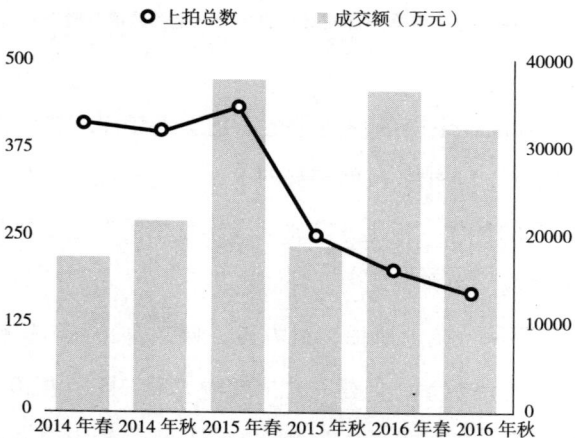

图 3　2014—2016 年北京保利现当代艺术上拍数量及成交率走势图
（截至 12 月 10 日）

"减量增质"现象的出现，一方面，说明各拍卖行更加注重精品交易，重视每一件拍品的质量，并且在策划和宣传方面有着更好的规划，而不是以数量取胜；另一方面，说明市场需求的变化，藏家更加理性和谨慎，对现当代艺术作品有了更多的理解和更高的要求。由此可知，中国现当代艺术品拍卖市场正处于一种"触底反弹"的状态，逐渐回归平稳和正常。

另一方面，在现当代艺术的拍卖结构上，此次秋拍又呈现出四个方面的特征。其一，名家作品依旧强势。表3为今年秋拍中现当代艺术的成交TOP10。在该表中，吴冠中、常玉、朱德群、赵无极、张晓刚以及林风眠等人，均是在现当代艺术界已颇具名气的艺术家，其作品稳居前十之列。其二，日韩当代作品大有作为。在本季香港苏富比的5场现当代艺术拍卖中，日韩与东南亚当代艺术均有不错的表现，如奈良美智的《小使者》以2408万港元落槌，白发一雄的《作品》以1448万港元落槌。虽然在内地，中国的当代艺术作品仍比较强势，但是在香港市场，日韩及东南亚的作品不论在数量还是在成交比方面都发展迅速，与中国作品分庭抗礼，难分伯仲，"泛亚洲"趋势明显。其三，中青年实力派作品走俏。此次秋拍季，林寿平、谢南星、段建宇、黄宇兴等多位中青年艺术家的作品都拍得了不错的成交价，个别艺术家还创下了新的个人拍卖纪录。北京保利中国当代水墨工艺品部总经理安蓓指出，"中青年艺术创作近两年正处于高峰期，他们精力充沛、创意无限作品风格正朝着成熟阶段发展，这让收藏界为之欣喜。"其四，当代水墨画新势崛起。近年来，当代水墨悄然兴起。自2012年嘉德首次在春拍推出"水墨新世界"专场拍卖以来，新水墨作品就一直受到市场的热捧。虽然在价格上与当代油画仍存在较大差距，但正是因为价格偏低，所以成交率十分理想，发展潜力很大。

表3　2016年秋拍现当代艺术拍卖成交TOP10（截至12月10日）

排序	作品	估价（万元）	成交价（万元）	拍卖行	板块	拍卖时间
		2016秋拍现当代艺术TOP10				
1	吴冠中《荷塘》	咨询价	9133.2	保利香港	二十世纪艺术	16/10/3
2	常玉《瓶菊》	HKD：2000~3000	9052.8	香港佳士得	二十世纪艺术	16/11/26
3	朱德群《雪霏霏》	咨询价	8025	香港佳士得	二十世纪艺术	16/11/26
4	常玉《碎花毯上的粉红裸女》	咨询价	5074	保利香港	二十世纪艺术	16/10/3
5	吴冠中《竹海》	1500~2500	4370	北京保利	二十世纪艺术	16/12/3
6	赵无极《水之音》	HKD：3600~4600	4256.3	香港佳士得	二十世纪艺术	16/11/26
7	赵无极《月光漫步》	HKD：4000~6000	4014.4	香港苏富比	二十世纪艺术	16/10/2
8	巴斯奎特《士兵》	HKD：3000~4000	4014.4	香港苏富比	西方现代艺术	16/10/2
9	张晓刚《血缘：大家庭二号》	2800~3500	3818	北京匡时	当代艺术	16/12/6
10	林风眠《渔村丰收》	咨询价	3473.2	香港佳士得	二十世纪艺术	16/11/26

（二）地域特征概述

中国的艺术品拍卖市场可分为大陆地区与非大陆地区两个板块，大陆地区以文化中心北京为代表，中国书画与中国现当代油画作品占据着大部分的比重；而非大陆地区则以香港为中心，诚如上文所说，在拍品方面"泛亚洲"的特征越来越明显。这里旨在结合具体的交易现象，来讨论今年秋拍中所体现的地域特点。

1. 内地

以北京的拍卖市场为例，在北京几家知名度较高的拍卖行中，嘉德、华辰、中贸圣佳、匡时、荣宝五家拍卖行相比去年在总成交额上都有着不错的发展。其中，北京匡时恰逢十周年庆，今年春秋两季的拍卖成交额均超过往期历史的最高纪录，成绩斐然。翰海和东正两家拍卖行在三个季度上有增有减，保利和诚轩略有所下降，但幅度不大，基本持平。统合所有的数据，九家拍卖行在今年秋拍的总成交额为94.34亿元，相比去年秋拍和今年春拍均有所提升。进一步印证了内地拍卖市场的回暖趋势。

除此之外，此次京城秋拍的特点还包括如下几个方面：古代文物艺术品依旧是市场的领头羊；择优求精，"生货"效应更加明显；新藏家增加，成交率提高；亿元拍品频现；大藏家、企业收藏的出现，如苏宁集团拍走任仁发的《五王醉归图卷》，宝龙集团拍走齐白石的《咫尺天涯——辛未山水册》和张大千的《瑞士雪山》等。其中，第五点作为此次秋拍的新现象，会在之后的文章中进行更加详细的论述。

整体而言，在以北京为代表的内地艺术品市场中，中国书画占据着主要的份额，作品多来自国内藏家，而竞拍者也以国内藏家和企业居多。国外作品和藏家的参与度并不是很高，主要原因一方面是由于从国外进内地交易需要缴纳关税，另一方面还由于国家在法律上对古文物等作品的交易进行了限制，因此与香港相比，内地的海外艺术品交易有着更高的成本和更严格的约束。

2. 香港

虽然北京是大陆地区艺术品拍卖行业的重心，但仍然有像上海这样的城市能够与其形成竞争关系，但是在非大陆地区（不包括国外），香港的主导地位无疑是无法撼动的。作为一个经济开放的自由港，香港以其优越的地理位置、发达的资讯、高效的配置为艺术品交易提供了优良的条件，不仅吸引了很多有实力的大拍卖行，还汇聚了大量优秀的卖家和藏家。可以说，香港沉淀了全亚洲艺术品拍卖领域所有优秀的资源。很多拍卖行来此并不仅仅是为了交易，更重要的是利用这边的资源以谋求更加长远的利益。从20世纪七八十年代苏富比和佳士得入驻到发展至今，香港的拍卖行业逐渐形成了三个梯队：第一梯队为苏富比、佳士得两大巨头；第二梯队包括来自内地的保利、嘉德，来自日本的东京中央以及来自台湾的罗芙奥等，这些拍卖行虽然稍逊色于第一梯队但仍有不小的实力；第三梯队即为香港本土的一些小型拍卖行。

然而即便是香港这样的地方，亦面临着精品缺位、普品过剩、人气旺盛、买气不足等问题。明星拍品的缺乏，普通拍品的扎堆，使得拍卖季越来越呈现出一种"繁荣过之"的状态。值得一提的是，虽然书画交易相对内地表现平平，但是在古董拍卖上，香港的拍卖行业兴起了一股"高古热"的潮流。高古板块主要表现为高古瓷、高古玉和青铜器的交易，这些拍品在内地法律上有着严格的限制，但是在境外却颇受欢迎。此次秋拍，香港佳士得推出了养得堂珍藏，在高古瓷的拍卖上取得了不错的成绩。而在高古玉方面，刘益谦以1650万港元拍得西汉玉羊亦引来了一片关注。高古热在今秋从纽约到香港一路高歌，但是这股热度能持续多久，仍是一个有待进一步观察的问题。

（三）其他特点

除了上述在各个拍品和地域方面的特征，此次秋拍的特点还体现在如下几个方面：

第一，机构收藏助力艺术品拍卖。上文已述，在此次秋拍中，除了藏家个人，还有不少民营企业参与艺术品的竞拍，例如宝龙集团拍得张大千的《巨然晴峰图》，苏宁集团拍得傅抱石的《风光好》等。机构收藏的产生，一方面为仍处于低潮的艺术品拍卖市场打了一剂强心针，起到了助推的作用；另一方面也体现出企业自身对于规避风险的需求。在经济形势尚不明朗的情况下，艺术品市场成为很多企业的资金"避风港"。

第二，冷门拍品层出不穷。此次秋拍中，嘉德首次推出重要油画艺术家手稿以及创作素材专场，拍品如王式廓的《血衣》创作手稿及河南写生素材、沈嘉蔚的《为我们伟大祖国站岗》的创作稿等均以不错的价格成交。其他中小型或地方性拍卖行更是通过"冷门"专场来博得关注，例如成都诗婢家推出国内首个蜀绣专场，广东崇正在其书法专场中拍卖清代大臣张荫桓的200余通手札等。对艺术品拍卖行业，作品资源是一切活动得以进行的前提，而大部分资源往往是被掌握在实力强劲的少数大拍卖行手中的，对于中小型拍卖行，冷门拍品不失为一种独特的发展模式。

第三，保税拍卖应运而生。今年秋拍中，嘉德首次推出"保税拍卖品"，其中包含30多件书画作品。保税拍卖，指"在海外征集的作品，由拍卖公司设在香港的分部委托，通过上海保税区进入中国大陆地区，参与巡展、拍卖，落槌成交之后，保税拍品再经上海保税区返回香港分部。买家只需支付人民币，即可完成拍品账面交割，但提货仍在中国香港，如果买家需要把拍品运至大陆，依然需要正常缴纳关税。若买家有意将艺术品存于境外，拍卖公司可以提供艺术品有偿保管服务"。这种交易模式使得来自海外的艺术品在不缴纳关税的情况下就可以完成交易，有助于减少成本。它主要适用于两种藏家，其一，为海外藏家或在海外有居所的大陆藏家，这些藏家在购买后可直接将艺术品存于海外；其二，为短期藏家，即购买后委托拍卖公司有偿保管，短时间内就将拍品转售。而对于仍想要在购买后将拍品带回国内的藏家来说，则仍需缴纳关税，并没有多大的意义。保税拍卖的积极意义，在于给拍卖公司带来征集上的便利，有利于拓宽拍品的资源供应，使交易更加灵活。但同时，对于拍卖公司在仓储、物流、保险等方面的服务能力提出了挑战。

第四，适应市场的减价拍卖。此次秋拍中，出现了很多成交价格低于估价区间的现象，例如在香港苏富比的现当代艺术专场（包括现当代亚洲艺术夜场、现代及当代东南亚艺术专场、当代亚洲艺术专场、现代亚洲艺术专场）中，邢丹文的《绝缘系列：

B2、A3及都市演绎》和马晗的《一个与多个之一、二、三、四》，估价均为1万至2万港元，但成交价却都是1875港币。韩磊的《宝塔系列2号》，估价同样在1万至2万港元，成交价则是6250港元。对此种种现象，北京诚轩的李先生指出，这是拍卖师在无奈的时候，临时改变规则，以降价销售的方式进行拍卖，即减价拍卖。这种方法不但能够吸引和刺激一些新藏家的买入，还有助于提高成交额和成交率。而在笔者看来，这是当下市场经济形势的一种选择，能够给予所拍艺术品一个更加合理的价格。

总体而言，从2016年的秋拍现象及特点当中，我们可知当下中国的艺术品交易市场虽有回暖之势，但仍然处于一种调整期，高价拍品多为"生货"，虽有精品，但缺乏明星级的作品。中价拍品表现平平，值得肯定的是低价拍品和新类型拍品由于新藏家的加入、拍品本身的独特性等原因而成交良好。且为了活跃市场，各拍卖行也在不断创新，尝试着新的策划形式和交易模式。未来的艺术品拍卖市场，是借此回暖之势重新崛起，还是依旧低迷不振，仍是一个有待进一步观察的问题。

二、其他热点概述

- 2016年10月12日，第十三届全国高等院校版画教学年会在四川美术学院美术馆举办。此次年会以"行动中的版画实验——历史谱系下的版画内核与衍生"为主题，探讨"版画在历史语境和当代语境下的发展可能性"。展览展示了近两年来国内各个院校版画专业的发展面貌。在同期举办的研讨会上，学者们就版画专业的建设、版画教学的现状、版画专业在当下艺术环境的境遇等问题交流意见，并围绕"如何从本土传统和既有线性的美术史逻辑出发看待版画的发展？如何在学院和教学的系科中发展版画？如何从中国当代艺术的领域看待版画？如何建立版画的身份？如何在版画内部塑造和建立批评话语权？"以上五个问题展开深入探讨。

- 2016年10月22日，第十届中国美术批评家年会在北京国际饭店召开。此次批评家年会邀请了邵大箴、水天中、郎绍君等资深批评家，还邀请了历届年会轮值主席、年会学术委员等专家，以及历届年会合作机构、资助年会的各界人士等。开幕式上，杨卫、贾方舟、邵大箴、水天中、朱青生、杨超六位学者依次发言，谈及批评家年会的发展历程、主要工作、讨论主题、重要影响，当下艺术批评的现状等问题。会议期间，学者们围绕"批评的有效性"这一主题，从"批评与前沿理论""批评与创作实践""批评与社会现场"三个方面展开讨论。年会开展的同时，"形而上下"新水墨邀请展也于23日下午4点在北京798悦·美术馆开幕。

- 2016年10月22日，大型群展"图像池"在今格艺术中心开幕，该展览展出了26位艺术家的200多件作品。策展人刘礼宾认为，在图像化的当下，中外经典艺术作品已作为一种"图像"来源成为艺术家借鉴和处理的重要对象。

他从"文心""守物""对影"三个角度来呈现艺术家处理图像时的思路。展览开幕期间，研讨会一并举办，西川、吴洪亮、吴琼、唐克扬等学者就展览以及"图像"等问题进行了讨论。

- 2016年11月1日，"艺术与设计教育的未来使命"国际学术论坛在清华大学大礼堂召开。论坛期间，Naren Barfield、Elissa Tenny、鲁晓波、Silvia Piardi、朱青生等来自海内外的十一位学者共同探讨了国际化背景下艺术设计教育的新方向，所涉及的问题包括艺术教育与全球文化的关系、艺术设计教育与跨学科、艺术设计教育的未来任务与发展方向等。

- 2016年11月8日至13日，"第三届西岸艺术与设计博览会"在上海西岸艺术中心举行，邀请了来自11个国家和地区的31家顶级当代画廊。几乎是在同一时间，11月10日至13日，"ART021上海廿一当代艺术博览会"在上海展览中心举办。两家带有竞争关系的艺术博览会在11月上旬同期举办，各自展现出了自身的独特优势。西岸艺博会阵容小而精，以丰富的周边展览营造出浓厚的艺术氛围；而ART021则在数量和规模上更具备优势，亚洲画廊居多。两者不仅在竞争中共荣，还共同营造了上海艺术市场的繁荣景象。

- 2016年11月9日，第三届CAFAM双年展"空间协商：没想到你是这样的"在中央美术学院美术馆开幕。该展览的主题"空间协商",意指"对单一策展权力的分化和对其控制的突破,方案提交人与协商员一起,探讨视觉呈现如何与空间产生联动,如何打破空间限制等的可能性;进而,引发对策展民主化、艺术民主化和文化民主化的讨论。基于此,本届双年展不设策展人,工作组仅以协调员的名义来组织展览、协调事宜;不以推荐和提名的方式选定参展作品,代之以公开征集作品方案作为展览的机构架构"。而副标题"没想到你是这样的",则是一种对"空间协商"的流行化、网络化解释,也是一种对策展的积极引导。展览期间,主办方还举办了多场公共活动,包括交流会、研讨会、论坛、讲座等。

- 2016年11月12日,第三届南京国际美术展"HISTORICODE:萧条与供给"在南京市百家湖美术馆开幕。该展览得到了来自亚洲、欧洲、美洲、大洋洲和非洲五大洲52个国家和地区的艺术家的广泛参与,其主题"萧条与供给"意图从经济学的角度引出人类各个领域的普遍问题,探讨当下的艺术任务。13日,该展览的研讨会在南京爱丁堡饭店三楼会议厅举办。会议期间,中外学者就展览的组织情况和呈现效果交换意见,并对中外艺术家的国际交流提出了建设性意见。

- 2016年11月18日,雅昌艺术网发布了分别来自于艺术家安塞姆·基弗(Anselm Kiefer)唯一授权与中央美术学院美术馆授权发表的关于11月19日"基弗在中国"展览的声明。在基弗的声明中，艺术家表示展览未征求本人的意见，要求取消展览。而在央美美术馆的声明中，美术馆表示展览的所有展品都得到了收藏家及收藏机构的授权，是合法的，没有理由取消展览。对此，在11月下旬，艺术界就"基弗风波"以及其所包含的版权问题展开了各种讨论。

- 2016年11月22日，第一届"中国—西班牙美术馆论坛"在今日美术馆开幕。该论坛邀请了两国的著名美术馆馆长、美术史学者、策展人，以及其他美术界的从业人士，以"有机"为主题，围绕"美术馆的'定制化'运营策略""美术馆与当地公共文化的认同""一个没有终点的论述——收藏还是展览"三个单元展开，讨论民营美术馆的发展问题。论坛伊始，在3画廊的棉布女士对此次论坛的目的与初衷进行阐述，解释了"有机"的主题。随后，Elena Ruiz Sastre、高鹏等嘉宾依次发言，谈及了各自美术馆的发展历史和状况等问题，并相互分享了一些美术馆运营的经验。

第五节 舞蹈篇
——文化自信中的舞蹈评论

2016年10—11月,美好的一年即将接近尾声,随着中国文艺的不断发展,舞蹈界在这开放的环境中,也同样一直前进着,呈现出丰硕的成果。回首这两个月,舞蹈界发生的大事件必将为2016年画上圆满的句号。

一、焦点概述

(一)习近平:筑就中华民族伟大复兴时代文艺高峰

11月30日,中国文学艺术界联合会第十次全国代表大会、中国作家协会第九次全国代表大会在北京人民大会堂开幕。中共中央总书记、国家主席、中央军委主席习近平出席大会并发表重要讲话。部分中共中央政治局委员,中央书记处书记,全国人大常委会、国务院、全国政协和中央军委有关领导同志出席大会。习近平指出,党对文艺工作历来高度重视,这是因为,文艺事业是党和人民的重要事业，文艺战线是党和人民的重要战线。党的十八大以来，在广大文艺工作者的辛勤努力下，我国文艺界出现新气象新面貌，主旋律更加响亮，为人民提供了丰富的精神粮食，向世界展示了中华文化魅力。实现中华民族伟大复兴，需要物质文明极大发展，也需要精神文明的极大发展。中华文化独一无二的理念、智慧、气度、神韵，增添了中国人民和中华民族内心深处的自豪和自信。想要实现中华民族伟大复兴，需要坚韧不拔的伟大精神，也需要振奋人心的伟大作品。习近平在讲话中给广大文艺工作者提出四点希望：

第一，希望大家坚定文化自信，用文艺振奋民族精神。创作出具有鲜明民族特点和个性的优秀作品，要对博大精深的中华文化有深刻的理解，更要有高度的文化自信。广大文艺工作者要善于从中华文化宝库中萃取精华、吸取能量，保持对自身文化理想、文化价值的高度信心，保持对文化自身生命力、创造力的高度信心，使自己的作品成为激励中国人民和中华民族不断前行的精神力量。

第二，希望大家坚持服务人民，用积极的文艺歌颂人民。广大文艺工作者要坚持以强烈的现实主义精神和浪漫主义情怀，观照人民的生活、命运、情感，表达人民的心愿、心情、心声，立志创作出人民中传之久远的精品力作。

第三，希望大家勇于创新创造，用精湛的艺术推动文化创新发展。优秀作品反映着一个国家、一个民族文化创新创造的能力和水平。广大文艺工作者要把创作生产优秀作品作为中心环节，不断推进文艺创新、提高文艺创作质量，努力为人民创造文化杰作、为人类贡献不朽作品。

第四，希望大家坚守艺术理想，用高尚的文艺引领社会风尚。广大文艺工作者要做真善美的追求者和传播者，把崇高的价值、美好的情感融入自己的作品，引导人们向高尚的道德聚拢。文艺要塑造人心，创作者首先要塑造自己。努力追求真才学、好德行、高品位，做到德艺双馨，成为先进文化的践行者、社会风尚的引领者。

（二）全国性舞蹈研讨会及系列活动

- 2016年10月23日，北京中外舞蹈院校展演暨北京卓越人才（舞蹈）培养高校联盟系列活动在北京舞蹈学院隆重开幕。来自26个国家的舞蹈院团齐聚北舞，教育部、文化部、北京市教委、北京市文化局、外事局、部分驻华使馆以及兄弟院校的领导嘉宾莅临现场，共同见证活动的精彩开幕。本次活动以"文化引领·文化传承·文化交融"为宗旨，由精品展演、大师工作坊、学术研讨、主题文化展四个板块组成。自2006年起，已成功举办过五届北京国际舞蹈院校芭蕾舞邀请赛，这一国际化项目为促进国际舞蹈院校人才培养与艺术创新，推动世界各国芭蕾艺术教育交流与发展起到了积极的作用。自2016年起该项目调整为"2016北京中外舞蹈院校展演"活动。活动面向全国高校，以"大学生组织、大学生参与、大学生交流"为宗旨，以"共舞·共创·共赏·共享"为主题，围绕教育教学实践为中心，全面加强大学生舞蹈实践与创新能力的培养。本次活动由优秀教学剧目展演、大师工作坊、精品课、大学生舞蹈交流会等板块组成。参与活动的高校有：北京舞蹈学院、中央民族大学、北京师范大学、首都师范大学、中国戏曲学院、北京体育大学、山东艺术学院、天津音乐学院等。

• 2016年11月12日上午，《纪念中国舞蹈史研究六十周年研讨会》在中国艺术研究院舞蹈研究所隆重开幕。为纪念"中国舞蹈史研究"的甲子之年，此次会议不仅邀请到王克芬、刘恩伯、刘峻骧等曾经为中国舞蹈史付出心血的舞蹈史学家亲临会场，还汇集了来自各地的多名舞蹈史研究专家，吸引了百余位有志于此的青年学者齐聚中国艺术研究院，可谓是群贤毕至，少长咸集。回望往昔，在吴晓邦和欧阳予倩两位前辈的指导下，"中国舞蹈艺术研究会舞蹈史研究组"于1956年10月在京成立，由此开启了"中国舞蹈史研究"这项意义深远的文化构建工程。在既没有前人的成规可遵循，又没有古代舞蹈作品可供研究的情况下，中国舞蹈史的第一代研究者，开始了艰苦卓绝的拓荒之路。前辈们埋首于经、史、子、集，诗词歌赋中苦苦搜寻古代舞蹈的踪迹；在壁画、岩画、青铜器、画像砖石等文物上悉心找寻零星的舞姿；踏遍大江南北寻找古代舞蹈的今之遗存。60年来，几代中国舞蹈史研究者沿着前辈的足迹，筚路蓝缕，古今求索，使中国舞蹈史从无到有，从小到大，取得了令人瞩目的成就。此次研讨会既是回望历史，向前辈舞蹈专家学者致敬，也是总结中国舞蹈史研究60年来的丰硕成果和宝贵经验，更是为这个领域的未来发展之路集思广益，群策群力，以期继续推动中国舞蹈史研究在理论与实践诸方面的稳步前行。会议分为开幕仪式、成果介绍和学术研讨三个部分。

• 2016年11月23日，"中国教育学会教师培训者联盟"成立大会暨首届"教师培训者专业发展论坛"在华东师范大学举行。本次大会由中国教育学会主办，华东师范大学与上海市教育学会共同承办。来自教育部教师工作司、中国教育学会、上海市教委、华东师范大学的领导和专家，来自联盟共同发起单位的上海市师资培训中心、山东省中小学师训干训中心、北京师范大学、东北师范大学、西南大学、华中师范大学、陕西师范大学、西北师范大学、上海师范大学等高校相关院系的负责人，以及来自上海各区县教育学院的负责人、专家和代表共计800余人参加会议，共商教师培训者的专业发展。中国教育学会教师培训者联盟的目的就是要吸纳高等院校、各级教育学院、教师进修学院等从事教师培训的专业单位，为培训者创设相互学习、研讨的学术交流机会，共同探索教师培训的系统解决方案，以及教师培训者的专业发展路径，助力教师培训者的专业成长。

- 2016年12月3日，由中国教育学会和世界艺术教育联盟主办，浙江音乐学院和易平台国际教育科技（北京）有限公司承办，浙江省教育厅、浙江省文化厅、浙江省教育学会共同协办的"2016国际艺术教育高端研讨会"在杭州召开。本次会议主题为"艺术教育的可持续发展"，来自联合国教科文组织艺术教育、世界艺术教育联盟等国际艺术教育相关组织负责人，以及来自海内外的艺术教育专家和教师代表400余人出席了此次研讨会，共同探讨艺术教育的本质意义与实践方法。2015年9月，中国政府以国务院办公厅的名义，发布了《关于全面加强和改进学校美育工作的意见》，从总体要求、构建科学的美育课程体系、大力改进美育教育教学、统筹整合学校与社会美育资源、保障学校美育健康发展五个方面，对加强学校美育提出了21条明确要求。艺术教育的意义在于人文精神的熏陶和美的境界的追求，是主观感受的表达、内心情感的流露、有个性的见解和创造能力的释放，并最终形成自己丰富的精神世界。中国教育学会与世界艺术教育联盟合作举办此次会议，目的和意义亦基于此。希望国内外艺术教育同行，共同探索艺术教育的本质意义与实践方法，对自身的文化生态做出理性的审思，以寻求更富有精神尊严和智慧深度的艺术教育。

（三）第十届中国舞蹈"荷花奖"评奖

由中国文学艺术界联合会、中国舞蹈家协会主办的第六届中国舞蹈节暨第十届中国舞蹈"荷花奖"当代舞、现代舞评奖活动于11月1—2日在北京民族剧院拉开帷幕。开幕式当晚，中国文联荣誉委员、中国舞协名誉主席白淑湘，中国舞协顾问、北京爱莲舞蹈学校校长陈爱莲，中国舞协顾问、香港舞蹈总会艺术总监冼源，中国舞协主席、中国文学艺术基金会副理事长兼秘书长冯双白，中国舞协分党组书记、驻会副主席兼秘书长罗斌，中国舞协副主席、解放军艺术学院舞蹈系主任刘敏，中国舞协副主席、中央民族歌舞团团长丁伟，中国舞协副主席、中国歌剧舞剧院国家一级演员山翀，中国舞协副主席、中央军委政治工作部歌舞团副团长杨笑阳，中国文联权益保护部主任暴淑艳，中国文联机关党委常务副书记刘国强，中国舞协分党组副书记、副秘书长李甲芹，中宣部干部局副局长崔侠，文化部艺术司副司长明文军，中国舞协分党组成员、副秘书长夏小虎等，以及来自国家民委文化宣传司、中央民族大学舞蹈学院、北京舞蹈学院、中国艺术研究院舞蹈研究所、首都师范大学音乐学院舞蹈系的领导和北京、天津等14个省（市、区）及行业舞协的负责人等，出席了此次活动。

根据评委们的现场打分，公证处公正，两场结果汇总后，中央军委政治工作部歌舞团的《看齐 看齐》、四川省绵阳市艺术学校的《滚灯》和四川省歌舞剧院有限责任公司的《永远的川军》排名当代舞组前3位；空政文工团的《盒子》、上海歌舞团有限公司的《彼时此刻》和解放军艺术学院的《雏行》排名现代舞组前三位。评奖活动期间，11月2日上午中国舞协还举办了当代舞、现代舞专题研讨会，会议由中国舞协分党组书记、驻会副主席兼秘书长罗斌主持，参会专家们就"荷花奖"现当代舞的建设和理论反思、舞蹈评奖与现当代舞创作、现当代舞现状与前瞻等问题舌粲莲花，各抒己见。

与此同时，第六届中国舞蹈节暨第十届中国舞蹈"荷花奖"舞剧、舞蹈诗评选，于11月26日至12月10日在上海国际舞蹈中心举行。本次评奖共有来自20多个省、市、自治区及院团院校的近40部作品参加，经评委会初评共有5台作品入围在上海国际舞蹈中心举办的终评。入围"荷花奖"舞剧·舞蹈诗评奖终评作品有：重庆歌舞团有限公司演出的舞剧《杜甫》；上海芭蕾舞团演出的舞剧《哈姆雷特》；中央民族歌舞团演出的舞剧《仓央嘉措》；四川省歌舞剧院有限公司演出的舞剧《家》以及上海歌舞团有限公司作品《朱鹮》。

（四）第六届中国舞蹈节上海舞蹈营

由中国文联、中国舞蹈家协会、中共上海市委宣传部主办的第六届中国舞蹈节上海舞蹈营，11月27日在上海国际舞蹈中心开幕。本次舞蹈营为期5天，12月1日结束。来自全国24个省市、自治区、直辖市的近150名学员参加本次活动。

"舞蹈营"是2015年中国舞蹈家协会面向舞蹈专业人群增设的公益培训项目。通过聘请国内外优秀的艺术家进行授课，包括大师工作坊、跨界对话、影像课堂、名家公开课等品牌课程，结合演出观摩与实践交流，旨在为专业人群提供更多学习、交流、实践的机会与平台。2015—2016年，中国舞协邀请国内知名舞蹈编导、理论评论家、编剧、雕塑家、电影导演、画家、演员、诗人等各门类的艺术家在跨界对话、名家公开课系列活动中与学员们进行思想的碰撞，观念的交流。同时也邀请到来自以色列GAGA当代舞团、加拿大Lalala The Humansteps舞蹈团、葡萄牙库伦舞团、美国纽约大学、新西兰奥克兰大学、法国文化部舞蹈专员以及香港艺术节、台北艺术节等相关艺术家来开设工作坊，从不同的文化和视角启发学员的思维与创新能力。

本次舞蹈营面向全国高等院校及专业院团的青年骨干教师和专业负责人，开设大师公开课和专业工作坊两类课程。中国舞协主席、中国文学艺术基金会副理事长兼秘书长冯双白，中国舞协分党组书记、驻会副主席、秘书长罗斌将携手国家一级编导高成明、杨威、佟睿睿，北京舞蹈学院教授王玫、新锐编导周莉亚等20位业界专家及国内外学者，为来自全国24个省市、自治区、直辖市的近150名学员进行授课。

舞蹈营汇集9堂名家讲座、4次艺术对话、5天专业工作坊和1场舞蹈影像展映，课程设置国际化、内容形式多样性。值得一提的是，本次舞蹈营恰逢第六届中国舞蹈节，同期举行了中国舞蹈"荷花奖"舞剧·舞蹈诗评奖、"培青计划"优秀剧目展演及舞剧·舞蹈诗高峰论坛等系列活动，是一次不可多得的舞蹈艺术交流盛会。

（五）2016年青年舞蹈人才培育计划

由中国文联、中国舞蹈家协会、中国文学艺术基金会共同主办的"青年舞蹈人才培育计划"，是针对最具创新潜能和发展潜力的青年舞蹈人才，给予重点培养、支持的专门项目。旨在为处于创作上升期的年轻人提供全方位的指导与培育，为他们的创新与探索搭建优质的平台，推出优秀的原创作品，提供国际交流与展示的机会。本计划培养周期为一年，至今已经历三年。2016年培青计划共有7位年轻的艺术家及优秀作品：王圳冰《遥遥南水》；宋欣欣《我和妈妈》；王家明《冷狂欢》；李超《你好陌生》；杨畅《遇见日子》；念云华《大象·一念》；杨志晓《红楼无梦》。2016年11月22日下午两点半在北沙滩32号院，中国文联4楼报告厅举行了"中国青年舞蹈人才培育计划"2016年度的恳谈会。此会议是针对11月16—21日在国家大剧院进行委约演出的7台作品，进行的一个观后总结与反思。到会的专家组有冯双白、罗斌、王晓蓝、李甲芹、赵铁春、佟睿睿、许锐、肖向荣、茅慧等。专家对面坐着的青年就是这次"被培青"的对象——念云华、宋欣欣、王家明、王圳冰、杨畅、杨志晓、李超7位青年才俊。今年培青的7部委约作品演出已经结束，创作的自由、独立的思考是我们在这三年里最为珍视也最想保护的东西，当然，自由并不代表随意。培青的平台允许青年艺术家们犯错，也给他们完善、打磨的时间和耐心。我们可以清晰地看到，这三年中，当我们给予了更大的空间时，他们是如何回馈给我们艺术上的惊喜！

二、焦点问题评述

- 舞蹈创作作品

随着近年来对文艺事业的不断重视，舞蹈界的发展也进入了良好的上升阶段，涌现出许多优秀的舞蹈作品，可谓是百花齐放、精彩夺目。然而在大部分的作品中不难发现，我们的舞蹈创作往往形式大于内容，空有外壳而没有精神高度，对于传统文化的传承，没有属于我们本土思想的底蕴来支撑，又何来创新创造。现在有很多演出作品融入现代科技，将舞台布景、舞美灯光运用得淋漓尽致，加之音乐的烘托、道具的使用、服装的点缀等，一场精彩绚烂的演出犹如昙花一现。可是即使外形再华丽，视觉效果再精彩，却没有通过舞蹈艺术向观众传达某种思想或是某些精神内涵，就很难让观众记住并且产生共鸣。致使现今的舞蹈演出市场，仍然只有很少一部分的普通观众会真正走进剧场观看演出。

为何会出现这种情况？是因为我们的传统文化不够鲜明吗？还是说我们根本没有实际的去挖掘、探索过我们的文化？结果不难而知，对于艺术我们操之过急。思想和价值观念才是灵魂，一切表现形式都是表达一定思想和价值观念的载体。离开了一定思想和价值观念，再丰富多样的表现形式也是苍白无力的。从古至今，每一个历史时期，中华民族都留下了无数不朽作品，舞蹈更是一直伴随着人类的发展。我们怎么会找不到属于我们自己文化的表达方式？

2016年中国杭州G20峰会"最忆是杭州"文艺演出，可以说震惊了中国文艺界，一场精彩绚烂的大型水上情景表演交响音乐会，同时体现"西湖元素、杭州特色、江南韵味、中国气派和世界大同"的要求，对于我国一定是不小的突破。然而在入选的9个节目中，令所有观众喜爱并且铭记的却是水上《天鹅湖》。的确，这个节目在编排上、形式上都有很大的突破，水上表演《天鹅湖》在世界上也是先例。可我们代表中国的文艺演出，运用的却是西方芭蕾的元素，这不禁使我们深思。芭蕾起源于西方、发展至今已有四百年的历史。而我们中华文明五千年的历史积淀，却没有一种舞蹈形式能够成为经典，足以代表我们中华文化。

看看我们现在所谓的中国古典舞，身韵是中国古典舞的内涵，并融合了许多武术、戏曲中的元素，同时吸收芭蕾的训练方式而形成的舞蹈。看似表达中国古典文化，可是却不纯粹，对于表达精神的层面，只能不断地寻找古典人物来附之情感。正是因为我们没有一个完整的思想支撑，不知道要表达什么样的思想，导致现在的中国古典舞作品都是抽象的，打着古典舞的名义跳着抽象、拼贴出来的舞蹈，通过外界的灯光、舞美、服装、道具等来烘托古典舞的气氛，而除此之外，既没有唐代的豪放，也没有宋代的素雅，一味地现代化创新，失去了传统的真实，最后不知道到底在表达什么。古典舞走到今天依旧是两个层面，即身韵和基训。人们一边否定着没有技巧难度可言的身韵，一边又没办法抽离掉它。试问一下，如果把身韵从古典舞中抽离出来，那古典舞还剩下什么？芭蕾加杂技？现在所谓的专业人士一再的否定传统，致力于现代化创新，可是他们真正了解传统古代舞蹈吗？从未认真的探索研究过，就急于否定，如此的不理智导致中国古典舞停滞不前，许多专业演员纷纷转行去跳现代舞。所以我们的当务之急就是积极探索古代舞蹈，追溯中国舞蹈的根，明确自己到底要跳什么，发展出一套系统的训练体系，才能创造出真正属于我们的中国古典舞作品。

同理，我们的民族民间舞蹈，从本土的文化到艺术的提炼，再到舞台上的表演创作，应该是一条完整的、不断加工精练的步骤。人通过手、脚、躯干、头作为身体的四个表达信号，因此在民间舞蹈动作中，这四个信号就代表了情绪和状态。民间中什么样的场景就有什么样的舞蹈表达形态，比如土家族的"跳丧"，他们认为人的自然死亡是值得庆祝的，而不是悲伤沉痛的，当地人流行跳喜丧，舞蹈的动作也是表达开心祝福的心情。然而在一些舞蹈的创作中，对于民间文化没有很好地了解，这一方面曲解了传统文化，另一方面也使创作的作品空洞，没有内涵。不仅如此，民间有民间自己的观念，对人文、对自然、对伦理等，而民间舞蹈正是体现这样的民间观念，他们的核心观念往往比我们要更加真实直白，我们不能用我们的思想去解释民间思想，来创作所谓的民间舞蹈，那就破坏了整个民间的观念乃至失去民间舞蹈的概念。艺术来源于生活，又高于生活，没有生活、思想的支撑，何来创作艺术作品呢？

在创作中，想要倡导本土文化就要立足于传统，扎根于生活，吸取能量和资源，来丰富我们的艺术修养。对于现代科技的发展以及运用，我们不可否认其优势，但是艺术不能完全依靠技术来推进，艺术更应该在不丢弃传统文化思想的基础上创新发展，找到自己的方式来创作适应当今时代作品。

后　记

　　本书以北京师范大学"中国文艺评论基地"承担的"中国文艺评论热点双月报告"为主体内容。书籍的出版得到了中国文学艺术基金会、中国文学艺术发展专项基金的资助。项目以两个月为一个周期，共有六期（2015年12月—2016年1月、2016年2—3月、2016年4—5月、2016年6—7月、2016年8—9月、2016年10—11月），持续一年，囊括了音乐、电视、电影、美术、舞蹈五大艺术门类的热点艺术评论。尤其关注在新的艺术生态环境下，不同艺术门类中评论视角的传承与创新，力求热点评论具有时效性、内容性、观点性，这也是一次大胆的尝试。

　　2015年，中国文联启动了"中国文艺评论基地"的评选和建设工作，北京师范大学艺术学理论平台成为首批22家基地之一，也正是由于此项工作，我们双月热点艺术评论报告随即展开。希望通过学者们的视角，能够站在一个全新的艺术评论领域，为社会、民众、学术界、相关部门提供较为系统化的动态艺术评论。正如习近平总书记在文联十大、作协九大开幕式上的重要讲话中指出的一样"文艺作品不是神秘灵感的产物，它的艺术性、思想性、价值取向总是通过文学家、艺术家对历史、时代、社会、生活、人物等方方面面的把握来体现"。艺术评论，应该是这个时代发出的有力声音。

特别要感谢本书的所有作者。老师们承担着繁重的教学与科研工作，却能够在工作之余，着手调研艺术热点评论。最难能可贵的是，每两个月一期，不间断地完成了一年的工作，使得此项研究具有了连续性、时效性，在此深表感谢。同时，本人负责了前期的统筹安排、后期的整理和修改等工作，不妥之处，望赐教。

本书是艺术评论的一个全新开始。在今后的工作中，唯有长期坚持，方能产生更大的影响，希望艺术热点评论视角越做越好。

张璐

2016年8月

图书在版编目（CIP）数据

众声喧哗：近年中国文艺评论热点透视/张璐等著. —北京：北京师范大学出版社，2017.10

（人文漫步）

ISBN 978-7-303-21973-5

Ⅰ．①众… Ⅱ．①张… Ⅲ．①文艺评论－中国－当代－文集 Ⅳ．①I206.7-53

中国版本图书馆CIP数据核字（2017）第020711号

营 销 中 心 电 话　010-58805072 58807651
北师大出版社高等教育与学术著作分社　http://xueda.bnup.com

出版发行：北京师范大学出版社　www.bnupg.com
　　　　　北京市海淀区新街口外大街19号
　　　　　邮政编码：100875
印　　刷：北京京师印务有限公司
经　　销：全国新华书店
开　　本：890 mm × 1240 mm　1/32
印　　张：12.875
字　　数：255千字
版　　次：2017年10月第1版
印　　次：2017年10月第1次印刷
定　　价：58.00元

策划编辑：王则灵　　　　　责任编辑：王　蕊
美术编辑：王齐云　　　　　装帧设计：王齐云
责任校对：陈　民　　　　　责任印制：马　洁

版权所有　侵权必究

反盗版、侵权举报电话：010-58800697
北京读者服务部电话：010-58808104
外埠邮购电话：010-58808083
本书如有印装质量问题，请与印制管理部联系调换。
印制管理部电话：010-58805079